GOBOOKS
& SITAK
GROUP©

GOBOOKS
& SITAK
GROUP©

致书友：

心中藏之

何日忘之

余江

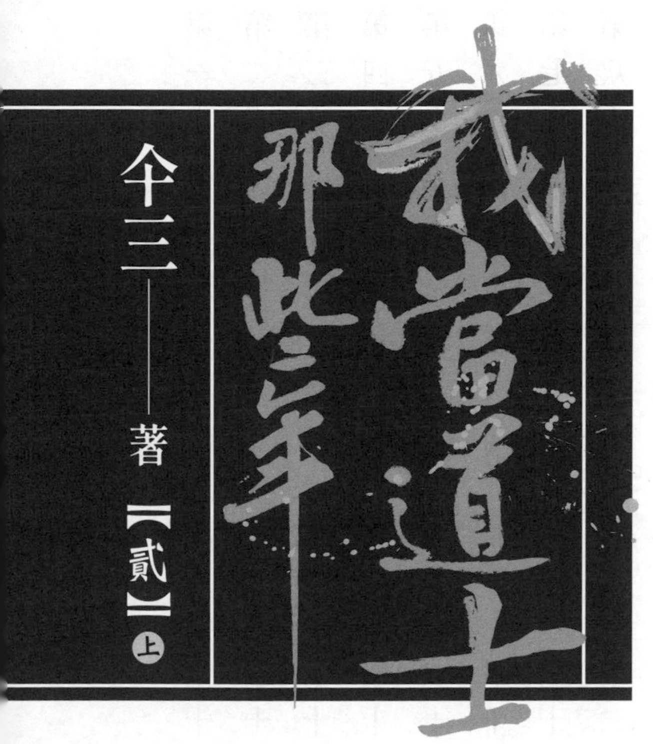

高寶書版集團

第一章　四年以後

川地少雪，有的人在川地一生，能見到四、五次下雪就已算不錯。

而在這一年冬天，我所在的小村卻下起了洋洋灑灑的小雪。

地上並不積雪，只是在那竹子上、樹上、草上積著，特別是在竹林子裡，雪白的雪壓著翠綠的竹，那是別有一番風情。

捧起放桌上的陶瓷杯，我掀起杯蓋兒，輕輕吹了一口氣，抿了一口清香甘冽的茶湯，看著外面的雪景，心中那是分外的悠閒。

「三娃兒，額想問，你作業寫了嗎？」

又來了，又來了，我放下茶杯，眼睛一瞪說道：「慧大爺，你不會是又想耍賴哦？」

「豈豈豈（去去去），額咋耍賴咧？額是好心問你！還有，叫我二大爺，不許叫慧大爺。」

坐我對面的是慧覺大師，自從那年我家搬去縣城以後，他倒是每年都會來我們竹林小築住上一、兩個月，也不知道是為啥？

這老和尚，自從我和他混熟了以後，發現他和我師傅一個性子，又懶又賴又好吃，估計要不是個和尚，還得和我師傅一樣好色。

兩個老爺子基本上是一見面就鬥嘴，但關係又異常的好，我總結是臭味相投。

今年冬天他又來蹭吃蹭喝蹭住了，無聊時，還拖我和他下棋，那手棋下得和我師傅一樣爛，不過人也和我師傅一樣賴。

了。

「我說慧覺，你讓我徒弟叫你二大爺是啥意思？你占老子便宜嗎？」在一旁的姜老頭兒不幹了。

「你是哈（傻）咧？額們倆兒是一夥滴，在精神上就要打壓他。」慧覺趕緊說道。

姜老頭兒思考了一陣兒，發現頗有道理，就不說話了。

我放下茶杯，有些無言地望著這兩老頭兒，一個人下棋贏不了我，兩個人就想出了聯合的辦法，但有時一加一並不是等於二的，他們兩個下棋的話，加起來是負一。

「我說，師傅，慧大爺，商量好了沒？下一步你們要咋走啊，我可是等了不下十分鐘了。」我懶洋洋地站起伸了個懶腰，今天星期天，趕緊地下完這場棋，在上午十點以前下山，還能趕上中午去縣城的車。

「哎呀，我想起了，我昨天下了個套兒，今天得趕緊去看看，逮住啥沒有，晚了的話，逮住的東西都得溜了。」說完，姜老頭兒就站起來，很沒義氣地丟下慧覺溜了。

看見姜老頭兒溜了，慧覺又氣又急地站起來，作勢就要去追姜老頭兒，我有點好笑地說道：「慧大爺，你這是也想溜啊？」

這慧覺和姜老頭兒比起來，就是反應要慢點兒，吃虧耍賴的事兒，總是沒有姜老頭兒跑得快。

慧覺愣了一下，站住了，憋紅了臉對我說了句：「小孩子，下啥棋，削習去（學習去），咋不懂事兒咧。」說完，他還做起一副憤怒的樣子，背起個手走了。

我無奈地笑了笑，懶得和這兩老頭兒計較，轉身回屋收拾了一下，就裝了件外套，準備去縣城了。

剛走到竹林，剛才一溜煙兒跑得沒影兒的姜老頭兒又竄了出來，吼道：「三娃兒，啥時候回來？」

「今天不回了，明天早上直接去學校，明天下午放學了才回。」我說了一句，腳步輕盈地下山了，好在縣城有一趟早晨五點就開往鄉場的車，那是方便當地鄉親去賣菜的。

一路的雪景雖然漂亮，腳下的路卻很是泥濘，不過對於我來說，都是一樣的，我早已習慣了這一切。

上山該有七年多了吧，快走了幾步，就依稀能看見當年在山腳下的我家的影子，就那麼遠遠地看著，都能發現那處房子已經有些破敗了，仔細想想，我爸媽帶著兩個姐姐去縣城已經四年多了，那地方能不破敗嗎？

現在已經是一九八二年的冬天，這一年冬天過後，我就十五歲了，按照當年的約定，這一年冬天過後，姜老頭兒就會帶我離開這個生我養我的故地。

到縣城的時候，已經是下午兩點多了，遠遠地就望見我爸在車站接我的身影。

那時候通訊不是那麼方便，我爸也摸不準我哪個週末會去縣城，所以每個週末的二點左右他都會去車站看看，因為我一般都搭中午十二點的那趟車。

下了車，我爸望著我咧嘴兒笑了笑，就快步地跑了過來，一把就摟住了我：「三娃兒，餓了吧？二個星期沒回來了，猜你今天就得回來，你媽在家給你做了素菜鍋，熱呼呼的呢。」

「嗯，餓了。」我點了點頭，一聽素菜鍋就嚥口水了，在山上吃肉太多，膩味得很，回家就能吃清淡點兒，我冬天愛吃燙菜，我媽就給我整出一個自己發明的素菜鍋。「狗日的娃兒，挺能吃的，這都快有我高了。」我爸攬著我，高興得很，習慣性地想揉揉我的腦袋，卻發現已經不是那麼輕鬆的事兒了。

從去年開始，我的個子開始猛竄，這才十五歲，姜老頭兒在山上給我一量，都有一米七四了。

一到家，遠遠在陽臺上看見我們的二姐就迎了出來，看著我，高興地抿嘴兒笑，想抱抱我，又想著年紀大了，最後給我拍了拍衣服上的灰。

我媽倒是沒顧忌，一出來就使勁兒揉我臉蛋兒，說道：「兒子今天回來嘍。」

「媽，今天小賣部咋沒開呢？」遠遠我就望見今天我家的小賣部沒開，就奇怪地問道。

「我們現在生意好著呢！你爸還琢磨著去縣城最當道的地方開個賣衣服的店，得去成都進貨，這小賣部就我守著了，一天不開算啥？我算著今天你就得回來。」我媽樂呵呵的，說話間已經把我拉進了屋子，按在了桌子前。

桌子上「咕咚咚」地煮著一鍋紅辣辣的湯底，周圍擺著好些樣切好的素菜，那湯底是我媽自己的火鍋配方，麻辣鮮香，卻一點兒都不上火。

我一坐下，也不客氣，拿起筷子，就把土豆片兒，藕片兒往鍋裡扔，我二姐起身就為我添了一大碗熱騰騰的米飯，我就著我媽泡的鹹菜吃了一大口。

就這樣，他們三人笑眯眯地坐在旁邊，看我一個人在那吃，我也習慣這樣了，一邊夾起一塊燙得正好的土豆片兒，一邊吃，一邊問：「媽，我大姐今年過年回不回？」

我大姐去年就高考了，考到了北京醫學院，我大姐成績真的很好，是去年的高考狀元，她成績都能去北大了，可她堅持去了北京醫學院，那是她從小的夢想。

「咋不回？前天才收到她的信，說今年春節提早回，叫你一定得等她回來，過完春節才走。」

我媽笑著說道，可我注意到她眼眶紅了。

能不能過了春節才走，我不知道，可我卻能明白感覺到家裡的氣氛一下子就變了，隨著這十五歲的約定越來越近，這件事現在幾乎成為我家最不能提的事情。

我不想談這個，趕緊埋頭刨了幾大口飯進嘴裡，假裝含混不清地問道：「二姐，妳再有兩年就高考了，準備去考個啥學校？」

二姐的成績也很好，不比大姐差多少，我也挺關心她能考去哪裡的，最好在北京，我們姐弟三人還能聚聚，姜老頭兒那意思是要把我先帶去北京的。

「我沒定，我喜歡文科，到時候考個北京的學校吧。」顯然二姐的心思也跟我一樣，我家的人都知道，我十五歲以後得先去北京。

去了之後是個啥情況，得做些啥，卻一點也不知道，但是兩個姐姐能在北京，我爸媽總是安心一點兒的。

「看妳，別說這些事兒，那是我們家三娃兒的命！他這是得幹大事兒的。」我爸點了一枝菸，說了我媽一句。

「也是，現在家裡日子好了，在縣城比，都是好水準的，都得感謝姜師傅，三娃兒跟著他其實是福氣啊。」我媽就是容易感傷，這一邊掉眼淚，一邊捨不得，卻一邊鼓勵著我。

我埋頭吃飯，心裡也說不上是啥滋味兒，那四年半以前，我家搬家的那個黃昏又在我心裡浮現了一下，我拚命地不去想，瞎聊了好幾句，才轉移了注意力。

不知不覺間，我就已經吃了三大碗飯，我二姐感歎道：「弟弟，你可真能吃，每次都得吃一小鍋兒飯。」

「二姐，妳就不懂了，修行的人消耗得多，需要的也多，這不多吃，哪兒去補充啊？」我簡單地說道，其實這理由說起來就複雜了，總之一沾上修行、習武，那花在伙食上的錢可是跟流水一般。

我老懷疑姜老頭兒喜歡住山上，是為了打野味兒，節約伙食錢。

「是是是，我弟弟現在是修行的人，可不是我們這些凡夫俗子啊，我看再過兩年，就能成正果了。」我二姐一笑，臉上就一個深深的酒窩。

我挺謙虛的，說道：「正果，那還早呢。不敢想，不敢想。」

「真能成正果，修成真正的飯桶唄。哈哈……」我二姐樂開了，我放下筷子，就去捏她的臉，姐弟倆鬧成了一團。

我爸笑瞇瞇地看著，我媽卻咋呼呼地一拍大腿說道：「那這樣說起來，鄉場上有一個人也肯定是在修行了。」

我媽這樣一說，我愣住了。

「咋回事兒啊，媽？」我停止了和二姐的瘋鬧，很是有興趣地望著我媽，我知道自己有多能吃，因為消耗很大，但一個人要能吃到和我相當的地步，那也算是一件兒趣事兒了。

我也在鄉場上上學，可是每天來去匆匆的，除了和酥肉聯繫得緊密一些，其他人我基本沒咋接觸，在人眼裡，我比較孤僻，完全不是小時候那個調皮開朗得無法無天的樣子。

我內心知道，我是怕和這些同學感情好了之後，到時候捨不得，只因我家搬家那一天，留給當時還小的我的孤獨感，太過刻骨銘心，我真的怕這個！

因為這種「孤僻」，所謂鄉場上的大小事兒，我知道的管道就少了很多。

「你都還不曉得啊，三娃兒？」我媽果然驚奇於我的「孤陋寡聞」。

「我要曉得啥？一天到晚除了在學校讀書，就是在山上練功的。媽，妳倒是說一下，咋回事兒唄？」我問道。

「就是啊，媽，咋前些天都沒聽妳說起過啊？」我二姐也有很有興趣，非常想知道，啥人啊，能吃到和自己弟弟一個地步，莫非還真是和弟弟一樣修行的人？

「哎，我不是咋天才聽說的嗎？咋天啊，我去城裡買東西，正巧遇見我們村的劉嬸兒，她兒子是在鄉場上安家的，你們曉得吧？」我媽說道。

「媽，妳就快說唄，一直問我們曉不曉得做啥？」我催道。

「就是。」我二姐也急著聽。

「好好好，」我媽喝了一口水，回頭看見我爸也一副頗有興趣的樣子，忍不住點了點我爸的腦袋，繼續說道：「她兒子在鄉場上安家，鄉場上的事情她兒子就知道的多，那天我遇見她吧，我們就擺了一會兒龍門陣，她告訴我，鄉場上的郭二，不曉得咋了，從大概一個星期以前吧，變得特別能吃，早上能吃兩斤麵，不到中午又喊餓，一到中午吃飯吧，能把全家六個人的一鍋飯，都給吃了，家人還沒吃到兩口菜吧，就看他狼吞虎嚥地又把菜給吃完了，那副樣子……嘖，嘖……我是沒見過，但聽著都覺得肚子脹得難受哦。」

我二姐望著我說道：「弟，你不會也變成這個樣子吧？」

我眉頭一皺，說起吃，我是比正常人吃得多得多，可趕這郭二的境界怕還是差一些，而且我每天的運動量也決定了我的消耗……。

跟著姜老頭兒那麼多年，我隱約覺得事情有些不對，沒理我二姐，我望著我媽問道：「那晚上呢？晚上就不吃了？他這樣吃，沒撐壞吧？」

「郭二這個人咋成這樣了呢？那人雖然有些不務正業，可腦子卻是鄉場數一數二的活泛，那幾年那麼困難，他不務正業都能把家裡的生活撐起來，誰幹這跟豬一樣吃飯的傻事兒，他也不能啊。」說話的是我爸。

就因為郭二這人在鄉場上是頗有些名氣的，不止我爸媽知道，就連在鄉場上讀書多年的我和二姐也是有耳聞的，就因為他腦子活泛，聽說膽子也大。

「哎呀，你們聽我說完，具體他為啥這樣我不曉得，我就曉得他晚上還是一樣的吃法，你說沒撐壞吧？也撐壞了，聽說一般到中午吃完了就吐，人給撐得臉都白了，可吐完了還吃！劉嬸兒跟我說了，這幾天他家裡都不敢做飯了，因為那郭二啊，都撐到吐血了，估計胃都撐壞了，具體的劉嬸兒也不知道了，反正這事兒在鄉場上傳開了，因為這郭二的媳婦兒到處在給他問醫生，說是前天都給弄縣醫院看了，再不好，得送城裡去看了。」我媽講完了郭二的事。

我二姐聽完扭頭就問我：「弟弟，這郭二是不是修煉不到家，就撐壞了啊？」

我很難跟我家人解釋這吃東西多少，並不是修煉成功與否的標誌，只是我心裡隱隱有些不安，也不知道是為了什麼，我含糊地跟我二姐說了一句：「他這可不是在修煉，怕是得了啥怪病吧？挺奇怪的。」

我二姐有過一段「恐怖」的回憶，其實心底也挺敏感的，有些小心翼翼地問道：「弟弟，這郭二該不會闖到那個東西了吧？」

我還沒來得及回答，我媽就說話了：「不會，不會，我當時也那麼想過，可是劉嬸兒說了，那郭二清醒得跟什麼似的，就吃飯不正常了，這根本就不像闖到了那個東西。」

「嗯，是這樣子的，就是一種怪病吧。」我也說道，其實我心裡知道這事兒不可能那麼簡單，這些年和姜老頭兒相處，聽他說過不少奇怪的事兒，這世間的東西千奇百怪，鬧鬼之事兒也就是一般的小事兒。

不過，我家裡的人只是平凡人，我是不能讓他們知道那麼多的，也不想他們知道那麼多，早些年因為我，他們已經受足了「驚嚇」。

郭二的事情就談論到了這裡，我也儘量沒去想，安安心心地和家人在一起過了一段溫馨的時光，這樣的日子隨著我十五歲的臨近，怕是過一天少一天了。

第二天很早，我就回了鄉場，因為還要上學，我那功課姜老頭兒是督促著的，我是不敢怠慢的，雖說現在少了劉春燕那個緊箍咒。

對的，劉春燕已經到鎮上去讀書了，人家可是個心高氣傲的主兒，我大姐就是她的目標。

到學校上了幾節課，中午的時候，我出去把酥肉找來了，我們現在一起在鄉中學讀書，就差是沒一個班。

我是在教學樓的背後把酥肉找到的，那小子夥著幾個學校的「混子」學生，正躲在教學樓背後抽菸，一見到我來了，趕緊從兜裡掏出一包綠色兒的「翡翠」菸，抖了一枝出來，遞給我：「三娃兒，整一根兒？」

我望著眼前的酥肉，這小子一年胖似一年，但個子也長了不少，現在長得是又高又壯，站面前跟個石頭墩兒一樣。

上初中後，這小子就愛上了「混社會」，和其他幾個人，成了學校所謂的一霸，打架蹺課樣樣來，不過這不影響我們從小建立起來的深厚友情。

「不整。」我擋開了酥肉遞過來的菸，酥肉也不以為意，笑嘻嘻地把菸收了起來，小心地放兜裡了，然後一把攬住我說道：「這翡翠可是我偷我爸的好東西，這不想著跟你分享嗎？」

「我說你抽翡翠呢。」我心裡暖了暖，酥肉這小子！反正估計著他偷菸的事情要不了兩天就得給他爸發現，反正又得挨打。

「大大哥。」酥肉旁邊的幾個娃兒也忙著和我打招呼，我應付了幾句。

酥肉現在幾乎是這個學校的老大，手底下還是有所謂的小弟的，他說他是大哥，然後我是他大哥，所以那些小混混必須叫我大大哥。

他經常吹牛：「你們是不曉得，三娃兒是不愛出手，這一出手吧，一個打十個！」一個打十個？我沒試過，其實不知道！關於大大哥和這吹牛皮兒的事，我也阻止過幾次，沒有效果也就算了。

「酥肉，跟我來一趟，跟你說點事兒。」我找酥肉是有正事兒。

「好咧，整完這兩口就走，翡翠呢，不能浪費。」酥肉大口大口地吸了兩口，然後把菸屁股給扔地上，攬著我的肩膀就走了。

十分鐘以後，我們端著四個大飯盒就坐在了學校的乒乓臺上，習慣在這裡吃飯，在教室裡這樣吃，被別人當成怪物似的。

這飯盒吧，其中三盒是我的，一盒是酥肉的，但酥肉常常覺得我的好吃，只要我們在一起吃飯，他總得把我的吃去半盒，他要不吃，我就一個人慢慢地把這三盒都給吃完。

第二章　郭二的怪病

「嘖，嘖，今天咋全是素菜啊？」酥肉撥弄著我飯盒裡的菜，有些不滿我今天的伙食。

「少廢話，又沒叫你吃，我從家裡帶的，又不是從山上帶下來的。」我端起飯盒就開始吃，早飯吃得太早，現在早餓了。

「三娃兒，你家去了縣城，生活還那困難？每次你從家回來，總是素菜，來，整點兒我媽弄的紅燒肉？」酥肉說著就要往我飯盒裡撥他的紅燒肉。

我瞟了一眼酥肉的紅燒肉，切得方方正正的，色兒燒得紅亮亮的，挺不錯，無奈那肉肥嘟嘟的，我一見就已經膩到了，況且我現在就愛抓緊時間吃點兒素菜。

我用筷子擋住酥肉，說道：「免了，你自己吃吧。」

「你客氣個屁啊。」酥肉罵了一句，倒也不堅持了，只是念叨著：「我每天中午吃一大盒飯，最多就是一盒半，我長這麼胖！都沒個姑娘看上眼。你三娃兒吃三大盒飯，不長胖，還長這好看，全校的姑娘都喜歡。媽的，不公平，這叫老子以後咋活啊？」

我扒拉幾口飯，說道：「你娃兒別在那裡亂說，這學校還有老師餵的老母雞，你要不要說全校的老母雞都喜歡我？沒見哪個姑娘喜歡我。」

「那是你娃兒不和別人說話，一天到晚在學校裡，臉跟連環畫似的，人家哪兒敢接近你？」

「啥叫連環畫兒一樣的臉？」

「你看連環畫兒上的人，只要被畫好了，就一個表情，撕爛了，那表情都不帶變的。你說你在學校吧，從上學到放學，都這表情，不是跟連環畫兒一樣嗎？」

酥肉真是越來越扯淡了，我吞了口飯，不急不慢地跟他說了一句：「信不信我搥你？」

「信，信信！」酥肉連忙說道，可還是不忘小聲念叨：「這小時候多活潑可愛的三娃兒啊，這長大了，就變成這模樣了，我曉得，我武俠書上看過，這是在學習那些高人啥，哦，仙風道骨的姿態。」

我懶得和他扯，直接說道：「我找你出來，是有正事兒的。」

「啥正事兒？該不會是談劉春燕吧？」

「關她啥事兒？」我倒奇怪了，這劉春燕在鎮上讀書呢，難不成她也鬧鬼了，需要我幫忙？

「切，你別以為我不知道劉春燕喜歡你，這哪回兒寄到學校的你的信不是我幫你拿的？這劉春燕是一個星期給你寫一封，我數著呢。」

「我都沒看，扔抽屜裡的，她能有啥好話，不是炫耀她成績好，就是指責我那時候欺負她。」我不以為意，心說這劉春燕也是神經病，都一個村裡的，她每個星期都從鎮上回來，有啥話還不能遇見的時候說嗎？寫啥信？那些信我卻是真的沒看。

至於她喜歡我？我壓根就不在意這事兒，也不喜歡去想這些，我每天的事情多著呢。

「得了，別扯了，今天找你出來，是和你說郭二的事情的。」說到現在，我已經扒拉完一盒飯了，還沒說到正事兒，可見酥肉是個多麼能扯的人。

「郭二？你說哪個郭二？鄉場上那個？」酥肉問道。

我點點頭，把我媽跟我說的事兒，一五一十的跟酥肉說了，然後問道：「你一天到晚就喜歡在鄉場上亂串，聽說也和郭二有接觸，你知道這事兒嗎？」

「我就知道你要說這事兒，我咋不知道，這兩天情況更嚴重了，聽說肚子疼得老吐血，但只要稍微好點兒，就起來找吃的，昨天啊，聽顏江說，一個沒注意，那郭二竟然爬起來，跑到米缸子前吃生米，等家人發現的時候，吃得那滿嘴血啊，估計是那生米把喉嚨都給哽破了，你想那吃法。」酥肉顯然知道的更多。

「顏江是哪個？」我問道。

「我說三娃兒，你不是吧？顏江是我小弟，可他是你們班的啊。」酥肉翻了一個白眼，顯然被我弄得沒語言了。

「哦。」我不以為然，一個班七、八十個人，我記不住也屬正常，我想起了一個問題，問酥肉：「你跟我說說，你那一夥跟郭二接觸幹啥？」

「別說那麼難聽，啥一夥一夥的？和他接觸不就為兩錢兒嗎？這鄉里誰不知道郭二有錢？說起來，我們是幫他辦事兒。」

「辦啥事兒？」

「這說起來就怪了，他常常讓我們在這片兒打聽一點老歷史，什麼村兒出了個啥地主，還有哪一片兒埋了啥達官貴人，要不然就讓我們滿山跑，看看那裡的地形兒。」酥肉有些奇怪地說道。

我心裡「咯噔」了一下，早些年和姜老頭兒去賣玉的經歷又浮現在了腦海！

那些年我就知道了有盜墓那麼一說，何況這幾年，姜老頭兒也零零散散跟我說了不少關於地下盜墓的那點事兒，反正這姜老頭兒好像啥都知道一樣。

這兩年很明顯的，國家在搞經濟建設，有些頭腦活泛的人都開始做生意了，各種以前不敢的，祕密的搞錢方法，也被老百姓用無窮的智慧給挖掘了出來，我有些明白郭二在做啥營生了。

他這情況，很有可能是在地下遇見點兒啥了！

見我沉默不語，酥肉有些急了，他說道：「三娃兒，你問那麼多，又嚷著是正事兒，你到底發現些啥？跟我說啊。」

酥肉算是知道我和姜老頭兒底細的一個人，那次蛇靈的經歷已經讓他畢生難忘，這些年長大了，他肯定知道了當年那槍斃一說是逗他玩兒的。

不過，隨著思想的成熟，他肯定也知道，有些事情就是打死也不能說出去的。

我和姜老頭兒的一些東西，在他心底也是最深的祕密，他不曾說出去過，但無法否認的是，我和姜老頭兒也是他最深的好奇，他無法避免地對我們的一切事情都非常感興趣。

無奈的是，我和姜老頭兒這些年過得那叫一個風平浪靜，咋也弄不出第二條蛇靈再給他見識。

我不說話，回頭卻給了酥肉肩膀一拳，疼得酥肉那叫一個齜牙咧嘴。

「三娃兒，你打我幹啥？」

「我這是在警告你，別為了一些小錢，幹些自己都不知道的『壞事兒』，要被查出來，你小子能進局子了。」我嚴肅地說道。

酥肉見我一嚴肅，就跟我見姜老頭兒一嚴肅一樣，他有些發虛地問道：「三娃兒，咋了？」

「你還不明白郭二是在幹啥？郭二他是在盜墓！知道啥是盜墓嗎？就是挖人家的墳包兒，偷東西出來賣！這是犯法的，你小子還稀裡糊塗地去幫忙。」

「媽的×，我說郭二這兩年咋這有錢，不過這埋死人的地方，那麼嚇人，這裡面還能有多值錢的東西？」酥肉問了一句。

「金的，銀的，玉的，只要你找對了墳，東西就多了去了，沒有你看不見的好東西，只有你想不到的好東西。」這小子，孤陋寡聞到了一定的境界了。

酥肉沉默了一陣兒，也不知道在想啥，過了半天，他臉色兒忽然一變，對我說道：「三娃兒，你的意思是郭二闖鬼了？我……我會不會也他媽招惹到了啊？我以前還聽他的，帶著一群人，滿山遍野地到處跑！」

「郭二是不是闖鬼了，我不知道，但我肯定的是，沒你啥事兒。」我放下第二個空飯盒，很平靜地說道。

但酥肉是誰？酥肉是最瞭解我的人之一，他忽然就盯著我說道：「三娃兒，你是想要幹啥？」

「哦，我是想，等下吃完飯，你就帶我翻牆出去，帶我去郭二家去一趟，我想看看是咋回事兒。」

「你不叫上姜爺？」酥肉一副很沒安全感的樣子。

「不叫了，你看不起我是不？我這上山七年多是白學的？」我一怒，對這酥肉嚷了一句。

吃完午飯，我回教室去寫了一張假條，放講臺上，收拾了一下書包，便離開了教室。

酥肉早在外面等著我了，背著個扁扁的黃色軍挎包，估計裡面就一個空飯盒。

「三娃兒，我說你不是脫了褲子放屁嗎？又寫假條，又要翻牆。」酥肉一見我就嚷嚷道，在他看來蹺課就是蹺課，直接走了就是，要寫了假條，就走大門唄。

「老師還沒批准，我放講臺上就走了，我懶得和門衛解釋。」我隨口答了一句，我這人其實怕麻煩，能少對一個人解釋，就少對一個人解釋。

「看你那人緣啊，一個帶假條的人都找不到，不過憑你那張小白臉兒，隨便找個姑娘兒帶不就行了啊？」酥肉嬉皮笑臉地說道。

我已經懶得用言語回答他了，直接一腳踢在了他屁股上。

酥肉把我帶到宿舍背後的一個歪脖子樹面前，然後他咬著書包，顛著一身肥肉，這扭那蹭地爬了上去，然後踩著歪脖子樹，翻上了牆。

一上牆他就得意地跟我說：「看見沒？酥爺我靈活吧？不是吹的，這棵樹都是我翻牆給踩歪的。」

我懶得理他，一隻手吊著樹，就輕鬆地上了樹，在樹上一蹬，借著力就站在了牆上。

酥肉的臉馬上就垮了下來：「狗日的三娃兒，不該那麼打擊人的。」

我小得意地一笑，哥可是練過的，然後瀟灑地跳下了圍牆，酥肉在牆上吊著，然後挨著牆一滑，也滑下了圍牆，就是姿勢難看了點兒，一下圍牆就「啪嗒」一聲坐地上了，然後還沒坐穩，直接來了個四仰八叉的。

「失誤，嘿嘿，失誤。」酥肉臉皮倒也挺厚。

我習慣了，一把拉起他說道：「走吧。」

郭二的家就在鄉場上，說近不近，說遠也不遠，也就是二十來分鐘的事兒，我走在路上，從書包裡掏出一件兒東西扔給了酥肉。

「啥東西？」酥肉沒看清楚，見我扔給他，就忙不迭地接在了手裡。

「能有啥東西？符唄。」

那是一張折成了三角形的符。

「這符幹啥用的？」酥肉常常上山找我，知道姜老頭兒會畫千奇百怪的符，每種符的作用還不一樣，他就問起作用來了。

「就是一般的擋煞符，反正帶著邪性兒的東西都能擋一下。那郭二如果身上真有東西，也是個邪性兒東西，多少能擋一下。」我給酥肉解釋道。

「姜爺畫的？」酥肉一邊往懷裡揣，一邊問道。

「我畫的。」在這山上待了這些年，我的本事趕我那師傅還是差遠了，按我師傅的說法，如果不是我天生靈覺強，修行——特別是學習祕術——來得特別快，估計我還不能獨自畫成一張真正有作用的符。

不過，就算如此，我到現在能畫成的符也不過兩三種，就如最簡單的擋煞符、鎮宅符，還有就是對於我來說，成功率極低的觀音符，那種符就是擋個小病的，戴上了，比如周圍人都感冒了，你就不會中招。

我畫的符從效果上來說，和姜老頭兒的也不能比，功力的差距在那兒了，但作用還是有的。

一聽是我畫的，酥肉的臉色一下就變了，原本還寶寶貝貝地想把那張符往懷裡揣，這一下就直接隨便地放衣服兜裡了。

「我還以為是姜爺畫的，那可真是寶貝，原來是你畫的破爛玩意兒啊。」說著，他還嫌我不夠「爽」，還極沒安全感地問道：「我說三娃兒，戴著你的符，也能擋一下的，對吧？可別一下都不能擋，我不想變成郭二那個樣子。」

我的不爽已經達到了一個臨界點兒，到底是少年心性，就怕別人說自己沒本事，我也不說話，一把抓過酥肉，直接從酥肉兜裡把那張符拿了出來，說道：「行了，你不樂意要，我他媽還不樂意給了。」

「哎呀，三娃兒，三哥兒，三舅，三大爺，我錯了還不行嗎？還是給我吧，話說這下雨，沒把傘，不能連衣裳也沒一身兒，就光著個身子在雨裡跑吧？」說著，酥肉又把符搶了過去。然後一把攬過我說道：「三娃兒，我要不相信你的本事，能和你跑這一趟嗎？別小氣，別小氣啊！」

我心裡舒服了點兒，和酥肉這一路鬥嘴，不知不覺也走到了郭二的家。

酥肉抬腿就要進去，我一把拉住酥肉說道：「你別那麼衝動，行吧？去人家家不得有個理由嗎？」

「我和郭二平日裡又不是沒接觸，就說來探病就得了，他家裡人又哪兒能記住我們那一群裡都有誰啊。」說著，酥肉又拉過我說道：「三娃兒，我可真是把你當哥，你來這趟兒，別人不知道，我還能不知道？你娃兒就是學了兩天本事兒，手癢，想在這裡試試本事兒，我可是把命交給你，捨命陪君子了，夠哥們吧？」

我看了酥肉一眼，臉不自覺地就紅了一下，要說這話，酥肉還真說對了，我開口說道：「你小說看多了吧？江湖情節都給我上來了，啥試本事兒，捨命陪君子的，不就是想讓我小心點兒辦事嗎？你心裡害怕。」

「嘿嘿嘿……那射鵰可真好看。」酥肉隨口敷衍了一句，兩人也就不再囉嗦，由酥肉出面，去敲郭二家的門。

這門敲了半天，才有一個人來開門，我一看，開門的是郭二那個才十一歲的女兒。

「認識我不？我是你酥肉哥哥。」酥肉就是個自來熟，呵呵一笑，就要伸手去掐別人小姑娘的臉表示親熱，一想人家丫頭都十一歲了，這不耍流氓嗎？又把手給縮了回來，在他那髒兮兮的破書包裡掏啊掏的，掏半天也沒掏出個啥來。

「哎呀，哥哥本來準備給妳帶個糖的，這忘在教室裡了。」

這酥肉臉皮可夠厚，他有個屁的糖，有糖都得進他肚子，不過我也不想和這小丫頭囉嗦，想起了我從縣城回來，我媽往我書包裡塞了一包兒零食，說是平日裡賣給學生的，叫我也帶點兒，我就隨便摸了一下，掏出一把糖，塞給了酥肉。

「嗨喲，原來在你身上啊！」酥肉偷藏了一些放自己兜裡，然後把剩下的都塞給那小姑娘了。

那小姑娘的神情原本憔悴而警惕，看見糖了，神色總算舒緩了幾分，再說酥肉常常幫郭二跑腿兒，也去過幾次郭二家，小姑娘對酥肉還是稍微有些熟悉的。

「你們幹啥來了？」小姑娘的辮子亂亂的，連帶著這聲音也有些啞了，估計是哭的。「聽說妳爸不好，來看看妳爸的。」酥肉做出了一副悲痛的樣子。那小姑娘歪頭考慮了一陣兒，估計是看在糖的面子上，放我們進去了。

在小姑娘關門的那一會兒，我攬著酥肉的肩膀說道：「給我拿出來，我都看見了。」

「你都看見啥了？」

「你好意思？我給小姑娘的糖，你好意思貪下來？」

「我還想問你呢，有好吃的都不給我，虧我把你當哥哥。」酥肉一臉憤怒。

「誰說不給你了？原本就打算著放學給你的，待會兒把糖拿給人家小姑娘，看人家那樣兒，都可憐成這樣了。」我壓低聲音說道。

「行行行，就你慈悲心腸，你娃兒老實交代，你是不是平日裡一副連環畫兒臉，私底下都是那麼騙姑娘的，我說學校裡這麼多姑娘悄悄喜歡你。」

我怒了，剛準備給酥肉兩下，卻發現那小姑娘就站我們面前問道：「你們咋不進去？」

我和酥肉這才回過神兒來，抬頭一看，立刻被院子裡的景象驚呆了。

院子裡亂七八糟的，原本農家院子裡都喜歡搭個雞棚，狗舍的，還喜歡在院子裡栽點花兒，栽點小菜，弄得漂漂亮亮的。

可這院子像啥樣子啊，那些花兒小菜被踩得七零八落的，院子裡原本還栽了一棵樹，這下連樹枝都掰斷了幾根，剩一點兒樹皮連著，掛在樹上，顯得更淒涼。

如果光是這樣，都還不足以引起我和酥肉如此震驚，令人更加震驚的是，院子裡還有一些血跡，大團大團的，有些觸目驚心，在離那些血跡的不遠處，有二隻雞的屍體，還有一隻鴨子的屍體！

那血跡是雞和鴨的，我和酥肉一眼就看出了問題，只因為那些雞鴨的死狀極慘，都是被生生地咬下了幾塊肉。其中一隻雞，半邊身子都被咬下來了，那被咬下的半邊，只剩一層皮兒連在身子上，要命的是還少了一塊兒肉。

不用想，這塊肉是被郭二給吞了，不像其他的雞肉，被扯下來了，吊在身上，至少沒消失。

看著這一切，我的臉色變了變，酥肉已經壓不住要吐了，這多麼明顯的事情啊，當時的場景是個傻子都想得出來。

郭二發病了，家裡人不敢讓他再吃東西，吃成那樣了，再任他吃，不得吃出人命啊？結果郭二因此發了狂，然後跑院子裡來，看見能吃的就塞嘴裡，這些活雞活鴨當然就是他眼中的「食物」，然後家人追逐阻止，院子裡就成這樣。

從那死雞來看，郭二最終還是得逞地啃了一塊肉，能想像，那生肉連皮帶毛的，被他不顧阻止的，狼吞虎嚥的嚥下肚子裡的場景。

「不行了，我不行了。」我能想到，酥肉也能想到，想著那麼一塊帶毛帶血的生肉被吞下去，誰能很淡定？

加上剛吃了午飯不久，酥肉終於跑到院子的一個角落去吐了，吐完回來，酥肉臉色極不好看地跟我說了句：「老子發誓一年不吃雞肉。」

那小丫頭看著酥肉的表現，有些黯然地垂下了頭，我有些於心不忍，酥肉也不好意思，撓撓頭說道：「沒別的意思，中午吃太多了。」

「沒事兒，我都習慣了，我們班同學都說我爸是怪物。中午的時候，他還啃了樹皮，是鄰居幾個叔叔幫忙把他扯下來的。」小姑娘兒的話讓人聽了挺難受。

我走上前說道：「沒事兒，這是人生病了，誰還不生個病啊？治好了，就沒事兒了。」嘴上這樣說，我心裡卻在暗歎郭二真的是在造孽，讓孩子承受這種「苦果」，如果任事情發展下去，指不定會變成啥樣。

想到這裡，一種斬妖除魔，匡扶正義的心理在我心中油然而生，我第一次覺得我自己是個道士，我很自豪，比當紅軍還自豪。

我的安慰顯然起了作用，小姑娘充滿希望地問道：「大哥哥，我爸的病真能治好？」

「嗯，能的。走吧，去看看妳爸爸。」說著我就跨過了這凌亂的院子。

在路過院子的時候，我發現了一件事兒，發現他家的狗舍裡趴著一隻大黑狗，奇怪的是，竟然是縮在窩裡頭的，而且還在顫抖，那種顫抖是個人都能看出來。

我還沒問，酥肉就問了：「妳家狗咋啦？咋這副模樣？」

「大黑以前可乖了，就是一個多星期以前，牠忽然就對著我爸叫，叫得可凶了，還想咬我爸，然後我爸也變了凶了，那樣子……」小姑娘似乎不願意再回憶起那幅場景，頓了半天才說道：「反正我爸忽然就一腳給大黑踢去，當時就把大黑踢飛起來了，踢好遠，都踢吐血了，然後大黑就不出窩了，養了這些天，傷好了，都不出來，看見我爸，躲得更厲害。」

「恁大條狗，得多大力氣才能把牠踢飛起來啊！這郭二說不定練了大力金剛腳！」酥肉感歎了一句。

「大力金剛腳？我咋只知道大力金剛掌呢？」我已經無言了，轉頭問向小姑娘：「然後妳爸當天晚上就變得很能吃了？」

「嗯。」小姑娘重重地點了點頭。

我和酥肉對視了一眼，知道這其中絕對有問題，有點兒常識的人都曉得，狗是最敏感的動物，特別是對邪性兒的東西，這郭二十有八九是闖到啥了。

說話間，我們已經上了樓，郭二家有錢，早就砌起了二層的小樓，郭二的房間在二樓。

一進房間，我就感覺到了一股壓抑的氣氛，郭二的老爹坐在門口歎氣，郭二的媽和妻子則坐在郭二的床前默默地垂淚，他的兒子，在我們鄉場中學念初二的郭棟樑臉色也難看得緊。

而郭二本人則被五花大綁地綁在床上，衣服很零亂，頭髮也亂糟糟的，一張臉上鬍子拉渣的，還有沒擦乾淨的血跡，此刻已經睡著了。

離奇的是，他的肚子鼓脹脹的，就跟個孕婦似的，還是懷孕了五、六個月那種。

郭二本身就不胖，這對比之下，肚子就更加明顯，再說，郭二是鄉場裡有頭有臉的富裕戶，平日裡非常注重形象，弄成這副樣子，真的是讓人感歎。

郭二睡著，眉頭皺得很緊，不時還哼哼兩聲，可見睡得不安穩。

酥肉和郭棟樑還算熟，反正兩人說起來都是一路貨色兒，喜歡混社會那種，一見郭棟樑，酥肉就咋咋呼呼地問道：「棟樑，你爸好些了吧？」

郭棟樑眉頭一皺，說道：「看那樣子，能好嗎？」

郭家其他人疑惑地看著我們，那郭二的女兒立刻就說道：「這兩個哥哥是來看爸爸的。」

郭家人不說話了，估計郭二搞成這個樣子，他們也沒招呼客人的心思，點了點頭就當知道了。

郭棟樑估計心裡也壓抑得慌，對著酥肉又說了一句：「我爸搞成這個樣子，我家都不敢開伙，我這肚子也餓著，餓著其實沒啥，可是我就想我爸別再發瘋了。」

酥肉忙不迭地從兜裡摸出兩顆糖，遞給郭棟樑，說道：「吃個糖吧，頂頂。」

郭棟樑估計也是餓了，接過糖，剝開就要吃，他妹妹估計也撐不住了，從兜裡摸出剛才我們給她的糖，也剝開準備吃。

我媽給我的是水果糖，那水果兒香味就重，加上那個年頭的糖挺實在的，香味兒就更重，那郭棟樑兄妹還沒把糖放嘴裡呢，忽然就聽到了一聲吼聲。

那聲音就跟某種凶猛的食肉動物在咆哮一樣，一直在看著郭二的酥肉「哇」地大叫了一聲：「他醒了！」整個人就跳著後退了一步，躲我身後去了。

誰受得了啊？一個原本以為熟睡的人，一點過程都沒有的，猛地就睜開了眼睛！

「好香，好香，我要吃，我要吃！」郭二根本誰都不看一眼，整個人就在床上掙扎扭動了起來，方向竟然是朝著郭棟樑手中的糖。

虧他都這樣了，還那麼大的力氣，整張床被他弄得「咯吱咯吱」直響，其實他家那大木床，一看品質就挺不錯的。

郭棟樑估計挺怕他爸這個樣子，哇呀一聲就把糖給扔了，人也跳開了，而郭二的老婆，媽媽，加上他老爹也衝了進來，一起想摁住郭二。

卻不想那郭二太厲害了，幾下就掙脫了，「咚」一聲就滾到了地上，摔得實實在在。

可是他不管，全身扭動著，爬到那被郭棟樑扔地上的糖面前，也顧不得髒，又是在地上舔，又是吸的把那糖弄到了嘴裡，然後一臉滿足的樣子。

我的腦門出了冷汗，想起了一個辦法，立刻調動起全身的力量，氣聚丹田大吼了一聲：「郭建軍（郭二的本名）！」

郭二毫無徵兆的，忽然扭頭就看了我一眼，我和他毫無疑問地對視上了，這一眼看得我毛骨悚然，不自覺地倒退了一步。

第三章　貼身搏鬥

我為什麼會嚇得倒退了兩步？只因為在郭二扭頭的瞬間，我看見他的臉一下扭曲了，在模糊不清間，我看見一張完全陌生的臉。

那張臉非常地消瘦，幾乎沒有肉，就是一層青灰色的皮子貼在骨頭上，而且那頭骨十分的畸形，非常大，且長，在二個額角突出，使得整個頭的上部像個正方形似的。

在「它」望向我的一瞬間，忽然就衝我咆哮了一聲，我這時才看清「它」的五官，沒有眉毛，眉骨卻分外地突出，兩個眼睛根本不是人類的那種眼珠眼白分明，而是純粹的血紅色，非常大的鷹鉤鼻，長大的嘴裡牙齒雪白，恐怖的是那四顆獠牙，非常長，看起來比犬牙還要鋒利，由於「它」衝我咆哮，那張嘴張得很大，我恍惚看見了「它」喉嚨深處彷彿燒著一團烈火。

那聲咆哮的聲音響在我的耳邊，震耳欲聾，又有一種說不出的恐怖，似在恐嚇我，又似在警告我。

「三娃兒，你咋了？」酥肉一把拉住我，因為我剛才幾乎跌倒。

我一下回過神來，再看了一眼郭二，很神奇，他的臉又恢復了正常，現在整個人在使勁掙扎，幾乎把坐在他身上的三個人都要掀起來。

我抹了一把冷汗，轉頭問向酥肉：「剛才你聽見吼聲了嗎？你看見郭二的臉了嗎？」

因為那臉我忽然覺得十分的熟悉，我需要酥肉幫我一起回憶一下。

「啥吼聲？啥臉？三娃兒你可別嚇我。」酥肉臉上的肥肉都抖了一下，可見他根本沒看見啥，反而被我的說法給嚇了一跳。

「哦，那沒事。」難道我又無意中開了天眼？不是，絕對不是，我那天眼雖然我自己還不能完全控制，但是我是十分清楚開天眼那種看東西的感覺的，既然不是開了天眼，我忽然就想到了一個可能。

郭二身上有東西，而且那東西在針對我，它貌似看出了我是個道士，對它有威脅。這個想法讓我的脊背都覺得發寒，有一種不知道該咋做的感覺，以前看師傅收鬼捉妖很是輕鬆，可輪到了自己，卻一籌莫展，我拚命地在腦中搜羅自己的所學，希望能想出一個行之有效的辦法。

「滾，你滾，你滾啊……」在我晃神的一剎那，一個聲音忽然從房中響起。

這聲音是郭二的聲音沒有錯，可是那感覺卻怪異得讓屋裡每一個人的臉色都變了，那種感覺咋說呢？就像是一個不會說話的動物，在努力地模仿人說話的感覺。

酥肉心裡有些發虛，扭頭問我：「三娃兒，他是在叫你滾，還是我滾？要不我們都滾吧？」

我知道這種怪異的場景下，酥肉是一刻都不想待了，可是我卻不忍這樣離去，我總感覺如果就這樣離去了，會有很殘酷的事情發生，而我也從來不懷疑自己的直覺。

「滾，滾開，滾開……」郭二掙扎的力氣越來越大，朝著我和酥肉一副想衝上來咬上一口的樣子，這時連郭棟樑都衝上去按住他爸了。

「大哥哥，你們走吧。」一直沒有說話的郭家丫頭此時拉了拉我的衣角，兩隻眼睛裡全是淚水。

我在心裡歎息了一聲，還有些猶豫，還在拚命地想自己能咋做，酥肉也拉我：「我知道你在想啥，但本事不濟有啥辦法？去找姜爺來吧，走吧。」

算了，也只能這樣了，我不忍再看郭二一家人，轉身和酥肉離開了。

可剛沒走幾步，房間裡就傳來一聲撕心裂肺的慘叫聲，我一聽是郭二他爸的聲音，我和酥肉對視了一眼，我轉身就衝了回去，酥肉猶豫了一下，也跟了上來。

一到房間門口，我就愣住了，我看見郭二已經半跪在地上，腳下的繩子已經掙開了，陰惻惻地笑著，嘴角還有一絲新鮮的血跡。

而郭二的老爹正縮在房間的一角，捂著他的左手很是痛苦的樣子，而且就算是捂著，那鮮血都還是從指縫間流出，郭二的媽此時正扶著他的老爹。

而郭二的妻子抱著郭棟樑和郭家丫頭，躲在另外一角瑟瑟發抖。

郭二還在掙扎，他是被反綁著雙手的，此時他正努力掙脫綁住他雙手的繩子。

「狗日的，你是要吃人？你是要六親不認？」可能因為太過疼痛，郭二的老爹忍不住罵到，畢竟郭二平日裡是清醒的，只是貪吃到一個不可思議的地步，他老爹還認為郭二還是那個郭二。

而這句吃人，讓我腦中忽然靈光一閃，我想到了，想到了郭二現在是啥。

我剛待說話，酥肉吼了一句：「他掙脫了。」我回神一看，郭二果然已經掙脫了繩索，此時望著我陰惻惻地笑著：「呵呵……呵呵……」

那聲音讓在場的人都起了一身雞皮疙瘩。

我拉著酥肉慢慢地往後退著，這房間外面就是走廊，萬一打鬥起來，實在也展不開手腳，能引到院子裡或許能想到一些辦法。

郭二盯著我，那眼神根本不像是一個人類能有的，亦步亦趨地跟著。

就在忽然之間，郭二的眼神忽然轉向了酥肉，我心裡暗道不好，剛想讓酥肉躲開，卻見郭二動作快得不可思議地一下就撲向了酥肉。

我只感覺一陣風從臉上颳過，然後身體被狠狠撞了一下，被直接撞到了走廊上，一個站立不穩，差點就翻下去。

好在平日裡修行苦功下得夠多，武家功夫雖說不上精通，可力氣還是有一把的，我靠一隻手撐住了自己的身體。

可我剛剛站穩，卻發現酥肉被郭二撲倒在了地上，他雙手掐著酥肉的脖子，而且張嘴就要咬下去。

酥肉要是被咬下一塊兒肉，我不得內疚一輩子？是我叫他陪我來的！眼看他已經憋得一張臉通紅，人都有些嚇傻了，我也瞬間來不及救，郭家人已經嚇傻在一邊，我是心急如焚。

對了，我忽然對酥肉大喊道：「符，酥肉，符！」

酥肉這小子也是有些膽子的，至少此時沒有完全被嚇傻，他用一隻手拚命擋著郭二要咬下來的嘴，另外一隻手從兜裡摸出了我給他的那張符。

這小子也夠狠，一下就把那張符給塞郭二嘴裡去了。

「啊……」郭二忽然就慘叫了一聲，嘴裡立刻就冒出了青煙，那符在他嘴裡竟然燃了起來。

這不是啥怪事兒，就像打雷閃電這種事情，是正負能量的碰撞，也可以理解為陰陽的碰撞，會產生如此巨大的動靜，一張充滿了陽性能量的擋煞符，碰撞上郭二體內那邪性兒的陰性能量，自然也可以產生這種反應。

這就是真正有道家功力的符為什麼會無風自燃的道理。

郭二像是被燙了一下，動作就遲緩停頓了，可是他下一刻就吐出了嘴裡的符，可我哪兒還能讓他再傷害酥肉，早已經衝過去，穩住下盤，力量瞬間集中在兩隻手上，憋著一口內氣兒，一把把郭二從酥肉身上提了起來，狠狠地摔在了一旁。

「狗日的酥肉，還不快跑？」我吼了一句，同時也注意到酥肉剛才那隻擋住郭二的手被咬得鮮血淋漓。

酥肉反應倒也快，站起來就往樓下跑去，我整個人一下背靠著郭二，把他頂在了牆上，順便反鎖住了他的兩隻手，對郭家人吼道：「你家郭二餓鬼上身了，你們快跑到鄰居家去躲一下，快點兒，我等會會叫我師傅來救郭二的。」

郭家人猶豫了一下，郭二的妻子拉著兩個孩子就跑，而郭老爹也拉著郭媽準備走了。

郭二掙扎的力量越來越大，我憋著一口氣，想罵又不能出聲，心裡苦澀得要命。

就在我兀自難受，為他們爭取逃跑時間的時候，事情又出了么蛾子，郭二的媽不走了，她也不知道哪兒來的力氣，掙脫了郭二他爹，一下衝過來，沒說話，眼淚就掉了下來。

「你不要弄我家二娃，你是餓鬼，我聽說過餓鬼，曉得你是吃不飽的東西。」他媽在我面前說著這些，而我鎖著郭二的雙臂，兩隻手臂都快麻了，又不能說話，心裡簡直說不出那無奈。

郭二的爹來拉他媽，他媽卻一把掙脫了，對著他爹罵道：「你一點兒都不關心自己兒子，你給老娘滾。」

「我哪裡是不關心，而是我們現在在這兒，是給這個小師傅添亂啊。」男人畢竟要理智點兒，剛才那符燃燒的一幕，這郭老爹是看見的，他心裡有了點兒底。

「萬一這小師傅擋不住呢？我們不能害人家，我就想說一句，那餓鬼啊，你吃我吧，你把我吃了，就不要弄我兒子了。」說著那郭媽竟然挽起了袖子，把手往郭二面前送。

哎，我心裡暗歎了一聲，可是卻一點也不能怪郭媽，天下誰的孩子不是孩子？為人母親的母愛哪個又不是恩重如山？我只得開口說道：「我會叫師傅來處理，能救妳兒子的，你們現在不走，反而會讓事情麻煩，走啊……」

我這句話讓郭媽稍微放心了一點兒，再加上郭老爹拉著她，她終於一步三回頭地走了。

可是練武之人都知道，內練一口氣兒，力量這種東西只要氣息一鬆，也會跟著鬆懈，在打鬥時，還你來我往的說話的場面是非常假的，我剛才一說話，那口氣就洩了，郭家二老剛下樓梯，我身後的郭二使勁一頂，一下就掙脫了我。

可是我還得爭取時間，不容猶豫的，我又深吸了一口氣兒，簡直是調動了全身的力量，回身又抱住了郭二，用腳把他絆倒，然後用身體鎖住了他的兩隻腳。

姿勢很不好看，可這才是真正的武學，具體的功夫名兒我說不出來，是姜老頭兒教我的，說危急時刻就用這個功夫，共有十八種「鎖」的方式。

在後來，我發現不論是美國的無差別格鬥，日本的柔道還是巴西柔術，都有這種功夫的影子，可惜在我泱泱華夏卻不見有人把它發揚光大，華夏的武學其實是非常博大精深的。

「三娃兒，三娃兒，他們家人都走了，你還在上面幹啥啊？」就在我用盡幾乎全身的力氣鎖住郭二的時候，酥肉的聲音在樓下響起了。

我鬆了一口氣兒，瞬間放開了郭二，想也不想的，就從二樓的陽臺上跳了下去，然後翻滾了幾下，站了起來。

輕身的功夫我是不會，可是這點兒高度，和跳下來之後咋保護自己，我心裡還是有點兒底的。

「我日，三娃兒，你是有啥想不通要跳樓啊？」酥肉嘴巴張得老大，是咋也想不到我會選擇從天而降。

我來不及給酥肉解釋啥，站起來之後，一把拉住酥肉就往院子裡的一角跑去：「記得蛇靈不？牠背後那個墓，我師傅說過的，餓鬼墓，這郭二估計是被餓鬼上身了。」

「媽的，我說他啥都吃？你逞能吧？現在咋辦啊？」酥肉的聲音幾乎都快哭了。

這時，我們背後響起了「撲通」一聲巨響，我回頭一看，媽的，是郭二也跟著跳下來了。

餓鬼是不怕，從二十樓上跳下來也不會有事兒，可郭二是肉體凡胎啊，更不曉得從高處跳下來要咋保護自己，這是直挺挺地跳下來的。

接著，我就看見郭二瘸著一條腿，朝我們追來了，速度一點都不慢！

好在是二樓，郭二也沒摔死，這條腿估計是摔瘸了，但是餓鬼上身的他幾乎是被調動了全身的潛力，而痛覺幾乎也被壓制了，所以力量和速度簡直超出尋常人太多，這他媽是個「超人」！

嗯，有很多鬼上身，被調動出潛力的人，都會瞬間變成「超人」。

不過，這也只是能維持短時間的事兒，這樣爆發潛力的時間越長，人在事後也就會越虛弱，甚至減壽，這還是得救的情況，不然的話，這人會活生生地被鬼「玩死」。

這餓鬼估計是要放棄郭二這個「宿主」了，這樣亂弄郭二的身體，如果今天不能救下郭二，郭二會死。

「他追來，咋辦？」酥肉這次是真的快哭了，院子幾步就被我們跑到了頭兒，現在兩人幾乎是縮在牆角的，看著郭二一步步衝過來。

我的腦子飛速運轉著，咋辦？最有威力的手訣，步罡我不會，更高深的請「神」上身，我更他媽不會，還有其他諸多的「術法」我也是抓瞎，更別說釋放出一身功力去壓鬼，那對我更是天方夜譚。

就在這時，一個黑影衝了出來，一下咬住了郭二的褲腳，我一看，這不是郭二家那條「膽小狗」嗎？

郭二的腳步被拖住了，他轉頭怒視著那條黑狗，想也不想，一拳就使勁落在了黑狗身上，那黑狗發出了一聲悲鳴，可就是這樣，還是沒有鬆口。

眼看著郭二的另一腳又要給黑狗落下去了，我看著狗嘴的血跡心裡不落忍，大喝了一聲，趁郭二朝我看來的一瞬間，一下衝過去，撞開了郭二。

這狗是最有感情的動物，就算這世界很多動物靈性比牠強，可論起忠誠可愛，還是牠最好，我真的不能眼睜睜看著這狗兒為我和酥肉去死。

我撞開郭二的力量極大，那狗兒也被撞開了，把郭二的褲腿布撕了一片兒下來，我眼眶有些發熱，就算是這樣，這狗兒也沒有咬自己主人的一塊兒肉。

郭二似乎憤怒了，「哇」的怪叫一聲就朝著我撲來，我一腳蹬開他，衝過去抱起黑狗就開始繞著院子兜圈子，跟這種「超人」打鬥，我打不贏。

「酥肉，去把院子門打開，帶著狗一起跑，把我師傅找來。」我一邊跑一邊吼道，好在平日裡常常跑步，我這速度還行，可就這樣，郭二好幾次都差點抓住我的衣角。

「我……我咋能丟下你？」酥肉縮在院子的一角，全身發抖，可是還是沒動，這樣喊道。

我心裡一陣兒火熱，這才是從小到大一起長大的兄弟啊，可是還能有啥辦法，我吼道：「我他媽快撐不住了，但我有辦法能擋他一陣兒，你只要抓緊時間把我師傅叫來就成。」

「可是我不會走那竹林啊？」酥肉抹了一把臉，估計他也流了一頭冷汗。

「媽的，不用走，你在竹林裡喊我師傅，就大喊我出事兒了就成，那老頭兒聽得見，你他媽再囉嗦，我撐不住了！」我幾乎是吼著說道。酥肉也不是個婆婆媽媽的人，說做就做，看準機會，一下子衝到了院子的門前，「嘩」一聲就把門打開了，我也看準機會，朝那裡狂奔著，接近門口的時候，我把手裡的黑狗幾乎是砸在了酥肉身上。

「帶著牠，剛才救我兩個的命了。」我大吼了一句，也就是這一瞬間，身後的郭二一下子就撲到我身上。

「我日，三娃兒。」酥肉接住狗，好不容易站穩身子，正好看見這一幕。

我平日裡練功夫，這點反應能力還是有的，郭二撲來的一瞬間，我強行鎮定，用肩膀撞開了他，對酥肉大吼道：「把門給老子關上，要不然鄉里人都遭殃。」

酥肉望著我，眼淚一下就落下來了，可還是一咬牙，把狗放下，「嘩啦」一聲關上了那道大門。

我一轉身，現在剩我單獨面對郭二了。

第四章　虎爪，舌尖血

南拳北腿？降龍十八掌？打狗棒法？面對郭二，我的腦子亂成了一團，恨不得變身為自己看過的武俠書的主角，但想像是美好的，現實是殘酷的，在這一瞬間，郭二已經朝著我撲來。媽的，還沒完了！我也不知道今天是爆了幾次粗口了，扭頭轉身就跑。

院子不大，還有不少花花草草，盆盆罐罐的，特別是中間還立著一棵樹，我跑得那叫一個狼狽，上躥下跳地跟個猴兒似的，而郭二在後面是窮追不捨，沒半點兒想放棄的意思。

時間一分一秒是那麼的難過，也不知道跑了多久，體力好到如此程度的我，終於也受不了了，眼前一片模糊，一喘氣肺裡跟拉風箱似的，呼哧呼哧的。

終於，一盆花把我絆倒了，在摔倒的一瞬間，我甚至有種輕鬆的感覺，終於可以躺一下了。

當然只是一下下，因為郭二在下一瞬間就撲了上來。

我想用腿去把郭二踢開，無奈在那一下我連抬腿的力氣和機會都沒有，郭二撲了上來，動作非常怪異，不像對別人那樣，撲上來就咬，而是騎在我的肚子上，一手按著我的肩膀，一手使勁捏著我的下巴，那感覺是要用力把我的嘴捏開。

郭二是啥意思？不，那餓鬼是啥意思？我的下巴被捏得生疼，但這並不妨礙我思考。反抗的力氣很小，因為剛才劇烈的，長時間的奔跑，使我幾乎脫力，能夠反抗一下就不錯了，我甚至幻想，現在有個鬼上我的身就好了。

但俗話說，人不能亂想，一想說不定就會應在自己身上，我才那麼一想，「報應」就來了。

郭二先是使勁捏開我的嘴，接著他的表情就扭曲了起來，似乎是很痛苦，在接下來，我是眼睜睜地看著他的肚子小了下去，越來越小，變成了雞蛋那麼大的一個包凝在他的肚子上面。

原本郭二就穿的是件破破爛爛的衣服，在打鬥中更是被撕成了破布條，所以他的肚子上的情況，我是看得一清二楚，這不看還好，一看我簡直恨不得挖了自己的眼睛，不要去看。

那個雞蛋大的包，使勁地在郭二的肚子上滾動，看樣子想要掙扎而出，而郭二肚子上的皮也被越撐越薄，只是一小會兒就浮現出了一張怪臉，跟我在恍惚中看見的，衝我咆哮的臉一模一樣。

我在這時也明白了，那個包可不是啥腫瘤，更不可能是個雞蛋！那就是活生生的餓鬼，怪不得姜老頭兒說那是一種生物。

人在緊急的情況下，腦子就轉得特別快，忽然間我就想到了郭二為啥要捏我的嘴，那個餓鬼原來是想從郭二的肚子裡跑出來，從我的嘴裡鑽進去。

原來它是看上了我的身體，想要寄宿在我身上。

這個想法，這種噁心的方式幾乎讓我想吐，同時也不得不感慨，多麼有想法和創意的一隻餓鬼啊，竟然想著去佔領一個道士的身體，這就叫最危險的地方就是最安全的地方？

我幾乎抓狂，而這種從內心爆發出來的瘋狂，讓我的精神意志瞬間就強硬了起來，我大吼了一聲，一手撥開了郭二按住我肩膀的手，趁著這個空隙，我狠狠一拳打在了郭二肚子上的「雞蛋」上！

這一拳我幾乎使盡了全身的力氣，那個包發出了一種類似於雞鳴和蟲鳴之間的怪叫，一下子就消了下去，而郭二本人此時終於感覺到了痛楚，一下子蜷縮了起來，像隻大蝦。

但可惡的是，也不知道是胃裡的酸水，還是苦膽水被我打出來了，郭二竟然噴了，我不可避免地被噴了一臉，那酸臭的味道，刺激得我真的快吐出來了，都他媽到嗓子眼上了。

英雄？英雄背後狼狽成這樣，跟我偶爾看的𡃁𡃁電影裡的英雄形象簡直相差太遠了。

另外，我還得慶幸郭二那餓鬼上身後神奇的消化能力，不然我不是被噴一臉他剛才吞的生雞肉？

趁這個時候，我努力地掙扎著起來，想要跑掉，如果情況再好一些的話，跑進屋子裡，鎖上門，還能給我一點兒喘息休息的時間，又可以再拖上一拖。

唯一不敢的就是跑出這個院子，我知道這個說高不高的院牆是擋不住郭二的，何況他做為人的智商，還是比較正常的，能開門。

我不能想像一個被餓鬼附身的人跑出去，會給鄉親們帶來一種怎樣的後果，趁他對上我的身有興趣，我得拖著他。

再一次的，想像是美好的，現實是殘酷的，郭二只是「頹勢」了一瞬間，立刻就跟爆發了似的，一把拖住快要掙脫的我，再一次坐在了我身上。

這一次，他不僅捏住了我的下巴，更是掐住了我的脖子，那力道讓我難受，卻又掐不死我。

我的臉瞬間就憋得通紅，忍不住大口喘氣，雙手使勁地去掰他那隻掐住我脖子的手，就是趁我喘氣，他死死地捏住了我的下巴，讓我的嘴閉不上。下一瞬間，恐怖的情形再現，這一次那隻餓鬼好像學聰明了，不再想著從肚子裡破肚而出了，而是慢慢地向上，向上……

我就這樣被鉗制著，眼睜睜地看著那個「雞蛋」從郭二的肚子慢慢地滾到胸口，再慢慢地滾到喉嚨……

那一瞬間，我想我的臉色一定很不好看，在同是餓鬼要上我身的情況下，我情願它破肚而出，也不要從郭二的嘴裡嘔出來，那情形是我這輩子都不能承受的噁心！

「師傅，貓和虎本是同源，也同屬靈性強的傢伙，為啥貓屬陰，虎屬陽呢？」

「其實虎也不是屬陽，而是虎的煞氣最重，有傳說，說有人見了老虎就動不了，然後只能任牠宰割，說是虎有妖術，要不然就是有被虎殺死的倀（一種鬼魂）跟著迷惑人，其實不是那麼回事兒，固然害怕是一回事兒，但是被虎的煞氣氣場壓住了才是關鍵。」

「所以我就戴著這虎爪，因為煞氣重？」

「嗯，煞氣破萬場（氣場），另外虎的陽氣兒也重，所謂陰陽相依而存，同和貓一樣靈性重，可身體卻如此強壯，就是陽氣重的表現，貓的身體弱小，所以靈性，也就是陰性外露，給人感覺有些陰沉，但虎無不是危險，霸氣就是這個道理。」

「那人人都可以戴虎爪辟邪？」

「呵呵，哪裡有那麼簡單？必須是要特別的虎爪，而且煞氣傷人也傷己，要用特殊的方式！你的這虎爪可不簡單，好好給我戴著。」

在這種情況下，我忽然想起了師傅和我的一段對話，我也不知道自己為啥在這種時候還能保持這樣的冷靜。

我的雙手不再去胡亂掰郭二的手了，反正他也不準備掐死我，我摸索著，一把把自己的虎爪扯了下來，死死地盯著那團「滾動」的雞蛋。

難題再次出現了，如果我現在下手的話，郭二的喉嚨就會被刺穿，力道掌握不好，後果是很嚴重的，尤其在郭二其實身體已經極其虛弱的情況下，他可能會因此而死。

那我不成了殺人犯？

得想辦法？我看見郭二的表情越來越痛苦，那團「雞蛋」已經無限地接近他的咽喉，我根本不懷疑，下一刻餓鬼就會竄出來。

而它出來只有一瞬間，我根本沒把握能不能用虎爪刺到它，咋辦？咋辦？

我的冷汗一下就冒了出來，我看見了郭二的舌尖下壓，似乎就要吐了，舌尖，舌尖，舌尖血！

我腦中靈光一現，忽然就有了辦法，雖說有些冒險，也只得一試了。

第五章　餓鬼蟲

我不再掙扎，右手握緊虎爪，左手暗暗蓄力，在那一刻，我的精神無比的集中，而意志力也非常自信可以做到我想做到的。

漸漸的，郭二張大了嘴，我看見了我這輩子都難以忘記的場景，一團白色的東西從他的咽喉裡冒出，然後那東西的一截身子慢慢地從他的嘴裡探了出來！

我×，我在心裡狂罵了一句，今天我想過很多次餓鬼的形象，也在郭二的肚皮上見識了一回，但就是沒想到這餓鬼的真身跟一條蛔蟲似的，太他媽噁心。

對的，就跟蛔蟲差不多，白色的，身子軟綿綿的，唯一不同的是，那蟲頭要猙獰得多，而在這一刻，由於精神太過集中，我的天眼不自覺地開了。

此時，在我的眼裡，那努力冒出來的白蟲變了，變成了一個非常小的青灰色人兒，那臉就跟餓鬼墓上雕刻的，我不久前看見的一模一樣，現在，它的頭已經鑽出了郭二的嘴，朝著我奔來。

就是現在，我一直在蓄力的左手猛地一下拉開了郭二拉著我下巴的手，然後閉嘴，舌抵上顎，行符！

這是一種特殊的畫符方式，就是用舌頭在上顎畫符，符紋相對簡單，可難度卻也頗大，一般用來增加咒語的威力，或者就像我現在這種情況，需要用到舌尖血。

唾液原本是一樣好東西，有些許辟邪驅邪的作用，用姜老頭兒的說法就是它自帶了人的靈氣兒。

可它的作用卻比較微弱，相對來說，陽氣最重，驅邪作用最好的就是中指血與舌尖血。

在這種情況下，我沒有把握能咬開中指，而且那個動作會破壞我行符時的存思，也就是精神高度集中，所以只能選用舌尖血。

我的舌頭飛快的在上顎畫著符紋，這是我唯一會的一種，是一種加持功力於物，於咒的符紋，而在這一刻，我的全部心神也高度的集中，沒有了害怕，沒有了緊張，連郭二是啥動作我都不知道了。

這種符紋配合心咒，還算相對簡單，我也不知到底符成沒有，在行符完畢的一剎那，我猛地咬向自己的舌尖，一股鹹腥味兒立刻充滿我的口腔，接下來就是劇痛。

成了！

此時，我感覺郭二的手已經掙脫了我的手，再一次地捏向我的下巴，而天眼本是無意中開啟的，現在又不知道消失在哪兒了，所以，我也看見那條蟲子已經爬出了郭二嘴裡幾乎有三寸，跟我的距離不到一尺了。

來不及多想什麼了，我一口舌尖血混著唾液噴向了那隻蟲子。

接著，我就聽見一聲聲音不大，卻異常尖銳的叫聲，就是那種介於雞鳴和蟲鳴之間的叫聲，然後我看見那條蟲子身上沾滿了我的舌尖血，異常痛苦地扭曲著，向後面縮去，只是動作不那麼快。

原本我就是打算救人，又咋能眼睜睜地看著那餓鬼又縮回郭二的肚子？趁著現在，我拿起虎爪，一下就朝那隻蟲子刺去，虎爪輕易地就刺穿了那蟲子肥嘟嘟，軟綿綿的身體，我一下把虎爪插在身邊不遠的花盆裡。

奇異的事情發生了，那蟲子被虎爪一刺，就僵硬了，動也不動，我身上的郭二也一下子跟洩了氣似的，軟綿綿地就要趴下來，我咋能讓他趴我身上，何況那蟲子不知道還有多長的身子在他嘴裡。

我把郭二一把抽開，然後翻身坐起來，接下來的事情雖然噁心了點兒，可必須還是要做，我很疲憊地站起來，撕下一片兒郭二的破爛衣服，用它包著手，把那隻蟲子，確切的說是那隻餓鬼徹底地從郭二的身體裡扯了出來。

好長，能有大半米那麼長，而且我仔細一看，那蟲子的上半部分生出了二只倒鉤，一看跟人的兩隻手似的，而尾部竟然已經分叉，跟人的兩條腿似的。

我也不知道這一切是為啥，更不知道餓鬼這種東西的前因後果，具體是啥表現形式，但我肯定在郭二身上作怪的東西就是這玩意兒。

蟲子的身上有一條血線，只有一小截，若隱若現，我看了一陣子，覺得沒意思，又因為疲勞，開始坐地上喘氣兒，這時躺在一旁的郭二開始劇烈地咳嗽，我扭頭一看，那郭二竟然咳了好大幾口血沫子出來。

雖說玄學也有醫之一脈，可我平日裡的功課已經很繁重，根本沒有時間去涉獵那個，連一點基礎也沒有，所以我並不知道咋幫郭二，我只得跟他說了句：「你撐住，我師傅來了就有救了。」

郭二看向我的眼神很是感激，可他的樣子也虛弱無比，估計是不能說啥話了，再次咳嗽了幾聲，竟然昏了過去。

這也可以理解，被那餓鬼蟲如此壓榨過後，他還能活蹦亂跳才是怪事兒，而且餓鬼蟲在他身體裡面做了啥，恐怕只有那餓鬼蟲才知道。我自己也一陣陣的暈眩，這不是體力上的問題，而是一次次超出極限的動用「功力」所照成的後果，在道家，功力可以理解為精神力、念力、意志力，氣場等等各種集中，我動用的，超過了我能承受的極限，後果就是這樣。

況且，我還勉強去行符。

可是，我不能暈過去，因為我不知道這虎爪能不能徹底地壓制住這餓鬼蟲，而且我也不能去把牠踩爛，師傅說過，這世上的東西千奇百怪，不是你眼裡看見的破壞掉了，就真的破壞掉了，有時還往往適得其反。

就如螞蝗這種東西，你也許原本用一釘子把牠釘在地上了，可是你去踩牠，成了幾截，牠反而脫身了。

而這種東西，天才知道它有什麼古怪。

所以，我得盯著它！

聽酥肉說，菸這種東西能提神，我有些疲憊地翻過郭二的身子，從他的褲兜裡摸出了一包紅梅，抽得還挺好，不愧是鄉里的有錢人，還能抽紅梅。

我又翻出了一盒火柴，劃燃了，點上了我有生以來抽的第一枝菸。

隨著那煙霧的升騰，我開始劇烈地咳嗽，一種特殊的苦澀在我的口中升騰，我有種更加眩暈的感覺，可是我也能感覺我的精神稍微好了一些。

靠著牆，我慢慢地抽著那枝菸，恢復著自己被嚴重消耗的身體，心想原來降妖除魔那麼難，就那麼一隻蟲子就差點整死我，搞不好就被它鑽肚子裡去了，可見我師傅那老頭兒是多麼的厲害。

就這樣，我靠菸提著神，一分一秒地挨著，我也不知道過了多久以後，反正是我已經抽到第五枝香菸的時候，我聽見了外面劇烈的敲門聲兒。

「三娃兒，三娃兒……」是酥肉的聲音。我師傅終於來了，一股子喜悅從我心底升起，我有些勉強地站起來，幾乎是跌跌撞撞地跑向大門，「嘩啦」一聲打開大門，門口站著三個人。

酥肉，我師傅，還有慧覺老和尚。

「三娃兒，你還沒死啊，我這一去去了三個多小時，我都怕你死了。」酥肉一下子撲上來就抱住我，我原本就虛，差點被他抱得喘不過氣兒來，再不放，我估計我就得摔倒了。

我看了一眼我師傅，看見他的神情瞬間就安定下來，慧覺老和尚也收起了一臉擔心，又變成那種賊老頭兒的形象。

可下一刻，我師傅就暴怒起來，一把拉開酥肉，一個巴掌就朝我腦袋上招呼去了，他吼道：「你是有多能幹？你以為你是張天師，還是鍾馗？小小年紀，毛沒幾根兒，你還敢鬥餓鬼？」

我被師傅一巴掌搧得暈乎乎的，慧覺老和尚又背起個雙手在那裡煽風點火：「阿達（哪兒）來了個天才捏？削削年紀鬥餓鬼咧。」

狗日的慧覺，我在心裡暗罵了一句，竟然不受控制地暈了過去。

第六章　餓鬼道

我是被惡夢嚇醒的，在夢中我被一條肥嘟嘟的大蟲子追，我咋跑都甩不掉，結果就被那大蟲子給纏上了，這還不算，牠那嘴長得就跟菊花似的（咳，這裡的菊花就是菊花哈），纏住了我之後，那菊花嘴就咧開了，向著我咬來。

我的冷汗一直流，在下一刻身體一掙扎，就醒來了，一睜開眼，還來不及擦把冷汗，就看見兩張「賊」臉湊在我跟前。

「額侄兒醒了咧。」不用說，其中一張是慧覺的。

「啥子你侄兒，這是我徒弟，少亂認親戚。」嗯，另外一張是姜老頭兒的。

我一陣頭疼，這兩老頭也不讓我消停一下，我擦了一把冷汗，推開那兩張「賊」臉坐了起來，才發現我躺在一張陌生的床上，看了看窗外，我明白了我還在郭二家裡。

「師傅，我暈了多久？」我「虛弱」地說道。

「少給老子裝，你就暈了半個小時，耗神過度而已，你裝成這副樣子，是今天不想做功課了是不是？」姜老頭兒斜我一眼，下一刻就從他那寶貝黃布包裡拿出一個小瓷瓶子，倒出一個黑色的藥丸，塞進我的嘴裡。

一股苦澀中帶著清涼的味道在我的嘴裡瀰漫開來，這個藥丸子的味道我記得，因為我吃過一次，就是遇見蛇靈那回，姜老頭兒給我吃過一次。

「哼，浪費老子的寶貝。」姜老頭兒冷哼了一聲，不過那神情倒是沒有半分捨不得。

「快看，你師傅好小氣咧，來給額當徒弟吧。」慧覺老和尚總是這樣「見縫插針」、「火上澆油」。

「慧覺老禿驢，信不信老子搥你。」姜老頭兒脖子一梗，顯然火大了。

「來來來，單挑，單挑。」慧覺老和尚不甘示弱，一激動冒了一口北京話。

我懶得理他們兩個胡鬧，閉上眼睛休息了起來，要不是慧大爺及時轉移「戰火」，姜老頭兒怕是不會放過我裝虛弱這回事兒，還真別說，這藥丸真是有奇效，藥液化了一點點兒，和著唾沫吞進嘴裡，我立刻就感覺到大腦清清涼涼的，瞬間就舒服了不少。

屋子裡因為兩個老頭鬧麻麻的，一小會兒就進來了好幾個人。

我一看酥肉來了，還有郭二的爹媽和他老婆。

酥肉一進來，就獻寶似地拿起那個虎爪，遞給姜老頭兒，說道：「姜爺，你吩咐的，用藥水兒洗乾淨。你看看，洗乾淨沒？」

姜老頭兒接過一看，滿意地點點頭，摸了一下酥肉腦袋，說道：「還是你娃兒機靈，我那徒弟就是個哈兒（傻子），還逞英雄。」說著，他就用根紅繩重新把虎爪繫上，戴我脖子上了。

我摸著這戴了十幾年的虎爪，心裡一陣安穩，隨口就問道：「師傅，啥東西，還要用藥水洗啊？」

「說這個，老子就來氣兒，虎爪是你這樣糟蹋的？那蟲是啥東西，你不知道？你倒好，拿去叉蟲，這還不沾上邪氣兒啊？這虎爪你這一用，當你白養了兩年。」姜老頭兒越說越來氣，忍不住又給了我一下。

我心裡委屈，心說你又沒有給我說咋用，我還能咋用啊？難不成嚼兩下，然後吞下去，再變成老虎啊？摸著虎爪，我說了句：「白養兩年也成，反正戴了十幾年，以後也得戴下去。」

我這句話氣得姜老頭兒又要打我，這時郭二媽咳嗽了一聲，姜老頭兒才消停。

我也好奇地看了看，發現郭二的這幾個家人面容都比較愁苦，姜老頭兒歎息了一聲說道：「慧覺，我們再上去幫他看看吧，說到醫術，你比我出色點兒。」

「也好。」慧覺老和尚一副悲天憫人的樣子，我不知道為啥，看了就覺得想抽他，不過我肯定是不敢的，也不能，主要是感覺這玩意兒，不是我能控制的啊。

他們一行人離去了，酥肉幾步就竄到了我跟前，說道：「三娃兒，你這樣可嚇死我了。」

「這不沒事兒了嗎？還算你小子行，來得比我想像的快點兒。」說實話，後面吸菸等待的時候可真難受，要再晚點兒，我得昏過去了，萬一那蟲子……

「啥我還行啊？你又不是不知道，你們住得那叫一個偏僻，我跑去整整花了兩個小時，還帶條狗兒，那狗兒一會兒能走，一會兒不能的，我還得去抱著。」酥肉抱怨地說道。

「那你咋到的？狗兒咋樣？」

「狗兒沒事兒，你師傅給牠餵了點草藥，說狗兒的恢復能力強，過兩天就好了。至於咋到的，那太精彩了，你師傅一路背我下山，跑起來跟飛一樣，下山後，慧爺（慧覺要求的，酥肉也必須叫他慧爺）就拉著我跑，我頂不住了，他們兩個就輪流背我跑，然後你師傅嫌我負擔，不帶我了，那不行！我多擔心你啊，就這樣一路跟來了。」酥肉喋喋不休地說了一大串兒。

我瞄了瞄酥肉那身材，不自覺地吞了一口口水，我師傅他們真是「老當益壯」。

「現在外面咋樣了？就是那蟲子，還有郭二。」我昏迷了半個小時，也不知道那些事情處理得咋樣了。

「那蟲子你師傅用一張符貼了，然後拿個木頭盒子收起來了，說是要上山再處理，至於郭二，怕是不行了，老吐血，慧爺說了，內臟爛了，給調了一副止血的方子，讓送醫院。」

「那還不趕緊送醫院，一直讓我師傅去看啥？」郭二這人我說不上對他有好感，但也說不上討厭，可不能眼睜睜地看著人死啊。

「還不是因為你師傅說了句，精血被吸了一些，這個送醫院也沒用，以後身子怕是虛了。」酥肉說完這句，臉色挺不好看地望著我：「三娃兒，那蟲子就是餓鬼啊？恁厲害？還帶吸人精血的？」

「我也不清楚餓鬼的事兒，走，我們上去看看。」此時，藥丸我已經全部吞完了，精神完全恢復了，比昏迷之前還清醒，我說著就從床上爬了起來。

這一爬起來，才發現腰痠背痛的，精神是恢復了，身體還沒。

「三娃兒，你能行嗎？」酥肉擔心地看了我一眼。「滾，老子又沒有缺胳膊少腿兒的，咋不行？」

說話間，兩人上了樓，摸到郭二的房間，發現我師傅他們果然在那裡，郭二的家人也在。

原本房間不大，一下子那麼多人，顯得分外的擁擠，我拉著酥肉擠了進去，一下子就被郭媽看見了，郭老爹咳嗽了一聲，叫郭棟樑帶著他妹妹先出去。這郭棟樑一走，這郭老爹，郭媽雙雙就要朝我跪下，被慧覺和姜老頭兒一人一個給拉住了。

「師傅們，你就讓我們跪一下吧，我兒子不學好，惹了不該惹的東西，都是這小師傅給救的啊。」郭媽很是動情地說道。

姜老頭兒和慧覺不聽這個，強行把他們拉了起來，姜老頭兒說道：「他出手是應該的，一生所學就是這個，你們跪他，反而折了他的福。」

姜老頭兒這樣一說，郭家二老才算消停，我瞄了一眼郭二，嘖，嘖……

一張臉呈一種奇怪的灰黑色兒，這才多久，臉頰都凹陷了進去，嘴角還有血跡，整個人顯得虛弱無比。

「我兒子……」郭媽擔心地問道。

「現在說不好，不過再待你兒子肚裡幾天，神仙也救不活，內臟會被全部啃爛的，我看了一下，現在就胃和腸子有問題，送醫院吧，得大醫院，花多少錢都得治，治不治的好我就不敢打包票了。」慧覺老和尚操著一口普通話鄭重地說道。

「那我兒子那精血是咋回事兒？還補得回來嗎？」郭老爹擔心地問道。

姜老頭兒轉過頭去，似乎是不想面對兩位老人的目光，說道：「精血這種東西是很難補回來的，日後……日後好好將養，或許有希望吧。」

兩位老人唯唯諾諾地謝了，又一定要拿出錢來感謝我們，卻被姜老頭兒拒絕了，他歎息了一聲，欲言又止的樣子，我卻不知道他在想什麼。

「三娃兒，你先回山去，我和慧覺有事去處理，大概晚上會回山。」走出郭二家的院子，姜老頭兒如是吩咐我道。

「師傅，我不能去啊？」我其實隱隱感覺姜老頭兒接下來要做的事情或許會很有趣，我很想去。

「不能，今天不能，過了今天再說吧。」姜老頭兒的話有些莫名其妙。

這時，酥肉有些討好地望著姜老頭兒說道：「姜爺，我今天晚上能在山上住不？」

「為啥？」姜老頭兒望向酥肉的目光其實沒有探尋的意思，反倒有一種了然，這句為啥，好像是在等待著什麼答案一樣。

「這個嘛……」酥肉撓了撓後腦勺，然後有些不好意思地說道：「姜爺，我知道你們不是普通人，今天的事兒我也看見了，不搞清楚咋回事兒，我這睡不著啊，我……我反正小時候也見識過一些了。」

「你是想等到晚上我們回來，問我們餓鬼蟲是咋回事兒吧？」姜老頭兒瞇了瞇眼睛，像隻老狐狸似的。

酥肉又露出了他的招牌憨笑，只是不答。

姜老頭兒和慧覺對望了一眼，莫名其妙地說了一句：「也好，反正你和三娃兒緣分還長，去吧。」

酥肉歡呼了一聲，哪兒管啥緣分長，緣分短的，只管催我快一些，而我心裡卻有些不解，我最多還有半年就要離開這裡了，今後在何方，做啥也不知道，和酥肉哪兒還談得上緣分？莫非在以後，我和酥肉還比較有緣分，和我家人反而會聚少離多？

可姜老頭兒喜歡玩神祕，他是不會與我多說的，說完這句後，他和慧覺就飄然而去，不知道接下來要去哪裡。

是夜，一彎清冷的殘月掛於夜空，淡淡的月輝灑下映在積雪上，靜謐而淒美。

竹林被冬夜的冷風吹過，發出特有的沙沙聲，配合著那潺潺的溪流聲，如同一首山林特有的晚歌。

這樣的夜晚，適合情人漫步林間，竊竊私語，無奈的是，在這竹林裡只有四個大男人。

我們此時圍坐在一鍋煮得「咕嚕咕嚕」作響的冬筍山菇湯前，除了酥肉外，每個人的臉色都很沉重。

姜老頭兒和慧覺老和尚是一回山上就臉色沉重，從回來到現在連話都沒有說過，我是受到這種氛圍的感染，跟著沉重了起來，我知道事情不簡單。

至於酥肉，原本他也跟著一驚一乍的，無奈他喜歡山上特有的新鮮伙食，一聞到這鮮味兒十足的冬筍山菇湯，他就崩不住了，一副饞相十足的樣子。

湯早燒好了，香氣兒四溢，酥肉殷勤地盛了一大碗，又拿過二個素菜，添了一大碗飯送到慧覺老和尚的面前：「慧爺，你吃著。」

慧覺還沒動筷子，酥肉就望著姜老頭兒說道：「姜爺，這魚肉可以加進去了吧？」

魚是養在姜老頭兒和我挖的一個小水窪裡的，平日裡有空在水潭和溪流裡抓了魚，我們就往小水窪裡扔，反正也是保存肉食的一種辦法。

這山裡的鮮魚，鮮味兒十足，卻沒多少腥味兒，此時片成一片片快要透明的薄片兒，誘惑十足，也難怪酥肉那麼猴急。

放平日裡，姜老頭兒少不得會諷刺酥肉兩句饞嘴，可今日姜老頭兒只說了句：「放吧。」

我理會得他的心情，也跟著歎息了一聲，至於酥肉哪裡管那麼多，扔了一塊老薑進去，待得薑味燒出來了，就把魚片兒一片片地放了進去，然後把早已經準備好的，準備蘸魚用的，泡椒剁成的蘸料給我們三人一人打了一小碟兒。

放入魚肉後的鮮湯更加的鮮美，可我們的神色依然沉重，酥肉看不下去了，說了句：「姜爺，慧爺，三娃兒，不是我多嘴，有好吃的在面前，就別浪費，吃完了再煩，也是一樣的，反正這煩心事兒也不會因為你多煩一會兒，就變好了是不？」

慧覺原本在喝湯，聽完這話後，抬頭詫異地望了酥肉一眼，姜老頭兒則忍不住說道：「沒想到你小小年紀，還有這樣的見識，是個心胸豁達的娃兒，挺好。以後多勸勸三娃兒，這娃兒火氣重，心裡其實敏感得緊。」

說完這番話後，他竟然也不悶了，提起筷子說道：「吃，我們就高高興興地吃完這頓飯，再去想那煩心事兒。」

氣氛總算好了起來，我們開開心心地吃了這頓飯，吃完收拾完畢，姜老頭兒讓我生了個小炭爐子，在上面放上了一壺水，四個人圍在炭火爐子旁邊，接下來，我知道姜老頭兒會有很多話要說。

但是，首先打破沉默的是我。

「師傅，你說我的虎爪用藥水洗過的，是啥藥水啊？」這個問題，我在下午就問過，可惜當時姜老頭兒生我的氣，沒來得及回答我。

「用艾葉加朱砂煮的藥水，淨一下上面的陰邪氣兒。」姜老頭兒語氣淡淡的。

「師傅，說說那餓鬼蟲是咋回事兒吧，我明明看見是一張鬼臉的，咋也沒想到到最後跑出來一隻蟲子。」我問出了我一直想問的問題，說實話，這個問題已經困擾了我一下午了。

「這個問題，先讓慧覺老頭兒跟你們說說吧，在他們佛家的學說裡，就有餓鬼道一說，先給你補充一下基本的知識。」姜老頭兒一邊說，一邊拿來了四個茶盅，說話間，這山泉水已經快燒開了。滾燙的山泉水一沖泡下去，碧綠的茶葉兒就浮了上來，也不知道我師傅都藏了些啥好茶葉，這水一沖泡，這氤氳的香氣就充滿了整個房間。慧覺端起這蓋碗兒茶杯，深吸了一口氣，抿了一口茶水，然後用一口標準的京腔開始說起餓鬼道。

「眾生分六道，餓鬼道為其中一道，在餓鬼的世界裡，它們的生活是淒苦的，能想像百年饑餓卻食而不得的滋味嗎？它們卻在時時感受這種滋味，餓鬼分為了許多種，我在這裡就不和你們一一細說了，但是餓鬼最特別的一點就是，餓鬼不同於其他的鬼物，因為餓鬼擁有物身。」

「啥叫物身？」酥肉喝了一口茶，被燙得齜牙咧嘴的，也怪不得他，原本就不是會品茶之人，這樣個喝法，不燙他又燙誰？

「鬼之一物，虛無縹緲，是以靈體的形式飄蕩天地間，擁有物身的意思就是，它們擁有肉身！這和餓鬼道的特殊性是很有關聯的，人的魂靈會墜入餓鬼道，但餓鬼道自身也會繁衍。餓鬼中有鬼母，一胎往往就是幾百個鬼子，有的鬼子出生便是餓鬼，有的鬼子卻是人的魂靈墜入餓鬼道，依附於上，成為餓鬼。餓鬼淒苦，不過其中卻能誕生大法力者，只不過在那種殘酷的環境下，能成為大法力者太過寥寥。這鄉場上的餓鬼墓，其修建之人，目的讓人懷疑。」慧覺說到這裡就不說了。

我聽得心裡懸著一肚子的疑問，還沒來得及發問，酥肉已經搶在前面了：「擁有物身，就是大蟲子的身體啊？這也太噁心吧？難不成鬼母還是隻大大的蟲子。」

姜老頭兒笑了一下，說道：「餓鬼的形象化身千萬，以蟲子的形象出現有什麼特別？知道苗疆蠱術吧？嗯，你肯定不知道的，有愛美的女子就以特殊的方式控制餓鬼，以保持曼妙的身材。可惜世人誤以為是蛔蟲啥的，這就荒謬了。而且不管它是以啥形象出現，總會化身為鬼子的，就是你們看見那餓鬼墓門上的那浮雕的形象。」

慧覺補充說道：「餓鬼道原本就在自己的餓鬼世界，這裡是人的世界，受到特殊的限制，它們不可能一出生，就是鬼子的形象。但人間於它們如同天堂，僥倖能在人間界出現的餓鬼是不願意回去的，但是……」

「好了，慧覺，這些就不說了。」姜老頭兒咳嗽了一聲，似是在提醒慧覺。

慧覺果然閉口不言了。我和酥肉都是初中生了，基本的地理知識是知道的，說起這地球就是一個球體，上面幾大洲，幾大洋的，這餓鬼世界在哪裡？哪個大洲？哪個大洋？扯淡吧。

我想問，酥肉也想問，我們問了，得到的卻是一片沉默。我知道姜老頭兒不願意說的，那是打死也不會說，我只得問道：「師傅，那你在煩啥？郭二的事情不是已經解決了嗎？對了，精血是啥？」

「精血？精血就是血之母，能保持人的血液源源不息的重點，世人有血氣充足者，也有貧血的患者，這就是精血天生多與寡的區別，要補精血實在太難，除了珍貴的藥物外，還得日日修行、修習，普通人哪裡那麼容易補起來？至於我煩啥？郭二的事情解決了？」姜老頭兒的眉頭緊皺。

還是慧覺和尚乾脆，直接就說了：「郭二把餓鬼墓挖了一個洞！」

第七章　前因後果

我一聽也嚇了一跳，小時候看過的那餓鬼墓的大門依然歷歷在目，郭二有那本事？把看起來那麼沉重的大門打開了？一隻餓鬼都這樣了，一群餓鬼的話，我簡直不敢想像。

「師傅，這郭二打開門放走了多少餓鬼啊？」我根本沒察覺我的冷汗是什麼時候流出來的，連發問的聲音都帶著顫抖。

「他哪有本事能打開那大門，是從側邊挖了一個盜洞，這事情其實也怪我，當年在鄉場上破那個風水局，搞得太張揚，鄉場幾乎人人都知道那下面有個墓，郭二這種一心想發偏財的，自然會去挖墓的。」姜老頭兒歎息了一聲。

「姜爺，那郭二挖個盜洞下去就遇見餓鬼了？」說起來，酥肉對墓底下的事情更感興趣。

「具體的情況我還不知道，因為今天你也看見了郭二那個情況，不好發問，但情況還是必須得問問的。」姜老頭兒站起來，背著雙手，再次歎息了一聲。

說實話，我從來沒見過師傅這樣憂慮的，估計事情有些嚴重。

「那師傅，那個盜洞，你們今天是去處理那個盜洞了嗎？」我知道既然盜洞已經打開了，姜老頭兒他們不會不處理那個盜洞的問題。「嗯，去處理了一下，可惜不知道還有沒有用，郭二發病已經好些日子，說明那個盜洞也就挖了很久，這只是亡羊補牢的作用罷了。」姜老頭兒一說起這件事情，眉頭就沒舒展過。

這時，慧覺也說話了：「其實老姜早就算到餓鬼墓要出事兒，所以這幾年我才會每年都來，為的就是渡餓鬼。當年發現那墓的時候，老姜也曾想過下去處理，可是開一個餓鬼墓非同小可，要是波及了附近，那可是一個村又一個村的死人啊，所以你師傅請出了你師祖親自畫的天羅地網符，封閉了此墓，沒想到百密一疏，就是沒有防住人啊。」

「那事情該咋辦啊？」說著，我也發愁了，想不出什麼辦法。

「能咋辦？希望明天郭二的情況有所好轉，我得去具體問問，再密切地觀察一下鄉場的情況，實在不行，我們得下墓，徹底毀了那個餓鬼墓。」姜老頭兒說道。

他的話剛落音，慧覺眉頭也一皺，說道：「老姜，那墓是人為的，我們今天下午去探查，不是更肯定了這一點嗎？下去的話只怕危險很大啊。」

剛才我就聽慧覺老和尚說了那修墓之人目的不單純，此時他又再提起這件事兒，我一肚子疑惑，你說沒事兒修個餓鬼墓幹嘛？可我問起這件事情，姜老頭兒和慧覺都不回答了。「三娃兒，我可不管，總之你們要下墓的話，必須把我帶著。」酥肉耍賴似地一直在我耳邊念著。

我不勝其煩，終於忍不住說道：「師傅叫我辦事兒，你非跟著，而且我們都不一定下墓，你倒記掛上了。你說，下墓這事兒有啥好玩的？再說，我沒決定權，得我師傅他們說了算。」酥肉說道：「三娃兒，你這人嘴笨，我跟你一起去問情況，不是幫你嗎？」

我服了這小子了，乾脆不說了，其實他說的也是實話，酥肉這小子是自來熟，說話搭話啥的，他比我厲害。

話說我和酥肉是來幹啥的呢？是姜老頭兒給我布置的任務，讓我到縣城來看郭二，問一下那天晚上具體的情況，而他和慧覺不能脫身，必須在鄉場守著。

因為怕餓鬼出來了不少，禍害鄉場上的鄉親，姜老頭兒和慧覺還特別在鄉場上租了一間屋子。

今天是星期天，不用上學，我就到縣城來看郭二了，因為怕我爸媽擔心，還特別沒有跟他們說，酥肉不知道為啥對這事情特別地感興趣，非跟來不可。

縣城就一家醫院，縣醫院，不過名氣還是很大的，聽說有兩個特別厲害的醫生，縣醫院也特別好找，到了縣城不一會兒，我和酥肉就找到了。

酥肉也不知道去幹啥了，進醫院之前非得讓我等著他，這等了將近十分鐘，才看見這小子提著一包東西過來了，手裡還抓著一把烤肉串兒。

塞了一把烤肉串兒給我，酥肉說道：「先吃著，這坐了恁久的車，肚子早餓了。我剛才去秤了點兒水果，雖說是來打聽事情的，可是空著手總是不好。」

我咬了一口肉串兒沒說話，在人情世故方面，我確實和酥肉沒得比。

打聽了半天，我們總算問到了郭二的病房，蹬蹬蹬地爬上三樓，找到了病房，看見郭二正躺上床上，臉色還是很難看，郭二媽正在一口一口地給他餵東西吃。

看著郭二媽的白髮，我忽然覺得有些心酸，可憐天下父母心，無論兒女咋樣了，這其中最受罪的還是父母。

「郭大娘，我們來看看郭二叔。」我嘴笨，酥肉嘴可利索著，一進病房就嘴甜甜地喊人了。

郭二媽轉頭一看是我們，立刻放下了手裡的碗筷，激動地說道：「哎呀，你們咋來了，小師傅也來了，你看這縣城恁遠一趟，還帶啥東西啊。」

「應該的，應該的……」酥肉一邊把水果放下，一邊和郭二媽寒暄著，一邊又坐在郭二的身邊，開始打聽郭二的身體情況。

這小子還真是個萬精油。

東拉西扯的扯了半天，在我不停的暗示下，酥肉終於清了清嗓子，開始說正事兒了：「郭二叔，你說你們那天咋回事兒啊？咋就惹了那厲害的東西回來？」

郭二沒有直接回答酥肉，而是望著我說道：「那幾天我神智迷糊，可我知道，有人救了我，把我肚子裡的鬼東西給弄了出來，我記得，就是這位小師傅，對不對？」

我有些不好意思，說了句：「其實也算不上救，事有巧合，就給弄出來了唄。」

但郭二卻很正式的，非要給我鞠躬，口口聲聲說著知恩要圖報，無奈之下，郭二媽只好舉著輸液的瓶子，讓郭二拜了我一下。

折騰完這一番，郭二原本就虛的身體就不行了，趕緊把他弄到床上去，可他卻非要抽菸，無奈之下，酥肉掏了根翡翠遞給郭二。

這是他珍珍惜惜沒抽完的。

郭二深深吸了一口菸，這才平靜了下來，目光變得有些哀傷，有些滄桑，他說道：「醫生說我身體不行了，體質差得要命，這傷著的部位，昨天才做完手術，算是勉強撿回來一條命。我幹的營生不光彩……」

他剛說到這裡，郭二媽趕緊去把門關上了，他們家有錢，住這病房是單人的，關上也好，免得有人聽見說話。

關上門，郭二媽也說話了：「我說你這狗日的娃兒找嫩多錢，早知道你是幹這斷子絕孫的勾當，你爸不把你的腿打斷。」

「媽，妳別說了，我知道做這事兒會被報應，做上這一行，我自己也迷信的很，這不遭報應了嗎？身體不行了，這場病也該把我這些年賺得錢給折騰得差不多了，到頭來，也是一場空。可好在這些年，我私底下還做些好事兒，幫幫鄉里那些孤老人，不然我覺得我這條命都得給收去。」

郭二說話間又深吸了一口菸。

我有些動容，其實人這東西挺複雜的，郭二幹這營生吧，真的不光彩，算是壞事兒，可話說回來，他又會去做好事兒，不管目的是啥，總之在那些孤寡老人眼裡，他是好人，對不？

可能並沒有單純的好人和壞人吧，我想起了師傅說的一句話：「人都有一顆最純淨的本心，可這世間就是大熔爐，漸漸的，就把本心蒙蔽了，可是在某些時候，人那顆純淨的本心總會冒出來，就是說什麼人都有善良的一面，哪怕只是一點兒，一絲兒。所以，在這濁世中，堅持一顆純淨的本心最是不易，這比最難的修身功夫還難。」

郭二說完這番話，我和酥肉都有些傷感，是啊，他想盡辦法的去弄錢，去「奮鬥」，也算一種奮鬥吧，可到頭來，還是一場空，而且上有兩老，下有兩小，自己的身體卻落成這個樣子。

郭二家其實我是知道的，除了一個遠嫁他鄉的姐姐，就只有他一個了，在那個年代，這是很少見的。

大家沉默了一會兒，郭二吸完了最後一口菸，說道：「小師傅，我郭二這人別的不行，但人還機靈，跟萬精油似的，我知道你們來是有事兒的，有啥事兒你們儘管說。」

在那一年，我還是一個不太會拐彎的人，既然郭二這樣說了，我也就直接問了：「那墓裡的東西太危險，我是來問問你們那天幾個人去的，發生了些啥事兒，就是這樣。」

郭二的臉色變了變，問道：「小師傅，那東西是有多危險？」

「你自己經歷過，你說呢？我怕你們下去，帶上來了不該上來的東西，那麼鄉里的人就會受到波及。所以必須問清楚！」我很鄭重地說道。

郭二一聽，使勁給了自己一個巴掌，然後說道：「小師傅，那你們快去找一個人，他帶上來件兒東西，那墓可邪性兒了，我郭二再混，不能害了鄉親啊。」

郭二那麼一說，我的心陡然都收緊了，酥肉忍不住拍了自己額頭一下，念叨了一句：「我的郭二叔誒，你們當真是啥都敢往上帶。」

可現在不是計較這些的時候，關鍵是要弄明白郭二他們下去做了什麼，遇到些什麼，我強自冷靜下來，忍住馬上回去找師傅，把那人找出來的衝動，說道：「你別急，人我們會找，你得先和我說說那天晚上的事兒。」

「好好，」郭二忙不迭的答應，然後又補充了一句：「記得，拿東西上來的是老杜，杜長義。」

「咋是他？」我還沒說話，酥肉就驚呼了一聲，老杜是誰？鄉里當官的啊。

我擺了擺手，示意酥肉稍安勿躁，然後說道：「我知道了，你慢慢接著說。」

郭二點點頭，深吸了一口菸，開始講述起那天晚上的事兒。

郭二是個在鄉里有名氣的人，為啥？他腦子活，在一般的情況，腦子活的人總比平常人要懶點兒，為啥？因為腦子活泛了，就不想掙那個辛苦錢了，就想著靠腦子吃飯。

郭二就是這樣的人，在早些年，他就和鄉里幹部關係挺好的，因此得了輕鬆差事，混了不少工分。

到後來，政策變了，郭二不想死種地，想隨著政策賺些錢，去縣城，鎮上跑了幾趟，就琢磨出了一個來錢的營生——收破爛兒。

鄉裡他是唯一一個這麼幹的人，說過，因為他腦子活，自己當然是不會去走街串巷，或在鄉里四處跑著收的，他開了收破爛的作坊，讓一些人專門幫他收。

事實證明這件兒生意是做得的，他賺了一些錢，直到有一天，他去縣城收破爛的總站，遇見幾個奇怪的人。

那奇怪的人就是幾個小青年，可是裝扮非常時髦，花襯衫和緊身喇叭褲兒，有兩個還燙了捲毛，這身裝扮在縣城都是稀奇的，絕對走在時代的尖端，讓人奇怪的是，他們幾個潮流人物，竟然出現在廢品收購站。

郭二去送貨，他們把郭二攔住了，其中一個人挺誠懇地給郭二說道：「我們看看有沒有啥好東西？我們給大錢收，行不？」

破爛裡能有啥好東西？最值錢的不過就是些廢銅！郭二是個有腦子，也有膽子的人，他觀察了一下，發現這幾個年輕人不是針對他，幾乎所有送破爛的，他們都要去翻弄一番，所以，郭二決定賭了，萬一他的那堆破爛裡還真有值錢貨色呢？

那些年輕人在得到郭二的同意後，果然就開始翻找起郭二那堆破爛來，也果然翻出了一些東西。那些東西在鄉下不喜歡，其中有幾個銅錢兒，一個黑乎乎的，很老式的，小孩子戴的銀鎖，還有幾個大碗。

這些算啥東西啊？可那些人愣是給了郭二五十塊錢！

說了，郭二是個有腦子的人，有腦子的人就愛思考，郭二就開始琢磨這些事兒，開始四處打聽，結果真被他打聽出來了一件兒以前完全沒有接觸過的新詞——古董！

原來，這些年輕人是在破爛裡找古董！這些東西，拿到大城市，非常的值錢。

郭二也不後悔那天的事情，他知道他只要明白了其中的道道，他就能憑這個賺錢，何必在乎一次得失？再說沒腦子的，應該是那些年輕人才對，他們那麼招搖的收，不是惹人懷疑嗎？他郭二才不會幹這種啥事兒。

這個事情郭二下了心去瞭解，過了幾個月，他真的摸出了門道，於是在那一年，他就靠這個賺了不少錢。

但是，一個鄉能有多大的資源？再說，幹這個的，可不止他一個人，去的人多了，鄉親們也就注意了起來，總之一句話，要收到老貨不是那麼容易了。

其實，辦法也還是有的，就是走到更偏遠的地方去收，可是郭二的心思更大，他知道一樣更來錢的事情，那就是盜墓！這是他幹這個營生之後聽說的。

他聽過太多因為一個「肥墓」而一夜暴富的故事，雖然冒險，他決定就那麼幹了！

在這之後，郭二扯起了一支隊伍，加上郭二就四個人，這其中包括了以身體強壯出名的韓華，外號憨牛；會一點民間驅邪術的，在川地兒被叫做「藥貓兒」的職業的蔣先勤，外號就叫蔣藥貓兒；還有就是老杜！

「老杜家裡負擔重，一個鄉里的小幹部，沒啥油水，他就決定跟著我幹，有一個幹部打掩護，這事兒就好辦得多，找蔣藥貓兒，是因為挖墳這種事情畢竟邪性兒，有個稍微懂行的人，我們能安全不少，至於憨牛，他那身子骨，一個頂兩個，有他在是絕對必要的，至於我，為了學習這門手藝，去外地，跟人悄悄下過兩次墓，這樣四個人就夠了。」郭二這樣解釋道。

其實這種破鑼隊伍，當然跟專業的比不了，可是這片兒鄉野，能有個地主的墓就算不錯了，這樣的隊伍也能勝任了。

於是，他們就開始四處的「幹活」，可是收穫真的算不上豐富，至少和一夜暴富差了很遠很遠，只是能賺些小錢而已。

郭二說了，他們挖過的最肥的墓，不過就是一個小七品官兒的墓，賺了三千多塊錢，一分下來，每個人才幾百塊錢。

郭二不甘心，他是跟別人去盜過墓的，是見識過的，他發瘋般的想找個肥墓！

就是這個時候，老杜提醒他了：「二娃子，你還記得那年不？」

「哪年？」

「咱們鄉不是有一次砍竹子嗎？鄉里人都知道，在那一次挖出來一個墓，光看見那小半門了，都有大半個人那麼高，你覺得呢？那是不是『肥肉』？」

聽到這裡，郭二一拍腦門，說道：「看我糊塗的，咋就把這事兒忘了，那絕對是個肥墓，肥得不能再肥的墓！咱們就去搞它了，搞到了，這一輩子都夠了！」

於是，就是這樣，郭二一夥盯上了餓鬼墓！

那一片自從把墳地遷走後，原本是要在那裡修鄉政府的，無奈那裡以前是墳地兒，鄉上那些官員想著膈應，在那裡修了二棟爛房子之後，就停工了。

這多少年了，還是二棟爛房子立在那裡，連個守著的人都沒有，偶爾會有流浪漢去住一晚上，條件上來說，實在是得天獨厚，郭二等不了，在商量完這件事情後，他決定兩天後就動手。

兩天後，郭二幾個人果然開始動手了，他們不是什麼技術流派，關於盜墓，只有郭二多多少少懂一些，他們的做法很粗暴，大概定一個位置，去挖一個洞，然後就直接爆破。

這種做法其實就專業手法來說，是十分危險的，可是郭二他們哪裡懂這個？

那天估計是郭二人品好，也估計是有點別的原因，總之那古墓真的被他們給搗鼓出來一個洞，他們成功的進去了。

說是進去，但是一進去，他們卻被徹底嚇住了，因為他們出現的位置是一條長長的走廊。

郭二打著手電筒，有點發懵，他念叨了一句：「這是個啥啊？這墓室不就是二個耳室，一個主穴嗎？咋整了一個走廊出來了？」

這就是他們被嚇住的原因！

他們沒見過啥大墓，包括郭二出去跟人跑了二次，看見的也不過是「房間」多點兒，哪有一出來就站在一條長長的走廊裡的說法啊？

「二哥，這墓我看有些名堂，不然我們走吧？」最後一個下來的蔣藥貓兒，一進這裡，就被嚇住了，他比郭二幾個人細心，手電筒一照，就發現這個走廊太邪性兒，主要是雕的東西太邪性兒。

全部是些青面獠牙的小矮個子，這都不說了，間插著還雕著一副似笑非笑的臉，看了就讓人心裡發毛。

說起來，其實屍體他們是不怕的，幹這行，骷髏架子都見了幾副了，也就那麼回事兒，可是這裡，僅是一條長長的墓道，就讓他們心裡發毛了。

面對蔣藥貓兒的意見，憨牛不說話，他在隊伍裡就是一個不說話，只跟著大部隊走的人，郭二吐了口唾沫，想說些壯膽兒的話，終究沒說出來，他心裡比誰都明白，其實他們幾個人就是「鄉下把式」，跟真正盜墓專業戶比不了。

只有老杜，他點了枝菸說道：「幾個大活人，難道還怕不會動的死人？墓地裡就怕個毒氣兒，機關啥的，我們下來之前，放了會兒氣，你看菸都能點上，說明沒啥！至於機關，那麼久了，有個屁的用，怕啥？」郭二望了老杜一眼，心說，明明是老子教你的，你倒好，反過來，用來教訓我了。

但就算這樣想，郭二還是沒有反駁老杜啥，他知道老杜，家裡有個傻兒子，他為著自己的傻兒子打算，一心想多弄點兒錢給傻兒子。

至於他自己，咋也放不下那個一夜暴富的夢！「老杜說的是，來都來了，哪有退下去的理？牆上這些鬼畫符，咱們不去看，走吧。」郭二也是個果斷的人，短時間的害怕情緒調整過來以後，他一咬牙，做了決定。他是這個小團隊的頭頭，既然已經下了決定，別人也不好說啥，只是就在幾人整理了下東西，整準備出發的時候，蔣藥貓兒喊了一句：「等等，還是把這個分給大家都帶上我比較放心。」

蔣藥貓兒分給幾個人的，是黑狗血，他認為這個東西最是辟邪。

郭二也沒反對，一人一小包黑狗血揣著了，然後幾個人就打著手電筒走在這長長的走廊。

墓道裡面安靜，幾個人也沒有說話的興致，就只剩這腳步聲在墓道裡回蕩，顯得很是壓抑，幾個人都努力的不去看那牆上的浮雕，只是有時難免眼角的餘光掃過，心裡就會糾結一下。

走了大概六、七分鐘，蔣藥貓兒停下來了，他不肯走了，他是這樣說的：「二娃兒，不是我多想，是這條墓道真的邪性兒，走在這裡，就跟有無數雙眼睛盯著一樣，你知道我是做陰陽的，我對這個感覺特別敏感，二娃兒，我不走了，我不想為了這點錢丟了命。」

其實這種感覺郭二也有，只是他是頭頭，膽子也大，橫著一口氣兒，他努力的去忽略這種感覺，可蔣藥貓兒那麼一說，他心下猶豫了。

望了一眼憨牛，憨牛就說了一句話：「我也感覺有人盯著。」

「老杜，你呢？」郭二問了一句。老杜不說話，咬了一下牙，忽然就朝蔣藥貓兒衝了過去，劈頭蓋臉就是一頓拳頭：「你他媽攪屎棍是不是？老子千辛萬苦幹了一年，沒找幾個錢，好不容易遇見一隻肥羊，你就一直在那兒披披（囉哩囉嗦），你就是存心和老子過不去，你看不起老子有個傻兒子是不是？」

蔣藥貓兒原本就是個脾氣軟弱的人，面對老杜忽然那麼劈頭蓋臉的一頓打，哪裡敢還手，只得抱著腦袋縮一邊兒，嘴裡不忘鬼哭狼嚎般的叫著。

郭二心裡一陣兒煩躁，也說不上為啥，反正自從進了這個墓道，一種說不出的負面情緒一直影響著他，他吼了一句：「憨牛，把老杜拉著，蔣藥貓兒，你也別嚎了，在這裡嚎著不嚇人嗎？」

憨牛最聽的就是郭二的話，當下就去拉老杜，老杜也不知道為啥，脾氣今天晚上那麼爆，憨牛去拉他，他竟然不買帳，幾人掙扎間，貼著牆壁，卻無意中發現其中一面牆動了。

郭二的手電筒光正好打在那裡，當然看見了這個變化，他大喊了一句：「你們他媽別鬧了，有門道，有門道了！」

郭二說有門道，一般都是在摸到東西的時候，忽然在這個時候喊到有門道，大家都愣住了，幾個人停止動作，傻愣愣的看著郭二。

郭二也不解釋，撥開幾個人，直接去摸那堵牆，發現那堵牆陷進去了兩寸，這是一道石門！

「來幫忙！」郭二喊了一句，另外三個人也顧不得鬧了，立刻手忙腳亂的來幫忙，郭二畢竟不是專業盜墓的，就是一個半調子到不能再半調子的人，說起來基本算外行了。

他哪裡明白，真正的好東西根本不可能出現在走廊的暗門後面，那裡如果不是機關，那麼就是普通的陪葬室，或者是岔道兒，反正啥都有可能，就是不可能有好東西。石門其實是沉重的，但是由於這道石門不大，幾個鄉下漢子比城裡人有力氣多了，還真就把他推開了。

這個暗門只有半人高，按照老規矩，郭二率先鑽了進去，一進去，他就倒吸了一口涼氣兒，他喊道：「快進來，我們絕對發財了。」

他喊了這一嗓子，其他幾個人激動了，紛紛鑽了進來，一看全部都愣住了。

這是一間小房間兒，就十平方米左右的樣子，貼牆的一溜兒擺著一排排小罐子，手電筒光一打，就把這個房間看透了。

房間不奇怪，按說罐子也不奇怪，但郭二為啥說發財了呢？原因就是因為地上的罐子。這些罐子的樣子，有點奇怪，是呈雞蛋形兒的，下面是個碗形，上面蓋個蓋子，蓋子上密密麻麻的有很多小孔，像熏香爐似的。

在手電筒光的照射下，這些罐子都反射著迷人的金屬光澤，仔細一看，上面還雕著些奇奇怪怪的字，原本字是紅色的，不知道是不是因為年代久了，已經有些褪色。

郭二不懂歷史，壓根不知道，歷史上就沒出現過這樣的金屬器型，盜墓的一般都明白如果事出反常，就必有妖異，絕對不會去動那些奇怪東西的。

可是郭二不懂歷史，卻認得金子，從那迷人的反光來看，他認為這裡擺了一屋子的金罐子！金罐子啊，就算不是古董，不也發財了？

房間裡面安靜，就只剩幾個人吞口水的聲音，他們完全沒注意這間小房間裡的詭異浮雕，更沒有注意他們的頭頂上，當然還有一個詭異的地方就是那些罐子上都有一個大些的凸出孔，那些孔連著牆上的管子。

那些管子貌似也是金屬物，也反射著迷人的光澤，郭二他們哪裡知道那是做啥的？幾個人早就瘋狂了，老杜語調顫抖的問道：「其他地方不用去，以後再去，光這些個罐子拿出去賣，都發了，郭二，二娃，你說牆上那些管子我們用不用也給撬走啊？」

郭二正在打開幾個帆布包，準備招呼大家裝罐子，聽著老杜的話，他深吸了一口氣兒，說道：「這管子要是金的，也值錢得很，我先看看有多長，不難弄的話，我們就給撬走。」

說話間，郭二就把手電光打在了牆上，可是一看到牆上的浮雕，郭二的臉色就變了，這都他媽刻些啥啊？

牆上刻了一大堆纏繞在一起的蟲子，生怕不夠生動似的，還抹上了白色兒，一看就跟真的蟲子一樣，然後這些蟲子貌似在互相吞噬，越來越少，越來越少，到最後就只剩了一條蟲子。

郭二有些想吐，這些蟲子就跟蛔蟲似的，樣子還特別猙獰，看起來又噁心又凶，強行忍了忍，郭二把手電光打在那金屬罐子上，卻不想那金屬管子是那麼的長，一直綿延到牆頂。

其他人也都在觀察，這幾乎是五個罐子就共用一根金屬管子，這金屬管子的數量不少了，要都是黃金的，恐怕光是這些管子都值大錢了。

「狗日的，到底有多長啊。」郭二看到這管子已經到了牆頂了，都還在綿延，他打著手電光，終於注意到頂牆，他發現這些管子原來都朝著頂牆，看不到頭！

為啥？只因為那些管子全部伸進了頂牆的一個大罐子裡面！

「郭二，看見沒？頂上還有個大罐子，那麼大，得值多少錢啊？」老杜激動得聲音都變調了。

這也怪不得他，地上的罐子就只有一個拳頭那麼大，而頭頂上的罐子竟然有人腦袋那麼大！

「我看見了，再想咋弄下來。」郭二的確看見了，他總覺得這墓室的東西有些古怪，跟他看過的那些陪葬品不一樣，但是在金子的誘惑下，他哪裡還管得了那麼多？

沉默了一會兒，郭二開口說道：「憨牛站最下面，然後我騎你脖子上，然後再把蔣藥貓兒弄上來，蔣蘗貓兒你去抱那個罐子，我看了一下，它就是那些管子支撐在上面的，稍微動一下就能拿下來。」

郭二的觀察確實仔細，這個罐子雖然高懸於牆上，但事實上，都是那些綿延而上的管子從下面支撐的，金子的硬度又不高，只要稍微扭動一下，擺脫了一根管子，這個大罐子就能拿下來。

說幹就幹，這幾個開始在這件有些詭異的小房間裡玩起疊羅漢，好在這房間不算高，蔣蘗貓兒上去，不用站起來，就是坐在郭二脖子上，都能搆到那個罐子。

「老牛，撐得住不？」郭二夾在中間，有些難受，可他真擔心憨牛撐不住。

「還行。」憨牛話不多，不過他說還行，就意味著沒有問題。

「蔣蘗貓兒，你倒是快點啊？」

「別催，馬上……」蔣蘗貓兒也在上面努力著。

大概過了五分鐘，蔣蘗貓兒終於成功地扭曲了一截管子，把它扯出了罐子。

「行了，行了！」蔣蘗貓兒高興得大喊，只要扯出了一根管子，其他的事情也就好辦了。「我知道成了，你他媽也別把口水滴我衣服上啊。」郭二也高興，笑罵道。

「誰滴了口水？」蔣蘗貓兒的語氣有些莫名其妙，他是高興，也喜歡金子，可又不是對著脫了衣服的大姑娘，他沒事兒幹嘛流口水？

不過，蔣蘗貓兒這句回答，讓老杜長了心眼，他打著手電筒一看，原來是蔣蘗貓兒手裡拿著的那根管子在滴水！

隨著老杜的燈光，大家的目光都望向了那根管子，特別是郭二，一看之下，差點摔下來，那管子裡哪兒滴的是水啊？血紅血紅的分明是血！

有啥血，經歷了那多的歲月，還不乾的？郭二的腦子麻麻的，一下子想到了很多的可能，他顫抖著手，去摸了一下滴在身上的血，然後用兩個指頭搓了一下，再聞了一下，一股怪異的，刺鼻的味道傳來，這不像血腥味兒，說不清楚是啥。

幾個人都分外的沉默，包括膽子最大，鬧得最凶的老杜，郭二使勁定了定神，說道：「蔣藥貓兒，繼續弄，我聞了一下，這不是血，把東西弄下來我們就走。」

蔣藥貓兒答應了一聲，此時他也是騎虎難下，能有啥辦法？如果說沒看見這些金子，他還能一咬牙離開，看見了，哪兒還捨得？

幾個人沉默著，房間裡只剩下蔣藥貓兒抱罐子，弄管子的聲音。

也不知道過了多久，反正蔣藥貓兒、郭二、憨牛身上都弄了不少那種紅色液體後，蔣藥貓兒終於把罐子給弄了下來。

罐子擺在中間，幾個人面色複雜地盯著那個罐子，它雕刻得是如此精美，雖然沒人知道雕了些啥，它的金屬光芒也是如此誘人。

這個罐子是蓋著的，幾個人也不想去打開，沒那個心情，因為頭上的管子還時不時的會滴下一點兒紅色的液體，「啪嗒，啪嗒」的聲音，讓人聽了不舒服。

「裝東西，我們走人。」郭二吩咐了一句，幾個人就開始四散開要裝東西。

可這在這時，那個大罐子裡發出了一聲怪異的聲音，那聲音似乎是雞叫，又似乎是蟲叫，總之聽起來非常的不舒服，讓人毛骨悚然。

「啥東西？」最先反應過來的是蔣藥貓兒，他的身子一下縮成了一團。

老杜一閉眼睛，當沒聽見，往帆布包裡塞了一個罐子，才說道：「管它啥東西，把東西帶出去再說。」

「不行啊，萬一我們帶上去不好的東西咋辦？那可是要死全家的。」蔣藥貓兒聲音都變調了。

好像是為了配合蔣藥貓兒似的，在很遠很遠的深處，又似乎是在地底下，傳來了一聲笑聲，是女人的笑聲，那聲音很空洞，跟沒感情似的，回蕩在這墓室，讓幾個漢子都差點沒嚇死。

郭二吐了口唾沫，他一緊張就這樣，可好歹他還有急智，他說道：「老杜，蔣藥貓兒是對的，我們不能帶莫名其妙的東西回去，剛才……剛才那聲音……」說到這裡，郭二也有些害怕，他穩了好久，才說道：「剛才那聲音離我們挺遠，還不用怕，只是這個罐子，你們說咋整？」

人的貪欲有時是不可理解的，郭二一問，大家就沉默了，他們捨不得不帶，因為不要看只大那麼一些，古董這東西，有時候可不是用大多少，重多少來衡量的，大一些意味著更多的，加倍的錢。

沉默了半天，老杜再次咬了一下牙，說道：「我們四個大男人怕個屁，這麼小個罐子能有啥？是騾子是馬拉出來遛遛，只要不是鬼，老子一腳踩死它。」

「萬一是鬼呢？」蔣藥貓兒說這話的時候，身子都在顫抖。

「屁，你一個藥貓兒還不曉得啊？是鬼的話，我們現在還有命在？」老杜惡狠狠地說道。

「我一個藥貓兒，就是曉得點兒忌諱和辟邪的方法，我哪兒曉得其他的。」蔣藥貓兒小聲的念叨了一句，至少老杜這話他聽進去了，沒那麼怕了。

「開來看。」憨牛也難得說了句話。

「就這麼辦吧。」郭二也發言了，說話間，他和另外幾個人把鏟子抓在了手裡，開罐子的工作就交給了憨牛。

憨牛是個賊大膽兒，也不推辭，往手心裡吐了兩口口水，搓熱了手心，把他那蒲扇似的大手就貼在了罐子上。

剛一放上去，那罐子竟然動了兩下，那怪異的叫聲再次響起。

這一次，那聲音響起不再是一下就完了，而是連續不停地叫著，幾個人臉色都不好看，相對來說，只有憨牛稍微鎮定些，他在自己包裡摸了摸，戴上了一副牛皮手套。

這是憨牛的標準「裝備」，因為棺材裡的東西基本都是憨牛去摸的，可年月久了的棺材裡啥東西沒有？老鼠，蜘蛛，蜈蚣……更可怕的萬一棺材裡躺著個殭屍，給人一口呢？所以這軟牛皮的手套挺好用的。

戴上手套以後，憨牛的膽氣兒彷彿也壯了一些，他衝眾人使了眼色，眾人也衝他點點頭，憨牛就喊了句：「開了。」然後就毫不猶豫的去使勁開那個罐子蓋兒了。

那罐子蓋說真的很緊，憨牛使了老大的勁兒，脖子都憋紅了，才聽見「噹」一聲。

罐子打開了，因為用力過猛，那實心的半截滾到了一邊，憨牛手裡就拿著一個滿是空洞的蓋兒。

「也沒啥嘛。」郭二心說，可下一刻，他就看見一個白影從那罐子裡爬了出來。

由於看得不真切，郭二把手電光打了過去，下一刻，他看見了蟲子。

「是條蟲子！」郭二吼了一句，大家隨著他的手電筒光看過去，不就是一條蟲子嗎？

就跟牆上浮雕的一模一樣，那種肥嘟嘟，軟綿綿，跟蛔蟲一樣，可是比蛔蟲猙獰百倍的蟲子。

但就算牠長成怪獸，這幾個漢子也不會緊張了，蟲子，鄉下人見得還不多？

這時，蟲子已經完全爬出了罐子，又是一聲怪異的叫聲，大家卻也不怕了，一條蟲子叫上天去了，還不是一條蟲子？

「憨牛，拍死牠吧。」郭二鬆了口氣兒，輕鬆愉快地說了一句，摸了一下兜，郭二甚至準備點枝菸。

憨牛應了一句，提起他的鏟子就走了過去，準備一鏟子拍死那蟲子。

也就在這個時候，奇異的事情發生了，那蟲子跟蛇一樣立起了半截兒身子，連續不斷的朝著憨牛嘶鳴。

這叫聲真真的讓人煩躁，那副立起身子的模樣，更加的猙獰。

郭二看得心裡一陣兒亂煩，吼道：「憨牛，拍死牠。」

可憨牛跟沒聽見似的，動也不動，那神情恍惚得緊，郭二看得憋火，直接自己提著鏟子就上了，也就在這時，那蟲子的頭忽然就朝向了郭二，對著郭二嘶鳴了起來。

這下郭二終於體會到了憨牛的感覺，他覺得那蟲子對他一叫，他就全身動不了，感覺自己的思維都要停頓了，腦子一片空白。

許是蟲子朝著郭二叫，憨牛的壓力減輕了許多，他大吼了一句：「這蟲子有古怪，一叫就讓人恍惚。」

這時，蔣藥貓兒憋不住了，他膽子不大，一把抓出黑狗血就朝著蟲子扔了過去，他懂得不多，他就知道這蟲子邪性兒，黑狗血別的沒用，但就是辟邪。

「啪」的一聲，袋子裡裝的黑狗血一下就灑了出來，在扔的時候，蔣藥貓兒就把袋子捏了個口子，加上衝擊力，這袋子也就裂開了。

那黑狗血灑了那蟲子一身，蟲子不叫了，一下子軟了下去。

郭二朝蔣藥貓兒投去一個感激的眼神，其實他早前有些後悔帶著蔣藥貓兒，因為他膽子小，而且他那些名堂，在下了「地」以後也沒派上啥用場，這蔣藥貓兒看來是沒啥斤兩的人，所以，郭二後悔了。

可今天蔣藥貓兒發揮了他的作用，看來當時自己的考慮是對的，地下的事情太邪性兒，帶著個「懂行」的人，總是好的。就這樣感激的望了蔣藥貓兒一眼，郭二不再猶豫，「啪」的一鏟子就朝那條怪蟲子拍去，這一鏟子郭二使足了勁兒，心想拿開鏟子的時候，這蟲子怕是要被拍成爛泥了吧？

可他拿開鏟子的時候，卻發現，那蟲子沒有按照他預想的被拍成一灘爛泥，只是被拍扁了而已，就扁扁的跟一張紙似的。

郭二看了一陣兒，也沒多想，管牠爛還是扁，反正死了就得了，他想快點收拾了東西，離開這個鬼地方，因為這時兒他想起兩件事兒。

第一，是他們在這墓道裡走了六、七分鐘，還沒見頭兒，這墓有多大？越大的墓越邪性兒，這個是一專門盜墓的人教他的說法。

第二，他想起那個詭異的笑聲，他們耽誤了恁久，他怕正主兒上來了。可就在這時，憨牛喊了一句：「二哥，蟲子沒死。」

憨牛是個沒啥情緒的人，更不會大驚小怪，從進來這間屋子後，他吼了兩次了，可見事情多麼的邪乎。

郭二一聽，臉一陣兒抽搐，他說不上啥感覺，只是有些木然地回過頭，他看見了，那扁蟲子果然在扭動，身子竟然還在恢復。

「憨牛，用鏟子剁牠。」郭二咬牙切齒的說道。

這種小鏟子的邊緣非常鋒利，可以當菜刀用了，憨牛也不囉嗦，直接就下鏟子去剁了，老杜也上來幫忙，而蔣蘗貓兒更是把分給幾個人的黑狗血都拿來，灑在了那蟲子身上。

每個人的情緒都極度的憤怒，那是因為被極度詭異的事情逼到了極度的憤怒，憤怒到有些癲狂。

可是過了一小會兒，只是小小的一會兒，他們就頹廢了下來，憨牛第一個扔了鏟子，坐了下來。

因為那蟲子竟然跟牛皮似的，剁都剁不爛。

郭二有些麻木了，說了句：「別管牠了，東西拿了，咱們走。」

說完，他第一個站起來，可是他剛站起來，詭異的事情發生了，那蟲子周圍盡是些黑狗血，身上也滿是黑狗血，白蟲子都給染色兒成紅蟲子了。可這一刻，這蟲子身上的紅色開始急劇地消退，周圍的黑狗血也開始急劇地減少。

「我×他媽，狗日的，×他仙人板板哦，牠在吸血。」老杜語無倫次地罵開了，這是極度害怕的表現。

郭二紅著個眼睛，看著這一切，看著那血減少，看著那蟲子慢慢地膨脹起來，又變回圓的，看著牠甚至變長變大，郭二終於咬牙切齒地說了句：「走，啥都別拿，太邪！」

說著幾個人慌忙地收起包，轉身就跑，但郭二看見了，老杜拿了那個裝了一個罐子的帆布包。

郭二想吼老杜一句，可是想起他那傻兒子，終究張了張嘴，啥也沒說。

幾個人慌亂地跑出那個房間，跑在最後的憨牛往身後照了照，很是憤怒的說了一句：「快點兒，牠追來了。」郭二一聽，胸口嚇得一緊，還是忍不住回頭看了一眼，那蟲子果真追來了。

真他媽窩囊，幾個大男人，竟然被一條半米不到的蟲子追得狂奔，可是又有啥辦法？那蟲子的速度太快，郭二他們跑了一分鐘不到，就發現那蟲子從牆頂上竄了過去，直接竄到了他們面前，立起半個身子，擋住了他們的路。跑在最前面的郭二也顧不得什麼，人都逼到這個地步了，是泥人兒都還有三分土性兒，他想也不想，舉起鏟子就想朝著蟲子拍去。

可這時，身體卻不由他控制，他先是聽見那嘶鳴，然後一陣兒強烈的眩暈傳來，郭二昏倒在了地上。

於此同時，他發現，其他幾個人也是東倒西歪地昏了下去。

「這下完了，得死在這裡了。」這是郭二昏迷前的最後一個想法。

「那後來呢？」酥肉聽得目瞪口呆，半天才反應過來，問了一句後來呢？他沉浸在了這個故事裡，顯然他忘了，郭二還好好地躺在這裡，說明他們脫險了。

面對酥肉的這個問題，郭二的臉色有些怪異，他悶聲說了一句：「後來？後來我也不知道。」

第八章　罐子

「你咋能不知道呢？」酥肉非常的奇怪。

「因為我們不是都昏過去了嗎？後來醒了，發現時間也不過過了十來分鐘，那蟲子也不見了，可誰還願意待在那鬼地方啊？我們都跑了。所以，昏迷之後，到底發生了啥，我是不知道的。」說話間，郭二又問酥肉要了一枝菸，狠狠地吸了一大口，表情有些痛苦。

「我想你現在知道了，就在你們昏迷的時候，蟲子鑽進了你的肚子，至於為啥鑽進你肚子，多半原因是因為你跑前面，離那蟲子最近。」這時，我基本已經知道了後面發生了啥，我不可能會忘記那蟲子從郭二肚子裡鑽出來的一幕。

想到這裡，我也暗自慶幸，幸好舌尖血和虎爪對那蟲子有用，否則真不知道咋辦了。

「我只是慶幸我當時昏過去了。」郭二捏著菸，又狠狠地吸了一口。

姜老頭兒的臉色十分的難看，在聽完我的訴說以後。

他一拍桌子大罵道：「這群狗日的，把蟲卵給帶上了，和我一起去找那個啥老杜。」我不明白姜老頭兒為啥發那麼大的火，原本是想問那神祕小房間的前因後果的，也都把話嚥進了肚子。

這時，慧覺老和尚剛好進屋，他開口對姜老頭兒說道：「你猜想的果然沒錯，鄉場上有人出現了初步的症狀，估計這個鄉場……哎……」

「麻煩對吧？有人把培植蟲卵的蠱蟲帶了上來，你覺得還能倖免嗎？能表現出症狀的，還好說，那種潛伏起來的就頭疼了，萬一出了一個成熟的！這十里八村的，哎，咋能這樣！」姜老頭兒有些說不下去了，愣了一會兒，他忽然站起來就出去了。

我連忙跟上，我知道事情麻煩了，我想看看師傅要咋辦。

「老杜，我知道你有困難，你難道還不明白我現在是在保你嗎？」正在氣急敗壞說話的人是鄉長，說起來他和這個老杜是多年的戰友，他確實是在保老杜。

姜老頭兒在一旁喝茶，臉色很平靜，但我知道他是在壓抑怒火，現在已經是深夜時分，姜老頭兒在聽完我彙報後，晚飯都顧不得吃就出門去鎮上了，也不知道他用的啥法子，反正他回來以後，直接去了鄉政府，而政府辦公室裡的幾位高官都在等他，其中也包括鄉長。

這個時候畢竟我已經快十五歲了，我常常對我這個師傅的身分很懷疑，他只告訴過，他是給國家做事的，但是份量咋會那麼大？

鎮子上的小院落我們還是去的，可自從他給我說了他的身分後，他做事的時候就比較避諱我了，我也不知道為啥。

鄉長說的確實是實話，他是在保老杜，在得知這件事情後，鄉場當時就給姜老頭兒求情說，老杜不容易，三個兒女，一個女兒早年夭折，一個女兒嫁得很遠，剩下一個兒子，當年發高燒，用藥錯誤，結果燒成了傻子。

他還說老杜一定是想給傻兒子日後弄個保障，所以才去幹這種冒險的事兒，希望姜老頭兒不要把這件事情交給司法機關處理，老杜一出事兒，他們家就完了。姜老頭兒不置可否，只是說等他把東西拿出來再說。

所以，我知道我這師傅是真發火了，他其實做事頗有江湖氣，有些不受管束，只憑個人喜好的意思，要平常情況，他一定會說好說，好說，可這次，竟然只是這樣回答了一句。

到了老杜家，我師傅一直沒有說話，我也不好說話，一直在勸說老杜的是那個鄉長，可那老杜咬死不承認有這回事兒，那鄉長氣極了，才說出了這話。「砰」，姜老頭兒把茶杯重重的往桌子上一放，我心說，糟糕，師傅發火了，那鄉長轉頭看了一眼姜老頭兒，連忙說道：「姜老，你，你別……」

姜老頭兒一擺手說道：「要是真的是個金罐子倒也罷了，你知道那是啥嗎？那根本就不是金子，是一種加了特殊藥物的陶土做成了的東西，外面加了一層特殊的銅皮，塗了一種藥水，才顯得像金子。你知道裡面裝的是啥？你關心兒子，你還想你兒子活命的話，就把罐子拿出來。」

老杜的臉色變得有些難看，但最終他還是搖頭說道：「啥罐子啊，我不知道，我一個幹部，郭二是個混混，我能和他扯在一起？你們信他，也不信我？」

姜老頭兒冷冷地「哼」一聲，說道：「郭二變成了啥樣子，我想你不是不知道。如果我想你說實話，方法就多了，可我懶得管你了，你想你兒子，你全家都變成郭二那樣子，你就這樣吧。沒見過私心那麼重的人！叫什麼公安來抓你，你自己就等著後果吧。」

說完，姜老頭兒拂袖而去，絲毫沒有留戀的意思，我也連忙跟了上去，留一個鄉長在那兒，挺尷尬的，而且我發現那鄉長也有些害怕。

就在要跨出門檻的瞬間，那老杜忽然有些猶豫的叫住了我們：「姜……姜師傅……」

姜老頭兒冷冷轉身，說道：「要不就把罐子拿出來，要不就別廢話。」

老杜咬了咬牙，說道：「我是想留這個罐子，找個機會賣了，給我兒子留個下半輩子的保證，我怕我們去了，就沒人肯管他這個傻子了，可現在我兒子也有些不正常了，我自己感覺也有問題了，我原本急著想把罐子脫手，然後去大醫院檢查治療，但想起郭二的事兒，也想著那墓裡的事情邪性兒，我拿出來吧。」

姜老頭兒也不廢話，又拉著我回到了屋裡，我看見那鄉長明顯鬆了口氣兒。

老杜就把罐子藏在自家床下刨的一個暗坑裡，他答應了拿出來，也就不再囉嗦，三下兩下就把暗坑上的磚頭給刨了起來，然後摸出了那個用幾層塑膠布紮得結結實實的罐子。

姜老頭兒接過罐子，扯過外面包的塑膠布一看，臉色就變了，他把罐子放在了桌子上，說道：「自己看吧，該跑的都跑出來了，這下好了。」

老杜心裡忐忑，雖然最近這幾天他和傻兒子都有些不對勁兒，但他也刻意沒往那方面想，主要的依靠就是他自認為把罐子封得嚴實，上面還蓋了磚。

聽姜老頭兒這樣說，他忍不住拉過那些塑膠布一看，果然，上面竟然有一些小孔，他立刻就想到了那可怕的蟲子，難道這些罐子裡也有？

姜老頭兒也懶得和他解釋太多，直接扯開了塑膠布，仔細看了看罐子，臉色又變了變，他說了句：「完了，封蠟全部化了，這罐子估計空了。」

在場的人沒懂他什麼意思，但姜老頭兒下一刻就證明了他的話，他用力擰開了罐子，那裡面果然空空如也，但令人噁心的是，在罐子周圍的壁上，全是一種黑色的卵殼，看起來就跟蜂巢似的。

鄉長看到這副情形，打了一個哆嗦，那時對這事兒沒啥說法，可現在的人都知道這鄉長恐怕是有密集恐懼症。

老杜面如死灰，他一屁股就坐在了地上，抱著腦袋，喃喃地說道：「我這他媽都帶了些啥上來？都帶了些啥上來啊？」

姜老頭兒神色有些嚴肅，他伸手去撚了二片兒卵殼上來，搓了搓，神色稍微輕鬆了一點兒：「還好，還有些濕度，這些蟲子跑出去的時間不會超過五天。」

說完，他當著老杜的面把那個罐子狠狠一摔，結果讓老杜目瞪口呆的事情發生了。

那罐子除了外面的一層皮兒，裡面果然碎成了幾大塊兒。

「看清楚了吧？金罐子！」姜老頭兒冷哼了一聲，轉身就走，那鄉長目睹了那個罐子裡的東西，加上密集恐懼症的折磨，哪兒還敢在這裡多待，連忙跟上了姜老頭兒，我歎了口氣，覺得老杜這人著實有些可惡，可聯想起當年我二姐的事兒，心裡不由得想，如果換我家遇上這樣的事兒，我們三姐弟中有一個是傻子，我爸媽又會咋做？

這樣想著，原本滿腔對老杜的指責之心也就淡了，我也跟著姜老頭兒走了，我知道不僅是我一個人這樣看，我那便宜師傅一定也是動了惻隱之心，畢竟盜墓這種事情，他若存心為難郭二，老杜，他們現在已經在牢房裡待著了吧。

就在我幾人快要踏出大門的時候，一個有點呆呆的聲音在背後響起：「老漢，肚肚餓，肚肚餓。」

我有些震驚的轉過頭，這聲音明明低沉渾厚，已是一個成年男子，可語調卻如此天真，如果不是故意逗趣兒，那確實是件可悲的事情。

映入我眼簾的是一個有些胖的成年男子，身上卻是收拾得乾乾淨淨，臉上帶著一臉憨笑，這就是老杜的傻兒子？

「老漢，肚肚難受，餓得難受。」那男子望著我癡癡傻傻地笑了幾聲，又轉頭央求起老杜。

我看了一眼老杜，看見他掏出一塊手帕，正在給他那傻兒子擦去嘴角的口水，柔聲說道：「老漢等下就去弄吃的。」

我也不知道是不是我的錯覺，我分明看見老杜眼眶有些紅，臉上的皺紋彷彿也更深了一些。

在我耳邊同時響起兩聲沉重的歎息。

「進郭二肚子裡那條是成蟲，發作得快，但你兒子也快發作了，明天帶他來××的房子，我明天要在那裡為鄉親們打蟲，貪心嘛，你和你兒子現在都是一肚子的蟲。」是我師傅，說完他就轉身走了，我的心裡有些微暖，這件事是老杜的錯，可是我師傅依然會幫他們，這應該就是我師傅內心裡柔軟的地方吧？

「還不快謝謝姜師傅。」鄉長有些著急地對老杜說道。

可老杜只是呆呆地望著我師傅的背影，兩行眼淚就流了下來，喉頭滾動著，咋也說不出一句話。

是夜，一盞昏黃的燈光照亮了整個屋子，姜老頭兒神情嚴肅，額頭上罕見的布滿了汗水，可見他很累。

我在一旁幫不上什麼忙，只得不停地為他調著朱砂水，遞過一張張的符紙。

至於慧覺，正在熬煮著幾味藥草，他說了，要把這幾味草藥熬煮爛，然後混著蜂蜜，加上符灰，搓成藥丸。

寫完五十張符以後，姜老頭兒幾乎虛脫，我趕緊扶著他坐在了一旁，他端起了杯子，喝了一口熱茶潤喉，然後對我說道：「去把這些符都燒了，符灰拿去給慧覺。」

我有一肚子的問題，可此時卻不忍心師傅太過勞累，答應了一聲，就去做他吩咐的事情了。

一直到了後半夜，我們才忙完，成果就是桌子放著的，正待晾乾的三十幾顆藥丸。

我和師傅可以休息了，可慧覺卻對著這些藥丸，聲音低沉地念起了不知道是啥的經文，我很好奇慧覺的所作所為，可卻不待我發問，師傅就已經說道：「那不是普通的蟲子，是餓鬼在這世間的幼體，這藥丸是以幾味陽性極重，還有兩味帶驅邪效果的草藥配製而成，我寫的是一種驅邪的符，要是平常情況，燒了符，混著清水喝下，就已有效果，可這餓鬼蟲非比尋常，就是這樣，我們都還是不放心，佛家的念力是很強大的，慧覺老頭兒勉強算是高僧，有高僧的念力附著於藥丸上，效果會更好。」

我點了點頭，看了一眼慧覺老頭兒，他仍是一臉莊嚴肅穆地在念著經文。

一個小時左右，慧覺才停止了禱念，站了起來，我看他也是比較虛弱的樣子，頭上，背後幾乎全是汗水，我第一次滿懷著尊敬地想給慧覺遞上一張手帕，卻不想慧覺站起來之後，揮著拳頭就朝姜老頭兒跳了過去！

對的，我沒有看錯，就是跳了過去，估計連跑他都覺得慢！

「姜立淳，你個萬貨（傻貨），額倒咧八輩子楣咧，才認識你！啥叫勉強，額是高僧，額是真正的高僧。」

姜老頭兒也被這一齣給搞愣了，生生就被慧覺打了一拳頭在肩膀上，他也怒了，站起來就和慧覺扭打在一起：「狗日的慧覺，你個瓜貨，說你勉強是高僧，都是給你面子了，你要爪子嘛（你要幹啥），老子打不死你。」

我有些無奈地看著這一幕，心說我是當沒看見呢？還是當沒看見呢？

卻不想他倆同時轉頭望著我。

「給老子做功課去，還坐在這兒幹啥？」

「削孩子，削習去，不削習，準備學你師傅當瓜P（傻子）啊？」我重重歎息一聲，轉身出了門，在外面打套五禽戲，也比看這兩個老頭兒發傻來得好。第二天，這鄉場上就通過大喇叭給鄉親們通知了一件事兒，下午召開鄉大會，所有人必須參加！

在鄉下地方就是這樣，一般有啥重要的決定，都是通過大喇叭傳達的，畢竟鄉親們住得遠，這大喇叭是必不可少的。

這一次的會議，在下午三點召開，讓鄉場上的鄉親們驚奇的是，主持這次會議的竟然是鄉長和鄉書記這樣的大人物。

所謂鄉場也只不過是個大些的村子，只是鄉政府在這裡而已，他們也有自己的村長，像鄉上的幹部親自來主持會議，這種事情畢竟是少見的。

所以，這就意味著有很重要的事情要宣布，人們也就分外的好奇。

隨著鄉長的聲音，人們安靜了下來，在照例的打了一番官腔過後，鄉長開始說到正題了：「相信郭建軍家的事情大家都知道了，我們請來了城裡的專家，經過調查研究，發現我們鄉里出現了一種變種的蛔蟲，初步估計是通過一些不乾淨的污水傳播的。」

我當時也和酥肉混在裡面聽熱鬧，一聽鄉長那麼說，我眼睛都瞪大了，酥肉在一旁對我小聲說道：「當官的就是厲害啊，這餓鬼蟲，硬生生的就被他說成了蛔蟲，還動用了專家。」

我也不知道說啥，總之這也是正確的決定，不然給老百姓說啥？難道是有餓鬼就要肆虐這裡？老百姓不恐慌才怪呢。

「好在這餓鬼的幼生體是蟲子，要是蜘蛛該咋說？」酥肉這人嘴巴毒，連鄉長都敢調侃。

「咋說？還不是請來了專家，然後說發現一種喜歡進人肚子的變種蜘蛛唄。」通過這事兒我就明白了，哪怕牠的幼生體是隻豬都沒關係，老百姓從骨子裡是信任上層說話的，更信任那有文化的專家。

「呵，三娃兒，我發現你還是有些壞啊，這都想得出來。」酥肉嘿嘿的笑了。我瞟了他一眼，臺上的鄉長此時還在講著話，宣傳著大家一定要注意飲水衛生，啥水要燒開了喝，真能扯。

最後鄉長話鋒一轉，非常沉痛的說道：「但是村裡已經有很多人感染了這種病，我們鄉親自請來了城裡的專家給我們帶來了特效藥，因為這種蟲子不是我們鄉首先發現，所以很幸運的已經研製出了特效的驅蟲藥。這藥是免費的，錢由鄉里墊上，這就是秉持著要為大家辦實事兒的精神……」

鄉長的話被掌聲打斷了，我和酥肉在下面同時翻了下白眼，心裡同時的佩服道，當官的，就是他媽的不一樣。

第九章　焚燒

在鄉長宣布了這事兒以後，姜老頭兒和慧覺就忙瘋了，他們在鄉里暫時租住的房子幾乎被圍得水洩不通。

當然，姜老頭兒和慧覺那形象，一看就不是啥專家，只得對外宣稱是專家到別的地方去了，這兩人粗通醫術，就幫忙發藥了。

關於恐懼，是最容易在人群中傳染的一種東西，鄉長濃墨重彩地說了那蟲子的可怕以後，全鄉場的人幾乎都去了。

當然，那藥丸不是人人都需要吃的，姜老頭兒說過那藥丸配得太烈，沒有被蟲子危害到的人吃了反而傷身。

這在無形中就加大了姜老頭兒和慧覺的工作量，畢竟鄉里有沒有症狀的人都來了，他們還得一個一個的看。

三十幾丸顯然是不夠的，總之那幾天姜老頭兒和慧覺是忙瘋了，連帶著我也耽誤了幾天功課，除了上學就是幫忙。

這轟轟烈烈的打蟲運動還算成功，姜老頭兒對那些人是提出了一個特別的要求，無論咋樣，蟲子的屍體得給他裝好帶來。

想來這是比較噁心的一件事兒，不過在鄉長的又一番危言聳聽之下，人們還是照做了。

五天以後，打蟲運動結束了，疲累的姜老頭兒和慧覺帶著一包噁心的蟲子屍體回了山上，我也結束了幸福的日子，跟著回了山上。

住在鄉場能不幸福嗎？至少放學了我不用走那麼遠的路了。

熊熊的火光映照我和姜老頭兒的臉，這山上原本空氣清新，可此時此地卻飄著一股份外難聞的味道，是姜老頭兒帶著我，用曬開的菖蒲加入柴禾中，在焚燒蟲子的屍體。

在這堆火中，還特別加了三張符，在火堆的另外一旁，立著一個大大的招魂幡，幡上貼著一張紫色的符，我記得符成之時，我師傅生生地噴了一口血。

一開始，我並不明白為啥我師傅和慧覺要收集這些蟲子的屍體，可在不久之前，姜老頭兒給我解釋了一番，我才知道這種餓鬼的幼生體有多可怕。原來那些藥丸只是斷絕了牠的生機，不代表徹底消滅了這種餓鬼蟲，只要在合適的條件下，牠們或可再次復生也不一定，其實可怕的不是這種蟲子，而是那些餓鬼之魂！

餓鬼是有能力成為大法力者、大能力者的，由此就可以想像它們的潛力有多可怕。

要徹底毀滅它們的物身，只能用火，陽間的火是它們物身的唯一弱點，可光是火還不行，必須得以辟邪驅晦帶陽氣兒的物體為引，這火才能起些許作用。要更徹底一些，就要用上大功力者畫的符籙了，一種增加火的陽氣與正氣的符籙，簡單說就是調動五行之力中的火之力，所以說，餓鬼是極其可怕的。

「師傅，這餓鬼的幼生體就如此可怕了，人面對它們還有活路嗎？」我望著火光，非常的擔心。

「人們極少有機會會面對它們，不管是在我道家，還是佛家，面對餓鬼，都有不成文的規矩，是一定要出手的。道家鎮，佛家渡，總之是要出手的。」姜老頭兒望著火光，也不知道在想些什麼。

「師傅，餓鬼如此可惡，你咋還花費大力，畫那麼一張收魂符收它們呢？直接鎮了它們，讓它們魂飛魄散不是更好？」我不理解師傅的做法，這種收魂符的難度極高，因為一張符含兩種變化，一是收，二是鎮，收魂本就是極難的事情，加上要鎮住符裡的魂，這個鎮還必須有渡，不能滅了它們，只是鎮住，可想而知難度有多大。

師傅上一次出手畫收魂符，還是我小時候那陣兒被百鬼纏身的日子了，面對普通的凶鬼，師傅能很輕鬆地滅了它們的，可要收了它們，都用上了藍色符籙，可想那符籙是極難的。

符籙的載體有很多，不一定局限於符紙，它是豐富多樣的，可是要大概分，還是能粗略的分為五種，金、銀、紫、藍、黃，黃色的符籙就是最簡單的一種，往上延伸一層，都是極難，極難的，這次畫收魂符，要收整整四十七條餓鬼魂，師傅用上了紫色的符籙，那是極其耗費心神功力的，所以符成之時，一口鮮血就噴了出來。

「滅了它們？那是極造孽的，餓鬼所在之地，窮山惡水，環境極其惡劣，它們承受饑餓的折磨，是為大苦，特別是生而就在餓鬼之地的餓鬼子，是天生就要背負這種業。面對餓鬼，只能渡！佛家咋說你可以去問慧覺，但在道家，越是承受大業，苦業，越是能夠超脫，求得形而上！所以，餓鬼中出大能者，是正常的。它們壽命漫長，就是更長的忍受折磨，它們所修也就驚人，面對餓鬼，只能渡，不能殺！」

「師傅，那你的意思是，餓鬼天生就是可憐之人，所以對它們要憐憫？」我這樣問道。

「你站在人的角度，覺得它害人就是極壞，可是如果你站在豬的角度，是不是也會覺得人極壞？但是，人吃肉，吃糧食，是為了活下去，我為獵，你為食，只是天道的自然之道，是一種生生不息的表現。餓鬼也有自己的生存方式，它們咋生，是它們的自然生存之道，它們如果超出道之外，是為殺人，滅絕人而為，那麼它們該殺，換個角度想，你認為它們該被殺嗎？」師傅望著我，說出了一段非常深沉的話。我的腦中靈光一閃，忽然就覺得更為深刻的理解了師傅曾經對我說過的一句話，「對萬物抱有一種敬畏的心」原來在道家的自然之道中，每一樣的物事的生老病死都是道啊！

可是我還是很不滿：「師傅，你為啥要我站在豬的角度？」

「這個還用問嗎？既然是類比，就必須要找個最接近的事物啊！」

「……」

那一堆焚燒之火，整整燃燒了二個小時，才慢慢熄滅，熄滅之後，師傅去翻動了一下火堆，算是放心地點了點頭，然後喝道：「三娃兒，站開，別擋了道，我要引鬼入符。」

我連忙站開，我知道師傅現在就要打出引路手訣，這一次不同，原本引路訣是為遊魂指明黃泉路，是一種善的手訣，可此次卻是要反用引路訣，引餓鬼入符。

這相當於是在給餓鬼製造幻覺，因為身為餓鬼是最不願意回歸餓鬼道的，那裡對於它們來說是苦不堪言，它們最是願意留在人間，因為人間物產豐富，可稍稍緩解它們饑餓之苦。

引路訣原本是指引黃泉路，反用引路訣，可造成一片人間美景，讓它們在迷濛之中，誤以為到了人間最美之地。

可手訣一旦反用，是更加耗費心神的事兒，而且複雜之極，一點點紕漏都不可以，所以姜老頭兒讓我站開。

這個原本簡單的手訣，必須嚴格的完成手訣四步，需要請神上身，而且是請大能之神，我是必須遠遠避開的。

一陣狂風吹起，我下意識地念著控制的口訣，開了天眼，我實在很想看看餓鬼之魂的模樣。

天眼一開，周圍的物事變了模樣，這種刻意的開天眼和無意中天眼開是兩個概念，刻意引導之下的開天眼，那就是一切物事會變成天眼中的形象。

那就是最純粹的能量體！

而不是天眼開那種周圍景象只是模糊，看特定的物事才能看出一些門道的樣子了。

我的周圍變得黑暗起來，在黑暗之中，卻有很多五色斑斕的威力，我看見代表師傅生機的光芒，看見代表植物生機的綠色光芒，我看見一團黃色光芒從天而下，和師傅的光芒彙聚在一起，可是我是怎麼也看不清楚黃色光芒具體的形象。

此時，一陣又一陣的狂風吹起，我閉著眼睛都能感覺到它的狂暴，那堆徐徐燃盡的火堆灰燼，忽然就被吹得沖天而起，餓鬼魂！

第十章　蠱蟲

是的，是餓鬼魂出現了，四十七團紅得彷彿是一團團的血的光芒沖天而起，其中有一團特別的紅，紅得讓人有一種驚心動魄的感覺。

而這四十七團紅光，無一不是讓人感覺到一種暴戾怨氣沖天的感覺。

我很想看見餓鬼的樣子，於是按照往常的經驗凝神去看，只一眼，我就倒退了幾步，因為我看見了，那個我盯著看的餓鬼魂衝我咆哮了一聲。

那形象實在是可怕，跟浮雕上的完全不同，浮雕上的餓鬼矮小而瘦骨嶙峋，而這餓鬼魂十分的高，說不上健壯，可是自然就有一股猙獰的氣息流出，它眼神凶狠而暴戾，張口咆哮之時，那巨大的獠牙倒也罷了，可口中竟然噴出火焰。

「三娃兒，閉了天眼，走開，你受不起餓鬼氣場的衝擊。」師傅大聲吼道。

我一聽，立刻睜開眼睛，閉了天眼，但就算如此還是免不了氣血翻湧，一陣頭昏腦脹。

平復了好一陣兒，我才緩過來，然後看著師傅吃力地打著手訣，像是被啥牽引一樣，努力地在維持。

這就是反手訣的害處，原本手訣是順應天道法則，引天道力量的，反手訣其實變相是在逆天道，有牽引力阻止也是正常。

狂風一陣陣吹過，我數著，整整四十七道以後，一切才平息了下來。

鬼本無形，若說人要能感應鬼的存在，唯一能感應的就是那風動了，畢竟引起了氣場的變化。

姜老頭兒疲憊地收了手訣，我趕緊跑去扶著他：「師傅，還好吧？」

「還能撐住，慧覺也有大功力，可惜這種滅殺物身的場面，他是不能出手的，連看都不能看，必須回避。」姜老頭兒幽幽說了一句。

其實，我覺得已經難得了，原本信仰就不一樣，還能成為如此好的朋友。

收了那紫符，姜老頭兒把它小心地疊成三角形，隨身放了，我問：「師傅，現在就要超渡它們嗎？」

姜老頭兒的臉色分外沉重，說道：「渡不了，因為還缺了二條！」

「啥？」我的臉色一下就變了。

竹林小築內，一盞油燈散發出溫暖的昏黃色光芒，可也照不亮三個人沉重的臉色。

「師傅，四十七條，我沒數錯，那麼多為啥還說少了兩條？」這個問題很嚴重，我覺得必須要問清楚。

「一個蟲盅裡應該是四十九條，那天老杜把蟲盅拿出來的時候，我看了一下，那個蟲盅內並沒有之前孵化的卵殼，說明那蟲盅裡的蟲子應該是四十九條。」姜老頭兒有些疲憊地說道。

「師傅，咋看出來沒有之前孵化出來的？」我問道。

「這種餓鬼蟲，若是孵化的時間超過了十天，卵殼會變成紅色，一目瞭然。」姜老頭兒說道。

慧覺揚了揚眉頭，表示贊同。

「師傅，我知道你一定知道那墓裡是咋回事兒，你跟我說吧。」其實我早就憋了一肚子問題了，到了今天我覺得非問不可。

姜老頭兒望了我一眼，還沒說話，我又立刻補充道：「師傅，我是你徒弟，你多教我一些這些知識，也是在帶徒弟！還有，師傅，我還想問，不在了兩條的後果是啥？」

慧覺唱了一聲佛號，難得誠懇地望著姜老頭兒，說道：「老姜，我知道你維護徒弟的一片心意，你太過寵溺三娃兒了。有些事情我逼不得你，你若不想講，不講也罷，這餓鬼的事情，他已經捲進來了，你就好好給他說說吧。」

姜老頭兒沉吟了一陣，忽然抬起頭來望著慧覺，有些不相信，也不確定地問道：「慧老頭兒，你的意思該不是，該不是讓我帶著三娃兒進餓鬼墓吧？」

慧覺再次唱了一聲佛號，說道：「正是如此。」

「你……」姜老頭兒忽然站起來，望著慧覺情緒有些激動。

「如果以後你想他早死，現在你就儘管這樣，小雞不可能一輩子在母雞的翅膀底下，小鷹也不可能一輩子都不展翅飛翔，你難道就不明白？」慧覺很是嚴肅的說道。

姜老頭兒有些煩躁，不停地踱步，過了許久，才又坐下，說了句也罷。

我一直沒說話，其實心裡興奮得緊，到底是少年人，去一個地方，沒想到危險，只想著刺激了，我怕一開口說話，暴露了自己的興奮。

聽見師傅說了句也罷，我差點跳了起來，可是強行忍住了。

忽然我就有些理解酥肉前幾天纏我的心情了，看來少年人的好奇心果然是一種本能，只是我自己都不一定能下去，沒那決定權，當然不可能答應他。

其實我的欣喜哪兒能掩飾得住，在心裡感謝了一百次慧覺老頭兒，冷不防就被師傅盯上了。

「我知道你高興，可你也不用表現得那麼明顯，是不是？」

我抓了一下腦袋，笑了一聲，不敢多說，怕立刻就被剝奪了下去的資格，卻不想姜老頭兒接下來卻說道：「我下面講的聽仔細了，下去之後該是危險重重。」

我鄭重地點了點頭。

「郭二他們無意中闖進去的，應該是一個蠱室，餓鬼蟲其實也是蠱蟲的一種，只是極為難得，原本這人間應該已經絕跡，確切地說，應該在明朝就絕跡了，我實在沒想到在現在還能發現它的蹤跡。」姜老頭兒臉色很是沉重。

「是啊，我也以為只有苗疆幾個老怪物手裡，可能還保有一兩個蟲卵。」慧覺也沉重地說道。

「沒下墓之前，這一切都不好判斷，只有下墓之後再說，這件事情必須高度保密，不然被別有用心的人知道了，後果不堪設想。」姜老頭兒如是說道。

慧覺咳嗽了兩聲，似乎在這些方面，他不願意跟我說起太多，姜老頭兒也沉默了，我莫名其妙地望著他們兩個，忽然覺得這個世界很複雜。

「閒話少說，總之我以前遊歷四方，有幸對苗蠱有些瞭解，按照規矩，這樣的蠱室應該有九個，而且那墓裡應該有一隻鬼母。」姜老頭兒沉默了一陣子，再次給我講解起來。

「鬼母？」我想起來了，忽然覺得有些恐怖，餓鬼蟲都那麼厲害，那它們媽不是厲害之極。

「你也不用擔心那麼多，鬼母已經是很成熟的存在，在人世間反而不能久待，它應該會陷入休眠，除非有需要的時候，用特殊的方法刺激它再生產，這個墓是人為的，我懷疑它的存在，是為了人為培養餓鬼王。」

「這是毋庸置疑的事情。」慧覺頗為沉重地說了一句。

我的腦袋都要昏了，他們說話沒頭沒尾的，偏偏我關於這些啥都不懂，於是說道：「師傅，你就講講那墓室咋回事兒，那罐子又是咋回事吧？你說這些我都不懂。」

「哎，一想起這件事，心裡就頗為不安，所以……」姜老頭兒難得不好意思了一回，然後正色道：「那罐子是用一種特殊的陶土製成，那種陶土裡加了一些特殊的東西，具體是啥，我也不知道，因為涉及到苗疆的祕術，總之那個罐子能封住餓鬼蟲，讓牠出生之後就被禁錮住。我猜測的原理是餓鬼蟲比較留戀那種味道，或者說能暫時緩解餓鬼蟲生理上的饑餓痛苦，但是苗蠱也是博大精深的一門學問，具體我只能猜測。」姜老頭兒說道。

這時慧覺說話了：「你又不是要教三娃兒蠱術，說那詳細做什麼？長話短說吧。」

姜老頭兒白了慧覺一眼，我怕他們兩個又鬧，趕緊說道：「師傅，為啥上面會有那麼多小洞？」

第十一章　最凶悍的餓鬼

聽見我發問，姜老頭兒這才冷哼了一聲，說道：「餓鬼蟲有一個非常明顯的特點，那就是怕完全的封閉，因為牠們無時無刻不承受饑餓的折磨，性情一般都很焦躁，完全封閉的環境會點燃牠們這種焦躁，上面開孔洞，就是這個原因，在孔洞上其實塗了一層特殊的蠟，這是一種蟲蠟，收集極為不易，餓鬼蟲非常怕這個，塗上這麼一層蠟，就防止了孵化出來的餓鬼蟲無意中從這些小孔裡鑽出來。」

「那麼小的孔，能鑽出來？」我吃驚地問道。

「當然能，七竅牠都能進去，何況這個小孔，牠的身體可以拉伸的，拉成一個髮絲兒都沒問題！可惜的是那蟲蠟非常特別，一點兒光都不能見，一見光就融了，而餓鬼蟲卵也是，牠們在死寂的環境下，生命力強悍的才能孵化，只要沾一點兒生氣，就會爭先恐後地孵化，沒有了蟲蠟的封擋，所以……哎……」姜老頭兒歎息了一聲。

我也大致明白了前因後果，怪不得說老杜從墓裡帶出這個罐子，姜老頭兒會那麼氣急敗壞。

「師傅，這蟲也太厲害了吧？掐不死，切不斷，還能拉伸，連狗血也不怕。」我簡直想不出這餓鬼蟲還能怕啥，我要再次遇見該咋辦？難道回回都得咬舌尖啊？師傅又不准我亂用虎爪。再說，上次舌尖血能噴牠身上，還是因為機緣巧合呢。

「不是條條蟲子都這樣的，在郭二肚子裡那條不一樣，牠至少是那間蟲室裡的王者，才會如此強悍，普通的蟲子，如果用盡全力去弄，還是能把牠們的物身弄到斷絕生機的。」

道。

「而且郭二他們給那條蟲子潑了那麼多狗血，那蟲子簡直被大補了一回。」慧覺沒好氣的說

「咋回事兒？狗血不是辟邪的嗎？」這恰恰就是我百思不得其解的地方。

「辟邪？狗血這種東西是針對一些法術、幻術，還有沒有物身兒的東西有效，有物身兒的東西，潑狗血有啥用？而且那蟲子又沒有用法術、幻覺啥的，只是餓鬼靈魂強大，天生的壓迫就強大，這個狗血也能破去？知道殭屍嗎？你聽過潑殭屍一身狗血的事兒嗎？」姜老頭兒沒好氣的說道。

慧覺這時也插嘴說道：「餓鬼分為很多種，而這一種，是喜食血氣的一種，任何的血氣物事兒，對牠們都是大補，你說這樣饑餓了不知道多少年的蟲子，遇見那麼多狗血給牠，牠能不精神嗎？」

哎，我在心裡默默的歎息了一聲，這就是蔣蕁貓兒這種非專業人士和我師傅慧覺兩個專業人士的差別，不是說什麼辟邪的物事兒聽說了，就可以亂用，原來在有的時候，我之良藥，卻是彼之毒藥啊。

「師傅，你為啥說郭二肚子裡那條是蟲王？」

「先說那間蟲室吧，你看那些管子，就刻意為之的，就是讓那些幸運的，生命力頑強的蟲子能順著管子爬到頂上那個蟲盅裡！那些管子裡有一種特殊的東西，是一種液體，具體是咋配的，我不知道，可其中最主要的一味，我敢肯定是那個養蟲之人的血，你知道在密封的陶瓷裡，酒都可以儲存上千年，何況那種特殊的液體，比酒還……咋說呢，耐儲存一些，蟲子在出生以後，受到管子裡液體的吸引，就會拚盡全力地鑽進管子裡，那管子和罐子相連接，在中間只有一個非常

非常細小的孔洞，幾乎肉眼都不能看見，那蟲子有拉伸性，接下來你都明白吧？」姜老頭兒一時不知道咋形容，就直接轉頭問我。

我當然能明白，只是感慨難為那餓鬼蟲了，去鑽那麼小一個孔，怕是比髮絲兒還細吧？

「當然，就算孔洞再小，那裡面的液體也會慢慢流乾，流到罐子裡的液體，自然就會被那些蟲卵收吸收，不過那液體可對孵化蟲卵沒任何作用，只是一種類似於香料的東西。等到液體流乾，都沒孵化出來的蟲子，就算是被淘汰了，因為那麼久的時間都沒能孵化出來，只能說明牠們不夠強悍。」

「就是這個道理，孵化出來的蟲子，都爬到了最上面的蠱盅，那個蠱盅的陶土和下面是不一樣，禁錮蟲子的配方配得更烈，蟲子們到了那裡面，是再沒有勇氣出去的，然後就等另外一條蟲子上來！餓鬼有一個特性，因為饑餓，牠們往往會失去理智，兄弟姐妹互相吞噬，能留下的，就是最強的，這是餓鬼的生存法則，聽到現在，你明白了嗎？」慧覺補充說道。

「我明白了，這個設計蠱室的人，用了那麼大的心思，就是要在每個蠱室裡培養最強的一條餓鬼蟲。」可是這樣做的目的是啥？

我問了，只有慧覺答了一句：「何止每個蠱室培養一條餓鬼蟲，他是要在整個墓裡培養一條最強的餓鬼蟲！」

就是這麼一句，卻沒人回答我，這樣做的目的是什麼。

但無論如何，我還是很擔心一個問題：「師傅，那跑掉的兩條蟲子？」

「我估計牠們鑽到畜生的身體裡了，但這鄉場上的畜生那麼多，人養的、野生的，能咋查？人的精血因為有人的靈氣兒，比畜生的精血好了不知道多少倍，但架不住那蟲子餓，看見了畜生，沒忍住，就跑進去了。因為一個人，最多能容下兩條餓鬼蟲。」姜老頭兒說道。

「師傅，那咋辦？」我有些著急。

「能咋辦？密切注意鄉場裡有啥畜生離奇地死了，怕就怕牠們鑽到了野物的身體裡，就更不好查了，萬一長成了成熟體，那真的就是一場災難。」姜老頭兒歎息了一聲。

「是啊，所以我和你師傅現在輕易不敢去餓鬼墓，是因為我們要坐鎮這裡，等著那兩條蟲子現身。」慧覺也愁眉不展。

「成熟體是啥？」我忽然想起了郭二肚子裡那條蟲子，是那麼的與眾不同，長出了二個分岔，跟手似的，連尾巴也分開了，我感覺有些恐懼。

「成熟體？成熟體就跟餓鬼道裡的餓鬼沒區別了，你看那浮雕是啥樣子，那成熟體就是啥樣子，那個時候就該生吃人肉了！」姜老頭兒的表情一點都不像是開玩笑。

吃人肉？我一下子覺得胃部有些抽搐，那不是噁心，是怕！

我想起了很古老的傳說，什麼小矮個子鬼，什麼鬼吃人肉，怪不得我爸以前跟我說過，我早已去世的爺爺說，他的爺爺曾經在一個晚上趕山路的時候，看見過一個長相猙獰的小個子東西，趴在一頭死了的馬身上吃腐爛的肉，他遠遠看見就跑了。

我忍不住把我爸給我講的這個故事說了出來，姜老頭兒說道：「那還好，那是吃腐肉的餓鬼，危害小很多，吃血食的餓鬼，凶了何止百倍，那是你祖上有福，遇見吃血食的餓鬼，他就跑不掉了，哪兒還能有你。」

「餓鬼吃的東西還能不一樣？」我覺得人都是吃飯的，餓鬼它們還分門別類的吃？可真新鮮。

慧覺非常鄙視地望了我一眼，那眼神分明就在嘲笑我沒常識：「當然不一樣，它們有的食香火，有的食污穢之物，就如糞便、濃痰，有的食腐肉等等，而且餓鬼受的饑餓折磨也各有不同。」

「可是不管咋不同，我們都逃避不了一件事兒。」姜老頭兒歎息了一聲，我已經不知道這是他今天晚上第幾次歎息了。

「啥事兒？」我問道。

「那就是，那墓裡的餓鬼，偏偏就是最凶悍的一種餓鬼！」

第十二章　慘死的牛

錢大貴在鄉場上的人緣很一般，但說實在的，他這個人不討厭。

第一，他不愛說東家長，西家短。

第二，他不喜歡和誰走得過近，但是見人也很有禮貌。

可是就是這樣一個人，他的人緣偏偏就很一般，原因只因為他「摳門」，是那種一分錢也看得很死的摳。不過錢大貴是個實在人，他摳門是摳門，但他勤快，別人休息的時候，他都在忙乎，編個竹籃子之類的，到鎮上還能換錢。

這樣勤勞，節省的人，在經濟大環境變了以後，日子沒有可能不好，錢大貴的日子過得不錯！

他家的房子是鄉場上能進前十的二層小樓，他家的院子裡石桌石凳兒，葡萄架子，蔬菜瓜果，花花草草，非常漂亮，最重要的是他還養了整整七頭大肥豬。

更讓錢大貴覺得腰板兒挺得筆直的一件事兒，就是在兩個月前，他買了一條耕牛，這在鄉場上幾乎是獨一份兒，郭二是比他有錢，可是郭二的心思可不在那地裡，人家不買耕牛。

前些日子，村裡鬧蟲災，錢大貴也拉著一家人去看了免費的病，運氣不錯，他們一家人都沒病。

也是，前段日子，錢大貴帶著老婆和年幼的兒子出了趟遠門，在老婆的娘家住了些幾天，估計就這樣，沒染上。

啥叫運氣，這就叫運氣？

錢大貴覺得自己的日子過得挺舒心的，除了這幾天，家裡那頭牛，老是折騰他，添幾次料都不夠，不給吃就在牛欄裡發瘋。

這一天夜裡，錢大貴琢磨著：「村裡說有那啥變異蛔蟲，我家這牛倒像染上了，可沒說能傳染給畜牲啊？」

錢大貴的心裡有些不安。

好像是要配合他的不安似的，在這一晚上，他家的牛特別的不安生，反覆在牛欄搞出很大的動靜，而且一向很沉默的老牛，竟然悲鳴不止。

錢大貴去添了幾次料，可今天牛不吃了，望著他一個勁兒地掉眼淚。

錢大貴心疼，可是他不是牛兒，也不能瞭解牛的痛苦，愛牛的人都知道牛通人性，這流淚了，估計是有啥事兒吧？

拍著牛的身子，錢大貴輕柔得像是跟情人在說話一樣：「牛兒啊，牛兒，你別鬧，我決定了，明天給你找個獸醫來看看。」

這是真心疼牛，錢大貴摳門，自己病了都捨不得花錢，可他願意明天為牛兒找個獸醫來。

如此安慰了一番，牛兒的情況貌似好了很多，錢大貴也披著衣服去睡覺了，就是覺得睡不踏實，咋都睡不踏實。

五點多一些的時候，天色還暗沉著，錢大貴忽然聽見牛欄驚天動地的折騰了幾聲，接著牛兒就悲鳴了幾聲，那是確確實實的悲鳴，就像人臨死時的吶喊，聽得讓人揪心。

錢大貴一下子就坐了起來，他媳婦兒在旁邊迷迷糊糊地問道：「幹啥啊？這時間都不好好睡？」

「沒聽我們家牛那慘叫嗎？聽著真揪心。」

「不是說天亮就去找獸醫嗎？」

「不行，我不放心，我得去看看。」

提著油燈，披著衣服，錢大貴一步步地走向了牛欄，還沒靠近那牛欄呢，就聞見一股子血腥味兒，牛欄那邊安靜得讓人心裡有些發毛！

錢大貴背上莫名其妙地就起了一串兒雞皮疙瘩，但是掛心著他的牛，他加快腳步走向了牛欄！

「天吶，是哪個狗日的，是哪個狗日的哦！」

錢大貴的媳婦一下子就驚醒了，她聽見了丈夫的喊，那悲憤的喊聲，她跟著丈夫這多年，一共就聽過一次，那一次是錢大貴的爺爺去世。

擔心著丈夫，錢大貴的媳婦兒衣服都沒顧上披衣，穿著秋衣秋褲就跑了出去，跑到牛欄，她才看見丈夫蹲在那兒，抱著腦袋在那裡扯著頭髮，沒有聲音，樣子卻很痛苦。

大貴是在哭，錢大貴的媳婦兒太知道他了，他痛苦到極點，就是喜歡這樣無聲地流淚。

她走過去，蹲下來，抱著丈夫的背，柔聲的說道：「咋啦？」

錢大貴顫抖著手，指著牛欄，說道：「妳……妳……自己看吧，到底是哪個狗日的啊！」

油燈還掛在牛欄上，隨風輕輕飄著，因為太過關心自己的丈夫，她真的沒注意到牛欄，這下她轉頭一看，整個人就軟了下去，是趴在錢大貴的背上，才沒有摔到地上。

我叼著一個夾著泡菜的大饅頭，飛快地在路上跑著，昨天晚上練功出了點兒岔子，嚇得姜老頭兒和慧覺被我折騰了好一陣兒，最後沒事兒了之後，都已經凌晨三點了。

無疑我起來晚了，本來想耍賴，今天不去學校了，可是我那師傅一點兒都不心疼我昨天練功練岔的事兒，一腳踢在我的屁股上，就把我踢了出去。

快跑到鄉場的時候，我遠遠就望見了酥肉那顯眼的肥胖身影，這是我們約好的，誰先到，就在鄉場這等著，然後一起上學去。

我從來沒有像今天那麼遲過，酥肉估計等慌了，在那兒來回走著呢。

跑過去，還沒來得及說話，酥肉一把就把我嘴上叼著的饅頭給搶過去了，也不客氣了咬了兩大口，才又重新塞我嘴裡給我叼著，然後嚼著饅頭含糊不清地說道：「你今天咋這晚？耽誤我大事兒了，這兩口饅頭算補償了。」

我懶得跟他計較，自己也咬了一口饅頭，誰還不知道誰，酥肉就是覺得姜老頭兒泡的脆蘿蔔皮兒好吃：「喲呵，你還能有啥大事兒啊？遲到還不合你心意，反正你娃兒學校，一發神經了，還不是就曠課了？」

酥肉使勁地把饅頭吞了下去，說道：「三娃兒，我不是跟你扯，是真有大事兒，鄉場上的老摳，錢大貴，知道吧？他家牛死了。」

牛死了？我沒多在意，只是又咬了口饅頭，無視酥肉那垂涎欲滴的眼神，說道：「那錢大貴可夠心疼的，就憑他那摳門程度，還不得哭死？你小子怕是想去看熱鬧吧？這叫大事兒？」

「屁，他家牛死了，以他那摳門程度，我看熱鬧，他又不會分我一塊兒牛肉，我是聽說，他家的牛死得又慘，又怪異，剛才我站這裡等你，過去好幾撥兒看熱鬧的人了，嘖，嘖，他們都說好慘，所以我想去看，偏偏你娃兒來那麼晚……」酥肉喋喋不休的說道。

我的心裡卻猛然一驚，手裡的饅頭都掉地上了，我想起了師傅給我說的話，還差兩條，很有可能是跑畜牲身上去了。

「三娃兒，要不是老子打不贏你，硬是想打你，這饅頭你吃不慣，給我吃啊，你倒好，扔地下也不給我吃。」酥肉一臉憤怒，我咋都想不明白，我身邊的人咋就跟豬一樣，吃就是唯一，吃飽了都還能塞。

酥肉是，姜老頭兒是，連慧覺一和尚都是！

可我現在實在是沒心情跟酥肉扯，我手有些顫抖，我只能狠狠地抓住酥肉的衣服才勉強平靜，我也許不怕鬼，可這餓鬼真的嚇人。

「三娃兒，你該不會真的想打架哦？」酥肉望著我那樣子，有些驚疑不定。

「你給我說，錢大貴的牛死成啥樣子的？說一下，就描述一下。」我的聲音也在發抖。

「我這不是沒去看嗎？別人就說慘，其他的我又沒仔細聽。」酥肉根本不知道我咋了。

我放開酥肉，努力地深呼吸了幾次，讓自己平靜下來，望著酥肉說道：「我要去看看，你這是要去學校，就快去，要跟著就跟著。」

酥肉一下就笑了：「今天太陽打西邊出來了？三娃兒，我可給你記著了，你這是第二次蹺課。」

我沒心思計較自己是否蹺課，只是臉色陰沉的快步走在前面，酥肉跟在後面，差點就跟不上。

我陪著他蹺課，顯然給了他無比「美麗」的心情，當時在這美麗的心情過後，酥肉明顯發現了我的不對勁兒，他一邊氣喘吁吁地跟著，一邊說道：「三娃兒，你有啥事直接說唄，你這是在學你師傅嗎？吊著半截，讓人難受。」

我放緩了腳步，深吸了一口氣，很嚴肅地對酥肉說道：「蟲子，就是那個蟲子，有兩條沒找到，我師傅判斷牠們可能鑽畜牲身上去了，這錢大貴家的牛那麼詭異的死了，你覺得呢？我必須去看看，要是事情嚴重，我得跟我師傅說。」

「那還不趕緊的！」酥肉一聽，比我還激動，轉身就跑，虧他那麼肥壯的身體，還能跑那麼快。

可跑了幾步，酥肉就停了下來，難得嚴肅的望著我說道：「三娃兒，你這次不會擅自行動了吧？」

「不會了，我對付不了，上次那是運氣，還污濁了我的虎爪。」回想次上次我有些發冷，師傅說了不是條條蟲子都那麼厲害，我遇見的是蟲王，可再咋那蟲王只是寄生了一段時間就被我揪了出來，這條蟲子可是在牛身上吃飽喝足了……

我不敢想像這些，答應了酥肉之後，乾脆和他一路小跑跑到了錢大貴家。

錢大貴家的大門敞開著，院子裡站了不少人，鄉場上就是這樣，一家有了啥事兒，很多個來看熱鬧的，難得的是我在院子裡還看見了村幹部。

此時，錢大貴正拉著村幹部的手哭訴著，他媳婦臉色蒼白，有些憔悴地坐在石凳兒上，看那樣子是嚇的。

我拉著酥肉擠過去，恰好就聽見錢大貴對那村幹部說道：「我錢大貴是摳門，這牛死了，我是心疼，可是這農村人誰還不寶貝牛啊，看牛死成這樣，剜心的疼啊，你們一定得幫我查出是咋回事兒啊？要不然我不能甘心。」

那村幹部不知道為啥，臉色也不好看，他對錢大貴說道：「是要查的，這事兒必須查，我擔心村裡其他的牛也遭害了，媽的，這到底是人幹的，還是啥玩意兒幹的啊？」

這時，酥肉竄了上去，說道：「錢叔，我們能去看看牛不？我從小就喜歡牛，這聽說了，我心裡也不好受啊。」

那小子的表情十分的悲傷，錢大貴正處於難受的階段，無疑酥肉的話引起了他的共鳴，他有氣無力的擺擺手，跟酥肉說道：「牛很慘啊，你去看吧，只要你看了不做惡夢。」

酥肉說道：「錢叔，你放心，我膽子大著呢。」

說完，酥肉擠眉弄眼的一把拉過我，兩人就跑到了牛欄，這裡還有幾個人，這幾個人我大概也知道，算是鄉場上膽子很大的幾個人了。

不過看他們的臉色都很難看，還在議論著什麼，反正那樣子很不安心。

我也沒心思聽，拉著酥肉就走上前去，只看了一眼，酥肉一下子就轉身蹲下了，說道：「三娃兒，我不行了，估計等把吃你的那兩口饅頭給吐出來了。」

我也忍不住胃部一陣翻滾，默念口訣，平心靜氣了好一陣兒，我才算恢復過來。

牛的屍體就倒在牛欄，一雙牛眼瞪得大大的，只不過充滿了死氣兒，看起來分外灰暗，絕望。

好幾十隻蒼蠅在牛欄飛舞著，這也難怪，因為原本乾淨整潔的牛欄裡，現在是一大灘、一大灘的血，血已經快乾涸了，所以血裡混著的碎塊是分外明顯。

這些不是最讓人心裡難受的，最讓人心裡難受的，是牛肚子上竟然一個很大的破洞，破洞周圍爛兮兮的，就像是被炸開的一樣，腸子從那個破洞流了出來。

如果是這樣都還好，畢竟開膛破肚就是那麼一個景象，但問題在於那些流出的腸子是破破爛爛的，就像有一個東西在上面撕咬過一番一樣，而且透過那個洞，還能看見一些內臟。

心境平復下來以後，我輕輕踢了一下正蹲在地上乾嘔的酥肉，說道：「你就在這兒吐吧，我要走過去看一下。」

酥肉原本在乾嘔，一聽我說這話，一下子就噴出了出來。

我一看，那兩口饅頭就在其中，哈哈……

「三娃兒，你是在整我吧？」酥肉苦著一張臉。

我也懶得理他，徑直走進了牛欄，這樣的行為惹得旁邊幾個大人都吸了一口氣，有人直接說道：「這是哪家的娃兒，膽子那麼大？也不怕被血腥味衝到。」

「就是，膽子挺大的，好像是老陳家的娃兒。」

「搬到縣城去的老陳家？」

「你說全家都走了，唯一一個男孩兒咋不帶走？」

我忍不住流了一顆冷汗，有些懷疑自己生在八卦之鄉，連男人都有那麼強悍的八卦能力。

懶得理這些人的呱噪，我在牛屍體面前蹲了下來，之所以要這樣，我是想看看有沒有什麼線索，盯了一眼那個破洞，我看見了牛肚子的內臟幾乎爛光了，甚至還可以清楚看見那牛胃，那麼強韌的牛胃上，密密麻麻的有很多啃噬出來的小洞。

我屏住呼吸，就算心緒寧靜，也架不住也刺鼻的血腥味，好在閉氣我能堅持很久。

蹲在地上仔細觀察著，我沒看出什麼，因為牛倒下的時候，壓亂了不少鋪在地上的乾草，我撥開乾草，仔細看著，終於，我發現了一點兒痕跡。

那像是蛇爬過的痕跡，足足有我手腕那麼粗！

是蟲子！

我一下子就站了起來，從牛欄走了出來，我那份鎮定是強裝的，在這裡我還不能表現出一絲的不正常。

心裡非常亂，也很害怕，看著在院裡哭訴的錢大貴，我忽然非常擔心他們一家人，那蟲子在哪兒？會不會就藏在他們家裡，伺機而動？

可是我真的沒有勇氣去調查蟲子到底跑哪兒去了，但就這個情況，我覺得自己不能離開，想想吧，一條巨大無比的蟲子出現在這個院子裡的一群人中間，那是何等的可怕？

師傅曾經說過，很多事情要瞞著老百姓，這是善意的欺騙，至少這樣的欺騙能讓他們安心的，有安全感的過日子，所以說起來道家是不問世事的，但在無形中，其實很多道家的真正傳人是背負了一份責任的，自古以來就是這樣。

我走到酥肉面前，拉起這個已經在吐著苦膽水的傢伙，說道：「多難看啊，把嘴擦擦。」

酥肉有氣無力的白了我一眼，直接用袖子把嘴一抹，就嚷嚷開來了：「哪個害的嘛？哪個害的嘛？」

「龜兒子才有空害你，我剛才不是進去了？我是想看看那蟲子留下啥痕跡沒有。」

「有啥痕跡？」酥肉的心思立刻就被吸引了過來。

「手腕那麼粗的痕跡，你想想上次那蟲王才多大？」我的臉色很不好看，連帶的，酥肉的臉色也非常難看。

我繼續說道：「酥肉，我怕這蟲子還藏在這房子裡面。」

「啊？」酥肉往後一跳，看那樣子恨不得立刻離開。

我一把拉過他，說道：「老子又不是蟲，你跳開幹啥？我不能離開，得在這裡看著，你懂我的意思吧？」

「你那意思就是我得跑腿，是不是？」酥肉一把掐住我的脖子，然後說道：「上次那是你危險，差點沒把我累死，這次你又指使我，你說吧，你是不是沒看見我這身肉，你要累死我？」

我一把拿下他的手，說道：「反正我要留在這兒，那麼多條人命，你看著辦。」

酥肉一拍額頭，狠狠瞪了我一眼，轉身跑了。

我笑了一下，就知道這小子會去的。回到院子，我挑一條空凳子坐了，院子裡不停的來人，又不停的走人，大家都對這件奇怪的事情議論紛紛，特別是有的婦人甚至一看到牛就尖叫不已，弄得我一陣頭大。

原本這院子人來人往的，我也不太引人注意，可是等到快十一點的時候了，沒啥人了，我坐在那裡就引人注意了。

錢大貴和那個一直沒走的村幹部同時注意到了我。

錢大貴倒是沒心思和我說啥，那村幹部卻走了過來：「小娃娃，我看你多早就來了，咋這個時候還坐在這兒呢？」

我一愣，心想村幹部就村幹部，一定是看我背著書包，準備教育我蹺課的問題了。

「我看牛死得奇怪，聽說你們請獸醫來了，我想看看獸醫咋說。」我趕緊找了個理由，幸好剛才無聊，還仔細聽他們說了點啥。

「獸醫在鎮上，得下午才來了，你不能為了好奇，學都不上了，快去上學，不然我去告訴你們校長，鄉中學的校長和我可熟。」那村幹部的臉色非常的嚴肅。

這就是那個年代的人，還保持著一份莫名的熱心，這種熱心讓人感動，問題是現在是讓我麻煩。

我是的確必須留在這裡啊！

「還不快去，上午的事情我就不計較了，下午的課還能不去上？」村幹部呵斥道。

這下，我才真正的覺得流冷汗，我該咋說啊，這狗日的酥肉去了快三個小時了吧，咋還沒把我師傅叫來？

就在我一籌莫展的時候，幾個普通的村婦大大咧咧地邁進了院子，手上還提著一些蔬菜瓜果，背上背著一些肉食，我眼睛一亮，頓時有了主意。

這是農村的一種習慣，幫廚。

錢大貴家牛詭異地死了，要勞煩村幹部，要請獸醫，總是要置辦一桌吃的來招待，像這種情況，錢大貴的媳婦一定是無心下廚了，叫鄉場上的幾個婦人來幫忙是再正常不過的了。

我望著那村幹部說道：「我下午是要去上課的，但是我家在××村，現在這時間回去吃飯得多遠啊？」

「你就沒帶個飯盒？」那村幹部有些又好氣又好笑。

「我就在這裡吃一頓唄，行不行啊？伯伯？」我努力做出一副很饞嘴的樣子，這也很好理解，飯盒能有啥好吃的啊？這種置辦出的桌席，不說味道咋樣，肉食總是不少的。

這樣一個要求必須要臉皮厚到一定程度的人才會提出來，我心中忐忑，不停的說，好在我是小孩，嗯，我是小孩兒。

村幹部無奈，望了一眼錢大貴。

摳門的錢大貴其實人品還是不錯的，他咋能計較一個小孩子要吃桌席的問題，說道：「讓他吃了再去上學吧，反正就是多雙碗筷的事兒。」

我終於可以名正言順地留下來了，可是我連耳根都在發燙，同時佩服我的師傅，以前長年累月地在村裡賴吃賴喝，需要多大的勇氣。

時間一分一秒的過去，我望著大門翹首以盼，終於等到要開席的時候，三個人大大咧咧的走進了院子。

「好香啊，農村飯就是好吃，大碗肉，大碗酒的……」不用說，這個聲音就是我師傅的，我埋下頭，心裡嘀咕了一百次，我不認識他，我不認識他。

偏偏酥肉這個時候看見了我，「咚咚咚」跑過來，順手還提了一條凳子，把我一擠就擠開了，然後坐下就對我說了句：「三娃兒，我累死累活的跑，你娃兒不厚道，就在這裡吃上了？」

我覺得我活了快十五年的臉都要被酥肉丟完了，你娃兒和我有仇嗎？非要把我這混吃混喝的形象勾勒得那麼鮮明，可折磨遠遠還不算完。

我身邊一緊，慧覺老頭兒又擠在我右邊坐下了：「好咧，好咧，韭菜炒雞蛋，味道好咧，三娃子，你是不是曉得額愛吃這個，跟廚房打了招呼。」

我有一種快要窒息的感覺，低聲跟慧老頭說道：「這炒菜的鍋子，可是炒了肉的，你就不避諱一下？吃雞蛋就算了，還吃韭菜？你說你是啥和尚？」

「無妨，無妨，眼不見殺，耳不聞殺，不為己所殺的肉就是乾淨的，何況貧僧心懷仁慈，連那三淨肉也不會去碰，阿彌陀佛。」慧覺一副悲天憫人的樣子，說著標準的京腔，還唱了一句佛號。

一桌子人都傻眼兒了，剛才明明就是一個陝西老農，這咋整成北京和尚了？

算了，跟這一群人一起，首先就要學會「不要臉」，才能安穩地活著，我默念著我看不見，我聽不見，乾脆一切都不理了。

身邊又是一緊，我知道我那最好吃的師傅坐了下來，他沒廢話，一上桌子，一塊豬耳朵就扔嘴裡了，嚼得「嘎嘣嘎嘣」的，還給自己倒了一杯酒，「哧溜」一聲兒就喝了下去。

「你們都愣著幹啥？快吃啊！」他熱情招呼起桌上的人，儼然他才是主人。

「咳……咳……」錢大貴咳嗽了一聲，來了這麼一群莫名其妙的人，他這個主人坐得住才怪。

「咳嗽啥？你不記得我了？免費幫你看病打蟲那個人！你家牛的事兒，我是來幫忙的。」姜老頭兒眼睛一瞪，彷彿受了莫大的委屈，不過他總算說了一句解釋的話。

他這一說，桌上的人們這才反應過來，這兩老頭兒不就是發打蟲藥那兩個嗎？也怪不得人家沒認出來，你說你們幾個一進院子，跟一陣兒風似的就擠桌子上來了，誰認識你們啊？

想起這兩個老頭兒的來歷，錢大貴的心裡稍微舒服了一點兒，至少不是上自家來混吃混喝的，人家也為鄉場上的人辦過事兒，可一想到這兩老頭兒的身分，錢大貴的心裡就是一陣抽抽。啥身分，專門打蟲的啊！他剛才說牛的事情是來幫忙的？莫非自家的牛是犯了那蟲子病？那蟲子病人也躲不掉啊，要是從牛的遭遇上升到人的遭遇，那事情可就糟糕了。

錢大貴臉色慘白地望了我師傅一眼，同樣臉色慘白的還有他媳婦兒，錢大貴望著我師傅正待說話。

我師傅看了他一眼，說道：「先吃飯吧，如果你身上染上了，有打蟲藥的，別擔心啊。」

這番說辭讓錢大貴兩口子放了心，那打蟲藥確實是有效的，可那放心也是有限的，想想那牛的慘狀吧，人要這樣還了得？

一頓飯吃完，我和酥肉也可以名正言順地賴著不去上學了，理由很簡單，姜老頭兒兩個現在的身分在酒桌上已經被確定為老中醫，我們兩個就是他的小學徒唄。那村幹部聽說了，還說了句：「我說要賴著留下來啊，原來這個時候就不白給看了，要吃頓飯。」

姜老頭兒一聽眼睛一瞪，說道：「去叫你們鄉長來，就說姜立淳找他。」

好大的面子，村幹部倒吸了一口涼氣兒，有些摸不準情況，可姜老頭兒接下來說了一句話，他就不得不去了：「愣著幹啥？如果你要我親自跑一趟，回來就降你的官兒。」

這種當然是赤裸裸的威脅，不過有些事情威脅反而更起作用，村幹部去了。

在鄉長來了，看了牛之後，臉色沉重地回到院子，剛坐定以後，獸醫也來了，看見獸醫，鄉長一個箭步就竄了過去，一把就拉住獸醫，在一旁也不知道嘀咕些啥。

說完後，獸醫去看牛了，我悄悄問姜老頭兒：「師傅，這鄉長在幹嘛？」

「廢話，當然要求獸醫隱瞞事實啊，這種事情我保證獸醫沒見過，要是他大呼小叫地嚷嚷出點兒啥？你說有啥影響，是啥後果？臭小子，你咋就沒點兒智商呢？」姜老頭兒白了我一眼。

我氣哼哼的，我才十五歲不到，你要我有啥智商？

酥肉這時也神神祕祕地跑到姜老頭兒跟前，說道：「姜爺，那蟲子在這裡嗎？」

姜老頭兒面色有些沉重地盯了屋子一眼，說道：「你猜？如果今天錢大貴沒有大張旗鼓地嚷嚷他家牛的事兒，我負責地告訴你，他們一家人今天晚上過後，就剩一堆爛肉了，你信不信？」

酥肉一驚，把書包一背，一臉正氣凜然地說道：「姜爺，我是一個好學生，下午我得去上課了。」

姜老頭兒呸了一聲兒，大大咧咧地說道：「去去去，去吧，反正你在這兒也是礙手礙腳。」

酥肉把書包一放，說道：「我還就真不走了，我就留在這兒了。」

姜老頭兒神神祕祕地看了酥肉一眼，說道：「晚上……」

剛說兩個字呢，那邊的獸醫已經被人扶著出來了，看樣子是剛剛才吐過，錢大貴連忙上前去詢問情況了。

就聽那獸醫有些虛弱地說道：「情況就是感染了一種寄生蟲，我這邊沒有特殊的驅蟲藥，所以沒辦法。」

這番說辭明顯就是那鄉長給教的，但是糊弄錢大貴兩口子顯然是足夠了。

錢大貴神情有些憂慮，他原本還抱有一種希望，就是牛自己得病，原本他的想法是覺得，自己家的牛是被人給害的，給下了毒，因為這樣子實在太慘，他沒想到是這個結果。

鄉長攬著那獸醫的肩膀出去了，不知道又要危言聳聽地給那獸醫灌輸些啥，姜老頭兒老神在在地坐在院子裡，點上了他的寶貝旱菸，我打了個哈欠，很想去錢大貴的屋子裡睡一覺，但想起蟲子，又覺得不敢了。

只有酥肉，不停地在姜老頭兒面前竄過來，竄過去地念叨：「晚上，晚上要做啥嘛？姜爺，你倒是說說啊？」

無奈，姜老頭兒根本就不理他了。

下午四點，錢大貴家的院子裡。

鄉長正努力地跟錢大貴做著說服的工作，可錢大貴兩口子還是一臉的疑惑。

「鄉長，你說牛死了就死了，要人染上了，不有打蟲藥嗎？為啥要我們去住一晚上鄉政府呢？」錢大貴的媳婦說道。

這事兒，確實很難找理由，鄉長有些詞窮，望著姜老頭兒，眼睛裡全是無奈的表情。

這時候，姜老頭兒才慢慢地站起來，背著個雙手走了過來，對錢大貴兩口子說道：「你們去住鄉政府吧，那樣安全些，打蟲藥的效果畢竟有限，一兩條還好，要你一肚子蟲，還咋打？」

錢大貴夫婦明顯被恐嚇了，望著姜老頭兒說道：「我咋能一肚子蟲？」

「現在沒有，保不準今天晚上就有了，那麼大條牛啊，你說得有多少蟲在肚子裡？你們把牠停在牛欄裡那麼久了，你說你家裡會竄進去多少？今天晚上得有好幾個人來幫忙，煮一大鍋專門驅蟲的中藥，還有很多麻煩事兒，你們兩個幫不上忙，在屋子中間立著，萬一染上了咋辦？」姜老頭兒剛說完，鄉長就佩服地望了姜老頭兒一眼。

不管他們咋樣，我心裡擔心的是，晚上咋辦啊？面對那麼大條蟲子？

第十三章　蟲洞

好說歹說，總算送走了錢大貴夫婦，鄉長親自送他們出去，並且交代人把他們安排在鄉政府招待所，承諾了一大早他們就可以回來看情況。

回來院子後，鄉長第一個動作就是把錢大貴家院子的門給關上了，衝到姜老頭兒面前，神色頗為沉重地說道：「姜師傅，給我說說你的身分吧？」

「有啥好說的?上面叫你配合我，你就配合唄。」姜老頭兒喝了一口茶，放下了茶杯，我心知肚明，姜老頭兒是絕對不會開口的。

鄉長愣了一下，臉色變化了幾次，終於歎息一聲，在姜老頭兒身邊坐下了，說道：「我當官也有那麼多年了，知道不該問的事情就別問，等會兒收拾那牛屍體的人就來了，時間也不多，姜師傅，你無論如何總得給我說說那蟲子是咋回事兒吧？」

姜老頭兒斜了鄉長一眼，不說話。

鄉長很沉重地說道：「姜師傅，我這個年齡的人沒啥好奇心了，但是你別把我看成單純一個當官的，我在這鄉場上待了這麼多年，啥事兒也經歷了，還在這鄉長的位置上坐著，我沒別的意思，我就是想說，我對這片兒地是有感情的。你們說，是郭二他們從古墓裡帶上來一種古代的，生命力頑強的蟲子，危害很大。這個事情上面說必須保密，然後低調地解決下來，我照做！可你看那牛，姜師傅，我擔心這一片的鄉民啊，你給我說實話吧，我保證不洩露，到死都不會跟誰說，你讓我知道那是啥玩意兒吧，我這樣才能安心啊！」

鄉長這番話算是情真意切，可是姜老頭兒連表情都不帶變的，說道：「就是古代的，生命力頑強的害蟲，我沒騙你的必要，你自己都說這個年齡的人沒啥好奇心了，就把這事兒爛你肚子裡一輩子吧，行不？」

「可是姜師傅，別的我不知道，但是這川地兒，有好些村子因為瘟疫，是對外宣布的瘟疫，整個村整個村的消失了的事情我總是知道的，我擔心啊。」那鄉長其實能到那個位置，並不是一無所知的人。

姜老頭兒這次臉色才有了些變化，望著村長說道：「你知道些啥？」

「我知道很多流言，說是鬧殭屍！」那鄉長跟下定了決心似的，忽然冒出那麼一句。

這句話把我嚇一跳，鬼我見過，殭屍，啥東西，姜老頭兒連提都沒給我提起過。

「扯淡，鬧啥殭屍？就是瘟疫，就跟這次鬧蟲子一樣，這些都是科學，難道沒見過的蟲子出現了，就扯到那些東西身上去了嗎？這是你一個鄉長該說的話？」姜老頭兒罵了一句。

「是的，鬧啥殭屍？那些消失了的村子，最近的一次都是五幾年了，那時啥生活條件，歐洲那會兒的鼠疫死了多少人？是不是也是鬧殭屍？」慧覺老頭兒也說話。

我有些疑惑地望著這兩老頭兒，心說，說起來你們做的職業，在人們眼中就是神棍，現在咋講起科學來了？

在瞞著啥嗎？

鄉長被說得啞口無言，可是得罪不起這兩個上頭有要求配合的主兒，悶了半天，才說了一句：「我小時候就見過殭屍，從墳裡刨出來，爪子和牙都長出來了，身上也長毛了，扔火裡去燒，燒得吱呀亂叫的，我沒扯淡。」

院子。

「我反正沒見過。」姜老頭兒斬釘截鐵地說道。

「我也沒見過。」配合著姜老頭兒斬釘截鐵的是慧覺。

「那……那好吧。」鄉長覺得自己今天是不是喝醉了，跑來說這些，難道是關心則亂嗎？最後，在姜老頭兒一句「蟲子的事情這段時間一定能解決」的勸解下，他才離開了錢大貴的院子。

鄉長一走，我舒了口氣兒，剛跑到師傅面前，他望我一眼，說道：「殭屍的事情，不准問。」我一肚子話就被憋到了嗓子眼兒，只得說道：「師傅，今天晚上我們住這兒？還有，那鄉長不知道蟲子是餓鬼？我以為他知道呢。」

「能讓他知道？級別不高的，統統不能知道，在某個地下埋著多少絕密資料，能看的也就那麼十幾個人，有些東西，知道的人越少越好，配合做事就行了，只要不落口實，有些事情就算在民間成了傳說，也沒個證據的，這就是為了安定，懂嗎？」姜老頭兒避重就輕地說道，壓根沒提今天晚上在不在這兒住的事情。

我又問了一次，說真的，那蟲子讓我從心裡感覺到膈應，我不想待這兒，雖然我知道必須的，要待這兒。

「住，住個屁，那個蟲子吸了一頭牛的精血，又在牛肚子飽餐了一頓，你說要不要逮著牠？」

「那，那師傅，牛那麼大，那蟲子是不是很厲害了？」我很是擔心。

「一般吧，牛的血氣兒比人足，但靈氣兒就差遠了，沒有人的精血，牠化不了形，就是一條大些的蟲子，引出來，就好辦事兒，我擔心的是另外一條啊。」姜老頭兒皺眉說道。

「為啥擔心？師傅，你說另外一條不是也投畜牲身上去了嗎？」我不以為然地說道。

「餓鬼蟲，你以為牠沒智慧？牠的身子裡住的可是餓鬼！除非有蠱術高手把靈智給牠消了，這些玩蟲子的人搞啥把戲我不懂，我只知道牠們之間有感知，那麼多『兄弟姐妹』都消失了，牠能不謹慎嗎？就像這條蟲，為啥從牛身子裡出來沒逞凶，那就是懷著小心，想夜裡，牠的氣焰更盛了，才出來吃人！這還是靈智沒完全開的表現，你說如果牠完全開了靈智，把錢大貴夫婦先給處理了，再躲起來，這後果……」

我師傅這一說，我起了一身的雞皮疙瘩，這錢大貴夫婦還是有些運氣啊，要不是村裡先打了蟲，他們就完了，要不是這蟲子尚處於靈智沒全開的階段，他們也完了。

這種事情就是他們的運氣，趕巧趕在這個點上。

「師傅，這蟲子在這屋子裡嗎？」我這麼一問，酥肉也跑了過來，他就關心這個問題。

「想知道，跟我來！」姜老頭兒說完，背著手走到了牛欄，我和酥肉趕緊地跟著，只有慧覺沒動，他不喜歡看這些場面，就如我們處理蟲子的屍體，他絕對不動手，連出現都不會，這是佛門的忌諱。

走進牛欄，牛的屍體還在那兒，再等一會兒就會有人來處理了，是姜老頭兒叫的人，只不過到了現在，放了那麼久，屍體已經隱隱有了臭味了，蒼蠅飛舞，要不是為了好奇，我真不會再來這兒。

酥肉又想吐了，姜老頭兒望了他一眼，罵了句：「真沒用。」

結果酥肉硬生生地給忍住了，我分明看見他努力吞嚥了一下，把我弄得翻胃了，狗日的，你吐出來不好嗎？還能吞進去！

姜老頭兒翻開一叢乾草，乾草下豁然有個小拇指大小的洞，不注意真看不出來，說道：「你就只注意了痕跡，看見痕跡斷了，你就沒仔細找，你想想牠爬過乾草堆兒，哪能留下痕跡，你得仔細，看吧，鑽土裡去了，別忘了牠們是有多能鑽。」

我閉住呼吸，連連點頭，其實不是我不仔細，是因為第一我受不了那牛的慘狀，不願意多待。第二，我怕那蟲子，我怕把牠翻找出來了，牠對我逞凶。

可我不敢說，不然姜老頭兒得給我扣一頂沒用的帽子了。

從牛欄出來，剛回院子坐定，我剛想開口問：「師傅，你知道那蟲子藏哪兒了嗎？」卻不想，這院子忽然就響起了敲門聲兒，姜老頭兒望了我和酥肉一眼，那意思是你兩個去一個開門吧。

酥肉說道：「三娃兒，你可別讓我動，我跑一天了，再說，現在我一動，肚子裡的東西一晃蕩，就晃蕩出來了。」

我白了酥肉一眼，跑去開門了，結果門外站著十幾個人，有好幾個我竟然都認識。

第十四章　誘餌

咋可能不認識？他們就是鎮上那個神祕小院的人！

隨著年齡的增長，我已經不像小時候那樣懵懂，我心裡隱隱知道這些人應該是和姜老頭兒一樣，為國家做事的人，但是他們雖然穿著軍裝，但肯定和普通軍人不同的。

廢話，要是普通軍人，能和一個老神棍糾纏不清，甚至還聽命於他嗎？

這些年，姜老頭兒也偶爾會去鎮上一次，頻率不好，大概也就兩三個月去一次，非常偶爾的，他也會帶上賴皮的我，我是為了去鎮上玩，有空溜去看看電影，但小院的人我還是有接觸，有人走了，有人來了，有人一直留著。

他們不會給我說及身分這個敏感的話題，但不影響他們對我的親切，我一開門，為首的那個大鬍子，就是以前第一次見面為我開門那位，就笑嘻嘻地打了招呼：「三娃，好久不見，又長白嫩了，你說你咋不是個丫頭呢？」

我咬牙切齒的，這大鬍子叫胡雪漫，最是愛逗我，深吸了一口氣，我笑眯眯地說道：「雪漫阿姨，好久不見啊，咋長大鬍子了，刮了唄。」

「這個小鬼。」雪漫這個名字有些女性化，所以也就成了我還擊他的利器，他訕訕地笑了笑，領著後面的人進屋了。

我從來就沒在小院見過那麼多人，暗自揣測，這胡雪漫是從哪裡拉的壯丁。

一群人進了院子，徑直就朝著姜老頭兒走去，一個看起來比我大不了多少的年輕男孩看見姜老頭兒，激動得差點兒摔一跟斗，好容易穩住，才結結巴巴地說道：「姜師，我是××道××脈的……」

姜老頭兒嘿嘿一笑，揮揮手打斷了他，說道：「你一自報家門，我就覺得慚愧，我們這種散人，沒那麼多規矩，你就別這樣了，啊。」

原來，那男孩正準備給姜老頭兒行道禮，而姜老頭兒偏偏最不講究的就是這一套。

那男孩兒激動得一張臉通紅，說道：「我師傅說您是有大本事的人，今日得見，我簡直，我簡直……」

姜老頭兒笑眯眯地望著他，拍拍他的肩膀，示意他別那麼激動，轉頭問胡雪漫：「這年輕的孩子，咋就進來了？」

「這孩子很有些天賦，他師傅的意思就是歷練一番。」胡雪漫在一旁恭謹地說道。

「胡鬧，這是好歷練的？我們這個部門，說清閒，能清閒十幾二十年沒事兒，一旦有事兒，保不準一年到頭都是事兒，而且多危險，你不知道，讓孩子來歷練？」姜老頭兒火了。

那年輕男孩子有些害怕，又有些急，連忙說道：「姜師，不，不，不是這樣的，是師傅說他的本事有限，恰好我們脈有位師叔在這部門，這部門高人多，然後叫我來的，他說……他說希望我求得真本事，真正去接觸他所不能接觸的世界，還有道。」

姜老頭兒不跟孩子發火，問道：「你今年幾歲？你師叔叫啥？」

「我今年十八，師叔名諱曹行安，道號……」

「好了，進了這個部門，就不講道號了，曹行安倒也是個有些本事的人，胡雪漫，無論如何，照顧好這孩子，五號行動就不要讓這孩子參加了。」姜老頭兒沉吟了一陣兒，說了一個決定。

胡雪漫點頭應了，望著我，想問姜老頭兒點兒啥，可姜老頭兒卻說道：「你們去把牛欄的牛屍處理掉吧，小心一些，那蟲子行蹤詭異，我粗算牠就在這院子底下，可是非人的東西，說不好。」

「那牛屍是要……」胡雪漫在一旁問道。

「燒了，但是好好埋了吧，超渡就不要了，反而增加牠的業，搞不好能投個人胎的，都因為這個不能投了。」姜老頭兒如是吩咐道。

這時，慧覺酸溜溜在旁邊說道：「哎喲喂，好威風咧，額咋就瞅不見額們佛門的人膩（呢）？倒楣得很！這支裡面竟然沒額們佛門的人，要不能讓你一個人逞威風？」

姜老頭兒斜了一眼慧覺，竟然用陝西話罵了一句：「瓜P！」

慧覺就跟被踩著尾巴的貓似的，二話不說，站起來一腳就把蹲地上的姜老頭兒給踹了個狗吃屎，罵道：「老虎不發威，你當額是病貓。」

我無奈地一拍額頭，轉身就很「仔細」地去欣賞花草了。

然後院子裡一陣此起彼伏的咳嗽聲，那進來的十幾個人全部頭也不回，一窩蜂地跑牛欄那邊去了。

酥肉在那兒傻愣愣地笑道：「姜爺，慧爺，你們真好玩啊。」

「削胖子，你懂啥？削習去！不去信不信額揍你？」

「小胖文兒（胖娃兒），你皮子癢了啊？」

我「欣賞」著花草一路走過，心裡笑了個半死，酥肉，你不是挺機靈嗎？你娃兒也有今天？

這個夜，分外地黑沉，天空中沒有一顆星星，連僅剩下的那輪彎月，也時不時地被雲遮住。

院子裡，只掛著一盞昏暗的油燈，隨著冰冷的北風一吹，就發出「吱呀，吱呀」的響聲。

院子門前，立了一張法壇，紙人紙馬的臉在油燈的昏暗的燈光下，有一些說不明，讓人內心毛毛的意味，偶爾法壇黃色的布幔被風吹起，總讓人感覺蟲子要出來了一樣。

院子裡靜悄悄，黑沉沉的，就我一人獨坐在院子的中間，屁股下面是冰涼的板凳，我已經坐了半個小時，卻總是坐不熱，因為我自己都渾身冰涼。

在我的面前，有一碟呈紅色的詭異液體，一根類似於蠟燭的白色東西，就立在液體裡焚燒，發出一股子類似於人在劇烈運動後，汗水混雜著皮膚下血氣流動的特殊味道，有些熱，有些腥騷。

而我周圍，密密麻麻地畫著複雜的陣紋，幾顆閃耀著幽光的黑白石子兒看似隨意地擺放在陣紋的幾個點兒上。

抬頭望著一眼，就掛在我頭頂的，還在吱呀作響的油燈，我在心裡第一千次的罵著我的便宜師傅。

「讓三娃兒去引吧，他出生靈性就重，差點陽不關陰，這些年我給他補起來了，你們的陽身誰能有他的血氣旺？明白嗎？只有血氣旺，才能鎖住他的三魂七魄，那才不會因為靈覺四溢，而導致他最後魂魄虛弱而散去，也不會再出現小時候那種關不住魂魄的情況。」這就是姜老頭兒給大家下的命令，今天晚上要引出那條餓鬼蟲，我他媽就是引子，引那狡猾的餓鬼蟲出現的引子。

他生怕別人不信服，把我小時候那點兒事都給抖出來了，就差點沒說，我小時候魂魄隨時會飛出身體，所以引得百鬼纏身，想著占我陽身，是他英明出手的。

嗯，是他死乞白賴地要當我師傅的！

所以，便宜師傅要不得，我就被賣了！

不管胡雪漫一再地強調危險，不管慧覺也表示出擔心，不管「耍潑」留在這兒的酥肉猶豫的要代替我，我就是這樣被安插在了這個院子中間的凳子上坐著，不許反對。

姜老頭兒當時瞪眼罵了句：「他要這點都應付不來，就白跟著我了，身手？他七歲開始，是白練的？就讓他在那坐著，誰敢反對，我抽誰！」

於是，我就悲劇地在這裡坐著了，我經過他那麼多年的教育，不說重道，尊師是刻在了骨子裡，哪怕我表面上和姜老頭兒喜歡互相諷刺，互相挖苦。

可就算如此，這滋味真的很難受，難受到一點兒也不妨礙我在心裡罵他一千次，被一顆子彈果斷解決的人，和明知子彈要打向自己，卻還得生生忍受等待的人，感覺能一樣嘛？

我也不知道我是盼著那餓鬼蟲出現，還是希望牠這輩子就別出現，在這種矛盾的心理中，時間一分一秒地過去，一片烏雲又遮住了月亮。

我也不知道時間過去了多久，總之那麼害怕的我，竟然都有了一絲睡意，連屁股底下的板凳都坐熱了，我還看見院子裡偶爾就會冒出一個一個的紅點，接著就是一陣煙霧升騰，蹲守埋伏在四周的人都受不了這種無聊了，開始抽菸解乏。

在院子其中一個角落，慧覺老頭盤坐如山，也不知道是在睡覺，還是在入定，我惡意的揣測，他是在睡覺。

至於我師傅，他在虛掩的大門口，隨時準備破門而入，開壇作法，但天知道這老頭是不是靠牆根兒睡著了，他平日裡不就愛靠個牆根打盹兒嗎？竹林小築沒有牆根兒，人家就靠個牆角，冷不丁看去，跟擺了一個破麻袋在那兒一樣。

我望著天上時隱時現的月亮，也不知道自己是在盼望這一夜快點過去，還是想這一夜來點兒刺激的，太刺激了怕受不了，可過去了，不意味著明天我還得承受這折磨嗎？

可能是夜風太冷，我感覺腳有些冰涼，跺了跺腳，我又不安地看了看，還好，我的腳沒被什麼奇怪的東西纏上！

但就在這時，姜老頭兒忽然破門而入，反手關門，神情非常嚴肅地看了一眼周圍，喊道：「開始！」

我一愣，還沒反應過來，一桶桶帶著獨特清香味兒的藥水就劈頭蓋臉地向我倒來！

接著，我看見姜老頭兒用一種獨特的手法點燃了三枝香，插入那小小的香爐中，用一種特殊的方式站定，嘴中就開始念念有詞。

再接下來，慧覺的聲音帶著一種獨特的腔調，開始聲聲入耳。

可面對這一切，我愣是沒反應過來，這時胡雪漫忽然站起來吼道：「三娃兒，你師傅吩咐的你忘了？」

我剛準備回答，忽然右腿一陣劇痛夾雜著冰涼，我低頭一看，一條怪異的紅色大蟲不就正纏繞在我腳上？身上還冒著縷縷的輕煙。

竟然來了，竟然就這樣來了？

我什麼都來不及思考，更沒有閒空再打量那蟲子一眼，一腳就踹開了凳子，右手一直握著的鋒利小刀，直接就往左手的中指上割去。

疼！我倒吸了一口涼氣兒，因為太緊張，我劃得太深，那深深的口子一下就冒出了大量鮮紅的鮮血！

可我沒時間計較那個，那蟲子的爬行速度極快，一下就纏繞到了我的腰部，可我接下來還有很多事情要做。

我聽見周圍在喊：「那蟲子太厲害，藥水，多倒一些過去。」

還聽見周圍在喊：「再等十秒，三娃兒撐不住，就衝過去，別管破壞陣法的氣場了。」

一盆盆，一桶桶的藥水朝我繼續潑來，可我也不能坐以待斃，要這都完不成，師傅還能看得起我嗎？

我握緊在流血的左手，儘量不讓血液被藥水沖散，然後怒目圓睜地朝著蟲子望去，在那一瞬間，我心裡已經在默念一種讓心神，氣場，功力都集中於腦海的口訣！

然後憋著一股氣，對著蟲子大喝了一聲：「爾敢！」

一聲吼完，加上藥水的配合，蟲子的動作稍微有了些停滯，我用右手一把抓住那蟲子，然後用奇異的角度繞了一下，這是一種特殊的手法，可以集身體的大部分力量於手腕，鎖住那蟲子。

入手是一種透骨的冰涼，握在那說不上是否滑膩的蟲身上，我感覺心裡一陣陣的煩躁，彷彿有許多的負面情緒朝我衝來。

「靜心，清心。」我強自鎮定，然後大聲地念出靜心口訣，快速地蹲了下去，然後用左手的鮮血，一鼓作氣地朝著預先畫好的符紋塗了上去，這個過程不能分心，哪怕是師傅已經預先畫好了符紋，我只是依樣畫葫蘆地塗一層，這符紋一旦分心，就等於氣場亂了。

其實蹲下去的動作十分危險，無意中就拉近了我和蟲子的距離，而且那蟲子的力量彷彿是一股怪力，十分的巨大，我懷疑我連五秒都不能再堅持。

而這時一件更恐怖的事情發生了，我的手只能握住蟲子的一小段，而且拚命阻住牠往我的臉上爬，可是那蟲子沒被握住的部分，竟然開始變細，我眼角的餘光瞟見，一張非常怪異的蟲臉，慢慢的靠近我，慢慢的越變越小（因為變細的原因），離我的臉越來越近。

我無法形容那張蟲臉，因為你無法想像，一條蟲子的頭上，有二個鼓包，然後五官分明，那細小的眼睛透著一種人性化的眼神，這是一件非常恐怖的事情。

而且剛才那一吼，耗費了我太多的心神，道家的吼法非常講究，達到的效果也各有不同，反正需要深厚的功力打底，我這種菜鳥，說起功力都得笑掉別人大牙！

所以我的腦子一陣一陣的眩暈，偏偏此時還必須口含一口氣，精氣神全部集中在符紋上，不能分心。

那是一種境界，身處地獄火海都視若無物的境界，我必須保持心靈的空靈。

這個陣法的陣眼必須以我那陽氣十足的中指血為引，那師傅畫好的符紋就是陣眼，一旦我的鮮血順利的把那個符紋塗抹完畢，陣法就降啟動。

我的臉上忽然多了冰涼的一絲兒，我能感覺我的鼻子裡開始癢癢的，我感覺手裡的蟲身越來越小，彷彿是在緩慢而艱難地蠕動，可我不能有一絲分心。

我覺得牠快鑽進了我的鼻子深處，而符紋卻還有一半需要完成！

也就在這時候，慧覺老頭兒那聲聲不斷的念經聲，忽然變得如洪鐘大呂，在我耳邊炸開。

那蟲子不動了，彷彿承受了極大的壓力，整個身體都在微微顫抖，可那壓力也有些微落在了我身上，我的身體也有些顫抖。

還有一些，還有一點兒，最後！

我幾乎是使出了全身的力氣，一筆拉到了符紋的最末端，這時，彷彿一股炙熱從心底而生，在我身體裡炸開，我知道這個陣法開始運轉了。

我也不知咋的，吼出了一句：「保本心清明，才可不動如山！」

這句師傅常常給我念叨的話，就是我剛才支撐的唯一動力，本心清明，不動如山！

這時，慧覺念誦經文的聲音漸漸小了下去，一個身影朝我撲來，一下就拉出了我鼻子裡的蟲子，我已經顧不上犯噁心了，因為我看清楚了，那個撲過來的身影，不就是看見我師傅很激動的那個才十八歲的男孩子嗎？

心底那種炙熱的感覺越來越重，我一把拉起那個男孩子，就要跑出陣法外，此時我才發現那條蟲子竟然瘋狂的纏繞住了那個男孩子，頭部高高的揚起，看樣子是準備朝那男孩的嘴中鑽去。

那男孩手掐訣，嘴中念念有詞，但那不是在掐手訣，而是一種特殊的釋放功力的方法，可那蟲子哪裡給他機會，一下頭部就強行衝進了那男孩的嘴裡！

「滾開，狗日的！」我狂吼了一句，一下抓住了那蟲子，胡雪漫帶來的十幾個人也衝了過來，場面非常的混亂，我轉頭看了一眼師傅，他的神情不喜不悲，還在念念有詞，隨著一條條咒語，他的腳在有節奏的頓地，而一個奇怪的手訣也掐在了他的手中！

桃木劍，符籙，我的眼中眼花繚亂，只覺得所有的攻擊手段都朝著那蟲子而去，原本這就是一群道士，只是功力如何，我不得而知！

甚至有人噴出了舌尖血！

我緊握住蟲子的手不敢鬆開，雖然現在已經有很多雙手抓住了牠，可是竟然不能壓制牠！

不應該啊，這絕對不應該，只吃了一條牛的蟲子會那麼厲害？

慧覺那如洪鐘大呂般的聲音再度響起，可是現在誰能告訴我，這究竟是怎麼一回事？

第十五章　餓鬼化形

就在這紛亂的時刻，胡雪漫摸出了一把槍，吼道：「都閃開。」

我有些吃驚地望了胡雪漫一眼，這蟲子能用槍對付？可是別人好像都知道是咋回事兒一樣，紛紛閃到了一邊，我沒動，也不知道是誰一把就把我拉走了。

「那子彈是特殊的子彈，成本極高，看來胡隊是怒了。」有人在我耳邊說道。

我看了一眼師傅，他好像到了要緊的關頭，一張臉呈現一種不正常的紅色，身子竟然微微顫抖，再看了一眼陣法中間，蟲子依然纏繞在那個男孩身上，因為眾人離開，那蟲子又在使勁往那男孩嘴裡鑽，而胡雪漫抓住一截蟲子的身體，把槍口緊緊對著蟲子，想也不想扣動了扳機。

「砰」一聲清脆的槍響回蕩在這小院，也不知道驚動了誰家的狗，竟然引得一片狗吠。

蟲子的身體一下子僵硬了，然後開始靜靜地不動，胡雪漫吼了一句：「還愣著幹啥，跟我出來。」

那男孩一把扯下身上的蟲子，剛站起來，就被胡雪漫拉出了這個圓陣，站到了人群中相對安全的位置。

一站定，那男孩就開始不停地往地下吐著唾沫，任誰遇見這種事，不犯噁心啊？

蟲子就這樣解決了？我有些茫然地看著靜靜地趴在院子中間的蟲子，這時才發現好大的傢伙，有我手臂粗細，有一米那麼長了。

「胡隊，這子彈我們通共也沒幾顆啊？」旁邊有人在說話。

胡雪漫不甚在意地說道：「我給上面報備了的，這次允許用兩顆子彈，想想後果吧，屠村的東西啊！況且這裡是鄉場，村挨村的，兩顆子彈算啥？」

這時，慧覺老和尚忽然停止了念經，「霍」地一聲站了起來，神色非常嚴肅地說道：「難道我要親自出手？」

眾人不解，蟲子明明已經解決了啊，可這時趴在院子中間的蟲子動了，確切地說開始越縮越短，直到成了一個呈橢圓形的球才停下。

「叮」一聲清脆的響聲回蕩在院裡，胡雪漫一看，臉色一變，那不是剛剛他打出去的子彈彈頭嗎？

「狗日的！」胡雪漫臉色一沉，從懷裡重新摸出了一顆子彈，就要重新裝槍。

只見這時慧覺朝前走了兩步，又望了一眼我師傅，歎一聲：「算了，殺生之事，還是假手於老姜吧，你不用裝槍了，沒用，牠就要化形了。」

說話間，我看見我這十幾年來，看過的最詭異的一幕，那橢圓形的東西膨脹了起來，一張清晰的臉似在痛苦地掙扎，束縛著它周圍的皮已經快成了透明的顏色。

「砰」的一聲悶響，我看見一隻瘦骨嶙峋的手從皮裡伸了出來，接著，又是「澎」的一聲，另外一隻手伸了出來！

餓鬼！餓鬼終於要化形了，我彷彿聽見了自己怦怦的心跳，感覺整個心臟就要跳出嗓子眼，幼生期的餓鬼蟲就已如此厲害，那麼化形的餓鬼呢？

它是最凶的一種餓鬼啊！

師傅，師傅在做什麼？從一開始到現在已經過了五分鐘，師傅竟然還沒有出手，他從來沒有施過如此長的法啊？

我回頭望了一眼師傅，發現他已經停止了念咒，腳忽然重重地往地上一跺，彷彿整個小院的地皮都在顫抖，接著我看見師傅的腮幫子鼓了起來，彷彿一口血要噴出來，我擔心地想要大叫，可這時忽然一隻冰涼的手拉住了我，那手兀自還在顫抖，我嚇了一條，回頭一看，是酥肉站在了我身旁，他牙齒都在打顫，說道：「三娃兒，頭出來了，頭出來了。」

我一眼，一顆青灰色的頭果然已經破皮而出，那樣子就跟那餓鬼墓石雕大門上的餓鬼形象一模一樣，凶狠的眼神，大而突出的鷹鉤鼻，一張似裂縫似的嘴微微張著，四顆獠牙若隱若現。

奇特的是，它竟然還有薄而稀疏的頭髮圍繞著頭頂，貼了一圈兒。

「愣著做什麼？各施手段，為老姜拖延時間。」慧覺衝到那個小小圓陣的邊緣，盤腿坐下，這一次我看見慧覺摸出了一個色澤奇特的木魚，坐下之後，就敲響了第一下。

那聲音不大，卻讓人有種奇怪的感覺，彷彿能看見如水般的聲波陣陣地擴散開來，然後引得每個人心裡都是一陣顫抖。

「酥肉進屋，閉門，你們各自掐師門傳授的靜心訣，然後助我。」慧覺說完，閉眼就開始念著我聽不懂的的經文，每過幾句，就敲響那木魚一聲，那聲音讓我整個人的心都感覺在顫抖，彷彿一座大山朝我壓來。

我哪兒還敢怠慢，開始默默地背誦我師傅傳授我的靜心口訣，方才覺得整個人清明了起來，慚愧的是我發現我身旁的人，包括那個小男孩都早已輕鬆下來，更讓人震驚的是，他們紛紛掏出了傢伙！

胡雪漫拿著一個鈴鐺，喊道：「每個人都全力施展各自師承的鎮壓法門，穩住陽極鎖陰陣。」

然後就看著他們各自掐手訣的掐手訣，動法器的動法器，踢步罡的踢步罡……種種法門各自不同，卻都在全力施展！

就連那個男孩也掐了一個手訣，吃力地在調動功力。

這是一群道士啊！

我有些頹廢地發現自己咋就那麼沒用呢？我摸了摸脖子上掛的虎爪，心說不然我拚著污染虎爪，衝上去再給它一下？

此時那餓鬼已經從那層薄皮中鑽出，全身濕淋淋的，身高不過七、八十公分，它用異常凶狠的眼神看了周圍的眾人一眼，忽然吐出了一串兒奇奇怪怪的聲音。

天才曉得它在說啥！

我看見它兩腿有些顫抖，目光似乎在搜尋著啥，忽然它就朝著慧覺盤坐的那個位置衝去，慧覺的神情根本沒有一絲變化，只是掐起了一個奇怪的手訣在胸口偏上的位置，忽然他念經文的聲音就大了許多，那餓鬼連連後退。

反正我無事可做，一開天眼，就看見從慧覺口中冒出的聲音，化成了一個個金色的「卍」字元，一下一下狠狠地撞向餓鬼！

彷彿有所查覺似的，一直站在我身邊的胡雪漫震驚地看了我一眼，失聲吼道：「天眼？你竟然可以如此輕鬆地開天眼！」

這是很奇怪的事情嗎？胡雪漫這一吼，把我從天眼的境界中吼了出來，我正待說話，忽然聽見有人吼道：「快來幫我，它想跑，想從我這個位置跑出去。」

胡雪漫來不及說啥，只說了一句怪不得，然後跑去了另外一個位置，我看見餓鬼早已放棄了慧覺老頭那邊，想從另外一個位置突圍。

它就是想跑！

我回頭望了一眼師傅，他閉著眼睛，全身還在顫抖，彷彿在承受著什麼，也就在這個時候，胡雪漫罵了一句：「我們咋跟慧覺大師比，它要跑出來了，撐不住了。」

我抬頭一看，果然餓鬼在朝著那個方向繞圈奔跑，彷佛跟無頭蒼蠅似的，而且能感覺它很吃力！可它的眼神哪裡有一絲迷茫的樣子，分明清明又凶狠。

無意中它的眼神和我對視了一下，我差點站不穩，心中一股想摸出虎牙就要去拚命地衝動，竟然有些不受控制的一步一步朝著陣法走去。

「退下去。」一個響亮的聲音在我耳邊炸響，我陡然清醒了過來，發現自己已經走到了陣法的邊緣，距離那餓鬼不過五步之遙。

而那餓鬼正惡狠狠地盯著我，嘴裡的一口白牙分外猙獰。

我一頭冷汗，回頭一看，我師傅此時手拿桃木劍，已經清醒了過來！

此時的師傅給我一種完全陌生的感覺，特別是那雙眼睛，根本讓人不敢對視，只要一對上，就感覺壓力極大。

慧覺停止了念經，非常寶貝地收起他的木魚，輕輕鬆鬆地站起來，走向人群，說了句：「看戲吧。」

大家也跟著鬆了口氣，各自收了功，嘻嘻哈哈地站到了一旁。

我就很奇怪，我師傅厲害到如此地步？讓剛才如此有壓力的大家都變成這樣了？

大家一收功，特別是慧覺老頭兒停止了念誦經文，那餓鬼在陣中的壓力可就小了，它惡狠狠地咆哮了一聲，直直地朝著人群的方向衝了過來。

只是到那符紋邊緣的時候，它總是會退幾步。

我師傅立在法壇前面，桃木劍反手拿在身後，整個人竟然有種巍然不動的氣勢，我知道這是在蓄勢，道家之人在出手之前講究精心蓄勢，這只是基本常識，我就是有些急，著急師傅在這時候，咋還能悠閒的蓄勢？

我沒開天眼，但憑藉強大的靈覺，我都能感覺這餓鬼就要衝出這個陣法了，我甚至能感覺整個陣法搖搖欲墜。

「別著急，你師傅動用了下茅之術，請靈上身，此時蓄勢是其次，他必須要適應這股子力量，還要保住本心，不被迷惑。」慧覺不知道啥時候竄到了我身邊，在我耳邊輕輕說道。

「下茅之術？」我這不是發問，而是震驚，這個法術的難度大到啥程度，我是知道的。

「就是下茅之術，原本只是打算附靈，借助一點兒神力，可惜我們都錯了，這條餓鬼蟲身上有古怪。」慧覺歎息了一聲。

如果早知道這蟲子是這樣，等待它的恐怕就不是簡單的陽極鎖陰陣了，也不是那倉促間熬下的藥水了。

就在我和慧覺說話間，人群中響起了一聲驚呼，我轉頭一看，那餓鬼竟然已經衝出陣法，撲到了那男孩兒面前，張大了嘴，正惡狠狠地朝著那男孩兒咬去！

咋又是他？跟帽神附體似的，我沒好氣地歎息了一聲。

慧覺只是在旁邊連連地賊笑。

這時，彷彿一陣兒清風拂過臉龐，聽得一句：「滾進去。」我就見師傅彷彿凌空飄來似的，一下子已經一腳把那餓鬼踢進了法陣。

這只是普通的輕身功夫，也就是常人說的輕功，世人總覺得它非常神奇，飛簷走壁的，事實上它最大的作用只是讓人在行動的時候更為敏捷而已。

「師傅啥時候輕身功夫那麼好了？」我在心裡驚歎，可是沒有問出來，因為沒時間問，在法陣裡，師傅和餓鬼已經鬥了起來，我忙著看。

那餓鬼的力氣極大，動作也不慢，而且我知道它還有一種詭異的攻擊人的精神氣場，我剛才就中招了，可我看見師傅和餓鬼你來我往之間，根本就很輕鬆。

桃木劍一劍一劍地落下，劃開了那餓鬼青灰色的皮膚，反倒是那餓鬼比較狼狽。

我看得出來，那餓鬼目中有畏懼，是想逃跑了，無奈它就是被刻意控制在師傅身體的周圍，根本就跑不出那個圈子！

我自己比較好奇的是那把桃木劍，我還常常拿著玩，從來沒覺得有多鋒利，可它咋就能破開餓鬼的皮膚呢？在是蟲子的時候，郭二他們的鏟子邊緣都不能切爛它分毫啊？

「不要一天到晚沉迷於各種靈術、法術，武家功夫在某些時候，才是保命的根本，知道嗎？」看著法陣中師傅和餓鬼的搏鬥，我忽然就想起了這句話，只因為師傅的拳腳功夫真的很出色。

我這個人平日裡對這些拳腳功夫是很不上眼的，相對來說，什麼畫符啊，道家的震功啊……總之一切關於術法的東西，我卻特別的感興趣，那一套十八鎖式，都是師傅逼我練的。

可在這個時候，我卻發現，哪怕是鬥那些奇奇怪怪的東西，拳腳功夫也是非常有用的。

餓鬼終於被我師傅逼出了凶性，停止了和我師傅的戰鬥，一雙怨毒的眼睛惡狠狠地盯著我的師傅。

「想鬥功力？鬥氣場？」慧覺不知道從哪兒摸出了一把胡豆，站在那裡，嚼得「嘎嘣嘎嘣」的，一張臉上全寫著我在看戲。

不止是我，引得周圍的人全部都非常的無語。

可我師傅卻完全沒注意這邊，臉上只是輕笑，彷彿就在等待這一刻似的，他右手反手把劍靠在背後，左手掐了個劍指，忽然開始大聲地念咒，隨著咒語的節奏，他的手開始在空中凌空虛畫。

我看見了這套動作，一愣！凌空畫符，師傅竟然使出了這招！

這一招說起來並不是什麼祕密，就算是它特有的咒語，都不是祕密，甚至很多真正的道士都知道起碼三、四個符籙的咒語與符紋。

但是很多道士是不會用這一招的。

只因為符紙和朱砂是很特殊的東西，真正的符紙可不是市面上隨便買的黃紙，是有特殊講究的，而且我還知道，除了黃符紙，我師傅都不能製作其他的符紙。

至於朱砂，它陽性極重，原本就有辟邪驅散的功能，更重要的是朱砂能凝住功力，而且一旦功力凝聚其上，朱砂能影響氣場。

這兩樣東西，是成符的重要道具，若要憑空畫符，那必須是功力渾厚到一個不可思議的地步，而且還有耗費精神念力將它凝聚，所以，我看見師傅的動作才會愣住。

凌空畫符的咒言很短，符紋也並不複雜，往往在鬥法的時候用的招式，不可能拖延太多時間的。

就好比你還在那兒畫符呢，別人急眼了，操起一塊板磚給你砸來，你還畫個屁符！

所以，從師傅的動作開始，到最後他大吼了一個「疾」字，通共不過十秒鐘！劍指劃下，隨著這一聲「疾」，只見那餓鬼全身一震，竟然跟傻了一樣，呆呆地立在當場。

胡雪漫就差沒喝彩地喊了一句：「好厲害的震字元！」

姜老頭兒連表情都沒帶變的，轉身走出法陣，拿起一張符紙，用燭火點燃了，往餓鬼身上一貼，然後站在餓鬼身邊，再次凌空畫符。

「呵呵，這老姜吃癟了，原來畫的火符不夠用，得憑功力重新凝一張『空』符才行啊。」慧覺挺開心的，反正我師傅吃癟，他就開心。

我沒好氣地看了慧覺一眼，隨著師傅的再一聲「疾」，神奇的事情發生了，那原本只是符籙上不大的火，竟然越燒越旺，只是一小會，就燒到了那餓鬼身上。

要知道，那餓鬼身上剛才被潑了太多的藥水，根本就是濕漉漉的，這火我簡直不知道是咋燒起來的。

「小傢伙，吃驚了吧？其實這些東西到了現在這個時候，已經沒落得很了，古時候一些厲害之人的火符，雷符可是能憑空生火，憑空生雷的，到現在啊，哎……」慧覺在旁邊殷勤的解說道。

我說道：「慧大爺，沒想到你對道家的事情這麼瞭解啊？」

「去去去，很多事情道家和佛家可是共通的，你以為只有道家才有手訣？你以為只有道家才有醫脈？天眼？養生功夫？削孩子，不好好削習，當然嘛事兒（啥事兒）都不懂。」說到最後，慧覺竟然已經操起了一口陝西話。

而陣法的中心，此時已經被燒成一個火人的餓鬼忽然發出了難聽的嘶叫聲，整個人竟然動了起來，朝著我師傅撲去！

「糟糕！」原本這餓鬼身上就是借火符之力的烈火，師傅要是被它撲上了，就算他是施法之人，也難免引火焚身啊！

我的心再次被提到了嗓子眼兒。

在我緊張的同時，人群中也發出了一陣兒唏噓聲，只有慧覺老頭兒還在嚼著他的胡豆，而我師傅呢？

面對撲來的火團，一直反手背在背後的桃木劍忽然就刺了出去，動作快得跟電光疾火似的，在場的所有人，都聽見了「噗哧」一聲，那桃木劍竟然沒入了那餓鬼的身體。

餓鬼發出了一聲前所未有的慘叫，一下子仰面倒地，竟然再也爬不起來。

「哼，浪費了我一柄溫養數年，上好的法器，今日卻是留你不得。」說完，師傅竟然雙手舉過頭頂，一個手訣配合著咒語慢慢的成型！

這個手訣我知道——金刀訣！

一刀斬下，那是魂飛魄散的事情啊，原本的餓鬼魂都是被師傅收著了，準備渡化，這一隻師傅竟然要把它斬到魂飛魄散？

「老姜，不可！」慧覺終於不嚼胡豆了，大吼了一句。

畢竟是佛門中人，那慈悲心是極重的，在一次的閒聊中，慧覺老頭兒一副沒正經的樣子，跟我說過，恨不得以一顆慈悲心，渡盡天下人，我還以為他是開玩笑。

可現在我卻體會到了他的心情，他是真的很著急地在阻止我師傅。

但是換來的只是我師傅的一聲冷哼，接著那金刀訣已經毫不猶豫地斬下。

我有些說不上心裡什麼滋味，施了下茅之術的師傅在某種意義上來說，此時的身體是兩個人，畢竟請靈上身，或者請力鬼上身（這裡的力理解為有功力，有德之凶鬼），借它們功力合二為一，在心性上總是會受一些影響。

畢竟剛才師傅說話時，語調、聲音都變得有些陌生，別人聽著可能覺得沒啥，但是我聽著卻能聽出其中的陌生。

我不是同情餓鬼，而是那種陌生讓我覺得不舒服，這就是我性格裡的缺陷，也就是姜老頭兒常常歎我修心難，只因太過敏感，而且太重感情導致的拖泥帶水。

一聲佛號在我耳邊響起，原來是慧覺在我耳邊唱了一聲佛號。

那氣勢洶洶的金刀訣此時已經完全地落在了餓鬼的身上，師傅已經在收訣了，和金刀訣原本的洶洶氣勢不同，這一刀無聲無息，餓鬼連哀嚎的聲音都沒有發出來，就已經完全感覺不到生氣了。

在場的除了酥肉，都是道士，生氣這種微妙的東西，他們是能感覺的。

這時，酥肉「咚咚咚」地從樓裡跑了出來，剛才這小子就一直蹲在二樓的陽臺上看，見到安全了第一時間就跑了下來，拉著我就問：「三娃兒，餓鬼完蛋了？」

我還沒來得說話，就看見師傅已經走到了我面前，在剛才他就已經有特殊的方式請靈離身了。

「三娃兒，好小子。」師傅的一隻手搭在了我的頭上，用力地揉了幾把。

我知道他是有些內疚，用我當誘餌的事情，這一下他是在發洩他的內疚與擔心。

我不在意地說了一句：「我就沒怕過，這算啥？」

師傅嘿嘿地笑了幾聲，聽聲音有些虛弱，他轉頭對慧覺說道：「老慧，怪我？」

「你剛才請的是啥？沾染了那股凶意？」慧覺問了一句。

「我請的靈，凶意也沾染不了我，只因這隻餓鬼活不得，是真的活不得！我道家與你佛家不同，這也是無奈之舉，在我這一脈，尤講自然之心，當斬則斬……」姜老頭兒望著慧覺認真地說道。

「阿彌陀佛，餓鬼飽經苦難，說起來也是可憐之生靈，我願它們苦盡甘來，得成正果，實在不忍殺，你說這隻餓鬼活不得，它為啥活不得？」慧覺望著我師傅，也是非常認真地問道。

我師傅沒有說話，只是轉身盯著那陣法中熊熊的火光，失去了身體裡的餓鬼魂，那具餓鬼的屍體燃燒得極快，只是短短的功夫，那火光就已徐徐熄滅，剩下了一堆黑灰在陣中。

直到這火光熄滅，我師傅才開口說道：「事情出乎你我的預料，待他們收拾了這一切，我帶你去一個地方吧，你就知道它為啥非死不可了。」

說著，姜老頭兒拿出了一塊玉，只是這塊玉的造型奇特，而且在中間還有一絲若隱若現的紅光。

慧覺盯著看了一眼，臉色忽然變了，說道：「你剛才和它打鬥之間，竟然取了用這法玉吸了它一絲精血氣兒，原來如此，原來如此，阿彌陀佛。」

我根本就不知道我師傅和慧覺在說些啥，只覺得莫名其妙之極。

周圍的人原本都是圍繞著他們兩個的，也有些莫名其妙，只有胡雪漫失聲說了一句：「法玉，這樣的法玉，沒想到姜師還有這樣的東西！」

我轉頭問胡雪漫：「這是啥東西？」

「這是一種刻意練成的法玉，你知道玉吧？極易感受磁場，附著能量的東西，這其中也包括了吸取血氣，就如古墓裡被屍血浸泡過的玉，都會有隱隱的紅色，質地特殊的玉還會形成一種價值連城，名為『血拓』的血玉，通體紅豔，放入水中，能把整盆中都映紅！你師傅手裡這塊，就是專門養成了這個功能，只要沾染一絲血跡於上，就能把血氣引在其中。」胡雪漫簡單地跟我解釋道。

「還有這事兒。」我小聲地嘀咕了一句，心說這玩意兒不好，總感覺跟個吸血蟲似的，那啥血玉我也不喜歡，想著被血泡成的，很膈應。

可是，我那時哪裡知道，那種玉才是寶，尤其是對道家的人來說。

「把這裡收拾收拾，有一堆麻煩還等著我們。」師傅此時已經坐在了一條凳子上，正在閉目養神，吩咐了一句就不再說話。

我心裡很好奇啥叫一堆麻煩，等下師傅會帶慧覺去哪兒，可是卻沒法問，剛才的下茅之術，想必是很耗費精力的。

這時，酥肉竄到了我的身邊，說道：「三娃兒，真是他媽的刺激啊，不行，等下我還得跟著你們。」

「刺激？你躲在樓上看，當然刺激，你那麼肥，下次就用你當餌。」我沒好氣地說道。

酥肉還想說啥，卻不想姜老頭兒忽然說道：「等下要去的地方，酥肉你就不要去了，三娃兒也不去。」

「不行，我要去！」我和酥肉幾乎是異口同聲地說道。

姜老頭兒摸出他的旱菸點上了，抽了一大口，待到那濃菸從鼻子裡噴出以後，他才問道：「給我一個要帶你們去的理由？」

「師傅，你不覺得我啥也不懂，啥也不知道，遇啥事兒都抓瞎嗎？難道以後我就一輩子不出師嗎？」我大聲地說道。

姜老頭兒愣了一下，然後問道：「啥場面都行？你也要去？」

我重重地點頭，一副大義凜然的樣子。

沉思了一陣兒，師傅說道：「那好，三娃兒，你就去吧。」

酥肉這時也急了，說道：「姜爺，這該看的，不該看的，我都看了，我還怕啥？小時候見蛇靈，大了見餓鬼，我還怕啥？而且有一句話，你別以為我年紀小，就忘了。」

「啥話？」姜老頭兒眉頭一挑，倒是有些好奇了。

「你說過，我和三娃兒有緣，會是很久的朋友的，我都記得！」酥肉斬釘截鐵地說道。

「呵呵……」姜老頭兒笑了一聲，又吸了一口菸，然後說道：「好吧，你以後估計也得風風雨雨地過著，去就去吧。」

酥肉歡呼了一聲，大家忙了半夜，這時已經有人跑到廚房裡，想看看有沒有麵條弄來吃一點兒了。

一個多小時以後，院子已經收拾完畢，麵條也吃完了，姜老頭兒站起來，雙手一背，說道：「走吧！我們都去一個地方，哎……」

第十六章　荒屋腐屍

姜老頭兒帶我們去的地方有些奇怪，是在鄉場東頭的一處破落房子，越是靠近，每個人的臉色就越是難看，慧覺不停地念著佛號，甚至說了一句我和酥肉聽不懂的話。

「如果殺一個能救一百個，那這殺便是慈殺，是我著相了。」

慧覺一說話，姜老頭兒就是一聲歎息。

我和酥肉原本就不懂慧覺在說些啥，自然就更不知道姜老頭兒在歎息啥，至於為啥每個人臉色都那麼沉重，我們就更不知道了。

「三娃兒，你覺不覺得，我們兩個瓜兮兮的，咋我覺得他們好像都知道些啥，我們咋啥都不知道呢？」說話的是酥肉。

這話簡直深得我心。

不過，在鄉場上讀書了那麼多年，我對鄉場上的一切都非常熟悉，我看著周圍，還有那棟破落房子，在表示贊同酥肉的同時，我忍不住說了句：「酥肉，你沒發現嗎？我們在往哪兒走？」

酥肉一拍大腿說道：「那屋子不是王癩子家嗎？咋跑這兒來了？」

酥肉常常曠課，對鄉場比我還要熟悉，王癩子是鄉里一個比較出名的人物，人們都不愛和他接觸，因為他懶、髒，身上長期帶著一股子怪味兒。

其實他的日子是可以過得和鄉里人一樣的，他也有地，可他懶，不去種地，在他父母死了以後，他就過上了要飯，撿破爛的生活，不僅在鄉場上這樣，還去到附近鎮上這樣。

畢竟一個鄉場能有多少油水？

長期的要飯生涯，加上不注意衛生，他得了癩子病，頭上，身上都有癩子，可是他還是有一個媳婦兒，也不知道是他從哪裡弄來的一個婦人，瘋瘋癲癲的，神智不太清楚，也和他一樣髒兮兮的。

以上原因，就是村裡人不愛和他接觸的原因，他那破落房子，一年到頭都沒個鄉親踏進去，除非鄉里開啥大會，需要通知到他的。

我和酥肉還在奇怪，胡雪漫就走我們面前來了，說道：「你們說那個王癩子可能已經死了。」

「啥？死了？」酥肉和我同時吼道。

「那法玉提出了那餓鬼的一絲血氣，如果它沒吃人的話，那血的顏色應該是綠色的，這就是你師傅為啥非殺它不可的原因！」胡雪漫歎息了一聲。

「那我師傅咋知道是王癩子家出事兒了啊？」現在師傅和慧覺老頭兒的心情不好，我直接問胡雪漫得了。

「你師傅那卜算的本事兒雖然趕不上那幾位頂尖兒的人物，這點事兒他還是能算出來的，何況慧覺大師那天眼通的本事也不是擺設，這點小事兒算啥？」胡雪漫說了一句，也就不再說了。

這時候，我才咂摸出一絲味道，師傅一定是詫異餓鬼凶悍，才截取了它一絲兒血氣，然後才非殺它不可，而慧覺老頭兒一向心懷慈悲，覺得餓鬼可渡便渡，若非必要，何必讓它魂飛魄散？結果，知道真相以後，才會說出那莫名其妙的話。

事情是弄清楚了，我和酥肉的心裡卻沉重了起來，情願像剛才一樣瓜兮兮的啥都不知道才好。

「三娃兒，剛才那大鬍子說有可能死了，那有沒有可能沒死，王癩子倒也算了，可他那媳婦兒是真的可憐。」酥肉在我一旁，有些不開心地說道。

是啊，王癩子那人確實有些無藥可救的感覺，可他媳婦兒神志不清的，倒是真的可憐。當初，王癩子把他媳婦兒帶回家的時候，鄉里是有人想去告發的，可人家王癩子說了：「告了有啥用？把老子抓進去，誰管她一口飯吃？她流落街頭不可憐，你們這些狗日的。」

這話確實阻止了人們告發的心思，這女的癡癡傻傻，瘋瘋癲癲的，誰能承擔這個責任？後來，鄉里人看見王癩子確實也沒虐待這個女的，也就算了。

鄉里有位大爺說了：「要我知道他敢虐待，老子非去告不可。」

這句話倒也說出了不少鄉親的心思。

就在想著王癩子的事兒的時候，我們一行人已經走到了那破落小院，我師傅走在最前面，他也沒敲門，直接一推，那扇破柴門也就開了。

王癩子家，是小偷也不願意光顧的地方啊！

一進院子，一股怪味兒就撲面而來，這院子髒得不像話，到處都堆滿了王癩子不知道從哪兒收來的破爛兒，我腦袋都快被熏暈了。

姜老頭兒抬眼望了一眼院子裡的屋子，說道：「進去吧。」

那語氣有種說不出的沉重，大家也不說話，跟著姜老頭兒一起進了屋子，胡雪漫走在前面，一腳粗暴地就踢開了房門，那房門一開，一股子奇臭無比的味道撲面而來！

酥肉還沒進去呢，就已經在房門口「哇」地一聲把剛才吃的麵條吐了出來，接著便是我，然後就是那男孩兒，其他人都還好，定力比我們三個強！

那股味道簡直給我留下了極其深刻的印象，在以後的歲月，有人問我，什麼味道是這世界上最難聞的，我都會毫不猶豫地說：「屍臭！」

那是正在腐爛的屍體特有的味道。

姜老頭兒的臉也抽了抽，不過還算淡定，慧覺只是念了一句佛號，我已經習慣了，這一路上，他都不知道念了多少句佛號了。

這時，有人用袖子捂著鼻子，摸索著點亮了屋裡的油燈，在亮光之下，每個人的心裡感覺才算好些。

燈光之下，是一間凌亂的堂屋，並沒有看到啥人，姜老頭兒也不說話，邁步就朝著左廂房走去，這破落屋子，總共也就三間房。

人們連忙地跟上，我和酥肉心裡已經升騰起了非常不好的預感，可還是跟上了，只是走在後面。

還沒邁進房間呢，走在前面的幾個人就退了出來，紛紛跑到了門口，一陣陣乾嘔的聲音此起彼伏地傳來。

酥肉猶豫著進不進去，我卻一把拉著他走了進去，一進去，我就後悔了，這是我生平第一次看見這樣的慘狀，二具已經有不同程度腐爛的屍體，一個躺在床上，一個躺在地上，全部都是開膛破肚的死法。

躺床上那個是王癩子的瘋女人，沒啥掙扎的痕跡，就是臉上的表情定格在了一個極度害怕的樣子。

地上那個是王癩子，從屋裡凌亂的痕跡上，看得出來，他想跑，可根本沒有跑的餘地，就這樣死了，那表情是個人看了心裡都膈應。

分明就是不相信，很害怕，很不甘的綜合體。

「阿彌陀佛。」慧覺老頭兒念了一句佛號，他的話剛落音，我和酥肉就跑了出去，和外面那些人一起吐了出來。

可惜的是，剛才那股味兒已經把我和酥肉刺激地吐空了，這時只能是更難受地乾嘔。

「真他媽慘。」好容易才恢復過來，酥肉直接就冒了一句。

「是啊，真他媽的慘。」我一向對王癩子沒有好感，可此時都忍不住同情他，畢竟是一條活生生的人命啊。

況且，我感覺得到這院子怨氣沖天。

「那餓鬼被活生生地燒死倒是件好事兒了，換了老子非一刀刀活剮了它不可。」酥肉咬牙切齒地說道。

人的心理壓力到了一定的程度，真的需要說一下髒話，狠話來釋放，酥肉和我顯然就到了這個臨界點。

姜老頭兒和慧覺走出來了，也不知道他們究竟是到了個啥境界，面對這種場景，還能保持淡定，我壓根兒就不想回憶了，那一地的血，黏糊糊的腸子，還有一些內臟的碎塊兒。

「這餓鬼從明朝之後就已絕跡，至少這血食餓鬼是如此，沒想到啊……這次遇見，竟讓我如此措手不及，哎……」姜老頭兒的語氣裡全是沉重。

我理解師傅的意思，他是內心很愧疚沒有及時除掉餓鬼，終究還是讓餓鬼害人了，同時也在歎息自己準備不足，畢竟沒有接觸過這種血食餓鬼，瞭解不夠。

「哎，這院子怨氣沖天，讓我渡化了他們吧。」說完慧覺走到院子中間，周圍的人自動地讓開了一條道，慧覺也不嫌棄這地上髒，直接盤腿坐下，開始念誦超渡的經文。

師傅望了一眼這院子，一個人走了出去，我跟了上去，就陪他在這院兒門口靜靜地站著。

大概沉默了有十分鐘，師傅拿出他的旱菸斗，放了一些菸葉子點上了，我的心情也沉重，看見他吞雲吐霧的，忍不住說了一句：「師傅，我也來兩嘴兒吧。」

姜老頭兒望我一眼，說道：「上次就抽了菸，對吧？這次再許你一次，以後在沒滿十八歲以前，不許碰！」

我想像平常那樣笑一聲，可笑不出來，結果旱菸斗吸了一口，結果那旱菸烈，差點沒有把我嗆岔氣。

姜老頭兒揉了揉我腦袋，拿過旱菸斗，繼續地抽著他的旱菸。

我憋了半天，說了句：「師傅，你都說命由天定，這是他們的命，你就別難受了，這不還有一條蟲子要抓嗎？我再去當誘餌都行。」

姜老頭兒知道我想安慰他，欣慰地望了我一眼，說道：「沒有了，就那一條蟲子了。」

我一下子就好奇了，問道：「師傅，到底是咋回事兒嘛？」

「我大概能推出是咋回事兒了，餓鬼子出自同一個鬼母，相互之間有感應，你是知道的吧？」

「嗯！」我重重地點頭。

「上次我們發藥丸子，一下子打掉了牠們那麼多兄弟姐妹，剩下兩條就感覺到危險了，然後躲了起來，另外一條我不知道，畢竟這裡林子多，那麼多野物，還有一條就躲在了錢大貴家的牛肚子裡，牠們之間是有感應的，估計有什麼特殊的聯繫方式，然後碰頭了，然後就開始蠶食王癩子兩口子。」師傅說道。

「可是王癩子兩口子的屍體已經腐爛得那麼厲害……」我有些想不通其中的緣由。

「臭小子，你聽我說完啊，這中間迷惑我們的地方就是，牠們是一點一點蠶食這兩口子的，平日裡就躲在畜牲的肚子裡！懂了嗎？」姜老頭兒自己都有些不敢相信地說道。

小小的餓鬼蟲，智商竟然到了如此的地步。我艱難地吞了一個唾沫，說道：「師傅，我明白你的意思，怪不得錢大貴家的牛夜夜哀鳴，敢情牠每天晚上都鑽進鑽出的啊？一點點的蠶食，王癩子的症狀就不明顯，又躲過了咱們發藥的時候，牠們竟然那麼聰明？」

「是啊，最令人不可思議的是，牠們竟然選擇了鄉場上少有與人接觸的王癩子下手！這是我都不能理解的地方，或許是我有偏見，餓鬼有餓鬼的世界，牠們是一種生物，有的甚至是人的靈魂墮落而成，牠們的智慧啊……」姜老頭兒歎息了一聲，看來他是在自責。

「那師傅，不是兩條嗎？咋只有一條了？」

「你忘了嗎？餓鬼之間會互相吞噬的！」姜老頭兒抽了一口旱菸不說話了。

我則很震驚，原本只是當餓鬼界的傳說聽聽，卻不想竟然真的發生在眼前。

「牠為啥要吞自己的兄弟姐妹？」我不敢想像，我想起了自己的兩個姐姐。

「也許周圍讓牠感覺太危險，牠想要力量自保。」姜老頭兒吐了一口旱菸，磕了磕旱菸鍋，有些不確定地說道。

此時，慧覺的超渡已經完畢，我不得不佩服這個老頭兒，在他的超渡之後，我明顯地感覺這個院子清明了起來。

姜老頭兒站起身來走進了院子，胡雪漫就趕緊上前說道：「姜師，死人了啊，而且死成這樣，這個事情是真的麻煩啊。」

怪不得姜老頭兒臨走之前曾經說了一句，一堆麻煩在等著呢，我大概知道我師傅他們的工作性質，有些事情影響能降到最小就最小，有些事情能神不知鬼不覺的瞞過，就瞞過！

可這鄉場，這麼死了兩個人，確實是不好隱瞞的事情啊。

沉吟了一陣兒，姜老頭兒說道：「現在就去鄉辦公室聯繫上面吧，這種事情就不是我們能隱瞞的了，需要上面出手了！」

第二天，中午的例行午飯時間，我照樣是端著飯盒一個人在乒乓台前吃飯，不一會兒，酥肉就過來了。

「三娃兒，你聽說了嗎？」

「聽說啥？」我的心情還沒有徹底地恢復過來，平日裡更不會關心那些同學平時都議論啥。

「一大早的公安局就來人了，說是抓到了一個窮凶極惡的罪案，招供出了命案，然後就把王癩子兩口子的屍體給抬出來了，裹得嚴嚴實實，誰也沒見著是咋回事兒。」酥肉沒啥胃口，扒弄著飯盒裡的飯，咋也吃不下去，虧他媽一大早給他送到學校裡來，因為他昨晚和我一起在錢大貴家將就了一晚上，沒回去。

不過，吃不下去也是正常的，連我都沒啥胃口，平日裡要吃三盒飯啊，這回就吃了半盒不到，就感覺吃不下去了。

「哎，原來有些事兒的真相，我們這些老百姓是不可能知道的。」酥肉見我沒答話，又感歎了一句。

我心裡默然，是啊，這就是平靜背後的暗流洶湧，老百姓只要安靜的過日子就成了，很多事情就這樣無聲無息地被掩蓋了過去。

試問，在八二年這種資訊原本就不發達的年份，誰會去質疑公安說的話？誰會聯想到餓鬼這種東西？

就算是到了資訊飛速發展的今天，在強大的國家機器面前，事情一旦定論，任何議論也會平息下去，日子是照樣過的，有些事情其實不知道比知道好一百倍。

「酥肉，你說我還情有可原，你咋就捲進那麼多事情裡來呢？」我其實發現有些不忍，酥肉再油滑，也不過一十五歲的孩子，這些對於他來說，是不是過於沉重？

「誰叫我和你有緣呢？所以，你可能要走了，我卻一點兒都不傷心，因為我信姜爺，我知道我們會再見面的。」酥肉難得感性了一回。

這也虧得我們是穿開襠褲就玩在一起的哥們。

我望著酥肉，心裡有些感動，平日裡這小子大大咧咧的，沒想到這一句我都已經忘卻的話，他卻記得那麼深。

「幹啥？三娃兒，你盯著學校的老母雞，也別這樣盯著我，老子受不了。」酥肉忽然抖了一下，估計是被我看得肉酸。

「狗日的，你是誰的老子？吃飯，吃飯，哪個不吃完，哪個就是狗日的。」我喊了一句。

酥肉苦兮兮地望著我，說道：「三娃兒，不興你這麼坑人的，我是真的吃不下。」

三天後，學校的氣氛變得緊張了起來，因為還有七天就要期末考試了，這學期就只剩下七天了，我的心裡莫名的有種傷感，我不知道是不是我讀完這七天，我就要和姜老頭兒一起離開這裡了。

我也有些期盼，外面的世界將是啥樣的呢？

放學後，我在學校門口遇見一個人，大鬍子胡雪漫。

「你咋來了？」我非常好奇他咋會在學校門口等我。

「我今天原本就要上山找姜師說點事兒，順便接你不行啊？」胡雪漫一把拿過我的書包幫我背著。

「可別這樣，我都恁大個人了。」我搶過書包，背回了自己的背上，然後說道：「今天我師傅絕對忙，他和慧大爺要渡那些餓鬼魂，你趕今天來，找他商量啥事兒啊？」

「五號行動。」胡雪漫隨口說了一句，忽然又像發現自己說漏了嘴似的，有些不好意思地望著我。

第十七章　船渡餓鬼魂

五號行動？我皺了一下眉，覺得這個詞兒咋那麼熟悉呢？我仔細地回想，忽然想起在捉蟲那天下午，貌似我師傅提起過一句五號行動就不要讓這孩子參加了。

我「不懷好意」地盯著胡雪漫，那大鬍子立刻警惕地說道：「別問我，我啥也不會說，打死也不說。」

這都是些啥人？做啥都喜歡瞞著我！

我知道問不出來了，悶悶地帶著胡雪漫去了竹林小築。

走出竹林，胡雪漫一路囉囉嗦嗦地跟我說著這竹林布置的陣法是有多麼精妙，利用了天然的勢，稍微砍伐一些竹子，就形成了一個謎陣兒，當真咋樣咋樣。

精妙個屁，不是我吹牛，我現在閉著眼睛都能走出這片兒竹林，我只是懶得和胡雪漫說，我滿腦子的五號行動，心裡覺得刺激得不行，全然忘記了那一夜我是經歷了咋樣的心理折磨。

這就是好了傷疤忘了疼的典型，這也是我性格中唯一神經粗大的地方。

為了好奇，為了答案，為了刺激來的神經粗大！

來到竹林中的山谷，胡雪漫就開始驚歎這裡的一草一木，驚歎這裡的景色兒，也難為他了，這麼多年來第一次上門，大鬍子是個囉嗦的人，我懶洋洋地下了個定義，抬頭一看，姜老頭兒和慧覺正在那塊我練功的壩子裡忙乎。

我走過去，扔下書包，問道：「師傅，你削竹子幹啥啊？」

「做船。」姜老頭兒頭也不帶抬地回了一句。

我望向慧覺老頭兒，他正在裁紙，只是說了句：「這餓鬼得靠船渡，才能回到餓鬼界，這閻王爺不收它們，去了也是更苦。」

我書包一放，就幫著兩老頭兒裁起紙來，說實在的，我知道他們等會兒還有些細活兒我做不了，但這些東西我還是會！

誰叫當個道士，還得會些手藝，比如糊個紙人兒，紮個紙馬啥的，這些我也有練習，沒師傅那精妙的手藝，但大概還是難不住我。

這時胡雪漫才從他對風景的感慨中回過神兒來，晃悠悠地跑過來，開口就對我師傅說道：「姜師，我就是來找你商量五……」

姜老頭兒抬頭望他一眼，胡雪漫又露出了無辜的表情，一個陽剛的，大鬍子的男人露出那無辜的表情，確實有些違和，我一哆嗦，心想，這「雪漫阿姨」果然沒心眼兒，一件事兒能說漏嘴兩次。

我沒好氣地為他解圍，說道：「師傅，你別瞪了，眼珠子都快掉出來啦，他早就說漏嘴了，啥五號行動嘛。」

姜老頭兒眼睛瞪得更大了，這下是真的眼珠子都快掉出來了。

慧覺把紙一扔，獨自在壩子上笑得手舞足蹈，笑完指著胡雪漫罵了句：「瓜P。」

胡雪漫氣得臉青一陣兒，紅一陣兒的，偏偏這兩個怪異老頭兒你還不能對他們發脾氣，只得說道：「姜師，你別這樣瞪著我啊，我就只說了一個五號行動，其他的啥也沒說漏嘴！」

慧覺還在張狂地大笑，胡雪漫終於忍不住了，吼道：「慧師，你能不能不要笑了？假牙都得笑掉了！」

慧覺立刻收起了笑臉，一副憤怒的樣子：「你說什麼？額有假牙？來來來，單挑。」

我扭頭看了一眼胡雪漫，這大鬍子叔叔，被刺激得快暈過去了。

是夜，一條精美的小船終於完工了，之所以說精美，是因為我師傅的一手紮紙功夫實在太厲害了，一條船被他紮得惟妙惟肖。

船身上布滿了密密麻麻的符紋，至於竹子做的骨架倒是沒有經過特別的處理。

提起紙船，姜老頭兒說道：「走吧，咱們下山去，今天晚上就渡化了這些餓鬼魂。」

「姜師，可是……」胡雪漫著急地說道，他可是等了半天了，但這兩老頭兒只顧著紮紙船，壓根就沒理他。

「這都快八點了，還沒吃飯，你去找些米，我還存了些肉，後走廊上的簸箕裡放著新鮮的菜，你去做頓飯，等我回來吃，回來再說。」姜老頭兒走得無比瀟灑。

「記得炒兩個雞蛋咧。」慧覺哼著個陝西小調兒，添油加醋地說道。

胡雪漫都快哭出來了，吼了句：「你們叫我繡花兒都行，別叫我做飯啊，我一點兒都不會啊。」

「做得不好吃，就找你單挑。」姜老頭兒遠遠地吼了一句，頭都沒回。

這種事情，我趕緊得跟上，反正師傅沒反對我去，我留下來，不得和胡雪漫一樣做飯啊。

下了山的路有些冷，可我覺得很新鮮，因為我從來就沒有試過那麼晚下山的感覺，四周很寂靜，我受不了這沉默，於是說道：「師傅，這餓鬼很難渡嗎？為啥要下山？」

「渡餓鬼，能找大江最好，不成找條支流也成，否則它們不能順利地回到餓鬼界，難不成你要我用山上的小溪來渡它們？」姜老頭兒雖然話不好聽，但是給我解釋得很詳細。

「村子裡那條河可行？」

「行啊，那是沱江的支流，足夠渡走這些餓鬼了。」師傅牽了一下我的手，因為前面的山路有過難過的坎兒。

我的內心一陣溫暖，自從我長大以來，我師傅就很少像小時候那麼牽著我的手到處走了。其實這山路我走了那麼多年，哪裡還怕啥坎兒，只是這些關心的細節，師傅總是不經意的表露。

村裡的河確實是一條江的支流，如果是普通的小河，在冬季裡早已經乾涸了，可這條河只是水位稍微下降了一些。

慧覺老頭兒把船放下，說道：「渡吧，船下來，我就開始超渡。」

姜老頭兒點了點頭，在船篷裡放進了一個碟子，上面有一截說不上啥色澤的蠟燭，點亮之後，發出的火光竟然是綠瑩瑩的。

「忘記你姐姐的引魂燈了嗎？就是同樣的東西，加上船身上的符紋，應該能為它們照亮過界的路。」姜老頭兒的語氣有一絲淡淡的慈悲。

「過界很難嗎？」其實我根本不知道啥叫過界，我只知道這地球是圓的，五大洲，七大洋，過界是要過到哪裡？就算我神神鬼鬼的東西見得多了，對於這個界，我還是不太願意相信。

「難吶，界河難渡，特別是餓鬼界那窮山惡水，凶險不知凡幾。」慧覺老頭兒冷不丁地冒了一句，嚇了我一跳。

「餓鬼界那麼恐怖，你們送它們回去，咋叫渡了它們？」我覺得渡吧，就應該渡到幸福的地方去，往窮山惡水裡送算咋回事兒。

「塵歸塵，土歸土，落葉歸根，就是最好的渡！在自己的天地中，才能修成自己的果，人間不是它們可修之地。」慧覺說道。

我腦子一陣暈乎，最怕的就是姜老頭兒和慧覺論道，我是不解其中的深意的。

姜老頭兒不理會我和慧覺說些啥，只是從隨身的黃布包裡小心翼翼地拿出了那個疊成三角形的紫色符籙，放進了船裡，然後把那船放進了河裡稍微靠中間的位置。

退回岸邊後，姜老頭兒開始念咒，我也不知道是啥咒語，只是看見咒成之後，那漂浮在河裡的紙船，竟然無風自動地飄蕩到了河中央，那盞綠色的燭光映在黑沉沉的河水裡，竟然顯得有些淒涼。

「別問了，這個咒言是物咒，是對著寫好符紋的物體施咒，我助它們漂上航道而已。」姜老頭兒的話剛說完，那紙船就停留在河中，動也不動了。

那個位置就是它們的航道？真的很神奇，那紙船不沉倒也罷了，還能在河流中保持靜止不動。

這時慧覺盤腿坐下，開始念誦起一種口音很奇怪的經文，這絕對不是我熟悉的佛經，可是佛門之事，我是不好發問的，慧覺老頭兒嚷嚷過，明年或者好幾年都不來了，他要收徒弟了。

他的一身本事，自然是傳給他的徒弟，說實在的，我覺得慧覺老頭兒只會念經，哪有我師傅作法時那瀟灑的身姿。

隨著經文的念誦，那原本在河中靜止了快半分鐘的船兒開始動了，速度非常地緩慢，但隨著經文的音調越來越高，那船就開始越動越快。

我的目力是極好的，看著那船兒飄了很遠，以為就要完事兒的時候，忽然詭異的事情發生了，一直飄得很好的船，一下子就消失了。

不，不能說消失，而是一下子就沉沒了，不是那種紙被慢慢浸透，然後慢慢沉下去那種，而是一下子就沉了下去。

我有些不敢相信地望著這一切，馬上就問師傅：「師傅，這……這是過界了？」

姜老頭兒的臉色有些不自然，像是一直在想些啥一樣，半天才說道：「過界只是一個說法，反正我學道，有些事情也是知其所以，不知其所以然。按要求該這麼做，我也就這麼做了，這事兒，我沒法給你答案，興許只是一個浪頭把它捲下去了。」

這個說法比較符合我心中的想法，我倒也接受了，絲毫沒啥不對。

此時，慧覺也站了起來，說道：「老姜，你別又想得遠了，餓鬼已渡，咱們走吧。」

說著，我們三人就轉身離開了這條河，只是我就是覺得這兩個老頭的對話很奇怪，回頭望了一眼河水，心說，冬天那麼平靜的水流，哪來的浪頭？

漩渦？嗯，興許是漩渦，我這樣想著，眼看兩個老頭兒已經走遠，我趕緊跟了上去。

第十八章　五號行動的祕密

胡雪漫做的飯菜不能吃！

那米飯不知道煮成了稀飯還是乾飯，反正是夾生的，炒肉片兒就跟炒肉塊兒似的，你說這能炒熟嗎？還有那原本白生生的脆蘿蔔倒還好，就是切成亂七八糟的樣子，煮了一鍋白水湯。

姜老頭兒回來面對這一桌飯菜，臉在抽筋，而慧覺夾起一塊灰糊糊的東西問胡雪漫：「這是啥咧？」

「雞蛋，呵呵，我知道慧師傅愛吃雞蛋，我……」胡雪漫在一旁笑得無比殷勤。

慧覺不動聲色地把雞蛋放進了盤子，然後轉身去拿了一根擀麵杖，對著胡雪漫就吼道：「額打不死你！額容易嘛額，就只能吃點子素菜，唯一的希望就是雞蛋，雞蛋，你竟然給額弄成這樣……」

胡雪漫喊了一聲：「媽呀！」就衝了出去，他毫不懷疑慧覺的擀麵杖會落在他的身上。

而慧覺則是毫不猶豫地提著擀麵杖就追了下去。

我師傅很淡定，開始東翻西找起來，我以為他要重新弄桌子吃的，就說：「師傅，沒肉了，去池子裡抓兩條魚將就一下唄。」

「嗯，你去抓，等下清蒸了吃，記得給那老頭兒煮兩個雞蛋。」我師傅依舊很淡定，還在找東西。

「師傅，你找啥呢？」要我做飯，幹嘛東找西找的？

「哦，趁手的傢伙讓慧覺拿去了，我得重新找一樣。」姜老頭兒說話，把平日裡用的燒火棍子給找出來了，然後跟陣風似地就衝了出去，我就聽見他嚷嚷了：「老子的肉，肉不貴啊？」

我覺得我很苦逼，這兩老頭兒故意的吧？留我一個人做菜？我是不是也該把菜板提到手上，然後加入打胡雪漫的隊伍？

加了很多薑絲兒，清蒸了二條魚，給慧覺做了個雞蛋羹，重新煮了飯，將就著那亂七八糟蘿蔔湯，也算一頓飯了。

遇見這麼一個師傅，我註定會被逼得如此「賢慧」，菜的味道就一般般，不過勝在動作麻利，倒也能湊合過去。

我剛剛把飯菜弄好，三個人就進來了，胡雪漫也沒咋被虐待，除了頭髮鬍子亂點，其他還好。

「吃飯，吃飯。」姜老頭兒樂呵呵的。

「雞蛋羹啊，最適合額這種老人家的胃口了。」慧覺已經拿著調羹舀了一勺子雞蛋羹放嘴了。

「還是三娃兒厲害啊。」胡雪漫自發給自己盛了碗飯。

「我做飯得有四十分鐘吧？你們幹嘛去了，該不會去商量啥五號行動了吧？你們好意思不？欺負我一個小孩做飯？」我非常憤怒，這三個都是些啥貨色啊？

「咳……咳……這魚薑兒放多了，有點辣。」姜老頭兒開始咳嗽起來。

媽的，你在四川吃個朝天椒都沒問題，這點薑絲兒辣了？

「咳……咳……這雞蛋羹好燙。」慧覺開始咳嗽了。

狗日的，才從鍋裡撈出來的煮雞蛋，你一分鐘不到就吞了二個，現在嫌燙了。

胡雪漫左顧右盼的，最後使勁刨了幾大口飯，然後也開始咳嗽起來：「咳……咳……我一吃乾飯就過敏，得吃稀飯。」

我默默地放下筷子，淡淡地說了句：「行了行了，這飯是很糟糕啊，我都吃不下去，倒了得了。」說話間，我就搶了慧覺的雞蛋羹，端了姜老頭兒的清蒸魚，作勢就要倒。

順便威脅胡雪漫：「胡阿姨，你吃一口飯試試？啊，吃一口試試！我從小練功，還沒跟人過過手呢。」

胡雪漫這下是真的嗆著了，一口飯噴得到處都是，慧覺的光頭上就被噴了一口飯，可他注意著他的雞蛋羹，還沒發覺。

「別，別，不就是燙點兒嗎？」慧覺拉住了我。

「就是，就是，三娃兒，你師傅我這種老人家，就指望著幾條魚補充一下營養了。」姜老頭兒也拉著我。

胡雪漫憋了半天，說道：「三娃兒，我餓慘了，不就是五號行動嗎？我……」

姜老頭兒和慧覺同時朝胡雪漫瞪去，胡雪漫一下子縮起了脖子，雙手舉過頭頂，不說話了。

「師傅，你們看著辦吧，今天你們不說五號行動，這飯菜我拚著自己餓肚子也得給倒了。」我「惡狠狠」地說道，並開始「哼哼哼」地冷笑起來。

「好了，好了，服了你了，坐下來吃飯。」姜老頭兒服軟了，他和慧覺兩個是懶得驚天動地，自己做飯？除了非常特殊的情況，還不如殺了他們。

「五號行動，是指行動代號，這是這片地兒發生的第五件需要國家插手的事情，所以就代號五號行動了。」夾了一塊魚，姜老頭兒狼吞虎嚥地吃下去後，才開始給我解說。

我一頭的冷汗，誰那麼有才，第五件事情就取個五號行動啊？以前聽特務的故事，人家那些啥獵虎行動什麼的，多威風啊！

「前面幾件是啥事兒啊？」好奇心無止境，是我最大的毛病。

「第四件，就是打蟲那事兒，前面三件我不知道，以前我不負責這片兒，要不是你小子，老子能……」說到這裡，姜老頭兒閉口不說了。

胡雪漫在一旁笑嘻嘻地說道：「那是，姜師是啥人啊？怎麼可能下調負責一個城市的事兒，他可是……」

「胡大嘴，你給我把嘴閉上，行不？三娃兒年紀還小，你咋就口無遮攔？」姜老頭兒斜了胡雪漫一眼。

胡雪漫睜著他那雙牛眼，水汪汪地望著姜老頭兒，一副天真無辜爛漫的樣子，特別說明的是，他那雙眼睛水汪汪的，是因為剛才給嗆得。

姜老頭兒打了一個寒顫，一副我想吐的表情轉過了頭。

這些把戲我天天看慧覺和姜老頭兒表演得夠多了，已經免疫了，繼續問道：「師傅，說說五號行動到底是要幹啥吧？」

畢竟餓鬼的事情，在我看來是解決了，想不出來還有啥五號行動。

「其實也簡單，那麼大個餓鬼墓，那麼多蟲卵就是一個炸彈，難保以後還會出現一個，兩個跟郭二似的人，所以，國家決定把餓鬼墓連鍋端了。我們去把裡面存在的危險物事兒都給清除了，然後國家派個考古隊過來，把墓給挖了，就這樣！」姜老頭兒輕描淡寫地說道。

「啥？」要下餓鬼墓！我一下子震驚了，前段日子，酥肉不是纏著我要下墓嗎？我當時以為師傅會下去的，結果他壓根就沒提這事兒，我以為又不去了。

畢竟在我看來，師傅去封了墓，帶出來的餓鬼都給解決了，還有啥必要下墓？再則，餓鬼的厲害我算是見識過了，一想到墓裡那密密麻麻的餓鬼蛋，我心裡發麻！

「一驚一乍的做啥？這件事情，是危害極大的事情，我們是必須要出手的。」姜老頭兒沒好氣地望了我一眼。

「師傅，你是準備帶上我的吧？」我小心翼翼地問道。

「要是準備帶上你，我就不會瞞著你了。」姜老頭兒揚了一下眉毛，頗為不屑地望著我。

我怒了！一下子拍案而起，可是姜老頭兒一瞪我，我又軟了下來。

「師傅，你就帶上我吧，在你的保護下，我能有啥危險啊。」我開始耍賴。

可是人家看都不看我一眼，這事兒我從師傅的態度來看，知道很有可能沒戲了。

「鬍子，我給你說的行動安排大概就是那些了，不過有一個必須通知到的人，你通知了嗎？」姜老頭兒望著胡雪漫說道。

「已經彙報給上面了，現在應該已經通知到了，就是不知道會不會出面。」胡雪漫非常認真的彙報道。

「會的。」姜老頭兒的臉色有些怪異，我望了他一眼，覺得他那怪異的表情咋讓我心底陣陣生寒呢？

我被限制在了行動之外，我認為這已經是鐵板上釘釘子的事兒了，從那晚商量了五號行動以後，姜老頭兒和慧覺就玩起神祕，幾乎每天都會出門，很多時候還是早出晚歸。

我是不知道他們出門去幹啥，但是我這幾天上學卻知道了一件事兒。

那就是以前聚陰地兒竹林的那一帶被戒嚴了，說是戒嚴，就是來了一個小部隊守著，說是這裡發現了古墓，有極大的考古價值，不許人靠近。

當然，還有一件小事兒，就是在古墓的方圓三里之類砌了一堵矮牆起來，只留了一個小鐵門。

老百姓是沒啥意見的，畢竟這發現地下古墓嘛，防範嚴一些也是正常的，只是他們不知道的是，這矮牆內部的情況。

我有幸進去過一次，是因為在放學路上「逮」著了我師傅，賴著跟進去了。

結果一進去就看件了起碼八件兒充滿了靈氣的法器，我對陣法還沒有開始學習，所以懂得也不多，但是我知道一般的陣法，只要有一件法器鎮住陣眼就行了，其他的幾個陣腳完全可以用黑白石子來代替。

可是這個陣法有八件兒法器啊！其中我看見了師傅的銅錢，還有一塊玉。

「師傅，這是啥陣兒？」我一進去，在震驚之餘，也發揮了好奇的本色。

「類似於天羅地網符的，天羅地網陣威力可大可小，這次的威力算是中等了。」姜老頭兒在這些方面對我倒是一點兒都不吝嗇，我問啥，他都答。

「餓鬼那麼厲害，咋不布置個上等的？」

我話剛落音，姜老頭兒就跟看神經病似地看著我，接著就是一巴掌：「上等？你是站著說話不腰疼吧？懂都不懂，盡會亂發表意見。」

我被姜老頭兒一頓吼，但也無壓力，習慣就好了嘛，我四處張望著，不免嘖嘖出聲，除了那法陣兒，牆上還貼了密密麻麻的符籙，這陣仗可真大。

「那些符籙你別亂碰，都是對靈體陰邪之物殺傷性極大的符籙，你的靈覺重，符籙可沒長眼睛，到時候靈覺受損，可別給我哭鼻子。」姜老頭兒背著手走在我身後，淡淡地說道。

呢。

「師傅，那些餓鬼蟲在下面，你們在外面布置這些幹啥？」我就不懂了，咋把勁兒使在外面

「你懂個屁，這是預防萬一，這墓可不是你想得那麼簡單，就一隻鬼母，一堆蟲卵，萬一竄出個啥東西，騷擾到老百姓咋辦？這陣法到時候發動了，這些符籙也就會起作用，這是儘量做到萬無一失，知道嗎？」

我吐了一下舌頭，說道：「師傅，一隻鬼母，一堆蟲卵都還不恐怖啊？這還說我想得簡單。」

姜老頭兒望我一眼，忽然說了句：「這鬼母和蟲卵極可能只是有人借勢而養的，這墓可能是墓中墓啊。」

「啥？」我一愣，意思是餓鬼墓是另外一個墓的殼子，這是啥情況？

「餓鬼卵本就是陰邪性兒極重的東西，鬼母更特殊，要養它們，不尋一個邪氣陰氣沖天的地方咋行？」姜老頭兒這樣說了一句。

我忽然就想到了這地方以前是個聚陰地啊！因為陰氣極重，甚至引來了蛇靈。

這是個啥樣的人啊，那麼大的手筆，他養餓鬼的目的又是啥？

想到了這些可能，我有些驚駭地望著師傅，他只是淡淡地說道：「你都能想到，我和慧覺早就想到了，這事情我們已經憂心很久了，就算沒有這個五號行動，我們私人也是會下去看看的。上次郭二他們我都悄悄看了看，八字很硬，還是四個大男人，換一些人來，光是墓底的陰邪氣兒就能逼瘋一個人，也真虧他們能待那麼久。」

「郭二他們說起來還挺強悍啊？」我調侃了一句。

「這只是一可能性而已，墓底下的情況，現在誰也不清楚，郭二他們沒有太過深入，也不好

說，我就是懷疑這個，所以才悄悄地看了他們的八字，不過啊……哎，搞不清楚。」姜老頭兒搖搖頭，眼神中也有些迷茫。

我就煩他這一點，不過啥啊，說清楚唄！

在我追問之下，姜老頭兒就只冒了一句：「不過，按這個布置，下面的陰邪之氣的厲害程度不會只是如此，郭二他們應該扛不住的。」

和我聊完這句，姜老頭兒就趕人了，看他那樣子，是說啥也不會讓我參加這個五號行動了。

算了，我都沒戲，酥肉肯定更沒戲。

五號行動就跟貓爪似的，撓得我心裡時不時的就癢那麼一下，我對它的期待、好奇是與日俱增，可是到了學校還有兩天放假的時候，我就沒心情想了。

因為就要期末考試了。

我的學業壓力是很大的，姜老頭兒是那麼教育我的：「現在呢，人家出息的小姑娘劉春燕去其他地方讀書了，你小子啊，嗯，沒了個比較標杆，那麼每次考試你就給我保持在年級前十吧。」

「師傅，你是不是小時候學習不好，然後用我來實現你的夢想啊？師傅，你這種行為是不對的，這是一種心病，得治。」俗話說哪裡有壓迫，哪裡就有反抗，我得反抗不是？

可是換來的是一套十八連環掌，然後還有一句：「狗日的娃兒，就是一個鄉場中學的前十，你都這樣了，你還有多大出息，我看你爸媽是生你大姐、二姐的時候把腦子都給她們了，才生出你一個豬一樣的東西。」

好吧，豬一樣的東西，看在十八連環掌的威力之下，我認了，也認了這必須考前十！和小時候我爸的鐵拳比起來，姜老頭兒的掌法才是真正的威力十足。

所以，這期末考試就佔據了我全部的心神，我沒心思想那五號行動了。二天的考試時間很快過去了，這就意味著要放寒假了，在這段不平靜的日子裡，我也度過了我十五歲的生日，反正從我九歲之後，姜老頭兒也沒給慶過生，我習慣了。

這考試完了，我才想起來，這段時間事情發生得太多，我都已經滿過十五歲了啊？是要離開了嗎？我有些傷感。

不過想起餓鬼墓的事情，我就知道估計還得一段日子才離開。

這讓我心情稍微好了一些，說不定拖得久一些，我還能和爸媽姐一起過個春節。

我不知道師傅他們要做多久的準備，但我那晚聽說過，他們是要等一個人，可是那人到現在也沒個影子。

一路想著心事，我回到了竹林小築，以為今天會和往常一樣，竹林小築會是冷冷清清的，沒個人影兒，可是我發現我師傅在，正在廚房裡「窮凶極惡」地刨著一碗飯，讓原本打算去廚房做點吃的我嚇了一大跳。

平靜下來之後，我看了一下他那碗，就是普通的開水泡飯，裡面有幾塊泡蘿蔔，嘖，嘖，我那無肉不歡的貪吃師傅啊，咋淪落到如此地步了？

「師傅，咋吃這個啊？徒弟給你弄點吃的去？」我調侃著，順便準備生火，做些吃的。

從小到大，我和姜老頭兒幾乎就沒咋分開過，他這段日子神出鬼沒的，我其實真有些掛著他。

「不用了，我還有事兒，等會兒得下山去，我回來是通知你，今年寒假我沒法照看你了，你回家去住吧。」姜老頭兒吞下了最後一口飯說道。

「啊？」我有些反應不過來，往日裡的寒暑假，我基本上都是在山上過的，然後我家人過來看我，除了春節，我和姜老頭兒會去鎮子上，這樣做，是因為姜老頭兒怕耽誤我每天的「功課」。

可是，今年咋……？

第十九章　回家

看見我有些呆呆的樣子，姜老頭兒放下空碗，在我腦袋頂使勁揉了兩下，然後說道：「你小子是不是高興傻了？這一個月你可以『放羊』了。」

說高興，我是高興，這些年來，和家人待在一起的時間實在是太少了，可是心裡又覺得放不下，總覺得家人裡面要算上姜老頭兒才算圓滿。

而且他去那麼危險的餓鬼墓，我能不掛心嗎？

「陳承一，你可得給我聽好了。」姜老頭兒忽然嚴肅了起來。

我一個機靈站起來，這多年啊，這麼嚴肅地叫我陳承一可沒幾次，我能不嚴肅嗎？

「你的功課不能落下，餓鬼墓的事情忙完了，我得檢查，知道？」

我點點頭，其實偷懶的想法不是沒有，可是那麼多年做下來，幾乎是一種習慣了，有時候不做反而覺得不自在。

「等著我。」說話間，姜老頭兒又去了他的小房，我沒跟進去，他叫我等著的。

從小房出來，姜老頭兒拿了一個布袋給我，說道：「這是你每天晚上要吃的補食裡需要加的東西，我這幾天趁空已經分好了，每天用一次，裡面有張單子，是補食裡需要的食材，叫你媽媽去買吧，也不是啥稀罕東西，就是些肉食，但是必須買新鮮的。」

我接過布包，有些感動，又有些離別的傷感，一時間不知道說啥。

「香湯怕是不能泡了，這一月也就將就了，反正你歲數也大了，將養得還行，香湯也不用每天都泡了，哎，這事兒就算我有心，你媽也不會熬啊。」姜老頭兒絮絮叨叨地說著。

我有些默然地垂下了頭，姜老頭兒笑罵道：「臭小子，就是這樣，把感情的事兒看得太要緊，性格拖泥帶水的不乾脆，這世界上的事可沒圓滿，也不是圍繞著你轉的，這些年你真是對我太依賴，男子漢大丈夫的，這毛病得改，不然你這顆道心咋也修不圓滿。」

道心啥的，我可一點兒也不在意，平日裡最煩的也就是修心的理論，如果一顆完美的道心是需要勘破，超脫於世外，與天道法則般無情，我想我絕對是做不到的，誰說我有天分啊？這壓根兒就是沒天分的表現。

「你是我師傅嘛，我不依賴你，依賴誰？」畢竟被說了，還是臉紅，咋也得找個藉口唄。

「我不是能讓你依賴一輩子的，這江湖，這修行之路，總還是要你一個人走的。」姜老頭兒望我一眼，淡淡地說道。

我一下緊張了，立刻問道：「師傅，你以後是要離開我的嗎？」

這不能怪我，因為師祖是有三百多歲的人，我覺得我師傅也行，只要他長壽，他就不會離開我的，我就是這樣想的。

「臭小子，你別跟個丫頭似的，好吧？肉麻得緊。」姜老頭兒那樣子像是氣極反笑似的，一口標準的北京腔兒就冒出來了。

聽到這樣的說法，我才長舒了一口氣，這才是我熟悉的師傅嘛，這樣心裡又覺得安全，安心了。

「好了，我下山去了，你明天記得早點回家。」說完，姜老頭兒便頭也不回地下山了。

當車子停在縣城的停車場時，我習慣性地張望了一下，沒看見我爸的身影。

也對，今天又不是週末，我爸咋可能知道我忽然回來了呢？

去家裡的路我還是認識的，背著個包，我乾脆自己走出了車站。

縣城還是繁華的，這兩年總感覺我每一次回來，縣城都會有一點兒新的變化，這還真讓人新鮮。

就說大街上的人吧，穿衣服的顏色也越來越鮮豔了，甚至我還看到了新鮮的東西，牛仔褲，小小地羨慕了一下，在鄉場上讀書，就看過郭二的孩子有一條，跟寶貝似的。

這時，一陣歌聲飄進了我的耳朵，原來我已經走到了縣城最繁華的一條街，那歌聲唱的是：「少林，少林，有多少英雄豪傑都來把你敬仰。少林，少林……」

這一下子讓我聯想到了慧覺老頭兒的形象，少林寺裡是和尚吧，慧覺也是和尚，我可沒覺得我有多敬仰他。

往前走了幾步，又一陣兒柔美的歌聲傳進我的耳朵：「日出嵩山坳，晨鐘驚飛鳥……」

我不由得聽得呆住了，這歌曲是那麼好聽，那唱歌的女的，聲音是那麼柔美，結果我就拎個包站在那裡聽上了。

沒辦法，我就是個「苦命」的孩子，每天除了上學，就是「功課」，哪兒能有時間聽歌，姜老頭兒高興時候倒是哼個小曲兒，可惜的是他五音不全，聽他哼哼是種折磨。

至於慧覺老頭兒，他那山歌兒，嘖嘖……哥哥妹妹的唱，他也不想想他是佛門中人，而且那聲音和姜老頭兒有的一拚，兩人要是都扯開嗓子嚎一聲，估計狗兒都會聽得口吐白沫。

就在聽歌的時候，店裡的人出來了，是個挺時髦的年輕小夥子，穿的就是讓我眼熱的牛仔褲：「去去去……哪個鄉噚噚頭（鄉下）來的，不要擋著人做生意。」

我望了望自己身上那洗得有些發白的藍色襖子，還有那條土黃色的軍褲，倒還真和別人的時髦沒法比，衝他笑了笑，就轉身走了。

這種事情，卻是不值得發火的，我只是想回家了，想快些見到我的家人，剛才聽歌竟然給聽忘記了。到了家裡住的那條巷子，發現自己家的小賣部還開著，這幾年了，小賣部早就已經擴大了規模，原本樓下是兩間門面的，用了一間，另外一間是租給別人的，現在已經被收了回來，因為生意太好，需要進的貨物也就越來越多。

誰叫這裡地理位置好呢？就挨著這一大片最好最好的學校——縣中。

小賣部的門口擺著一條長几，上面有一些串好的菜，多是素材，旁邊有一個鍋子，咕咚咚地熬著香濃的湯底，這是啥東西？

因為餓鬼的事情，我已經有些日子沒回家了，我媽又搗鼓出啥名堂？

我快步走上前去，發現店子裡沒人，畢竟放寒假了，現在又是上午，正是生意冷清的時候。

我打量了一下那條長几，旁邊立著一個牌子——麻辣燙，上面清秀的字跡一看就是我大姐的。

呵，這跟我的素菜鍋區別不大啊，聞著那香味兒我饞蟲都上來了，衝著裡面吼了一聲：「老闆兒，麻辣燙好多錢一串兒啊？沒人我就自己拿來吃了！」

這時，門面裡面傳來一聲「咦」的聲音，然後從那貨櫃裡傳走出來個人，接著就是一聲驚喜地大叫！

「三娃兒，三娃兒，爸，媽，二妹，我們家三娃兒回來了！」

走出來的人是我大姐！她驚喜笑得眼睛都眯了起來，她喊完一下子就衝到了我面前，也不管我都是十五歲的人了，一把就抱住了我。

「三娃兒，姐姐可想死你了。」

我被大姐抱著，心裡熱呼呼的，一點也不覺得彆扭，我也想我大姐了，半年多沒見了啊。

接著，我就聽見一陣叮叮咚咚的腳步聲兒，我媽，我爸，我二姐全部都下樓來了。

「三娃兒，你咋回來也不通知一聲兒？」是我爸，他還想故作嚴肅，也不想想咋通知，寫封信嗎？

「哎呀，哎呀，過來媽看一下，瘦了沒有？你這個娃兒，咋一個多月不見人影呢？」那是我媽。

再回頭一看，我二姐抿嘴笑著，二個酒窩深深的。

我心頭一陣舒爽，那是和家人在一起才能有的舒爽，我回頭跟我媽說：「媽，我肚子餓了，妳這麻辣燙不收我錢的吧？」

第二十章　來人

在家的日子溫暖又愜意，有一天無意中去秤體重，發現自己竟然長了五斤那麼多，從秤上下來的時候，我媽樂得臉上都開花了：「我家傻兒子終於胖了。」

我很瘦嗎？其實我不胖，但也說不上是瘦弱吧？有些好笑跟我媽說：「媽，妳這是在養大肥豬呢？一長肉，妳就高興。」

「亂說啥啊！男娃兒就是要壯實點才雄得起（厲害），嗯，才有小姑娘喜歡。」我媽笑眯眯的。

我則一頭冷汗，我才多大啊，我媽就念叨著小姑娘喜歡啥的了。

我大姐在旁邊哈哈大笑，說道：「媽啊，妳就開始操心三娃兒的婚事了啊？又不是古代人。」

我二姐斯斯文文地在旁邊說：「這不能怪媽啊，妳看三娃兒一天到晚在山上待著，就快成原始人了，連《少林寺》都不知道。」

我有些汗顏，因為我把在路上聽歌兒的事情跟我家裡人說了，主要是那歌太好聽了，結果就被笑了。

而且我家裡人還很憤怒，我媽當時就拉著我說：「走，三娃兒，媽上街給你買條牛仔褲去，我們家現在比上不足，比下有餘！一條牛仔褲算啥？」

然後，我媽當真給我買了一條牛仔褲，而我大姐，二姐領我去看了一場《少林寺》。

其實我很想辯解的，我有看電影，非常偶爾的情況下，會跟著師傅去到鎮子上，我也會去看看電影的，只不過那鎮子距離縣城都那麼遠的車程，可見有多偏僻，實在是《少林寺》還沒在那邊上映。

街上的陽光耀眼，我也不和正在調侃我的家裡的三個女人爭辯，抬頭眯眼望著陽光，就覺得一種淡淡的幸福洋溢在心間，家裡的日子真的很好。

不用我做飯，我媽恨不得把飯端到床上去給我吃。

不用我自己洗衣服，我大姐二姐搶著給我洗，就覺著我在山上的日子苦，和她們不能比。

甚至上個街去晃悠一下，我爸都非得用自行車載著我。

五斤啊，這五斤肉應該是幸福的五斤肉吧！如果……如果師傅也在就更好了。

師傅在幹啥呢？餓鬼墓的準備工作完成了嗎？他要等的人等到了嗎？這一切的一切我一想起來就很掛心。

「三娃兒，在想啥呢？走啊。」大姐挽起我的手，親親熱熱地拉著我走，我這才反應過來，剛才自己出神兒，媽和二姐已經走到前面去了。

今天是出來再置辦些年貨的啊，再過兩三天就是大年三十了。

我爸很遺憾不能跟著來，家裡早就計畫要開家新店子了，最近好不容易找到合適的門面兒，租下來之後，我爸忙著去粉刷啥的，捨不得請工人幫忙啊。

我笑了一下，就任大姐那麼挽著手，就這樣開開心心地走在街上，我大姐圍了個紅色的紗巾，穿了個紫色的羽絨衣，我二姐穿了一件紅色的羽絨衣，圍了粉色的紗巾，漂漂亮亮的，走在街上是那麼吸引人的目光。

看著我媽，也好像年輕了幾歲，而且還知道燙頭髮了，又想著高高興興為新店子忙碌的我爸，我發現我家的日子真的是越過越好。

這一切都要感謝我的師傅，那一年，我咋能忘記，和他去省城賣玉呢？

「三娃兒，慢點兒，啊啊，三娃兒，你等我跑進屋啊！」大姐的尖叫伴隨著「劈里啪啦」的鞭炮聲傳來，而我則拿著一枝點鞭炮用的香菸，站在巷子裡哈哈大笑。

大年三十了，吃團年飯之前，是要放個鞭炮的，而我大姐這人天不怕，地不怕就是怕放鞭炮！

難得看見我大姐這個樣子，我自然是很開心。

等鞭炮放完，大姐一下子蹦出來，扯著我的耳朵喊道：「要死啊，三娃兒，看我現在咋收拾你。」

「大姐，大姐，我錯了還不行。」我連忙求饒。

我和大姐的打鬧，惹得爸媽和二姐都大笑不止，就在這個時候，一聲吊兒郎當的聲音傳入了我們的耳朵：「收我這個老頭兒吃頓團年飯唄，看這天氣冷的。」

我一愣，轉頭一看，一個穿著破襖子，全身上下都是猥瑣勁兒的老頭正朝我們家的方向走來，那不是我師傅是誰？

我一蹦三尺高，立刻就朝著我師傅跑去，一下就蹦他身上去了：「師傅！」

「去去去，又不是大姑娘，不准靠近我，你以為你還是小孩子啊。」姜老頭兒一點面子也不給的，就把我踹了下來，我爸媽他們只管笑。

他們是真心喜歡我師傅，我師傅大年三十能來，他們也是真心高興，那麼多年來他的恩我爸媽不會忘記，原本我爸媽就是非常念恩情的人。

「姜爺爺。」我大姐二姐非常親熱地叫著姜老頭兒，姜老頭兒救過我二姐的命，又解決了我大姐讀書的事兒，我那兩個姐姐是很喜歡他的。

姜老頭兒一見我兩個姐姐就嘿嘿地樂了：「就是嘛，還是丫頭們乖，那臭小子一邊去，一邊去，嘖嘖……多水靈的兩丫頭啊。」

真是有夠胡言亂語的，我無奈地歎息一聲，這就是我師傅的本色啊！

「姜師傅，快進來，快進來……」我爸媽熱切地招呼著。

「等等，我必須說一件事兒。」姜老頭兒嚴肅了起來。

我爸媽最怕就是姜老頭兒嚴肅，一下子就認真起來，因為姜老頭兒一嚴肅，基本上就是神神鬼鬼的事情。

「原本是打算讓三娃兒待一個寒假的，不過呢，現在事情有變，大年初二我就得把三娃兒接上山去，就是這件事兒。」姜老頭兒有些不好意思地說道。

我爸媽卻同時鬆了口氣兒，雖說捨不得我，但這些年已經習慣我在姜老頭兒身邊學東西了，現在的我比起小時候簡直懂事多了，學習也好，他們能有啥不放心？

「就這事兒啊，接走吧，接走吧，這小子在家也不省心。」我爸挺「大方」的。

「沒事兒，這次他待了好些天了，接去吧，過幾天我們上山看他就是了。」我媽也挺「大方」的。

在姜老頭兒面前，他們出賣我是毫不猶豫的。

只有我兩個姐姐捨不得，姜老頭兒笑呵呵地說：「兩丫頭別捨不得啊，就跟妳媽說的，妳們上山來玩吧，怕是有大半年妳們都沒來過了。」

我爸媽在旁邊附和著，我兩個姐姐一聽就開心了，她們早就想上山了，無奈家裡忙，比如說新店子，比如說小賣部的生意要照看，她們就想著放假多幫幫我爸媽。

這些我爸媽都在附和著這事兒，她們能不開心嗎？

一頓團年飯吃得開開心心，雖然不是啥山珍海味，可是我卻無比滿足，這才是我理想中的團年飯，家人在，師傅在，我覺得我幾乎已經別無所求了。

姜老頭兒那風捲殘雲的吃相啊，我簡直就不想說了，他吃得最多，喝得也紅光滿面，吃完了還放鞭炮嚇我兩個姐姐。

幸好是我們家人瞭解他，要不然指不定以為是哪兒來的老瘋子。

大半夜過去後，我兩個姐姐累了去睡了，我爸媽也睡了，我睡不著，索性就去找住在另外一間房的師傅聊天，卻發現師傅神色怪異地坐在那裡自己喝著小酒，面前擺著我媽給他弄的兩個下酒菜。

這老頭真能吃啊，剛才團年飯他吃得不夠嗎？

「師傅，在想啥呢？」我一喊，姜老頭兒嚇了一跳，回過神來就拍了一下我腦袋。

「沒想啥，喝點小酒不成啊。」拍完之後，姜老頭兒氣哼哼地回答道，好像我的出現讓他很不爽。

「沒想啥？師傅……我咋覺得……你表情那麼怪異呢？就是！我想起咋形容了，就像，就像一隻黃鼠狼在想老母雞！」對的，我覺得我的形容無比準確，師傅那怪異的表情分明就是渴望啥的，但又不完全是。

「放你媽的……」姜老頭兒一下子就蹦了起來，一句粗話控都控制不住地蹦了出來，但估計想到不小心罵到我媽了，他又生生忍住了。

可是我就慘了，被他一把提到床上去，按住就是十幾個巴掌拍下來。

「說，誰是黃鼠狼？說，誰又是老母雞，老子今天不打死你這個不肖的徒弟！」

我被打得暈頭轉向，不明白一句玩笑話，咋引得師傅那麼大的反應。

姜老頭兒打爽了之後，這才整整衣服說道：「初二的早上，跟我去接人，接完之後我們就回山上去。」

我已經被打得思維不清了，有氣無力地問道：「師傅，接誰啊？」

「到時候，你不就知道了嗎？」姜老頭兒「哧溜」一聲喝下了一口酒，一副懶得理我的樣子。

我頂著一頭亂糟糟的頭髮坐起來，說道：「師傅，這個我可以不問，反正總能知道，你說情況有變，這是咋一個變化，你總得跟我說說吧？」

我師傅望了我一眼，又夾了一筷子菜塞嘴裡，最後才說出一句差點沒讓我憋死的話：「你猜？」

我猜？呵呵，我猜個屁啊，我連具體是啥事兒都不知道，還猜它的變化？我只恨自己咋不是命卜兩脈的人！

早春的清晨總是最冷的，誰不留戀溫暖的被窩？何況還是正該休息的春節。

可是初二這一天，一大早姜老頭兒就來當「鬧鐘」了，他帶著一種幾乎癲狂地急切對我吼到：「三娃兒，你要是再不起來，我就直接把你從被子裡拎起來了。」

我沒睜眼睛，嘟嘟囔囔地說道：「師傅啊，你不說了嗎？春節期間可以不做早課，這春節再咋也得算到初五吧？」

「嘩」的一聲，我身上厚實溫暖的棉被就被扯開了，伴隨著姜老頭兒如雷般的吼聲：「我說可以不做早課，可是我說過你可以賴床嗎？今天要去接人，接人！」

我一下子就被凍清醒了，睜開眼睛一看，差點沒被嚇瘋，這是我師傅嗎？

整整齊齊地梳了個偏分，鬍子刮得乾乾淨淨，身上穿一套整齊的中山裝，還裝模作樣地搭件兒大衣在手上。

其實我師傅樣子不醜，長得中規中矩，挺有威嚴的，打扮一番，根本就不像老頭兒，是介於老頭兒和中年人之間那種，無奈就是氣質太「猥瑣」了。

特別是現在，那副急吼吼的樣子，跟他這身兒打扮嚴格的不符。

「師傅，你這是要去接新娘子呢？」不不不，我不能接受這樣打扮的師傅，他還是穿個破襖子比較好。

姜老頭兒哼了一聲不理我，我心說還有老頭子梳偏分的啊，我那麼清秀一小哥兒，都是一瓦片頭呢。

我媽端著兩碗酒釀湯圓笑吟吟地站在門口，說道：「嘖嘖，姜師傅，這次我得跟你一起去接人，見你這身打扮是第二次呢，上一次都是多少年前了啊？那時三娃兒還是個奶娃娃呢。」

姜老頭兒哼哼了幾句，接過了酒釀湯圓就開始吃起來，我咋想咋覺得不對勁兒，我這師傅，我咋覺得他有些害羞呢？不會吧，不可能吧，他還能害羞？

「兒子，去把衣服穿上，那麼大個人了，一直穿條內褲像啥？」我媽在旁邊吩咐道。

「等等，秀雲，今天妳得把三娃兒收拾歸整點兒（整齊）。」姜老頭兒急不可耐地吞了一個酒釀湯圓，然後比手畫腳地指揮道。

我媽挺懷疑地望著姜老頭兒，憋了半晌才「驚喜」地憋出一句：「姜師傅，你是要帶我家三娃兒去相親？」

「咳……咳……」姜老頭兒一陣兒狂咳。

我正在穿秋衣，聽我媽這話，手一扭，差點沒把自己給憋死。

姜老頭兒好不容易才停止了咳嗽，說道：「沒有，沒有，這娃兒現在那麼小，我不可能允許他想媳婦兒的。」

我好容易從秋衣裡「掙扎」出來，又在穿秋褲，姜老頭兒冒這一句，我差點沒被自己的褲子絆倒，我氣的啊，咋成了我想媳婦兒呢？我媽和我師傅是聯合起來準備謀害我吧？

「姜師傅，這三娃兒的婚事可是我的一樁心病啊，也不知道道士好找媳婦兒不，你得多留心啊。」我媽言真意切地說道，這是什麼媽啊，我才十五歲，十五歲！她就開始念叨起我媳婦兒的問題。

「開玩笑，我姜立淳的徒弟會找不到媳婦兒？再說我徒弟一表人才的，誰家小姑娘不願意就是瞎了眼，秀雲，這事兒妳可別擔心。」我師傅大手一揮，豪氣干雲的說道。

我媽立刻眉開眼笑的，說道：「呵呵，就是，我女兒那麼水靈，我兒子哪裡會差，我最愛給他打扮了，今天一定把他收拾歸整了。」

鬧劇，這絕對是一齣鬧劇！我差點沒被這兩個「狼狽為奸」的人給弄瘋。

大年初二的街頭有些冷清，我上身穿著一件灰色夾克，下身穿著一條牛仔褲，頭頂著我媽用她的髮膏硬給我弄出來的偏分頭，心裡一陣陣的抽搐。

我不習慣這樣的打扮，在我眼裡，就跟個傻子似的，偏偏我旁邊還站著一個老幹部似的姜老頭兒，和一個把紗巾圍在頭上，打了點兒口紅，穿著個碎花棉襖的我媽。

這樣是傻子三人行嗎？

路上偶爾遇見一兩個熟悉我媽的老頭兒、老太太，看見我們三這樣的打扮，就會怪異的盯一陣子，然後說：「秀雲，你們這是要到哪兒去趕親戚呢？」

然後再湊到跟前，神秘兮兮地問一句：「該不會是去成都吧？」

那個時候，省城有個親戚，在這個小縣城可是件非常了不得的事情。

我媽就哈哈一笑，得意地說：「在成都哪兒有親戚喲，我們這是去接個客人，我跟你說嘛，我兒子身上這件夾克倒是我在成都買的，你們曉得卅，我們要開服裝店子，去成都看貨的時候，我就……」

這種時候，姜老頭兒一般就會以咳嗽提醒我媽，該走了，該走了，然後我媽這時才會「戀戀不捨」地走人。

哎，一個急吼吼的，一個打扮得跟小白臉兒似的，一個囉哩囉嗦，八卦得得意洋洋的，這不是傻子三人行是啥？

我們去的地方不是車站，而是縣城比較偏僻，快靠近郊區的地方了，那裡是一條大路，直通縣城外面城市的大路。

清晨的風冷颼颼的，我頭上的髮膏被風一吹，就覺得變得硬邦邦的了，跟頂片兒瓦在頭上似的。

我是萬般的不適，卻不敢說。

可我媽確是萬般地同情要來的人：「哎呀，姜師傅，到這兒來接人哦？這大春節的，趕個車吧，這走路多辛苦哦，不行，待會兒我得說，我來給車費。」

姜老頭兒用怪異的眼神看著我媽，然後忍不住一陣抽抽，卻不說話，我估計他又在玩神秘了。等了將近半個小時，沒見啥人來，我媽那臉被吹得紅彤彤的，都快跟她那口紅一個顏色了，她不停在念叨：「哎，這走路要花多少時間啊，這還是坐車好啊。」

姜老頭兒呢？在路邊站得筆直，那件大衣搭在手上，就是不肯穿身上，這衣服啥時候是用來遮胳膊的了？我師傅是不是傻了？

我懷著這樣的疑問，無聊地蹲在路邊拔草玩兒，也就在這個時候，這條大路上傳來了汽車的聲音。

我沒啥反應，這個年代，汽車說多也不多，但是比以前的出現頻率就要多很多了，已經過去好幾輛車了，我沒覺得有啥稀奇。

可是我卻聽見師傅幾聲哼哼，那是從喉嚨裡擠出的怪異聲音，是那種激動又壓抑著的聲音，我好奇地抬頭一看，發現我那師傅腳都抖了兩下。

我媽狐疑地看著姜老頭兒，問到：「姜師傅，你是咋了？」

姜老頭兒結結巴巴地說道：「來……來了……」

我媽激動地轉頭一看，臉一下就紅了，迎面駛來的可是一輛紅旗轎車，我媽和我爸去過省城，轎車那是見過的，紅旗轎車也絕對認得，虧她剛才還要說給別人車錢，這不是丟臉丟到姥姥家了嗎？

我拍拍手，也無聊地站了起來，姜老頭兒是啥人，我是清楚的，我小時候就和他一起坐過北京吉普，現在這紅旗實在引不起我的震驚，我知道，如果我師傅願意，他也能坐這車。

車子停在了姜老頭人的面前，一停穩，一個男人就急吼吼地下來了，這個男人我認得，就是上次來抓餓鬼的十幾人中的一個。

「姜師，人總算帶到了，任務完成了。」那男人極其恭敬地說道，看得出來挺崇拜我師傅的。

這種情況，換我師傅平時肯定就懶洋洋地嗯一聲，然後嬉皮笑臉地說句「小子，不錯，不錯啊」。

今天他卻分外威嚴認真，官腔十足地一把握住別人的手，親切地說了一句：「辛苦你了。」

看得我嘴角一陣抽搐，這是在唱哪齣？

「小一，去把車門打開，讓人家下來。」姜老頭兒一本正經又帶著親切地跟我說道。

小一？小一！小一叫誰呢？

我有點反應不過來，傻乎乎地看著姜老頭兒，姜老頭兒一急，朝我一瞪，我才知道小一是叫我，我差點全身抽筋了，我師傅他是不是得神經病了？

可就在這時，後車門一下子就開了，一個老太太的聲音從車裡傳來：「姜立淳，我還沒老，需要一個小孩子為我開車門嗎？」

我轉頭一看，一個十分有氣質，眉眼透著一股慈和的老太太從車上走了下來，那大眼睛，那周正小巧的鼻子，一看年輕時候就是一個好看的女人。

估計我大姐，二姐都得比不上別人年輕時候吧？

我這人對女孩子沒啥概念，唯一能用在讚美女的身上的詞兒，就是好看了，沒辦法。

這時，一個脆生生的聲音在老太太身後響起：「邁邁（感歎詞），奶奶，妳說這個個個（哥哥）特（他）是不是傻呢，頭髮是咋個呢哦。（頭髮是怎麼了）。」

「師傅，那小女孩她說啥？」我聽不懂那小女孩的方言，看我看得懂她那嘲笑的眼神，我忍不住問起師傅來。

「小一，小丫頭說的是昆明話，她說你頭髮不好看。」姜老頭兒親切溫和地對我說道。

小一！頭髮！我覺得我想去撞牆！

紅旗車開走了，留下了一老一小兩個女人，我一點都不關心她們長什麼樣子，心裡就只有一件事，頭髮！

「師傅，我先跑回去！」我終於下定了決心，望著我師傅說道。

可是，我師傅還沒搭腔呢，我就聽見一個脆生生的聲音。

她這樣說道：「你給是要回去洗頭？」

我那個憤怒啊，狠狠地瞪了她一眼，可是我媽卻在一旁笑瞇瞇地說道：「哎呀，好乖的小姑娘啊，比我家兩個丫頭還要水靈啊，嘖嘖……」

然後我師傅也說道：「小一，一起走回去，不好嗎？」

我心裡毛毛的，懶得理這一群人，轉身自己跑了。

身後還傳來我媽的聲音：「過來，阿姨牽著妳走，不要理我那兒子，從小就跟傻子似的，一點都沒兩個姐姐省心。」

「就是，這徒弟不省心啊。」我師傅也不忘插一腳。

我覺得那時要有淚奔這個詞兒，是最能形容我當時的狀態了，這大春節的，這一大早的，我是招誰惹誰了？

在家洗完頭，我在兩個姐姐那裡找安慰，我覺得我不是一個小氣的人，可那小姑娘一下車，我就感覺我特別討厭她，那是一張什麼樣的嘴啊，說出來的話那麼討厭。

我大姐攬著我肩膀說：「三娃兒，沒事兒，等下大姐幫你訓訓那小丫頭。」

我二姐在旁邊也說道：「三娃兒，不氣了，二姐知道三娃兒最乖。」

我已經完全被當做小娃兒那樣被哄了，可是我當時完全沒感覺，非常憤怒地說道：「我媽還說那小姑娘好乖，比妳們都水靈，我媽是叛徒！啥眼光。」

「哈哈哈……」我大姐當時憋不住就笑了。

我二姐也微笑著拿過一張毛巾幫我擦著未乾的頭髮，我不懂她們笑啥，就是心裡覺得委屈至極。

就在我們三個說話間，巷子裡傳來了喧譁，我大姐「哎呀」的一聲就跑了出去，然後說道：「二妹，快出來看，媽她們回來了，爸都接出去了，唉喲，那小姑娘好乖啊。」

我二姐應了一聲，趕緊地跑出去了，我一怒，吼道：「不許她來我們家吃飯，大姐，二姐，妳們都是叛徒。」

我大姐才不理我，就在陽臺上回了句：「三娃兒，你別那麼幼稚，好不好？」

我幼稚？大姐竟然說我幼稚？我一向很懂事兒的啊，我忽然覺得自己像一隻鬥敗的公雞。

回山上了，做晚課的時候我的心情都還非常的鬱悶。

感覺我周圍的人咋都那麼喜歡那個叫凌如月的小姑娘呢？我爸喜歡，我媽喜歡，我大姐二姐喜歡，我師傅更是寵著她。

我就感覺那小姑娘的奶奶對我稍微喜歡一點兒。

她奶奶人不錯！

特別是我媽，絕對的討厭啊，我們是吃了中午飯才回山上的，在吃飯的時候，我媽就一直在說：「好乖好乖的小姑娘啊，我都想給三娃兒定個娃娃親了，不過，我們三娃兒配不上人家啊。」

真是丟臉死了，娃娃親？配不上？我媽還有啥話說不出口？幸好別人奶奶還是喜歡我的，說了一句：「立淳的徒弟就是妳兒子，還是真不錯的，妳可別謙虛。」

一套十二段錦打下來，我出了一身熱汗，剛準備拿毛巾去擦，冷不丁就看見在我放毛巾的檯子旁邊，有一個小小的身影。

仔細一看，原來是凌如月那個傢伙正坐在那裡，歪著腦袋看著我，我不理她，因為她吃飯的時候，故作天真地問了十二次我頭髮的問題，惹得全部人都在笑我，她故意的，這仇結大了，我一點兒都沒理她的理由。

「邁邁，你打的什麼東西？給是在跳大神？」見我冷著臉去拿毛巾，那丫頭開口說話了。

「聽不懂妳說啥？」我聽不太習慣昆明話，反正也不想理她，乾脆就藉口聽不懂。

這小丫頭就是故意針對我，吃飯的時候，一口普通話說得可溜了，只是偶爾一和我說話，就開始說昆明話了。

「我說奶奶和姜爺爺在說事情，我好無聊，你陪我玩好不好？」那小丫頭很天真地對我說道。

其實說實在的，她眼睛很大，而且水汪汪的，讓人不忍心拒絕，可是我就是討厭她，非常生硬地拒絕了：「不行，我還有很多事情要忙，沒時間陪妳。」

「哥哥，我覺得你好笨吶，昆明話都聽不懂，那我要說苗語，你一定也聽不懂了，是不是？」非常天真的語氣，非常純真的眼神，但話裡的關鍵，是在說我笨。

我一股無名火起，指著凌如月說道：「一邊去，別煩我，別以為妳眼睛大點兒，皮膚白點兒，人人都誇妳乖孩子，我可是一點兒都不喜歡妳。」

凌如月嘴巴一撇，一雙眼睛一下子就霧濛濛的，那樣子就快要哭出來了，我一下子看得於心不忍，乾脆扭過頭去，對這小丫頭可不能心軟，不知道為啥，我一見著她，就覺得必須得防著點兒。

沒有預料中的哭聲傳來，只見凌如月一下子就站了起來，走到我跟前，在我手裡的毛巾上使勁拍了兩下，似乎是在打我的手，然後說道：「你是壞哥哥，我不理你了。」

說完，轉身就跑了，但沒跑到兩步，又跑回來，在我腰上，手臂上使勁打了兩下，這才又跑開了。

我拿著毛巾擦著身上的汗，心想這小姑娘可真夠神經的，說兩句就打人了，虧我剛才還差點同情她。

師傅在和凌如月的奶奶說事情，今天晚上的晚課我已經做完，看來也等不到師傅為我熬香湯了，我準備自己燒點兒水去洗澡，師傅還沒教過咋熬香湯，我不會那個。

走到廚房，爐子上，我的藥膳還在燉著，「咕咚咕咚」地冒著香氣，我拿來鍋子，放在另外一個爐子上，正準備舀水進去燒水，卻覺得身上癢癢的，低頭一看，無奈了。

啥時候我身上爬了那麼多螞蟻啊？

這山上蛇蟲鼠蟻很多，師傅說過我們竹林小築的竹子是經過了特別處理的，就是叫小丁的師傅，吳老頭兒幫著處理的，至於咋處理的，我不知道，那是別人的看家本事，但是我知道那是非常有效果的。

至少我在山上住了那麼多年，竹林小築內幾乎連蚊子都很少有，而且師傅還常常在這竹林小築周圍灑一些老吳頭兒配的藥粉，更是效果出奇地好。

這螞蟻哪兒來的？

不過，我也沒多想，脫下衣服把身上的螞蟻抖掉，又看了看，褲子上也有不少，無奈，又如法炮製地把褲子上的螞蟻也給抖掉了。

再回頭一看，凌如月那丫頭就躲在不遠的門口處看我，我臉一紅，衝她吼道：「小丫頭不知羞啊？沒看見我要洗澡嗎？」

凌如月不說話，望我一眼，轉身跑了，我也懶得想那麼多，乾脆把衣服褲子搭在一處，專心地燒水。

可今天就是奇了怪了，我燒水的過程中，不時地就有螞蟻往我身上爬，開始我還有耐心一隻隻地彈開，到後來那螞蟻是一片片地來，我就乾脆就一片片地拍，可說啥也阻止不了牠們前赴後繼地往我身上爬！

莫非我身上有蜂蜜？說起來，中午是吃了一些甜食，難道落身上了？

這時候，水燒開了，我決定趕緊地洗個澡，身上洗乾淨了，這些討厭的螞蟻也就不會來了，回頭得給師傅說一聲去，得重新弄藥粉來灑灑了，這竹林小築的藥粉，估計快沒效果了。

再次把身上討厭的螞蟻拍乾淨，我簡直是飛速地在我平常泡澡的木桶裡加著水，待到水溫合適以後，我迫不及待地就跳了進去。

溫暖的水一下子就包圍了我，我也長長地吁了一口氣兒，這下洗乾淨了，應該就沒事了。

想起來今天還真累，一大早被扯起來接人，吃晚飯匆匆忙忙地回來，然後功課還得做，在溫水的作用下，疲憊的我又開始在木桶裡打起瞌睡了，以前就是這樣，我常常泡香湯，泡著泡著就睡著了，師傅總是點著旱菸，在一旁守著，等到一定的時候再把我叫醒，我習慣了。

只是這水在今天有一種怪怪的味道，但是很淡很淡，幾乎聞不出來，不過這也不足以引起我的注意，就這樣，我在木桶裡習慣性地睡著了。

第二十一章　悲慘日子

「啊……師傅！師傅！」當我醒來，看見自己處境的時候，這就是我的第一個反應，開始鬼哭狼嚎起來。

確切地說，我是被癢醒的，睡著睡著就覺得自己臉很癢，我忍不住去抓，然後去拍，就這樣生生的把自己給拍醒了。

才醒的時候，我還不太清醒，沒意識到啥，可等到我下意識地攤開自己的手一看時，我頓時覺得自己要瘋了，一手的螞蟻啊。

我臉上還在癢，我想用水洗洗，可是我低頭一看，我泡澡的大木桶裡，那水面上，黑乎乎的一層，不知道死了多少螞蟻在上面了。

我有些驚慌地低頭四處一看，這地上好多，好多，多到我頭暈眼花的螞蟻在努力地朝著我的木桶裡爬！

這些螞蟻是想把我吃了嗎？

這麼詭異的事情，簡直詭異到超過了餓鬼蟲，我沒有辦法，只能聲嘶力竭地大喊師傅了。

山上安靜，我這喊聲傳出了很遠很遠，結果第一個跑來的竟然是凌如月這個小丫頭，我原本是想要站起來的，結果看到是她，一下子就坐了下去，只留一個腦袋在水面上，喊道：「妳來幹啥？」

「活該。」凌如月朝著我吐了一下舌頭，竟然蹦蹦跳跳地跑了，那背影還真是快活啊。

我氣得太陽穴都在跳動，我忽然想起了她那詭異的舉止，在我毛巾上拍，又在我身上拍，難道是她？

師傅說過，這世上法術不知凡幾，就連我們道家，每一脈都有自己獨特的法門，出了中國，還有南洋術法，在西方也有自己的法術系統。

只是那邊的科技發展太快，他們那邊的神職人員懂純正法術的越來越少，反而更偏向於開發人體的各項潛能，就比如特異功能什麼的。

就在我胡思亂想的時候，我師傅來了，凌如月的奶奶也跟著來了。

我師傅一下子就看見了滿地的螞蟻，表情又怪異又無奈，凌如月的奶奶神色卻比較嚴肅。

我師傅無奈地笑了笑，轉頭對她說：「凌青，妳的孫女怕是想把我這裡變成螞蟻窩啊。」

原來凌如月的奶奶叫凌青，咋孫女和奶奶一個姓啊，可我沒辦法管這些，這螞蟻又爬上我臉了。

凌青奶奶不說話，只是神色嚴肅地走到我面前來，也不知道她怎麼出手的，總之我就聞到一股味兒，然後那些螞蟻就不往我這兒爬了。

「我去找如月。」凌青奶奶丟下這句就準備走。

而我師傅神色怪異地看著她，忽然說了句：「如月這小丫頭不和妳一樣嗎？當年我肚子疼得，那叫一個死去活來啊。」

凌青奶奶瞪了我師傅一眼，轉身走了。

這時候我師傅才嬉皮笑臉地走到我跟前來，說道：「三娃兒，滋味兒好不？」

「等我起來，我一定得用道術教訓教訓那個丫頭。」我咬牙切齒的，我又不是傻子，從這對話中我就知道，今天我的遭遇是凌如月這丫頭幹的了，可是我確實是不懂她是幹啥的，用了啥法門害我。

「教訓別人？就你那三腳貓的把式？如果你不想更痛苦，這事兒就算了吧。」姜老頭兒斜了我一眼，那表情實在可惡。

「難道她學的就比道術厲害？」我是真的不服氣。

「呵呵，她學的蠱術，入門很容易的，至少一些入門的東西很容易，不像我們要辛苦的修行，累積功力，至少你現在就死了這條心吧。」姜老頭兒不鹹不淡地說道。

蠱術？我身上起了一串雞皮疙瘩，忽然就想起了那餓鬼蟲，就是蠱術高手培育的，簡直……

再想想我剛才的遭遇，我決定君子報仇，十年不晚。

「師傅，她咋讓螞蟻找上我的？」我還是很好奇一點。

「蠱術這種事情，我不算太精通，但那小丫頭的把式，我還是知道的，她現在可沒啥功力，下蠱都是最低級的方式，往你身上拍點啥，螞蟻不就來了？比如你身上有蟻后受到威脅後，散發出來的強烈氣味兒？」姜老頭兒忽然就笑眯眯的，看那樣子頗有些幸災樂禍啊。

我不說話了，忽然覺得這蠱術挺佔便宜的，只要知道其中的關鍵，誰都能用，我現在還是不要輕舉妄動了。

當然，在後來的後來，我才知道我對蠱術的認識在當時是多麼的幼稚。

「師傅，你看我都這樣了，你給弄個香湯，好不好？」既然報仇無望，先占個便宜再說。

「臭小子！」我師傅笑罵道。

竹林小築的大廳裡，我、我師傅、凌青奶奶、凌如月就在這裡。

師傅和凌青奶奶自然是坐著的，我頭髮還在滴著水，挺得意地站在凌如月的旁邊，而那小丫頭噘著嘴，一臉的不服氣。

「如月，如果再有下次，妳身上的東西我就會給妳收了，妳忘記規矩了嗎？」凌青奶奶訓著如月，我在一旁得意著，看吧，這就是大仇得報。

「奶奶，我不是故意的，是他先欺負我的。」如月小嘴一撇，一下子眼淚就掉下來了。

這下姜老頭兒不淡定了，一下子就心疼起來，對凌青奶奶說道：「我說妳就算了吧，小孩子說說就可以了。」

我心裡罵到，你對我是說說就可以了的嗎？你那鐵掌我可沒少嘗過。

接著，姜老頭兒又一把拉過如月，幫她擦眼淚，問她：「三娃兒咋欺負妳呢，姜爺爺幫妳出氣。」

如月做出一副非常懂事的樣子，說道：「姜爺爺和奶奶在談事情，如月就自己去玩，看見哥哥在練功，如月找哥哥玩，可是哥哥讓如月到一邊去，說如月就是眼睛大點兒，皮膚白點兒，他一點都不喜歡如月。」

我一下子就愣了，這小丫頭好厲害，三句兩句就把自己說得那麼無辜，雖然事情是這樣，可是怎麼經她一說，就變了味兒呢？

在姜老頭兒的保護下，凌青奶奶倒是不好多訓如月了，她只是很嚴肅地看著如月那副可憐兮兮的樣子。

可是姜老頭兒一下子就朝我腦袋拍來，「啪」的一下我就結結實實地挨住了。

「三娃兒，你可是出息了啊，欺負一個十一歲的小丫頭，人家不乖，你乖嗎？你有本事也眼睛大點兒，皮膚白點兒啊，看你跟個猴子似的！」

我那個氣啊，繼我媽之後，我師傅又成了一名堅定的叛徒。

我惡狠狠地望著如月，這小丫頭挺能裝的啊，我一點都沒風度，我真想抽她！

「如月，妳要和三哥哥好好相處的，後天奶奶要和姜爺爺去辦一些事情，妳就和三哥哥在山上等著，妳還要三哥哥照顧妳的。」凌青奶奶的話無異於丟下一個重磅炸彈。

「咋可能，我要照顧她？」

「不要，我要和奶奶一塊兒去！」

我和如月幾乎同時說道。

姜老頭兒一拍桌子，就站了起來，對我吼道：「你敢不好好照顧如月，要我回來，如月少了一根頭髮，你就等著給我抄一萬遍《道德經》去。」

而凌青奶奶也只是淡淡地說道：「如月，如果妳這次不聽話，妳身上的蟲引，我會全部沒收的，包括妳的那些寵物。」

我不想屈服，我絕對要抗爭。

可是如月卻很小聲的說了一句：「包括我的花飛飛嗎？」

「嗯。」凌青奶奶很淡定卻很認真的樣子。

如月不說話了，可姜老頭兒卻有話要說：「三娃兒，人家小丫頭都那麼懂事兒，你要給我說半個不字，今天晚上就給我抄《道德經》去！」

「那飯誰做？」來一女的，總不可能叫我做飯吧？我十一歲的時候，可已經給姜老頭兒煮飯好些年了。

「你！」姜老頭兒都不帶猶豫的。

「衣服誰洗呢？」我快哭了，我還是抱著一點希望，俗話說分工合作嘛。

「還是你！」毫無感情的聲音。

我哭喪著臉，眼睛的餘光看見了如月那小丫頭，抿著嘴，帶著一副乖乖的微笑，可是那眼中分明就是得意啊！

事實證明我一點都沒有錯看她，在之後的幾天，我竟然被她「教唆」著，和她一起做了一件極度瘋狂的事情！

冬季的雨，總是下得綿綿密密，整個竹林籠罩在一片雨霧之中，看起來整片山都朦朦朧朧的。

竹林小築的長廊上，我和凌如月坐在桌子跟前，大眼瞪小眼，氣氛十分僵持。

「我最後說一次，妳吃不吃？不吃我不會管妳了。」我簡直要瘋了，師傅他們一早就出發了，去了餓鬼墓，就剩下我和凌如月，臨走前師傅交代我要好好照顧凌如月，我不敢不做。

所謂的照顧就是給她做飯，看好她，當然如果師傅他們去的久，我還得洗衣服。

雖然我認為就是一個墓，師傅他們不會去多久，可是跟這小丫頭待在一起實在太難受了，中午辛辛苦苦做頓飯，她竟然吃了一口，就很嫌棄，不吃！

凌如月望著我，說道：「我不吃，比起奶奶做的，你做的太難吃了，連金婆婆做的都比你做的好吃一百倍。」

「不吃算了。」我懶得理她，哪裡來的小丫頭，一副富家大小姐的樣子。

這菜很差嗎？我覺得已經很好了，燉的是冬筍野雞湯，小白菜，還有豌豆尖炒臘肉。而且，那野雞我師傅抓到後一直沒捨得吃，因為現在野雞越來越難抓了，要不是這小丫頭來了，我師傅今天早上也不會特意幫我把野雞打理了，讓我燉湯給她喝。

她竟然還嫌棄！

我大口大口地吃菜，吃飯，大口大口地喝湯，我已經打定主意那小丫頭不吃，就讓她餓死好了，反正也不是我不給她弄，是她自己不吃。

而且，我現在一點也不怕她，凌青奶奶走的時候，可是把這小丫頭身上的東西給搜光了的，我也不怕她用那些稀奇古怪的玩意兒來整我。

見我吃得香甜，凌如月嘸口水了。

我當沒看見，堅決地不理她。

過了一會兒，凌如月忽然對我說道：「這湯還可以，我喝點湯吧。哥哥，你幫我盛一碗，好吧？」

「自己盛。」我又不是「使喚丫頭」，喝湯還得要我盛，而且我又不是姜老頭兒，絕對不吃她「甜言蜜語」那一套。

「你盛！」

「自己盛！」

接著，又是大眼瞪小眼。

「三娃兒，三娃兒……」就在我和凌如月大眼瞪小眼的時候，竹林外傳來了酥肉的聲音。

那小子前天看見我回來的，今天才想起來找我。

我把飯碗放下，對著凌如月說了句：「我去接我朋友上來，要喝湯就自己盛，餓死了我可不管。」

接著，我理也不理凌如月在背後罵我小氣，起身去接酥肉了。

酥肉穿一身新衣服站在竹林外，一看見我下來了，就衝了過來，像個滾動的肉圓子似的，一把攬住我肩膀，酥肉說道：「三娃兒，這寒假你不在，你不知道我有多無聊。」

「我前些日子不就在縣城啊，你來找我玩唄。」

「我爸媽帶著我走親戚，又不給我錢去縣城，這不，你回來了，我就找個藉口出來找你玩了唄。」

我和酥肉一路說著話，就朝著竹林走去，走到竹林小築的時候，發現凌如月正在一口一口，很文靜地喝著湯。

「三娃兒，這小丫頭多可愛啊，一點都不像你說的。」酥肉咋咋呼呼地就走過去了，看著桌子上有飯菜，也不客氣，自己就去拿了一副碗筷過來坐下了。

「胖哥哥好。」凌如月的嘴倒是很甜。

「三娃兒，這小丫頭真的乖。」酥肉一邊嚼著野雞肉，一邊對著我誇獎凌如月，我在竹林裡跟他說的，完全就被他當做浮雲了，真是「夠哥們」。

我懶得理他，只顧吃飯，就想師傅他們快點回來，然後把這小丫頭給弄走。

「胖哥哥，你帶我去餓鬼墓吧。」凌如月忽然就來了一句。

我咳一聲就把嘴裡的湯全噴酥肉臉上了，酥肉一臉無辜地望著我，再仔細一咂摸凌如月的話，酥肉眼中閃過一絲興奮，這就是個唯恐天下不亂的傢伙。

「三娃兒，姜爺去餓鬼墓了？」他也不管他身上穿的是新衣服，一把擦了臉，然後問我。

「你小子可別打啥鬼主意。」我警惕地望著酥肉。

酥肉不說話了，可這時凌如月卻說了一句：「我們在這兒多無聊啊，你們不想去餓鬼墓看一下啊？我在路上聽奶奶說起來的時候，就很想去看看了。」

酥肉用一種熱切的眼神望著我，我也心癢癢的，從小就知道那餓鬼墓的存在了，要說我不想去看看是假的，可是，餓鬼墓那麼危險，我……

凌如月卻唯恐天下不亂地說道：「你們說那餓鬼蟲，我在寨子裡就聽金婆婆說過，在我們那裡叫鬼王蟲，也是一等一厲害的蟲物呢，只不過很少見，也不知道哪個蟲苗寨子裡的族長才有，哎……」

我原本好奇心就重，忍不住望著凌如月說道：「妳知道餓鬼蟲？」

「知道啊，咋克制牠們我也知道啊。」凌如月一副天真無邪的樣子，可說起餓鬼蟲就跟說一般的蟲子一樣。

「牠們那麼厲害，妳能克制？」酥肉一臉的不相信。

「厲害？還沒有我的花飛飛厲害呢。」凌如月一臉不屑的樣子。

「花飛飛？」酥肉完全就搞不懂花飛飛是個啥東西。

可凌如月手一翻，動作非常快，一下子一個有人巴掌那麼大的蜘蛛就在桌子上了，我都不知道她怎麼拿出來的。

「這就是花飛飛啊，可愛吧？」凌如月的樣子確實清純可愛，咋也跟一隻大蜘蛛不搭調，我簡直無法面對這幅畫面，她竟然說一隻蜘蛛可愛。

我這人天不怕，地不怕，唯一怕的就是蜘蛛，當那隻大蜘蛛出現在桌子上的時候，我的身體已經僵硬了，動都不敢動，凌青奶奶不是把凌如月身上稀奇古怪的東西收走了嗎？咋還有一隻大蜘蛛。

酥肉的臉色也很難看，他不怕蜘蛛，農村的孩子誰沒見過大蜘蛛啊，可這隻確實太恐怖了，有人的巴掌那麼大，身上的絨毛都能看個清楚，而且那五色斑斕的花紋，看起來詭異之極，我發誓我絕對沒見過這種品種的蜘蛛。

「牠是不是很可愛啊？」沒得到我和酥肉的回答，凌如月可不滿，繼續問道。說話間，她把她那雪白的小手伸了出去，竟然輕輕地摸了蜘蛛一下，酥肉忍不住抖了一下臉上的肥肉，我儘管全身發緊，我還是忍不住提醒到：「小心，有毒，別摸啊。」

凌如月望著我做了個鬼臉，罵了一句：「膽小鬼！」

接著她伸出手，那蜘蛛竟然爬到了她手上，那麼大隻蜘蛛啊，跟成年男人的手差不多大了，她的手還小小的，沒有蜘蛛一半大。

「我當然知道有毒，飛飛可是金婆婆給我的，一群蠱蟲裡面的毒王呢，可是牠很聽話的，牠的毒是可以毒到鬼的。」

我實在忍受不了了，一個清純可愛的，和天上月亮一般的女孩子，手捧蜘蛛，竟然跟你說蜘蛛的毒能毒到鬼，真的是……

再說，鬼是靈體，它能中啥毒？

酥肉終於回過神來，有些顫抖地問道：「咋叫花飛飛啊？你說牠花吧，我還認了，確實花得讓人眼花繚亂的，怎麼說是飛飛呢？」

凌如月笑了，笑得跟天上的仙女一樣，她把蜘蛛捧起來，說了一句：「飛飛，飛給他們看一個。」

接著，我們就看見那隻蜘蛛，忽然就詭異地凌空飛起來了，動作極快地就飛到了長廊的頂上，牠爬了兩下，凌如月掏出一個小哨子，吹了一聲，我就看見那蜘蛛快速地朝我飛來，一下子停在了我的肩膀。

我「啪嗒」一聲就從凳子上摔了下來，結結實實地坐在了地上。

第二十二章　教唆

我就知道凌如月這丫頭和我過不去，可我不敢動，也不敢說話，額頭的一滴冷汗直接滑過我的臉，「啪嗒」一聲落在了地上。

「好了，飛飛，回來吧。」凌如月打了個哈欠，很無聊的樣子，伸出手，那隻蜘蛛竟然真的飛了回去。

我鬆了一口氣，酥肉好心地把我拉了起來，我擦了一把冷汗，可是不敢說話，也不敢抱怨，那隻啥花飛飛還在凌如月那裡爬來爬去的，我怕。

酥肉估計也意識到了這小姑娘有多古怪，他有些小心地說道：「花飛飛好厲害啊，沒翅膀都能飛。」

狗日的酥肉，叛徒，一看見那蜘蛛，竟然開始拍凌如月的馬屁。

我在心裡把酥肉和凌如月罵到死了，可臉上還保持著僵硬的笑容，我一百次地告訴自己，我可不是對凌如月屈服了，我是對花飛飛佩服，嗯，佩服。

「胖哥哥，你好傻哦，你沒看出來嗎？牠不是真飛，是因為蛛絲。」凌如月手一翻，那隻花飛飛就不見了，接下來就看見她在給一個竹筒蓋蓋子，蓋上以後，就把竹筒掛在了腰間。

還好，我噓了一口氣，那花飛飛的來歷還不奇怪，原來一直在她腰間的竹筒裡，要是沒那個竹筒，我還以為會是她肚子裡跑出來的。

我其實注意過她那個竹筒，也問過她，她說裝吃的，我還真就天真的信了，這花飛飛是吃的？

「凌奶奶沒把花飛飛收走？」我不由自主地問了一句。

凌如月哼了一聲，說道：「飛飛小時候就是跟著我的，奶奶收走牠，牠會傷心的，牠要陪著我。」

我和酥肉同時狂咳了起來，一隻蜘蛛還有小時候，還會傷心？

玩蠱術的姑娘，以後得嫁給蟲子吧？這只是我當時一個惡劣的想法，可當有一天，我真的踏進了苗疆，我才知道，嫁給自己的蠱物，還真不是只存在於想像中。

花飛飛的事情暫時告了一段落，凌如月眨巴著大眼睛望著我們：「你們看見花飛飛了，相信了吧，那些鬼王蟲，飛飛能對付的，我們就去餓鬼墓嘛。」

酥肉心癢難耐，轉頭對我說道：「三娃兒，你也學了那麼多年，人家如月都不怕，你還不敢去了？」

我同樣是心癢難耐，握著拳頭，連手心都癢了，我是想去，可是就這樣去？我望著酥肉：「如果在裡面遇見啥危險咋辦？」

「能遇見什麼？你也不想想，姜爺爺，我奶奶，還有慧覺爺爺，還有好多好多人都先下去了，有危險他們也先解決了，我們就是去看下餓鬼墓是什麼樣子，膽小鬼。」凌如月又罵我膽小鬼！

但是不得不承認，這丫頭的建議是那麼的讓人動心，她的腦袋瓜子真的很聰明啊，這都能分析出來。

「可是師傅他們發現了咋辦？」我竟然不自覺地就跟著這小丫頭的思路走了，回頭一想，還真是汗顏，我竟然會去問一個十一歲的小丫頭，師傅他們發現了咋辦。

「他們去了那麼久，我們現在去，他們才不一定會發現啊？就算發現了，也不能攆我們出去了，大不了回來訓我們一頓，撒撒嬌就好了啊。反正我奶奶疼我。」凌如月腦袋一偏，用大大咧咧的語氣說道。

那說話的神態倒是大大咧咧，可這回答真是心細如髮啊，好的後果，壞的後果以及壞的後果的應對都想到了。

問題是她奶奶是疼她，我師傅呢？我師傅也疼我，可要我跟他撒嬌？

我忽然一陣惡寒，得了，老子豁出去了，撒嬌就撒嬌。

想到這裡，我對餓鬼墓的好奇心已經達到了一個頂峰，我霍的一聲站起來，說道：「那還等啥？我們出發吧？酥肉就不許去了，一點自保能力都沒有！」

這確實是為酥肉好，因為說起來遇見啥危險，我和凌如月還有一點自保能力，酥肉可是一點自保能力都沒有。

「那可不成，三娃兒，今天你就別想丟下我，你們啥事兒我沒跟著過，蛇靈，餓鬼啥的，姜爺都沒嫌棄我，你可不能嫌棄我！」酥肉大聲地吼道。

我有些猶豫，畢竟我那時才十五歲，可是經不起「教唆」的年紀，說起來酥肉還是我最好的朋友，少年心性，總是喜歡熱鬧的。

「就讓胖哥哥去唄，我都能保護他。」凌如月在旁邊懶洋洋地說道。

我這時才發現，哪裡酥肉才是唯恐天下不亂的主啊，明明凌如月才是那個唯恐天下不亂的人。

「等我。」酥肉喊了一句，然後衝進廚房裡，把擀麵杖拿上了，還把一把菜刀別進了褲子裡。

「這樣總成了吧？」酥肉望著我，充滿希望地說道。

我無言地看著，在餓鬼墓裡菜刀和擀麵杖能有啥作用？可是，我想我師傅做事情都沒有避諱酥肉，我這個他最好的哥們沒道理丟下他啊，再說了，餓鬼墓是師傅他們先進了，危險估計他們也給清除了，帶上酥肉應該沒事兒吧？

這樣想著，我點頭對酥肉說道：「那還囉嗦啥，咱們出發唄，把擀麵杖和菜刀給我收起來，放身上不怕人看見問啊。」

酥肉樂呵呵地點頭，去把我的書包拿了出來，把菜刀和擀麵杖收了起來，想著，酥肉又去廚房拿了幾個大饅頭塞進去，還用水壺裝了一壺水。

「你這是幹啥？春遊啊？」我無奈地說道，饅頭和水帶進餓鬼墓幹啥？

「三娃兒，你沒聽郭二說嗎？一條走廊走了五、六分鐘都沒到頭，那裡面得有多大啊？我回去就琢磨過了，在直線上走個五、六分鐘，都能從我家走到你原來的家了。」酥肉這小子的腦子還是挺活泛的。

以前我和酥肉的家很近，不過放到一個墓裡，那距離還是有些嚇人了，聽到這裡，我來了興趣，望著他說道：「然後呢？」

「我想啊，那墓裡總不可能是一條直通通的直線吧？萬一吧，就說萬一吧，裡面歪歪曲曲的呢？我們不知道要走多久，這晚飯總不能耽誤吧？」酥肉這樣說道。

「那麼大？怕是半個鄉場下面都是這墓了，好了，帶上，我們走吧。」我這人是一個說幹就幹的人，就這樣，在我打理了一番竹林小築，鎖好門以後就出發了。

「咋是這情況，這要咋混進去啊？」酥肉抓著腦袋，在那裡著急了，原來餓鬼墓那裡早就修了一堵圍牆，只留了一個小門，現在起碼有五、六個人在小門那裡守著。

這情況是我也沒料到的，這也怪我想事情簡單，既然修了牆，會不讓人守著嗎？

我敢打賭，這些人是絕對不會放我們進去的。

但是既然來都來了，就這樣回去，我也不甘心，於是說道：「再等等看吧，那些人總得要吃飯什麼的吧？」

「吃飯也不會全去啊？」感覺酥肉頹廢了。

「哎……」這時凌如月幽幽地歎了一口氣，我和酥肉回過頭去看了她一眼，她也表示放棄了嗎？

可是凌如月卻說道：「原本我還偷偷藏了一點東西，奶奶不知道的，現在去用了，少不得要挨奶奶罵。」

「那妳還想不想進去了？」酥肉那是急啊，他又不傻，能聽出凌如月的話裡這件事情有門。

我也在旁邊說道：「挨罵算啥？我都豁出去了，妳奶奶是罵妳，我師傅可是實打實的要揍我的，妳有辦法，就趕緊吧。」

「那好吧。」凌如月那小丫頭興奮地站了起來，我恍惚間有種錯覺，覺得這小丫頭原本就打算這麼做，只是需要我和酥肉給她一個理由而已。

到時候好撇清楚關係？還是我想多了？小姑娘能有這心眼嗎？

在我還在思考的時候，凌如月已經從我們藏身的小土坡那裡走了出去，一臉天真無邪的朝著那幾個守門的戰士走去。

第二十三章　入墓

看著凌如月這樣走出去，我和酥肉的心都提了起來，這小丫頭可真直接啊，膽子也忒大了點兒。

「三娃兒，你說她會用她那隻蜘蛛嗎？那可得出人命的啊？」酥肉在一旁有些緊張。

我也摸不準，那小丫頭行事兒鬼得很，摸不透，我扯了一片草，有些狠狠地說道：「等下要看見她用那個啥花飛飛，我們拚著不下去了，也得阻止。」

酥肉用一種鄙視的眼神望著我，說道：「啥叫拚著不下去了？是拚著你不怕蜘蛛了吧？」

我很想揍這嘴壞的小子，不過現在卻不好動手，只能跟他說道：「別鬧，我們看看凌如月要做啥？」

聽到這個，酥肉不說話了，我們兩個都盯著凌如月，卻見她淡定從容地走向了那幾個看門的戰士，然後也不知道在說些啥。

那幾個戰士好像都挺喜歡她的樣子，反正神情友善，過了一會兒，凌如月對他們做了一個再見，然後東繞西繞的，就繞回我和酥肉這裡了。

看她回來，我一把就拉住她：「妳給別人下蠱了？」

酥肉也問：「該不會要人家命吧？」

凌如月一臉鄙視地望著我倆：「你們兩個還是男孩子嗎？要我一個小丫頭出手，還好意思問？」

我咳了一聲，覺得有些丟臉，這徒弟和徒弟之間，咋差距就那麼大呢？

酥肉卻說：「妳還小丫頭？跟妳接觸幾個小時，覺得妳精得跟隻老狐狸似的。」

凌如月笑眯眯地望著酥肉，一翻手，花飛飛就出來了。

酥肉被嚇到了，連忙求饒：「如月啊，我就沒見過妳那麼乖巧的丫頭。」

我懶得看酥肉那副樣兒，只是盯著凌如月的手，感覺好快，我就覺得眼睛一花，那花飛飛就被她給拿出來了，難道下蠱的人都是一雙「快手」。

懶洋洋地收起花飛飛，凌如月說道：「我剛才沒下蠱呢，我就是去打聽了一下他們啥時候吃飯，我們走吧。」

酥肉傻愣愣地望著凌如月，說道：「走哪兒去？」

我也呆住了，這小丫頭聊兩句就放棄了？

「去那邊的大路上等著，這些叔叔的飯都是附近的鄉親們送的，我去想點兒辦法啊。」小丫頭一口北京普通話說得脆生生的，可這想法……

嗯，這想法惡毒到我和酥肉冷汗直流，這心機也讓我和酥肉自歎不如，我們是絕對不會想到這些的。

從草叢裡小心翼翼地站起來，我們三個一路小跑，就跑大道上去了，畢竟到那片兒曾經的聚陰地兒，就只有一條路，送飯的也只能走這條路。

「妳先說，妳想的辦法不會害人吧？」我覺得在這種時候，我必須擔起責任，不能任這個小丫頭亂來，要是她要害人，這餓鬼墓不去也罷。

「拉肚子算不算？」凌如月一臉天真。

酥肉在旁邊呵呵笑了，說道：「不算，那可真不算，我還想拉呢，一拉說不定瘦個十斤八斤的。」

「真的？」凌如月一翻手，手上就多了一點灰色的粉末，對酥肉說道：「你把這個吃下去，能拉三天呢，胖哥哥，你要吃嗎？」

酥肉覺得這丫頭根本就是一個西遊記的妖精，說風就是雨的，趕緊搖頭說道：「算了，等我哪天需要的時候，再吃個十斤八斤的妳這玩意兒吧，呵呵，呵呵……」

酥肉又開始招牌似的傻笑，凌如月卻自己小聲地說道：「這粉末是一種昆蟲和著一種植物調和而成的，吃多了可會拉死人的，胖哥哥那麼厲害，我等給你省個十斤八斤的。」

酥肉一聽，非常乾脆地把自己的嘴蒙上了。

總之，凌如月只是想讓人拉肚子，還在我的接受範圍以內，餓鬼墓的一切就像有魔力一樣的吸引著我，我也就不再反對。

三個人就在大路上找個草坪子坐了，反正我打瞌睡，酥肉和凌如月在旁邊鬧騰，就在我迷迷糊糊的時候，酥肉一推我，說道：「來了。」

說話間，還看看他那寶貝得跟什麼似的手錶。

我懶得理他，一下就翻身坐了起來，卻看見凌如月那小丫頭已經迎了上去。

到底是咋下蠱的？就跟拍我那次一樣嗎？她不會去拍那兩個送飯的大媽吧？

可凌如月全程都沒啥動作，我只看見她就是去掀了一下菜鍋子，看了看裡面的菜，手都沒咋動，而那兩個大嬸卻笑眯眯地跟她說著啥，她也仰起頭在回應著。

酥肉看到這裡，忽然就跟我說道：「三娃兒，這小丫頭可怕。」

「咋？」我其實也那麼覺得，可想聽聽酥肉的。

「廢話，人長得就跟畫片兒上的人似的，可偏偏全玩陰招兒，誰防得住啊，你說她學蠱術的，我覺得她那樣子，就是學蠱術的天才啊，你想一個長得嚇人的，人還沒靠近呢，別人都防備著了。」酥肉頗有些感慨。

我也深以為然，所以到後來我去苗疆的時候，總防備著長得好看的人，其實那是我不瞭解，真正的蠱術高手，可不一定要靠近你。

說話間，凌如月已經走了回來，我和酥肉立刻迎了上去，酥肉很著急地問道：「下蠱了嗎？」

「下了啊。」凌如月一臉輕鬆，彷彿給人下蠱是天經地義的事兒。

「啥時候下的啊？」酥肉一臉迷茫，他其實就沒見著凌如月有啥動作。

我也沒見著，可我關心的是另外一個問題，我問道：「妳下的那蠱，會讓別人拉多久啊？」

凌如月懶洋洋的挑著她的指甲，說道：「就半個小時吧，我自己有分寸的，不然奶奶會罵我的。」

就她那樣兒，還怕奶奶罵啊？我心裡悄悄說了一句。

至於酥肉的問題，凌如月挑完指甲後，說了句：「這是秘密，我可不能跟你說。」

「妳說一下吧，我反正學不會，也沒那些稀奇古怪的東西，妳說一下吧。」酥肉的好奇心可不比我輕。

「不說，我要去餓鬼墓那邊了，只有半個小時時間，你們要是不跟來，就算了。」那小丫頭說完轉身就走了，我和酥肉對望一眼，覺得憋屈啊。

「堂堂男子漢」啊，竟然不如一個小丫頭，但就是那麼想，我們兩個還是腳步不停地跟上了。

我們走到原先趴著的那堆草叢中，又重新趴下了，正好看見的就是那幾個戰士正在說笑著，把飯鍋和菜鍋端下來。

那兩個大媽把飯送到後，人就走了，酥肉卻一直在問凌如月：「妳跟我說吧，妳咋下的蠱。」

凌如月不理他，只說了句：「別鬧，我得看看我的分量把握好沒，我可手生得很。」

我一聽，又覺得抓狂了，一下子扯著凌如月的小辮子說道：「妳該不會弄了要死人的量進去吧？」

凌如月瞪我一眼，扯回了她的小辮子，說道：「要不是待會需要你陪著下墓，我現在就放花飛飛出來咬你了，敢扯我辮子！放心吧，只會少，不會多。」

這下我才比較放心，然後專心的看著那幾個戰士在那裡邊說話邊吃飯。

他們幾個吃得也快，不一會兒估計就吃完了，把飯鍋，菜鍋移到了一邊兒。

凌如月卻在小聲念叨著什麼，酥肉走過去一聽，她在數數呢。

「妳數數幹嘛？」酥肉問道。

「我就數他們會不會在我預定的時間發作啊，如果是，說明我的手藝又進步啦。」凌如月笑瞇瞇地說道。

手藝？我在心裡冷哼了一聲。

酥肉卻大感興趣，和凌如月一起數了起來，當倒數到五的時候，我看見一個戰士匆匆忙忙的跑了，另外幾個的臉色也開始怪異起來。

凌如月高高興興地一拍手，說道：「好啊，這是我分量掌握得最合適的一次了，發作時間沒錯兒。」

好恐怖，我忽然就覺得滿頭冷汗。

那幾個看門的戰士，全部不在了，都去拉肚子了，看來是忍不住，我們三個也趁機溜進了那道門。

一進門，我就看見完全已經佈置好的法陣，比我想像的還要複雜一些的法陣，畢竟是學玄學的，一看到這些，我就停下來，忍不住琢磨。

可這時，酥肉卻說：「三娃兒，你愣著幹啥？這從哪兒進呢？」

凌如月也提醒到：「快走啊，就半個小時時間，說不定人就回來了。」

我這才回過神來，匆匆忙忙地和他們兩個人往裡面跑，總之是避過那道小門能看進來的地方。

「三娃兒，這麼多符，得多厲害的鬼啊？」酥肉邊跑邊說。

我咋知道下面有多厲害的鬼？我只能說：「多厲害師傅他們也先下去了，沒我們啥事兒。」

酥肉一臉放心的樣子，凌如月卻說：「到底哪兒進去啊，一直在這裡轉悠嗎？」

「就在這裡停下吧，我看看。」我站在牆根下，他們也跟著停了下來。

我開始仔細地觀察四周，隱約記得師傅好像提過，是從郭二他們上次挖的入口進去，可是這裡面除了一棟臨時搭起的房子，根本沒啥入口啊？

如果說唯一有可能的，就是那房子了吧。

想了一會兒，我跟他們說：「我們進房子看看吧。」

也沒多餘的廢話，我們三個人就竄進了那間唯一的，臨時加蓋的房子裡，房子裡很空，奇怪的是有一張辦公桌，幾把椅子，還有幾盞油燈。

「三娃兒，這是咋回事兒啊？咋跟個臨時會議室似的？」酥肉一進來就咋咋呼呼地說。

我也愣了，傳說中的洞口沒出現啊？

凌如月懶洋洋地坐在一根凳子上，翹起兩隻小腳看著我們：「你們可別讓我白忙活啊，我會生氣的。」

我和酥肉一頭冷汗，這小丫頭生氣是啥概念？我們不知道，可是我們知道那花飛飛很恐怖。

「把桌子拉開看看。」既然這間屋子一目瞭然，能藏東西的，也只有桌子底下了。

說話間，我已經挽起了袖子，開始拉桌子，酥肉也來幫忙，只有凌如月一個人逍遙地在那裡哼著一首小曲兒，聲音很好聽，就是內容聽不懂。

老式的辦公桌很沉，我和酥肉好容易才拉開，酥肉直接假裝很累地趴在桌子上：「丫頭，妳也看得過去啊？我和三娃兒那麼累。」

「我才不管呢，只有我姐姐才能指使我。」凌如月哼了一聲。

「妳姐姐誰啊？妳看我像不？」酥肉沒好氣地說了一句。

「你像個屁，我姐姐可漂亮了，我姐姐是凌如……」凌如月那小丫頭看樣子就要發火了。

我卻大喊了一聲：「有門了！你們來看！」

原本還在鬧騰的兩個人聽見我說有門，飛快就停止了鬧騰，一下子圍了過來，仔細一看，原來地上竟然有個像井蓋一樣的東西。

「對，肯定是這個！」酥肉很興奮，立刻去拉那個井蓋，我也連忙幫忙，心裡面全是興奮，這次就連那個說只幫姐姐的凌如月也來幫忙了。

井蓋沒我們想像的沉，只有一層薄薄的鐵皮，我們三個大力之下，竟然狠狠都朝後摔去，幸好頂住了牆，才生生地站住。

「哐啷」一聲，酥肉把井蓋扔到了一旁，井蓋下是一條黑黑的通道，也不知道是誰，在那條通道上挖了一些洞口，權當是簡易的梯子，靠近入口的地方，可以看見幾個腳印，顯然是師傅他們弄的。

入口黑沉沉的，酥肉、我、凌如月都對望了一眼，一直以來，對餓鬼墓渴求了那麼久，但真到眼前的時候，反而有些不敢下去了。

「要不，三娃兒你打頭陣兒？」酥肉吞了一口唾沫說道。

「不然，胖哥哥先下？」幾乎同時，凌如月也說道。

我想了一下，既然來了，我沒有退縮的道理，我站起來說：「我打頭陣吧，把油燈帶上，這黑沉沉的下去，該咋走啊。」

說著，我就拿過了油燈，這次凌如月倒積極，親手添上了燈油，估計師傅他們是在這裡開過會的，所以還剩下了一壺燈油。

點亮了油燈，我深吸了一口氣，含著燈油把兒，首先下去了，跟著凌如月也下來了，酥肉走最後。

洞口不是很抖，而是由一個方便人攀爬的斜坡，這樣走著，我們也不是很吃力，油燈光照著這個洞口，倒也沒感覺有什麼。

只是，我一向靈覺是很重的人，越爬到下面，我就覺得身上越發冷，無奈含著油燈，無法開口說話，只能一步步地往下爬，心裡卻越來越壓抑。

終於，我的一腳踩空了，我回頭一看，這個洞的出口到了，離地面約有一米左右的高度，我跳了下去，接著凌如月也跳了下來，我趕緊地拉了她一把。

可惜這小姑娘倔強，一副我很行，不要我拉的樣子，最後是酥肉，見他下來，我和凌如月同時閃開了，酥肉那麼沉，我和凌如月可扛不住。

酥肉摔了個結實，哼哼唧唧地站起來，罵到：「三娃兒，你狗日的不厚道。」

「我能咋厚道？你也不看你啥個兒！」我罵到，這時，在我們身後的凌如月卻驚叫了一聲，我和酥肉同時覺得頭皮發炸，一下子回頭看了過去。

「叫啥啊！」酥肉忍不住吼了一句，估計是被嚇得不輕。

我也心裡極其不舒服，說實在的，一進到這裡，我就覺得一點點小小的動靜，都讓我覺得萬分的警惕，說不上為啥。

「三哥，你把油燈拿過來看。」這丫頭還是知道叫我三哥的。

我舉著油燈，走了過去，昏黃的油燈光照著凌如月指的地方，映入我眼簾的，赫然是個餓鬼！

我倒退了幾步，仔細一看，才發現這是一個餓鬼的浮雕，結果我才剛喘過氣，就聽見酥肉「媽呀」地吼了一聲。

我一陣惱怒，立刻拍了酥肉一巴掌，吼道：「你幹啥呢？看清楚，那是雕刻！」

「我剛才也是被嚇到了，還以為有誰立在這兒呢。」凌如月也拍著自己的小胸口，有些畏懼地說道。

這時，我才想起郭二他們說的餓鬼浮雕，他們帶的是電筒，光線足夠亮，才能夠看得清楚，我們拿盞油燈，這昏昏暗暗的，咋看得清楚。

我第一次覺得，我帶著他們下來，是一次多麼錯誤的行為，望著頭頂不遠處的，黑沉沉的洞口，我竟然生出了一絲退意。

「酥肉，如月，我覺得我們回去吧。」我很嚴肅地說道。

酥肉有些沉默，可能這墓裡的氣氛給人的感覺真的很壓抑，他也有些後悔。

凌如月卻倔強地搖搖頭，說道：「我不！我一定要看看，金婆婆常常說，蠱有靈，蠱會成精，這鬼王蠱就是一個例子，我要看看。」

我抿著嘴，望著遠處黑沉沉的墓道，心裡猶豫不決，酥肉也不說話，估計也是有些猶豫。

「三哥哥，我們去看看吧，找到奶奶他們就好了，這墓能有多大啊？」凌如月的一雙小手放在我胳膊上，輕聲地求我道。

想到師傅他們，我忽然就安心了，舉著油燈，走在前面，說道：「那我們就走吧，但是情況一有不對，我們就往回跑！」

我又回頭問酥肉：「你呢？」

酥肉一咬牙說道：「去，咋不去，老子來都來了，說啥也得見識一下！」

酥肉就是這個性格，有時神經大條到可以壓住一切恐懼，既然我們三個意見已經統一了，那沒啥說的，就前進吧。

只是，牆壁兩側的餓鬼浮雕，還有那墓裡的壓抑氣氛，一再讓我感覺到不安，我一把扯下了脖子上的虎爪，捏在手心。

整個墓道黑沉沉的，安靜得就如一潭死水，只剩下我們三個的腳步聲在墓道裡回蕩，這根本就不像有人來過的樣子。

黑暗連同安靜就如一張怪獸的大嘴，要把人吞噬的感覺，特別是餓鬼墓裡，有一種說不明道不清的氣場，讓人的情緒也不自覺的負面起來。

恐懼，暴躁，沉重……

就這樣，我們沉默著在墓道裡前行，一幅一幅的餓鬼浮雕不時在我們眼角的餘光裡閃過，我盡量不去看這些栩栩如生的浮雕，此時竟然就只有一個念頭，快些找到師傅他們。

沉悶的前行了五分鐘，一道開著的小門出現在了我們的面前，我第一個念頭就是郭二說起過的那個密室，養蠱的密室！

「要進去看嗎？」我回頭問酥肉和凌如月。

酥肉點點頭，凌如月也表示同意，只是在這個時候，她把花飛飛拿出來了，放在了她的肩頭。我很想罵凌如月，還嫌這個墓不夠詭異嗎？一個小女孩弄隻蜘蛛趴身上，這畫面怎麼看怎麼怪異，更讓人心裡壓抑。

我深吸了一口氣，才忍住了罵人的衝動，我自己也不知道為啥進了這裡會如此的暴躁，而且是帶著衝動的暴躁。

我們三個人進了密室，當油燈光照亮密室的時候，酥肉就忍不住吼了一句：「姜爺他們來過！」的確是這樣的，整個密室裡原本按照郭二的描述有很多的罐子，裡面裝的是餓鬼蟲的蟲卵，但是現在一地的碎片，顯然是罐子被打破了。

原先牆壁上郭二曾描述過有很多管子連通了上面的一個大罐子，師傅曾經說過那個大罐子為了培養一個密室的蟲王，可是現在，這些管子都變得歪七扭八，上面那個大罐子斜在了一旁，但我知道那是郭二他們做的。

看來師傅他們的確來過這裡，可是他們早上就進墓了，怎麼現在還沒半點動靜？整個墓室那麼安靜，他們去哪裡了？

「這裡怕沒啥好看的吧？」酥肉望著一地的狼藉，表示想要離開。

可是凌如月卻蹲了下來，撿起一塊碎片仔細看了看，並放到鼻子前聞了聞，她肩膀上的花飛飛竟然不安起來，做出了一副比以前更加猙獰的樣子，像是要攻擊什麼。

「飛飛。」凌如月叫了一聲，竟然輕輕地摸了摸那隻蜘蛛，似乎是在安撫牠，蜘蛛能接受人的安撫嗎？事實上，那隻蜘蛛的確安靜了下來。

「妳看出什麼來了？」我很好奇凌如月的舉動，不禁問道。

「很厲害啊，這種配方幾乎快失傳了。」凌如月扔下碎片，也不具體說什麼，然後跟我說：「我們走吧。」

走出了這間密室，我們繼續前行，這墓道就是筆直的墓道，根本沒有什麼彎彎繞繞。

接下來，就是郭二他們沒有探索到的地方，我不知道為什麼心跳急劇加快，有一種我在冒險的感覺，這明明就是我師傅他們來過的地方啊，我咋會有這樣的感覺？

整個筆直的墓道好像無窮無盡，我們又走了五分鐘，再次出現一間密室。

對望了一眼，我們三個毫不猶豫地進去了，因為這筆直的墓道走來實在讓人窒息，沒有別的景色，只有似乎無窮盡的餓鬼浮雕，也沒有曲折，安靜得要命，而腳步聲顯然也不是什麼好聽的聲音！

這間密室的出現，簡直就像拯救我們似的，把我們拯救出這無窮無盡的沉悶。

「媽的，我以為我一輩子都得這麼走下去了，看來這墓道還是有盡頭的。」酥肉忍不住罵了一句，這也不怪他，在這墓道裡我的脾氣都克制不住，何況是他。

不過，我的心情也一陣輕鬆，能再出現一間密室，就說明我們是在前行，剛才那感覺真的就像酥肉所說的那樣，無窮無盡！

凌如月沒發表什麼意見，可她竟然又哼起了一首苗家的小曲兒，可見心情也是放鬆的。

我們三個懷著輕鬆的心情走進了那間密室，反正這一定是師傅他們處理過的，沒什麼好擔心的，再不濟，凌如月不是說有花飛飛可以打敗餓鬼蟲嗎？

一個密室只會有一條餓鬼蟲，那些餓鬼卵根本不必擔心。

可是一踏進那間密室，我們就愣住了，確切的說，是傻了，同樣是一片狼藉，同樣沒有一個活物，怎麼看起來就那麼眼熟呢？

確切的說，我們剛才明明就見過這間密室。

「呵呵，呵呵……」酥肉毫無由來地傻笑了起來，這是壓力大的一種表現，他轉頭跟我說了一句：「三娃兒，姜爺他們把這裡破壞得可真徹底啊。」

「是啊，我奶奶……」凌如月也這樣說。

可是沒等凌如月說完話，我就說道：「你們這是幹啥？自我安慰？仔細看看吧！」

在這種情況下，保持清醒是一件殘酷的事情，我也想安慰自己說，這是師傅他們破壞的另外一間密室，可顯然不是，因為那個曾經養蟲王的罐子，連歪斜的角度都是一樣的，這可能嗎？

「也許就是姜爺他們幹的呢？」酥肉的語氣變得不確定起來，臉上的傻笑沒有了，換上的是一種迷茫。

「就是，破壞東西而已，哪裡不是一樣的。」凌如月的眼神也迷茫了起來。

我傻呆呆地望著他們，不是這樣吧？哪有強行說服自己去相信一件根本就是錯的的事情呢？

有些發火，我一把拉過酥肉，說道：「你看，看這個罐子，當時就在這個角落裡，你說是我師傅他們破壞的，可是你看清楚，不可能兩間密室的罐子，都放在同一個地方吧？」

酥肉很輕鬆地說道：「三娃兒，你想多了。」

我無名火氣上來，一把推開酥肉，一下子又拉住凌如月，扯了她過來，連她肩膀上那隻花飛飛我都忽略了，直接指著地上的一塊碎片說道：「凌如月，這是妳剛才親手扔的碎片，就扔在這靠門口的地方，妳沒發現？」

凌如月也以一種飄忽的語氣回答我：「三哥哥，罐子一破，當然到處都是碎片兒，這有什麼好奇怪的。」

我心裡一股說不出來的火氣，直衝腦門，他們是傻了嗎？他們是要幹什麼？想著想著，我就暴怒了起來，衝過去就掐住了酥肉的脖子，大聲吼道：「你TM是故意的吧？你傻了吧？」

酥肉一把推開我，吼道：「我看你才是傻了，沒事兒找事兒。」

然後直接不理我，拉著凌如月說道：「路是對的，走吧，如月妹子。」

「不許走！」我狂吼道，這時凌如月回頭冷冷地看了我一眼，趴在她肩膀上的花飛飛竟然對我做出了一副猙獰的樣子，看樣子要是一言不合，花飛飛就要過來了。

我是在暴怒的情緒中，可是這不能壓制住我對蜘蛛這種東西本身的恐怖，冷汗瞬間就佈滿了我的額頭，可是我就是看酥肉，看凌如月不順眼，我想衝過去攔住他們。

幾乎是下意識的，我用左手擦了一把冷汗，一股子熟悉的香氣飄進了我的鼻子，是我戴在左手上的沉香！

那股香氣有一股說不出來，讓我舒服的味道，至少在平日裡，我是感覺不到這種感覺的。

隨著這股香氣飄進鼻腔，我的腦子一個激靈，一下子從暴怒的情緒中清醒了過來，我忽然想到了一個可能，一下子我就忍不住抖了一下。

想也不想的，一把就把沉香串珠扯開了，沉香串珠一下子分散開來，我把它們裝進褲兜裡，然後拿起兩顆，想也不想的追了過去。

這時，酥肉回過頭來對我說道：「三娃兒，想通了，要和我們一起走了？我就說這條路是對的！」

對個屁！我在心裡罵了一句，快速地走過去，也不管酥肉願不願意，一粒沉香珠子就給他塞嘴裡了，為了避免他吞下去，我捏住了他的嘴。

酥肉的眼神一下清醒了過來，我用眼神示意他別說話，然後對凌如月說道：「走累了，吃個糖吧？」

「你還有糖？」凌如月彷彿只是對堅持走下去這件事情非常執著，其他的事兒倒也還好。

「有啊，剛才餵酥肉吃了一顆，妳也吃一顆吧？」我很無奈，如果不是那隻花飛飛，我絕對不會那麼麻煩，直接塞凌如月嘴巴裡就行了。

「那好吧。」凌如月點頭。

「啊……」我故意張大嘴巴。

凌如月身為一個蠱術苗女，其實應該對別人餵東西進嘴巴非常警醒的，可是她現在也不是很清醒，也下意識地順從的啊了一聲，我一下子就把沉香珠塞了進去。

凌如月比酥肉甦醒得快，沉香珠一進嘴裡，眼神立刻就清醒了過來，她一口吐出沉香珠，有些不滿地說道：「陳承一，你給我吃的什麼呢？」

我鬆了口氣，說道：「妳要不想再被迷住，就把沉香珠含著，沉香的氣味驅穢辟邪，而且醒腦，妳想不起妳剛才的行為嗎？」

凌如月一下子睜大了眼睛，倒也不囉嗦，二話不說把沉香珠含進了口裡。

這沉香串兒是我祖師爺的，那奇楠沉我不知道有多珍貴，但是我知道是祖師爺的東西，就一定不凡，在我心裡，那位喜歡被別人稱呼為老李的祖師爺，可是比我師傅厲害很多倍的。

「三娃兒，一直含著嗎？」酥肉嘟嘟囔囔的說話，因為嘴巴裡含著一顆珠子，他說話有些含糊不清。

「只能含著，如果你不想再被迷惑的話。」我說道。

「我們剛才是不是進了一間密室？」凌如月也含糊不清地問道。

我有些震驚，可是我什麼都不能說，至少現在不能，我問到：「妳想不起來了？」又問酥肉：「你也想不起來了？」

他們兩個同時點頭，還想說點什麼，我卻比了個「噓」的手勢，然後把他們拉進了那間密室。望著非常震驚的兩人，我說：「你們發現什麼了嗎？」

酥肉好半天才反應過來：「我想起來了，我進了這間屋子，可是後來我不太記得了，這，這不是……」

「別說話！」我吼了酥肉一聲！

酥肉不敢說話了，他和我還有師傅接觸了很多，他知道恐怕遇上麻煩了，只是小聲地念叨了一句：「姜爺他們不是走在前面嗎？咋會有這樣的事兒。」

凌如月顯然也看出了問題，可是比起酥肉，她冷靜一點兒，只是問我：「三哥哥，你有什麼想法？」

想法什麼的，我現在可不敢說，我只是對凌如月說道：「聽說花飛飛的毒很厲害？那天妳說的完全是真的嗎？不許吹牛！」

凌如月多機靈一個丫頭啊，點頭認真地說道：「是真的啊，別以為多稀奇，狗也能做到啊，不過要患狂犬病的狗才行，牠們的牙齒也能咬到一些東西，傷了那些東西，人可不得瘋？」

凌如月的意思我自然明白，瘋狗的事兒我師傅也跟我提過，他說過瘋狗的牙齒能咬傷靈魂，讓人只剩下一些本能，瘋狗病的症狀和殭屍差不多，其實就是一個沒魂的身體，是傷魂！而不是傷魄！偏偏魂才是人類最重要的東西，就好比大腦是個容器，而魂是指揮它的東西。

「哦，那花飛飛會飛吧？」我假裝無意地問向凌如月。

「會啊。」凌如月和我配合的一問一答。

酥肉在旁邊迷茫得不得了，幾次想說話，都被我狠狠地掐了一把！

「我不信，讓牠飛給我看。」我說這個的時候，望著凌如月的眼神已經非常嚴肅了。

凌如月心領神會地說道：「要咋飛，你才相信？」

「等會兒我指個地方，你就讓牠飛那兒去，我就信，我隨便指個地方啊？」我用眼神在和凌如月示意。

酥肉急了，他很清楚，這個密室就是我們剛才來過的密室，這情況得多嚴重啊，我們迷路了，這兩個人竟然不慌張，還討論起花飛飛來了，還都是些廢話，這是哪兒來閒情逸致啊？

可是我狠狠瞪了一眼酥肉，酥肉雖然著急，卻也不敢說什麼。

也就是現在，我凝神靜氣，開眼的口訣開始在心裡默念，不得不承認我的靈覺非常強大，只是一瞬間，眼前的景物就開始重疊，我立刻閉上了眼睛，周圍的一切開始變得迷濛了起來，我第一眼看見的就是那四處流動的，冰冷的，淡青有些發黑的陰氣。

接著，我四處一看，忽然發現一個長髮的女人正倒吊在密室的門口，眼神非常陰狠地望著我們。

那形象非常的恐怖，人一旦失去了生氣，光是屍體就會給人一種灰暗的感覺，那臉普通人看了會覺得不舒服，何況是鬼？那形象根本不會好到哪兒去。

我忍住心中的恐懼，忽然就指著她倒吊著的地方，對凌如月說道：「讓花飛飛那兒去，快點！」

凌如月的反應很快，那奇怪的哨子早已經含在嘴裡，沉香珠子被她拿在手上，我的話剛落音，凌如月就吹響了哨子，花飛飛的動作非常的迅捷，只是一眨眼功夫就飛到了我指定的地方。

牠不是用咬的，而是直接釋放出了一滴毒液，那滴毒液的顏色在我的天眼下，呈一種赤紅色，只是牠慢慢的落下地以後，那紅色就淡了很多！

花飛飛的毒液，原來是陽性很重的毒液，難怪會傷到鬼！

在花飛飛的毒液碰到鬼以後，我分明看見那鬼先是靜止不動，接下來就全身顫抖，一下子就變得模糊了很多。

我畢竟是少年心性，也不知道輕重，逮過旁邊的酥肉，拿起他的手，對著中指一口就使勁地咬了下去，酥肉疼得唉喲一聲，我卻懶得跟他解釋，衝過去，一口中指血混著唾液就噴到了那鬼的身上。

鬼本是無形之物，中指血當然是穿過了她的身體，只是在天眼下，中指血用一層淡黃接近淡紅的毫光，穿過她之後，那層毫光就沒了！

接著我就看見那鬼的身體越變越淡，一張臉已經完全地扭曲了，發出一種無聲的嚎叫，可也就是同時，我、酥肉、凌如月的腦袋都開始劇痛起來。

師傅說過，鬼的聲音我們不可能聽見，但是它確實是有聲音的，這種聲音對人的大腦影響是很大的。

我咬牙挺住，堅持開著天眼，我怕這隻鬼不殺，我們就永遠地迷失在這墓道內了，如果她這樣都還不死，那麼我不介意給她補上一下！

她的身形終於快接近於虛無了，最後在我的眼中她消散了，就類似一股青煙那樣消散。

我長吁了一口氣，收了天眼，睜開了眼睛，只是這一瞬間，我就差點坐倒在地上！酥肉一把拉住了我！

他在喋喋不休地抱怨：「三娃兒，你咬我做啥？好疼的，你咋不咬你自己？」

「因為我怕疼，先咬你，下次咬我自己。」說完這句話，我就覺得天旋地轉的，一下子靠在了牆上，酥肉都拉不住我。

酥肉還在抱怨，凌如月也在說著什麼，可惜我完全聽不見，腦袋劇痛無比，師傅說靈覺強，不見得能承受開眼，就是這個意思，所以要修到位之後，開眼才會變得輕鬆一些。

可惜的是，那時的我根本不懂凡事留一線的那種慈悲，和那種因果的糾纏，一出手就打得那鬼魂飛魄散，結果導致了我在餓鬼墓中的運勢低到了極點。

好一陣兒，我才恢復過來，一恢復過來，就看見酥肉那張大臉處在我跟前，問我到：「三娃兒，你怕是該跟我講講是咋回事兒吧？」

「就是，三哥哥，我們遇見的是什麼？」凌如月也在旁邊問道。

第二十四章　攔路鬼與養鬼罐

雖然恢復過來了，但是我還是感覺有些精神不濟，他們問我，我悶了好一陣兒，才說道：「我聽師傅說起過一個傳說，民間知道的人也很少，我能那麼快的判斷出來我們遇見了什麼，就是想到了那個傳說。」

酥肉還算「體貼」，趁我說話的時候，把水遞給我了，說道：「你喝點兒唄，醒醒神。」

放了那麼久，已經有些冰涼的水流過我的喉嚨，頓時讓我感覺舒爽了很多，我喝了幾口把水還給酥肉，說道：「也好，我們在這兒休息一下，再走吧，我跟你們詳細地講講。」

在古時候，其實有一個只在少數權貴中流傳的傳說，那就是養鬼看門。

這個法門，需要那時候的術士去完成，普通人是做不到的。

而這個法門一般針對的是貴族的陵墓，還有就是秘密的寶庫。

這鬼的選擇也非常重要，就是要選擇那種具有「鬼打牆」能力的鬼，所謂鬼打牆，就是讓人產生一種對路的幻覺，以為自己在前行，實際上卻是在原地不動，或者在自己熟悉的環境下，怎麼也找不到出去的路了，也可以是怎麼也走不到自己的目的地。

鬼之一物是一個大的分類，它們都是鬼，但是就和我們都是人一樣，所有的能力是不同的，必須有些鬼物怨氣沖天，人一見到，就有暴斃的可能，有些鬼物，則是擅長用自己陰冷的氣場，造成人的身體不適等等，這種讓人迷路的能力，也不算太稀奇，這種鬼要找到也不算太難。

一般的情況下是荒墳崗，那種不能落葉歸根的，也沒經過超渡，一直在找尋自己故土的鬼物！這是最基本的尋找方法，其中還有很多特例，但那些不足以被參考。

我說到這裡，酥肉有些莫名其妙地說道：「他們弄個鬼幹嘛？費心費力的！」

「呵，你以為多少人有資格這樣做？就算有資格這樣做的人，還不一定能夠找到為他們施法困鬼的人。為啥？你看我們這樣的情況，你說是為啥？永遠地迷失在墓道裡，困死在這裡，不是對這裡最好的保護碼？」我覺得酥肉問的問題簡直是幼稚。

「那咋才可以把鬼困在這裡呢？」凌如月眨巴著一雙大眼睛，顯然她的問題比酥肉有檔次多了。

「我經常問妳蠱術的問題，妳還說是秘密呢。」對這小氣丫頭，我不想大方地告訴她。

「哦……」凌如月拖了一個長長的尾音，然後對趴在牆上有些萎靡的花飛飛吹了一聲奇怪的哨音，然後喊到：「飛飛過來……」

我閉著眼睛趕緊說道：「一般用收魂符，收了這鬼，然後用養魂罐，放在牆角的地方，在這一段路刻一個鎖魂陣，其實一點都不難，但是太傷天和，肯做的術士不多，很多都是在威逼之下去做的。」

「哦，三哥哥，你閉著眼睛幹嘛，飛飛累了，我要讓牠休息。」凌如月一臉無辜地說道，順便把花飛飛裝進了竹筒，然後給了一兩粒黑色的吃食，我也不知道那是什麼。

這小丫頭就會裝無辜，我簡直受夠她了，還是酥肉夠哥們，拍著我的肩膀說道：「行了，三娃兒，你開天眼吃力，你咬我一下，我認了，我就知道你娃兒當時不對勁，肯定有啥想法，但下次你咬我之前，給我暗示行不？」

「去，給了暗示你就不讓咬了。」

「你咋知道？」

「因為你比我還怕疼。」

我和酥肉在扯淡，凌如月就在一旁眨巴著眼睛看，等我們扯完了，她才說道：「三哥哥，我們去找那個封魂罐來看看吧？我知道迷路鬼的，我想看看那封魂罐和我們養蠱的罐子有啥不一樣？」

「我也知道鬼打牆這事兒，剛才我就想問，我們是不是遇見鬼打牆了，哎，這事兒也不新鮮，村裡好幾個傳說了，都是天亮了就沒事了。」酥肉也在一旁說道，這小子就是事後英雄，現在他倒不怕了。

「廢話，天亮了當然就沒事了，陰消陽長的時候，哪個鬼有毛病還要出現啊？可你知道中午的時候，也容易迷糊被鬼打牆嗎？不過，這個懶得跟你詳細說了！反正我師傅說過，像這種事情其實也不麻煩，只要挖開墳墓見光就行了，一般大型的挖掘考古工作，就是防這個，然後一點一點挖下去的，至於盜墓的，因為這樣被困死的，不知道有多少，不過他們也有法子防備就是了。」一連串兒說了這許多，我有些乏了，又拿過水壺，灌了一口水。

看來酥肉這小子的準備也不是全無作用的。

我和酥肉一問一答，凌如月這小丫頭不耐煩了，說道：「三哥哥，你到底陪不陪我去找養鬼罐啊？」

我心想這墓已經夠厲害了，沒走多久，就已經遇見了打牆鬼，我實在沒心思陪她胡鬧，可是這丫頭只能哄，不能用強的，我只說道：「這養鬼罐子一定和你們的蠱罐不同的，是人的骨灰混合著陶土做成的，再說等下我們一出門，說不定就在牆角看見了。」

「那還等啥？我們走啊。」凌如月表現得很雀躍，這小丫頭就不知道啥叫害怕嗎？

我站起來，說道：「走是可以，我們往回走吧，這餓鬼墓我們不能繼續下去了。」

「三哥哥，都到這裡了，我們不走了嗎？這攔路鬼解決了，我們很快就可以找到奶奶他們的。」凌如月不滿了，我已經肯定了，這小丫頭確實不知道害怕是什麼。

就算剛才清醒的一瞬間，她也只是指責我往她嘴裡塞東西，而不是害怕。

「三娃兒，我覺得如月說的有道理，我們繼續走吧。」酥肉竟然也在旁邊勸道。

沒道理啊，酥肉明明害怕的，他咋也會要求繼續下去？我這個性格和我師傅比起來，顯然不夠果斷，更經不起煽風點火，他們這一說，我竟然也猶豫了起來。

師傅曾經說過，拖泥帶水是我在修心路上最大的阻礙，這句話是絕對沒錯的。

「酥肉，老實說，你那麼積極是為啥？」我很嚴肅，至少我得明白原因吧？

「還能為啥？我要見識金銀財寶啊！那麼大個墓，一定得有金銀財寶的。」酥肉兩眼發光，這小子對錢的追求無疑是達到了極致。

「可這是餓鬼……」我剛想說，忽然想起師傅的一個說法，說這個墓是墓中墓，餓鬼墓極有可能是依附而建，那麼……？

這樣一想，我的好奇心也來了，說道：「好吧，我們就去找師傅他們吧，但是我怕這樣的攔路鬼不止一隻，總之你們把沉香珠拿著，一有不對，就塞嘴裡，只要它不迷惑我們走錯路，其他是沒啥危險的。」

兩個人見我同意了，連忙高興地點頭，雖然凌如月看似強勢，但無疑我才是裡面的決定人。

接著，我們三個人一起走出了這間我們來來回回見過兩次的密室，而一出門我們就呆住了。

因為這條墓道露出了真實的面目，除了前五分鐘我們走的，是實實在在的路，後面我們根本就是在密室前幾步不停地原地踏步！

地上那紛亂而重疊的腳印，就說明了一切。

這隻攔路鬼好厲害啊，不僅能力如此之強，而且還有迷惑人繼續走下去的本事兒，我有些懷疑，如果不是有能毒到鬼的花飛飛，我們是否有能力去解決它？中指血估計是不夠的！

「看，養鬼罐！」酥肉喊了一聲，果然，在前方的牆角處有一個罐子，而罐子的前面，有三條分岔的路口，這才是這條墓道的真實面目。

而且，這個時候，我已經看見了地上，牆邊複雜的符紋，還有一塊玉鑲嵌在牆上，那玉上畫了一個很奇特的符號，是一張類似惡魔的，憤怒的臉，只是簡單幾筆就表現了出來！

但我可以肯定，那塊玉就是陣眼。

我們走到養鬼罐面前，其實就有點類似於裝骨灰的罐子，只是顏色是一種很蒼白的色澤，因為裡面混有骨灰，凌如月打開上面有個小孔的蓋子，發現裡面空空的。

「不會有什麼東西的，你以為鬼是有形的嗎？」我在一旁盯著那塊古玉，然後有些心不在焉地跟凌如月說道。

「鬼當然是無形的，可這事情也並非一定。」凌如月小聲嘟囔了一句，我可沒在意。

這時，我又有一個有趣的發現，雖然我對陣法之類的不是很精通，但是還是能淺顯的看出來，這裡可不止一個鎖魂陣，還有一個很小的聚陰陣，二個陣法，竟然靠一個陣眼同時運行！

「聚陰陣，怪不得這隻攔路鬼那麼厲害，養鬼，養鬼，這個人是真的在『養』啊！」我有些震撼，只不過還有一個說法，我沒跟凌如月他們說，就是陣法要靠陣眼的法器支撐，這世界上可不會有無緣無故的動力！

也就是說附在法器上的法力有多強悍，這陣法維持的時間就有多久，這塊玉上的法力一定驚人！

想著，我就不自覺地朝著那塊鑲嵌在牆上的古玉走去，並叫酥肉把菜刀給我。

酥肉把菜刀遞給了我，我把那塊玉撬了下來，這時凌如月說道：「三哥哥，這三條路呢，我們走哪條？」

是的，前面有三條岔路口，現在走哪條卻成了一個最大的問題。

其中一條是筆直前進的，一條是直接轉彎的，還有一條是斜著出去的，其中斜著出去那條和另外兩條墓道有很大的區別，因為上面沒有餓鬼浮雕。

「三娃兒，別選那條直道兒，我走直道都快走吐了，這樣直著一看，說不定還得有攔路鬼。」我還沒說話，酥肉就直接說了。

那小子挺一根筋的，在直道兒上吃了虧，是再咋也不肯走直道了。

油燈的光，亮得很有限度，而且我已經把它調到最小，我怕燈油浪費不起，所以這樣的光亮根本不可能照亮前方，讓我有個直接的判斷！

人的心理往往又很奇怪，有一句話叫做一朝被蛇咬，十年怕井繩，何況我們剛剛才經歷過，我以為酥肉的話不會影響我，可是我的心理下意識的就把那條直道兒給排除了。

我說了句：「我覺得直道上是比較容易有陷阱的，這條道我們不走，而且師傅他們要解決這個墓的事兒，也不可能對直走吧？如月，妳說呢？」

其實，我不敢肯定，這個墓太詭異了，剛才經歷的那一幕讓我有一種不敢面對，卻不得不面對的東西，這個墓如果不小心，那就是生死的問題。

我不知道凌如月有沒有這樣的想法，可是凌如月給我的答案也是一樣：「對，三哥哥，我們不選那條直道兒。」

就這樣，那條直道兒被我們排除，剩下的兩條路卻是難題了，就算我們年紀小，是少年心性，都很明白，找不找得到師傅，是我們安全的保障。

明明那麼危險，卻也不肯退卻，估計也就只有少年人才有這種冒險精神吧。

也就在我們猶豫的時候，一件詭異的事情發生了，那條拐彎的道兒，突然傳出了一個聲音，很像是一個女人笑的聲音，那笑聲不帶任何的愉悅情緒，就是那種很冷的，單純為笑而笑的聲音，讓人心寒到骨子裡。

我們三個有些毛骨悚然地對望了一眼，幾乎是同時的，毫不猶豫地跑進了那條斜出去的路！

跑進了那條路之後，身後的聲音漸漸就沒有了，我們三個有些驚魂未定地停下來，剛才我敢肯定，我們幾乎是用跑的，只是我們自己身在恐懼中，而根本不自知。

現在停下來之後，我們三個就聽見了彼此重重的喘息聲，還有那咚咚的心跳聲，其實這點兒路不算什麼，關鍵的地方在於恐懼。

「狗日的！那是啥聲音啊，我一聽腳就發軟。」酥肉罵了一句。

的確，那聲音有一種很神奇的力量，讓人在心裡就覺得恐懼，退縮，好像在面對一個非常強大的存在，根本無力抵抗一樣。

「你忘了？郭二他們曾經提過這個聲音，可他們沒說過這麼恐怖啊？」我有些疑惑，覺得似乎抓住了一些問題，又沒抓住一樣。

「我咋知道，估計是郭二沒上過啥學，沒啥文化，形容得不夠好吧。」酥肉拿起水來喝了一口，又遞給凌如月，反正這小子一根筋，問了也白問。

凌如月喝了一口水，緩了過來，把水遞給我，然後才說道：「是很恐怖，那種恐怖，花飛飛都有反應了，在竹筒裡很焦躁。」

說話間，凌如月把花飛飛取了出來，果然花飛飛很焦躁不安地爬來爬去，而且那種隨時準備進攻的感覺非常明顯。

「快收起來吧，等下別咬我一口。」酥肉沒心思去體會花飛飛的心思，反倒是打量起這墓道來。看了半天，他才對我說道：「三娃兒，發現沒？這墓道不一樣啊。」

我沒好氣地說道：「早發現了，這墓道沒餓鬼浮雕了，是吧？」

「是啊，感覺像進入了兩個墳墓似的。」凌如月也接了一句，接著她又說道：「可關鍵是，走這條道能找到師傅他們嗎？」

我沒好氣地說道：「兩個辦法，第一個退回三岔路口等，第二個，我們就回去。但是無論哪個辦法，都得經過剛才那裡，誰知道那裡有啥玩意兒。」

「就是，我不回去！」酥肉急了，讓他再聽一次那個聲音他都受不了了，要是想著可能面對，他就更不樂意了。

「哎，要是小黑在，就好了。」凌如月忽然感歎了一句。

「小黑是啥？」我有點不能理解，我覺得小黑一般是狗的名字吧。

「一種蠱蟲啊，隔著很遠都能感應彼此的位置，奶奶身上有一隻，只要我們在這墓裡了，我把小黑放出去，跟著牠走，就能找到奶奶。可惜奶奶就怕我跟來，給我收走了。」凌如月小聲地說道。

酥肉沒心沒肺地說了句：「這樣看來，妳奶奶還挺瞭解妳的。」

「死酥肉，你說啥？」凌如月說著就要翻臉。

我簡直懶得聽這兩個人扯淡，說道：「別鬧了，我們現在還不夠慘嗎？走吧，總不能在這兒待著吧，總之人在不在，得找過了再說。」

「三娃兒，你意思是說進去？」酥肉小心地問道。

「不然呢？你不想看金銀財寶嗎？我們現在走這條路，就是去看金銀財寶的！」其實走上這條路，我心裡還是有底的，所以才敢進去找師傅他們。

我的想法是，如果我師傅他們不在那裡面，我們就出去，在墓道裡等著，因為在那個時候師傅他們很有可能就解決完了另外兩條路上的事兒，說不定會往這裡趕，再不濟，那冷笑的女人總得被師傅他們解決了吧？

「金銀財寶？不行，三娃兒，你得和我說說咋回事兒？」酥肉一下就拉住了我。

「對的，三哥哥，為什麼可以進去找啊？」其實凌如月那小丫頭怕了，這條墓道相對平靜，讓人有一種安全感。

「因為我師傅曾經說過這個墓很有可能是墓中墓，現在進來了，我可以肯定這件事兒了，你們沒發現了，這條墓道跟那兩條墓道的風格完全不一樣，那兩條墓道延伸進去的，才是真正的餓鬼墓，而這一條，應該是餓鬼墓依附的墓中墓，那麼下去之後的這個墓，肯定就沒有餓鬼的存在，那墓裡最多不過是死人，死了很多年的死人，你們怕嗎？反正我不怕！」我說的是實話，我確實不怕死人。

「萬一，萬一……有鬼呢？」酥肉有些神經緊張地說道。

凌如月到底是個女孩子，被酥肉這神叨叨的語氣嚇了一大跳，一下子抓緊了我的手臂。

我「啪」地一聲重重地拍在了酥肉的肥肉上，說道：「你別在那兒用這種語氣嚇人！這人可不能嚇，自己嚇自己都不成，因為一驚嚇，氣場就弱了，這氣場一弱，才容易被迷惑，被鬼纏上，你小子找打呢！」

酥肉聽我這麼一說，立刻把胸膛挺起來了，拍得啪啪直響，說道：「老子會怕？剛才老子的血才滅了一隻，老子身上血還多著呢，來多少滅多少！」

但是凌如月卻有些頹廢地說道：「飛飛不能消耗太多毒液的，得休息休息。」

而且我也沒說，中指血其實是有限制的，就比如在一天之內只能用一到兩次，只有那一到兩次裡面才有那麼重的陽氣，多了也不行！

不過，一個墓裡能有多少鬼啊？在我的想法裡，一個墓裡就葬著一個人，就算最壞的情況有鬼，也就是一隻，我還能想到辦法對付，再說了，還不一定有呢。

安慰了一下凌如月讓她放心，我帶著酥肉和凌如月大踏步地朝著墓道深入了進去，我當時不知道的是，我因為剛才讓一隻鬼魂飛魄散了，運勢是屬於最低的時候，我以為一切都盡在自己的把握。

接下來的一切，已經不能用恐怖來形容了。

我在那時候對古墓沒有任何的概念，更別提對古墓的結構有什麼認識，忌諱之類的更是一無所知，而以我當時初中生那點兒可憐的歷史知識，我是更不可能針對那座古墓的特徵，做出什麼相關的判斷。

我們三個人，在那個時候用著最簡陋的東西，就這樣在墓道裡前行，所有可以利用的不過是一盞油燈、一些沉香珠子，一根不知道用法的虎爪、一隻已經有些萎靡的花飛飛、一把菜刀、一根擀麵杖、幾個饅頭、一壺水。

雖然我是學玄學的，凌如月是蠱術的傳人，酥肉是個打架不錯的胖子，可我們在古墓裡的生存能力甚至比不過一個經驗豐富些的盜墓賊。

而這樣的情況還不是最糟糕的，最糟糕的是我竟然不知我的運勢在最低點，只要有一些微小的可能，一切都將朝著最壞的方向發展。

這墓道看似是平行的，卻有一個微妙的向下坡度，我們三人一開始不知道，這就是一個視覺遊戲，直到我們走了整整三分鐘以後，酥肉猛地一回頭，發現我們開始站那地方，就快看不見了。

「三娃兒，我以為我是直著走的，你看？」酥肉一把扯住我，讓我回頭看。

凌如月也注意到了這個問題，她的小嘴嘟起，輕聲說了一句：「怎麼是胖哥哥先發現呢？」

她這麼一說，我的臉色也難看了起來，要說靈覺，我和凌如月比酥肉強，怎麼我們沒發現？不要以為所謂的靈覺就是發現鬼啊、神啊之類的東西，靈覺這種具體的解釋，就是可以憑藉一種感覺，發現周圍細微的變化，那是一種人類的感應能力，用科學的話來說就是第六感。

酥肉還在猶自的不服氣，在和凌如月爭辯，我咋就不能先發現之類的，我的心情卻一直陰霾，因為靈覺幾乎是我最大的依仗，如果這個時候不靈了，在墓裡我們會很危險。

難道是剛才開天眼造成的？我想著心事，悶頭前進，我的沉悶導致酥肉和凌如月也不咋鬧騰了，可就在這時，酥肉一把拉住了我，那臉色是從來未有過的焦急，而凌如月的小臉在那一瞬間也變得煞白。

「幹啥？」陡然這樣被拉住，又不說話，我有些火大，這不是什麼被邪物挑起的莫名火，而是環境、壓力，加上胡思亂想種種心理原因結合起來所發的火！

在危險的環境下，或者就是一場異常簡單的法事，都有一個最大的忌諱，那就是道心不穩，平日裡嬉笑怒罵反倒是一種發洩與表現的形式，可以穩固一顆道心。

這是一個很簡單的剝離過程，如若情緒不能隨心，積壓多了，心也就會被埋葬起來。所以，往往真正的修道之人，反而不是電視裡描述的那樣仙風道骨，他們更直接。

可我偏偏在這種時候，心靈又出現了一絲極大的縫隙，可見我的個人情況糟糕到了什麼程度？

「三娃兒，你自己看。」可能是被我的無名火嚇到了，酥肉小心翼翼地指著地下說道。

我低頭一看，我的腳下已經沒路了！下面是一個高度快接近二米的坎，坎底下是什麼，卻一片黑沉沉的看不清楚。

在那一刻，我有一種背上的細毛都要立起來的感覺，這不是坎有多恐怖，而是腳下有坎，我竟然都不自知！

「我也沒發現，好在胖哥哥擋了我一下。」凌如月的臉色還沒恢復過來，顯然人在有意識下去，和無意識摔下去是兩個結果，這點兒我們都知道。

為什麼會這樣？我的迷惑簡直越來越深，就好像一口氣堵在胸口似的。

「我也以為有路的，你們看前面。」酥肉說著，指向了前面，前面竟然出現一道橋，橋頭上立著兩個雕塑，但是憑藉油燈昏暗的燈光，根本看不清楚那雕塑是什麼。

這個縫隙就出現在橋和這條墓道的連接點前面，而這時這墓道又呈現一種詭異的向上的角度，這個縫隙又恰好在中間，是個視覺上的盲點，如果不注意，確實不容易被發現。

至於橋的那頭是什麼，我就再也看不見了。

這縫隙不深，可是那寬度卻不是我們能跳過的，古墓裡沒有風，我也很難去判斷橋下面是不是空的，總之在我個人看來，這古墓實在太過於複雜，有長長的墓道，竟然還有橋。

「三娃兒，我覺得你和如月不對勁兒，誰到這種地方來，不是小心翼翼的啊？你們怎麼一個個跟被鬼迷了似的，這縫隙就在腳邊了，竟然都沒發現？」酥肉有些不滿地說道。

我和凌如月對望了一眼，卻無言以對，其實在當時我們也不知道原因。

我只能以自己開眼了來做解釋，而凌如月也只能以她指揮花飛飛太過耗神了來解釋，她絲毫不知道，因為那攔路鬼被殺，花飛飛吐出的那口毒液，也算在了她的因果身上。

「算了，休息一下吧。」我有些無奈，接過水壺灌了自己好大一口，然後閉目養神，在心裡默念起了師傅教的靜心口訣。

他們不明白，我為啥會忽然就這樣疲憊，只能在一旁默默地等待，一時間氣氛更加地沉悶。

過了好一會兒，在整整默念了七遍靜心口訣以後，我才睜開了眼睛，說道：「你們看見了，我們不能直走了，因為這個縫隙我們是跳不過去的。」

「然後呢？」酥肉問道，顯然那恐怖的笑聲還在他心間繞著，在這個時刻他是不願意回去的。

「我們待在這裡？」凌如月插嘴說道，顯然這餓鬼墓的種種，已經讓她失去了一開始的好奇和興奮，特別是自己一而再的「失誤」。這種感覺很是難受。

靈覺，對於道士來說重要，對於一個蠱術師來說，何嘗又不重要？

「不然，我們就退回去？」酥肉把最不情願的選擇說了，他不想，所以才說出來。

我搖搖頭，說道：「我們還有第三個選擇，那就是下去！」

確實，這也是一個選擇，從表面上來看，停在這裡是最好的選擇，退一步，退回去也是好過下去，人總是對未知的事物充滿恐懼，何況出現在古墓裡的一個黑沉沉的縫隙。

「你說啥?三娃兒，你瘋了啊?」酥肉不由自主地喊了一聲。

「不要，那感覺像是在給自己下葬!」凌如月的言辭顯然要犀利得多，讓人更毛骨悚然。

「不，我這樣做是有原因的，你們知道陣法不?別往玄學方面扯，就是對建築學精神一點的人，都能用的陣法，我覺得這個墓道太詭異了，我們順著路走，說不定就迷失在陣法裡了，走不出來。」這是我的一個判斷，當然，我也是有點把握的，陣法最愛玩的就是視覺遊戲，利用人們各種的視覺盲點。

如果說一條路呈現了這樣的特徵，基本上可以判斷為陣法的。

「這個理由不行的，三娃兒，你這個理由不能說服我下去的。」酥肉指著黑沉沉的洞口說道。

「聽我說完!任何陣法都有生門，這種生門不一定是很直接的路什麼的，也有可能是一種提示，你看見那橋沒有?你知道橋的基本結構，是要有橋墩的，也就是說明橋的下部需要一定的空間，你見過在平地上修一座有弧形的橋沒?見過沒?」我說道，其實說起來，我並不是精通建築學，這只是一種基本的常識。

在念過靜心口訣以後，心靜下來了，也就能具體分析了。

「可這又有什麼關係?我可以退回去，或者就待在原地。」酥肉覺得這根本就是無關緊要的。

「是的，三哥哥，這又有什麼關係?」凌如月也不解。

「以我對陣法的一些淺顯的瞭解，一般這樣佈陣是為了迷惑，為了保護什麼，我不瞭解古墓，我只是通過這些來判斷，真正的古墓在這墓道下面，所以這就是我要下去的理由，這個縫隙一定是人為的！」我終於說出了自己的全部判斷！

第二十五章　墓室壁畫

我的話顯然取得了酥肉和凌如月的信服，他們是相信真正的墓室就在這通道底下，可就算這樣，也不是要下去的理由，危險已經磨掉了他們那顆為冒險而雀躍的心。

「三娃兒，就算是，我們也不要下去了，真的，我覺得我們現在不要去冒險了。」說完，酥肉說完又下定決心似地跟我說：「大不了金銀財寶我就不看了。」

凌如月咬著下嘴唇不說話，她顯然也有些怕了，可是心裡卻還想見識一下，探索一下，所以開始猶豫不決起來。

「你們相信我嗎？」我很認真地說道。

「咋了？」酥肉有些懵，他一直是很相信我的，也不明白在這個地方我為啥會這樣問。

凌如月和我認識的時間還短，說不上什麼相信不相信的，可是她也給了一種肯定的眼神，攔路鬼的事情以後，我明顯感覺到這小丫頭比較依賴我了。

「因為我感覺師傅他們應該在這古墓裡，所以我堅持要下去，去找他們。」我非常認真地說道。

甚至這個縫隙，我也認為是師傅他們的「傑作」。

「那還猶豫啥，咱們下去吧。」酥肉聽我這樣一說，立刻就聽從了我的意見，他從小到大在山上廝混，早就知道了一個說法，我靈覺強，靈覺強的人預感也就強。

另外，他很相信我。

凌如月也點頭，說道：「我相信三哥哥的。」

既然決定要下去，我們就開始行動，第一個要下去的就是酥肉，因為他體重的關係，他跳下來誰也不可能接著他，我的力量還可以，最後就決定由我拉著他，先放下去，再跳。

「狗日的酥肉，你今天少吃一碗飯，都能輕一斤吧？」我大聲地罵道，現在的我拉著酥肉，而酥肉貼著縫隙慢慢地往下滑，這樣能減少高度，跳下去，也就避免了傷害。

無奈我自負力氣不小，可酥肉也太沉了，做為他往下滑的支撐點，我覺得太辛苦了。

「好吧，三娃兒，放手吧，我要跳了。」終於酥肉的聲音從下面傳來。

我鬆了一口氣，緩慢地放手，就聽見下面傳來一聲沉悶的「噗通」聲，接著就聽見酥肉「唉喲」了一聲。

「酥肉，沒事兒吧？」我趴在縫隙的邊緣，大聲喊道，我是真的擔心酥肉，畢竟他是第一個下去的。

過了好半天酥肉的聲音才從下面傳來：「沒事，就是摔了一下，被什麼東西硌著了，好黑啊，你們快點下來，把油燈也弄下來。」

我把油燈交給凌如月，對她說道：「那我先跳下去，等下妳拿著油燈跳下來，我和酥肉在下面接著妳。」

畢竟我從小就是練過的，這點高度小心點兒，也還好。

說完話，我就貼著邊緣跳了下去，一個沒站穩就撞到了酥肉，酥肉嚇一跳，說道：「下來也不說一聲，嚇死我了。」

我剛想說酥肉兩句，卻發現這裡黑得可怕，基本上屬於伸手不見五指，只能看見縫隙上面非常微弱的油燈光芒，只要凌如月拿著油燈稍微退一步，連這點光芒我們都看不見。

「我以為你看見我下來了，沒想到這兒那麼黑。」我隨口說了一句，接著就聽見凌如月的聲音從上面傳下來，她說：「胖哥哥，三哥哥，我跳下來了，你們接著我啊。」

話剛落音，就看見凌如月跳下來了，因為她拿著油燈，特別的明顯。

「我×，這小丫頭還給不給人準備時間了啊？」酥肉罵了一句，快步迎上去。

我也有同樣的想法，也跟著迎了上去。

結果，凌如月就跌坐在我們肩膀上了，由於沒坐穩，我還拉了她一把。

「呵呵，好刺激啊。」凌如月高興得哈哈大笑，酥肉苦著臉說：「我屁股還在疼呢，妳又在肩膀上給我來那麼一下，妳是刺激了，我呢？」

「好了，快下來吧。」我說了一句，然後和酥肉一起把凌如月放了下來。

小丫頭剛一落地，把油燈一擺正，就開始驚聲尖叫了起來，我當時正在打量我們頭頂，這是我的習慣，看什麼都喜歡先往上看。

而酥肉正在揉屁股，一聽凌如月叫，他又被嚇到了，咋咋呼呼地吼道：「叫啥啊，叫啥啊？」

我懶得理他們，正準備要拿油燈仔細看看這頂上，由於油燈灰暗的光芒，我模糊地看見，這地方的頂上有浮雕。

可是這時，酥肉也開始驚聲尖叫了起來。

我不耐煩地一皺眉，轉頭一看，酥肉和凌如月就像在跳舞似的，又蹦又跳地指著地上，喊著這裡，那裡……

什麼啊？我走過去一看，我也倒吸了一口涼氣，這地上好多骨頭，是人骨！

「停！別叫！」我大聲吼道。

他們兩個總算消停了，畢竟骷髏這種東西是個人乍然一看也接受不了啊，何況這裡，我拿過油燈，仔細看了一下，有那麼多！

酥肉的臉色很難看，因為他看見了一個碎掉的骷髏頭，而那個骷髏頭顯然是他跳下來之後給壓碎的，他還說是有什麼東西硌著他了。

「怎麼一個墓裡會有那麼多死人的？三娃兒，你說咋回事兒啊？」酥肉覺得自己掉進死人堆裡了。

凌如月從最初的驚嚇之後，已經安靜了下來，畢竟這小丫頭平日裡接觸的毒蟲，可比這些已經沒有生命的骨頭可怕多了。

我不說話，因為此時我的心神已經完全被牆上的一個符號吸引住了，在符號下面有一幅壁畫，還有一些文字。

「三娃兒，三娃兒？」酥肉在旁邊喊道。

我臉色有些難看地對酥肉說道：「你如果想知道答案就安靜一點兒，我在看。」

那個符號我很熟悉，跟我在三岔口收來的玉珮上的一模一樣，同樣簡單的幾筆，同樣表現的是一張惡魔的臉，這根本就是同一種符號。

但是這個墓顯然不是餓鬼墓，而是屬於餓鬼墓的墓中墓，怎麼會有一樣的東西？

而那壁畫顯示的是一群群虔誠的人在膜拜，然後又一排排的人帶著一種狂熱的表情排隊進了一輛輛的車，而車行駛的目的地是一道門，那是一道墓門。

而在墓門的背後，畫著一條怪物，看樣子應該是蛇，可是跟蛇又有些許的不同，因為牠頭上有獨角，腹下竟然有兩個爪子。

這是什麼東西？似龍非龍，似蛇非蛇，是蛟嗎？更不是，蛟可不是這樣的。

但畫面的意思，我還是大概還是能明白，那些人是在膜拜獻祭，那些表情狂熱被送上車的人就是祭品，至於吃掉這些祭品的，就是那條怪物！

而那怪物就養在這個墓地裡！

我的冷汗刷地一下就流了下來，我不認為和怪物相遇是一件愉快的事情。

我幾乎是用跑的衝到了那幅壁畫面前，因為下面還有一排小字，因為要讀很多古書的原因，我對古代文字是有一定認識的，只不過川地在那時候，一向屬於蠻夷之地，如果是特殊的文字，那就糟糕了。

還好，這文字就是一般的古文繁體，非常好辨認，我閱讀理解起來並不困難。

可是，我讀懂了其中的內容以後，心裡卻更加的忐忑，以至於我反覆看了幾次。

酥肉和凌如月這時也走了過來，我們畢竟也只是孩子，在這到處都是人骨的地方，還是待在一起比較有安全感。

「看出什麼了啊，三娃兒？」酥肉在旁邊問道。

我擦了一把冷汗，說道：「這是一個死在這裡的盜墓者留的，他說這是一個部落大巫師的墓，他是來找一樣東西，可是遇見了還活著的怪物，只能被困死在這裡。」

「啥？啥怪物還活著啊？」酥肉有些不解。

我指著壁畫上的怪物說道：「就是它。」

第二十六章　屍骨

咚咚咚，酥肉連退了三步，顯然壁畫上那猙獰的玩意兒嚇到了他了，他也不是傻子，何況這壁畫上的一切畫得那麼明顯，他至少能看出來，這傢伙是吃人的。

「這不是最糟糕的，糟糕的是這個！」我指著頂上的浮雕，隨即把油燈也遞了上去，一下子整個浮雕就看得清清楚楚。

酥肉嚇得「哇呀」一聲就坐下了，因為在這個房間的頂上雕著一條栩栩如生的，那個怪物的雕像。

可是凌如月卻很鎮定，按理說骷髏頭都能把她嚇成那個樣子，這個浮雕，還有我剛才指的那個怪物她卻一點兒都不害怕。

我看出來了，問道：「如月，妳不怕嗎？」

「為什麼要怕？我知道這個東西，養蠱的人會用牠的毒液。」只要一涉及到蠱術的東西，凌如月就不怕了。

「妳見過？」酥肉這時也從地上爬起來了，他很好奇，凌如月見過這種怪物。

「見過，這是一種蛇，蠱苗寨子裡也很少有人有這種蛇，是很厲害的蠱物，我們叫牠『黑曼』，是黑色的曼陀花的意思。傳說中黃泉路上開滿了紅色曼陀羅花，踏上黃泉路，既是不歸路，見到這種蛇，也就是踏上了不歸路。」凌如月認真地說道。

黑曼？我的腦子暈乎乎的，聽都沒聽過，以我有限的知識，我只知道黑曼巴，綠曼巴之類的毒蛇，什麼時候冒出個「黑曼」啊？

我有些不相信地望向凌如月，這小丫頭不是在扯淡吧？

可是凌如月只是淡淡地說道：「厲害是厲害，算不上頂級的，這世界上奇怪的毒蟲毒蛇，千奇百怪，你不知道算正常，對哦，牠在你們漢族也有種說法呢，叫『燭龍』，長成那麼大一條的真少見。」

「牠有角，牠有爪子啊！」酥肉猶自不相信這是一條蛇。

「任何的生靈到了一定的程度都會異變啊，何況蛇這種那麼有靈性的東西？」說著，她有些神秘地望向酥肉：「你見過異變的狐狸嗎？」

「我×，別給我說這些，我怕。」酥肉不想聽了，在死人堆裡聽這個，誰有興趣？

「異變？妳說的是修煉成精？」這些傳說我倒是聽了不少，可惜我的師傅不給出任何的意見。

「是啊，成精，這條黑曼不倫不類的，距離成精還早著呢，估計是被人發現，當神物供起來了，可是神物為什麼要陪葬呢？」這丫頭咬著指甲，也不知道在想什麼。

我深吸了一口氣，說道：「凌如月，我認真的，是認真地問妳，為啥不怕？」

「因為牠死了啊！」凌如月淡淡地說道。

「牠死了？」我有些不相信。

「走吧，我們走下去就能看見，反正到了墓室，奶奶他們也不會太遠了。」凌如月有著強烈的信心。

而我決定相信她，這是我未知的領域，我只能相信她，我甚至連燭龍是什麼都不知道。

「三娃兒，你剛才說最糟糕的不是這個是什麼意思？」酥肉看見我和凌如月走了，連忙追上來問道。

「很簡單，這裡有黑曼的雕刻，說明這裡是屬於牠的地盤，加上地上那麼多人骨，我覺得這裡是飼養室，忘記歷史課了啊？在奴隸時代，那些獻祭的活人，總是一堆堆地被埋在一起，這裡就是蛇吃東西的地方。」其實我也不知道具體的理由，我只是看到這個雕刻，就有這種感覺。

「是啊，蛇吃東西，把能消化的消化了，不能消化的吐出來，這些人骨很完整啊。」酥肉和我一樣，在鄉下長大，這些見識還是有的。

可怎麼想怎麼讓人覺得毛骨悚然，蛇吃東西的過程，我可不想看見。

這間墓室不大，很快我們就走了出去，按照壁畫下面的文字說明，這裡是唯一能安全進到主墓室的地方，那個盜墓者之所以飲恨，是因為他沒料到那條黑曼能活那麼久。

我不清楚歷史，但我知道那個盜墓者書寫的既然是古代繁體，那也就是古人了，在這一點兒上我相信凌如月，我們距離古人，就算最近的清朝，也有一百多年歷史了。

那黑曼不可能活到現在吧？

出了墓室，又是一條墓道，和上面墓道不同的是，上面那條墓道青磚鋪就，而這裡只是簡單的泥土道，而且走不了幾步就能見到人的屍骨，壓根就像一個蓄養畜生的地方。

墓道的兩旁有好幾間墓室，無一例外的裡面都是人骨，我簡直不敢想像，這條黑曼到底吃了多少人。

泥土道不長，走了一小會兒就到頭了，而和泥土道交接的是青磚地，這是一個大廳，透過油燈的光，隱隱可以看見有一個平臺，平臺上像堆著什麼東西。

我們三個對望了一眼，快步地走上前去，反正到了這裡，有什麼新鮮的，也總是要看看的，那堆著的東西一動不動，我想沒什麼危險吧。

當我靠近了平臺，拿著油燈一照那平臺上的東西，這次是換我跌坐在地上了。

因為平臺上有一副巨大的屍骨！那是蛇骨！

凌如月也捂住了嘴巴，酥肉不停地罵著：「狗日的，狗日的……」

我無法衡量那具屍骨有多大，可那平臺快趕上我們學校半個操場了，而這具屍骨幾乎堆滿了整個平臺，我看見了蛇頭，那蛇頭的屍骨！果然有一個角！非常猙獰的大角！

好容易我們三個才平靜下來，幸好牠死了，已經化作了一堆骨頭，否則面對活生生的牠，先不說牠的奇毒，就說牠這體型，我們三個就是三隻螞蟻。

「這……這頭怕是有半個我那麼大。」酥肉好半天才說出這句話。

而凌如月冷靜得最快，她仔細地摸過這個平臺，臉上竟然有一種痛惜的表情：「真是富有啊，那麼好的材料，竟然用來修建一個平臺。」

「什麼材料啊？」我不懂，難道這平臺不同？

這平臺的顏色是一種非常奇怪的灰色，靠近了就覺得有些冷，這種冷是先冷進了心裡，然後由內而外地散發到了身體上。

「是什麼材料，我不能說，反正用來養喜陰的蠱物是很好的，難道這條黑曼能長那麼大，我從來就沒在寨子裡聽過這樣大的黑曼存在過。」凌如月感慨。

陰性材料？我想到了以前那個聚陰陣，被師傅毀掉的聚陰陣，難道……是為了這黑曼？不對啊，餓鬼又是怎麼回事？

我發現，越深入這個古墓，就越多的謎團纏繞著我。

我一邊思考，一邊手就開始無意識地亂摸，結果一不小心就摸到了黑曼的屍骨上，一種透骨的陰冷一下子傳遍了我的全身，就像那條黑曼活過來了，正陰冷地盯著我。

我怪叫了一聲，立刻把手挪開了，而就在這時，我發現了一個很嚴重的問題，以至於我指著那副屍骨說不出話來。

「三娃兒，三娃兒，你咋了？」酥肉首先發現我的不對勁兒，就像一個哮喘病人，呼呼地吸氣，卻怎麼也吸不進去一樣。

而凌如月也被我這個樣子嚇到了，我不知道凌如月眼裡我是什麼樣的評價，可我至少可以肯定她認為我是一個冷靜的人，不然也不會那樣坦然地面對攔路鬼，這副模樣是什麼意思？

酥肉急了，一下子給了我一巴掌，吼到：「三娃兒，你倒是說話啊！」

要感謝酥肉這一巴掌的效果，我終於覺得緩過了氣來，我指著蛇骨說道：「你們仔細看看，能發現什麼？」

仔細看？酥肉和凌如月聽到我的話以後，開始仔細地觀察起蛇骨來，酥肉看了半天沒發現任何問題，而凌如月只是看了一小會兒，神色就開始和我一樣，變成恐懼而擔憂。

「到底咋了嘛？」酥肉很不滿地說道，他確實沒看出任何問題。

「你怎麼那麼笨，你剛才沒看出來嗎？這骨頭上有很明顯的啃噬痕跡，也就是說牙印。」凌如月因為恐懼，對酥肉說話時，聲音就顯得尖厲起來，不像平常時那般可愛。

「牙印？牙印又咋了？只得你們怕成……」忽然，酥肉不說話了，他一下子跳起來說道：「那意思就是，那麼厲害一條大蛇，是被別的東西吃掉了？」

我真佩服酥肉，那麼大的一堆肥肉，竟然能跳那麼高！

是的，我剛才無意中摸到蛇骨的時候，我就感覺有些凹凸不平，這感覺很明顯，當我被蛇骨那種陰寒刺激得把手拿開的時候，我就下意識地看了一眼，就發現了那個啃噬的牙印。

結果，再仔細一看，更發現不少，面對著激動的酥肉，我說道：「最糟糕的不是這個，黑曼在這裡被吃掉，就意味著吃掉牠的那個東西，就在這個墓裡。」

「能吃掉這條黑曼，說明牠的實力絕對的強於黑曼。」凌如月補充說道。

「你們別說了，說得我毛骨悚然的，這條大蛇好歹我還知道是什麼，心裡還有點底，可是……」酥肉說不下去了，也就在這時，空曠的墓室裡忽然傳來一聲哐啷的聲音。

我們三個同時驚恐地對望了一眼，酥肉哆哆嗦嗦地跟我說：「三娃兒，開天眼看看吧。」

還看個屁，我一手扯著酥肉，一手扯著凌如月說道：「跑！」

說完，我就拉著他們兩個往來時的路上跑，我知道要說安全，只有那裡是最安全的。

兩個人簡直是下意識地跟著我跑，我們身後傳來了更大的一聲哐噹的聲音，那聲音絕對不是來自那個大廳，而是這墓裡別的什麼地方，可是我現在一絲好奇心都沒有，一絲都沒有！

我們三個跑的速度極快，簡直是超常發揮，雖然那條土墓道上有不少人骨，讓我們跌跌撞撞的，可是我們還是連滾帶爬地爬回了先前那個縫隙下的墓室。

「三娃兒，要咋上去啊？」酥肉著急地大喊。

我喘著氣吼道：「不用上去，我有辦法！」說話間，我已經搶過了凌如月的油燈，幾步衝到門前，仔細地摸索著，找尋著。

此時，更糟糕的事情發生了，我們聽到了一聲巨大的咆哮聲，根本不知道是什麼東西，凌如月到底是個小丫頭，此時忽然哭著喊道：「我想奶奶，我想姐姐……」

酥肉在旁邊只是大喘氣，他也慌了，已經顧不上安慰凌如月了。

冷靜，我深吸氣，告訴自己一定要冷靜，終於我發現了我要找的東西，使勁地按了下去，整個墓室一陣晃動，一塊石門「轟」的一聲落了下來。

隨著石門的落下，一些小小的安全感也重新回到了我們的心中，我有些疲乏地喘了一口氣，走到酥肉和凌如月面前坐下了。

「師傅說過，自己造的因，就要自己承擔果，果的好與壞，就看自己是用什麼樣的態度面對！墓是我們自己要下的，所以，我們現在就要承擔結果，如月，妳別哭了。」這番話是我對凌如月說的，也是我對自己說的。

凌如月抽噎著，終於不哭了，這番狼狽的奔跑，讓她的小臉也花花的，把姣好的容顏都遮蓋住了。

酥肉歎息了一聲，默默把菜刀和擀麵杖拿了出來，選了一下，把擀麵杖遞給我了：「三娃兒，我爸說過，手裡有點啥，打架底氣也要足點兒，我也不知道外面會來個啥傢伙，總之要是擋不住了，我們就拚了吧。」

酥肉從來都不缺乏的，就是光棍的氣質！要不然他咋能在鄉場中學當個混混娃的頭子呢？還不是打架打出來的。

我握緊擀麵杖，點點頭，到了那種時候，也就只有拚命了，少年人最好的地方就在於這裡，總還有一股豁出去的勇氣。

而且師傅說過，只要有身體的東西，物理打擊都是有用的，管它是什麼妖魔鬼怪！

在師傅的往事裡，那條厲害黃鼠狼不也是也被一群人也活生生地打成重傷了嗎？

凌如月冷靜下來以後，用手抹了一把小臉蛋兒上的眼淚，一張臉顯得更花了，可是現在卻沒人在乎這個，她自己那麼注意收拾的一個小丫頭也不在乎，她只是問道：「三哥哥，你怎麼知道這裡有門的？」

「那裡說的。」我指著壁畫上的文字說道，「那個人說，他對機關很是擅長，發現這簡陋的墓室裡竟然有道石門機關，幾乎可以當小的斷龍石來用，他不知道這裡為什麼會有，但是為了躲避大蛇，他就躲到了這裡，放下了這道石門，最後他不堪饑渴的折磨，決定出去拚一下，生死難料，就留了這一段話在這裡。」

凌如月點點頭，沉默了起來，也不知道在想什麼。

酥肉從包裡掏出饅頭分給我們，說道：「先吃吧，吃飽了有力氣去拚命。」

此時，一陣陣震動從我們坐的地上傳來，仔細一聽，有很模糊不清的腳步聲，到底是什麼樣的傢伙，才能傳來如此大的震動啊？

酥肉有些緊張，饅頭在他手裡，都快被他捏扁了。

凌如月說道：「三哥哥，你是太驚慌了，所以你沒有想到一個問題，我們頭頂上的縫隙，是那個留言的人來之前沒有的，否則一個兩米高的縫隙怎麼能把他困死在這裡。」

酥肉頭也不抬地說道：「這又能說明啥？」

「說明我們可以從這裡出去！那個石門可以幫我們擋住那個怪物！」我一下就興奮了起來，把饅頭擀麵杖什麼的都塞回了酥肉的背包裡。

地上的震撼來得越來越強烈，腳步聲也越來越清晰，我二話不說地吼道：「酥肉，你先上去，我馱你起來，等下是沒有辦法拉你的。」

有了一絲生的希望，那無論是什麼，人都會拚命地抓住，縫隙不過兩米左右的高度，我先費力地馱了酥肉上去，然後我抱起凌如月，酥肉在上面拉，把凌如月也弄了上去。

最後我深吸了一口氣，喊道：「酥肉，你拿著油燈照好一點，我跑幾步，然後踩著地往上跳，你抓我一把就是了。」

「嗯！」酥肉重重地點頭。

好在平日裡總是練著的，輕身功夫不說多精通，彈跳能力還是比普通人強的，我一直往後退，直到退到了石門所在的地方，深吸一口氣，正準備助跑幾步，地上卻傳來一陣無比強烈的震動，我在猝不及防的情況下，竟然跌倒了。

我聽見了非常清晰的「咚咚咚」的腳步聲，說是腳步聲，其實怪異得像步子非常不連續似的，我說不上來時什麼感覺。

但是那腳步聲不是落在青磚上的聲音，而是帶著踩在泥地上的沉悶。

「三娃兒！」酥肉大聲地吼道，他和凌如月在上面也聽見了。

我努力地讓自己冷靜下來，重新站了起來，這時我身後的石門也開始震動，那東西竟然知道我們在這裡！牠是怎麼知道的？

這古墓裡的一切都太成謎了。

來不及思考什麼，我開始奔跑起來，耳邊是呼呼的風聲，在快要靠近牆的時候，我伸出一隻手，使勁全力地一跳，酥肉也一把就抓住了我，只是慣性太大，他原本趴在地上的身子都被帶出了小半截，差點重新掉下來。

「酥肉，抓緊點兒！」我的手腕被酥肉捏得生疼，我大喊了一聲！

「你就放心吧，就算上面有人要我命，我也不會放手！」酥肉這句話幾乎是咬著牙說出來的。

接著這股力，我另外一隻手終於費勁地扒拉住了縫隙的邊緣，這件墓室的石門震動得更厲害了……

我費力地爬上了縫隙，由於是背朝石門的，我看不到後面發生了一些什麼，站起來之後，我才發現剛才那一跳太猛，身上有些擦傷，我顧不得疼痛，就要招呼酥肉和凌如月快跑。

可是酥肉卻還是趴在地上，一副有些傻傻愣愣的樣子，我一把扯起酥肉吼道：「還發啥呆，快點跑！」

酥肉把油燈遞給我，有些呆滯地說道：「三娃兒，你看，石門要開裂了，剛才我竟然想和它拚命。」

我抓過油燈，凌如月也湊了上來。

原本以油燈的光芒是照不到這墓室底下的，可是那石門非常的巨大，油燈勉強能照到它，我清楚地看見，石門上竟然起了裂縫！

我和凌如月同時吸了一口冷氣，我們不知道在這石門背後到底是個什麼樣的怪物！可我們知道，這麼大一扇石門竟然撐不了多久！

儘管我是一個小道士，儘管我從小接觸的鬼鬼怪怪的事情不少，儘管我看世界早已和普通人不一樣，可這不代表我的想像力就會被無限地放大，也就是說，不是任何事，我都能接受。

顯然，石門背後那個怪物，已經超出了我的想像空間，超出了我對這個世界的認知，甚至說超出了我的接受能力！

可不管如何，事實就是擺在眼前，容不得我去拒絕接受，我一把拉過還有點呆傻的酥肉，說道：「跑！」

巨大的驚恐，會使人的反應能力出現空白，酥肉典型就是這樣，直到我拉著他跑了二步，他才反應過來，大罵了一句：「我日！狗日的！狗日的！」

我已經懶得用罵這種行為去發洩什麼了，我一邊拉著凌如月瘋狂地奔跑，一邊問道：「如月，妳咋知道那大蛇死了。」

「因為同是毒物，飛飛沒有任何不安或者如臨大敵的感覺。」

「那麼說起來，那怪物也不是什麼毒物之類的？」

「我不知道，如果你想回去看看的話。」

「我想我情願這輩子都不要知道！」我一邊回答，一邊費力地跑著，因為這個墓道本來就輕微地向上傾斜，下來的時候不覺得，跑上去的時候才覺得費力。

「三……三娃兒……，你不是叫我相信……相信你嗎？姜……姜爺哪裡……在啊？」酥肉很胖，跑起來十分吃力，所以他忍不住抱怨起來。

面對酥肉的問題，我沉默了，我的感覺一向很準，為什麼這次不靈了呢？非但沒有看見師傅，還遇見了一個那麼厲害的怪物！我簡直不知道如何去給酥肉解釋，我只有選擇沉默。

與此同時，一股巨大的不安在我心中升騰，那是一種矛盾並疑惑的心態，一邊我覺得自己的靈感不準了，一邊我又覺得我該相信自己，如果我相信自己，那麼師傅他們就在那個墓室，那……

我忽然有一種想往回跑的衝動，這股子衝動讓我恨不得立刻付諸於行動，跑動的腳步也遲疑了起來！

可也就在此時，酥肉喊了一句：「也……也是！你娃兒……哪能每次……都準……，又不是……神仙……，總有失靈的時候吧？」

酥肉是為了維護我，他的兄弟的面子，可在此時於我卻無疑於一聲晴天霹靂，是啊，好像我有好幾回了，我的靈覺根本沒有任何作用，反而是指向錯誤的方向，我在某些時候應該抵抗自己的內心。

我咬牙，拚命地不去想師傅他們出事了的想像，可越不去想，那事情就越像浮現在自己的腦海中一樣，栩栩如生，我彷彿看見我師傅血淋淋的就要撐不住了，我彷彿看見慧覺老頭兒也很狼狽，無力地趴在地上……

我的內心就如同一千隻螞蟻在爬，我簡直就想遵從內心的想法，扭頭往回跑去。

「命不可改，運卻有高低起伏，遇見低運的時候，任何小事都可能造成連鎖的反應，在這種時候，行為和氣場無疑就成了關鍵，儘快走出低運時的關鍵。」

「行為和氣場？」

「就是自己強大的內心，自己和內心打仗，你打敗它一次，它就強大一次！就是說，你不跟隨自己的慌亂，不放任自己的暴躁，你始終堅信，你始終樂觀，隨著你強大的內心，自然就有了堅定的行為和正面的氣場，這樣周圍的低氣運就如拂過山崗的清風，他橫任他橫，清風拂山崗！」

也就在這時，我不知道為什麼想起了曾經和師傅在一次談命運時的對話，可能我下意識的覺得它適合於我現在的情況吧？

自己打敗它一次，它就強橫一次，樂觀，堅信！

是的，我師傅不會出事，我為什麼要懷疑，我相信我師傅好好的！在猛然間，我有了一種全身放鬆的感覺，就如同纏繞我的灰色霧氣一下子散去的感覺。

我的腳步不再遲疑，我也該接受酥肉的說法，有不靈的時候，面對這種說法我也該接受，不應該遲疑！

我為什麼要對我自己的一種能力產生依賴？任何能力，都只能依靠，不能依賴，是這樣的！

我們繼續奔跑著，在我們身後，那「轟」「轟」「轟」轟擊石門的聲音根本就不停頓，整個墓道也因此顫抖，我的心就像繃緊了一根弦似的，生怕聽見那可怕的碎裂聲！

原本我們走了二十分鐘左右的墓道，這次只跑了十分鐘不到，就接近了那個三岔路口，只是越跑到三岔路，我的內心就越不安，我想起了那聲可怕的笑聲。

可是此時我的心態卻前所未有的好，我要克制自己的不安，我要再次和自己作戰，不能退縮，憑藉本能的畏懼去指揮自己的行為。

至少在前方，我們還有回到地面上去的出口！

三岔路口越來越近了，我們順著這條斜著的通道終於衝了出去，身後轟擊的聲音也小了，那是距離的原因。

我臉上終於有了一絲輕鬆，我決定不再好奇任何事了，我要帶著酥肉和凌如月直接回去，這是理智的思考，而最大程度的脫離了好奇，這種已經成為我本能的東西。

我正在思考著這些，腳步也沒有停，可在這時，我猛然撞到了一個什麼東西。

我抬頭一看，一張熟悉的大鬍子臉出現在了我的眼前，他捂著肩膀，腳步有些踉蹌，一臉表情又是無奈，又是有些憤怒！

「看來姜師和凌師叫我來等你們，是沒錯的啊。」那大鬍子終於站穩了，然後開口說道。

我驚奇地喊了一聲：「雪漫阿姨，你咋會在這裡？」

「雪漫阿姨個屁，叫胡叔叔，我來這裡就是來逮你們的，我要送你們回去！」胡雪漫的臉上全是怒火，他一把就扯過了凌如月。

凌如月吐了一下舌頭，我和酥肉無奈地笑了笑。

我剛想問為啥我師傅和凌青奶奶知道我們來了，卻聽見一聲巨大無比的震動在整個墓裡響起。那是轟隆的一聲，什麼東西破裂的聲音，我們四個人站在這裡還沒回過神來，就接著聽見一聲巨大的咆哮聲，在整個墓室回蕩。

與其相對的，是接下來一陣陣的陰森森笑聲，從那個轉角的墓道傳來。

胡雪漫的臉色一下子變得極其難看，忍不住吼了一聲：「糟了！」

而於此同時，凌如月用她那特有的，無辜的表情指了指我們身後的墓道，小聲說道：「我們惹了一個大麻煩，不知道什麼東西跑出來了。」

胡雪漫深吸了一口氣，無比憤怒地盯著我們，最後又無奈地搖了搖頭。說道：「走吧，去姜師那裡！」而他走的霍然就是那條直道兒。

我看見胡雪漫帶我們走那條直道，心裡頓時無語，也知道了自己的靈覺指向了一個多麼錯誤的方向，為什麼會這樣？卻是我想不到的原因。

此時，那條斜著出去的墓道那震撼的聲音已經消失，接下來就死一般的安靜。

可是胡雪漫的臉色卻一點也不輕鬆，他一把抱起凌如月，對我和酥肉說道：「我們跑，你們兩個一定要跟上我的腳步！」

他的話剛落音，那條墓道裡就傳來一聲輕微的腳步聲，說是輕微只是因為距離太遠，如果在跟前，這腳步聲一定是很震撼的，要知道那條墓道用走的話，要走二十分鐘左右啊！

不過墳墓畢竟是一個相對封閉的地方，動靜的確能夠傳很遠。

伴隨著腳步聲的響起，那令人心寒的冷笑聲又再度傳來，這次不光是冷笑，還有一種類似於「嗡嗡嗡」電波不斷的聲音，凌如月和酥肉一下子就抱著腦子，直喊受不了了。

胡雪漫從衣兜裡掏出幾團棉花，直接塞在酥肉和凌如月的耳朵裡，對我說道：「自己念靜心訣，跑！」

說著，胡雪漫就抱著凌如月跑在了前面，我和酥肉緊緊地跟上，可憐我們剛才在狂奔了一次，這次又要跑，這都是為啥啊？

如果我們沒來餓鬼墓，這個時候應該三人坐在竹林小築的長廊吃晚飯吧？外面細雨綿綿，竹林在雨霧中搖擺晃動，天地一片朦朧，這該是多麼愜意啊！

可是世界上是沒有後悔藥吃的，現在只能拚命地跑，因為稍微慢了，就不知道等待的後果是什麼！

跑了沒幾步，我就看見了墓道旁邊的密室，胡雪漫的腳步不停，我也不能停下來，只是衝過去的一瞬間，我還是看見了裡面已經被完全地破壞了，師傅他們走的是這條道，原來他們在一路破壞密室！

跑了將近五分鐘，我看見了起碼七間這樣的密室，具體是多少我卻沒有底，因為跑動的速度太快，誰還能留心去數？

也就在這時，酥肉氣喘吁吁的聲音傳來：「我……我……跑不……動了。」

這樣發狂地跑十幾分鐘，中間只停歇了一小會兒，換普通人都受不了了，何況酥肉這樣的胖子？我轉頭看他，果然臉色已是青白色。

胡雪漫一把拉著酥肉的衣領，吼道：「跑不動就是死，三娃兒搭把手。」

我明白胡雪漫的意思，也扯著酥肉的衣領，乾脆是兩個人扯著他跑，這樣速度就慢了很多，好像為了嘲諷我們的慢一樣，又是一聲咆哮聲不知道從哪兒傳來，提醒著我們死亡在逼近。

「不……不要……管我了，去找……姜爺來救我！」酥肉估計體力已經到了極限，再也跑不動了，這是一件無奈的事情，身體有個極限，過了那個極限就是麻木，要用意志去支撐，可當意志也支撐不了的時候，結果就像酥肉這樣。

其實酥肉已經不錯了，換任何人用最高的速度跑五分鐘，都已經是不錯了，那是生死威脅，才激發出酥肉這樣的潛力，但是潛力也有用乾的時候啊！

說完，酥肉「啪」地一聲就坐在了地上，那樣子不是要和誰作對，而真的是已經到了極限，他的臉色已經刷白，由於太累，那呼吸就像扯風箱似的，感覺整個肺部都在摩擦，偶爾咳嗽一聲，嗆出來的都是白沫。

「走，走啊，不走沒命的。」胡雪漫吼了一聲，還要去扯酥肉。

我卻一把拉住了胡雪漫，我很認真地對他說道：「胡叔叔，就讓他在這裡吧，再跑下去，他的心臟負荷不了，也會死，他需要休息，我留下來陪著他。」

「你開什麼玩笑？」胡雪漫雙眼瞪得比牛眼還大，一瞬間拳頭都捏緊了，像是要揍我，他不明白在這種緊張的時刻，為什麼我還要添亂。

「我認真的，你帶著如月先去找我師傅他們，然後叫師傅過來救我們吧，我好歹和師傅學了那麼久，拖一點時間也是可以的。」我扶起酥肉，但已經是下定決定不走了。

酥肉現在的情況不適合就這樣坐地休息，就像綳緊了的弦，不能一下放鬆，得慢慢放鬆。

「不，不行，要到姜師那裡，起碼還得十分鐘左右，這一來一回，浪費的時間就多了，我……」胡雪漫顯然也沒料到是這樣的，可是事實上確實沒有別的辦法，酥肉跑不動了，你能扛著他跑？他可不是凌如月，小小的，輕輕的，他是一個身高一米七的胖子少年。

「胡叔叔，是你在耽誤時間，你沿途留下記號吧，我和酥肉儘量往那邊走，就這樣。」我望著胡雪漫，已經是下決定似地說道。

酥肉望著我想說什麼，無奈他只是喘氣都來不及，哪兒能說出什麼。

胡雪漫也知道現在不是扯皮的時候，一咬牙，一把槍就交在了我手裡：「裡面的子彈都是特製的子彈，還有七顆，咋開槍會吧？」

我點頭，我常常去那個小院子玩，無聊時，那些叔叔們也會教我一些槍的東西，我甚至和他們去過一次當地的部隊，打靶玩過，說不上槍法有多準，但是開槍什麼的，總是會的。

「這墓道地形複雜，你也看到了，沿途很多轉彎和岔道，我會在正確的路上打個勾，你們跟著記號走。」胡雪漫最後叮囑了一句。

我再次點頭，胡雪漫就要走，可是他像想起了什麼似的，又交給了我和酥肉兩張符，說道：「這符是你師傅畫的，破邪壓陰威力還是不錯，拿著吧。」

「這紅繩是鎖住人的陽氣，避免被邪物發現的，可惜我不會結，也不會解，也只有一個，不然你們兩個就可以找個地方躲起來的，只要那東西不在跟前。」胡雪漫歎息了一聲。

我抓緊時間問到：「那東西是啥？你知道嗎？」

「你們放出來的是餓鬼王！看情況已經化形了！我走了，不能再耽誤時間了。」說完，胡雪漫抱著凌如月轉身就狂奔了起來，速度比先前更快了幾分。

這不是他冷血無情，而是他知道現在他跑得越快，我和酥肉的生命就越能得到保證。

看著胡雪漫很快消失的背影，我扶著酥肉，對他說了一句：「我扶著你慢慢走，剛剛劇烈的跑動之後，最後慢慢走一些時候，再坐下來休息。」

酥肉沒啥力氣說話，只是點點頭，我們就沿著胡雪漫跑去的方向慢慢走起來，就跟散步似的。

走了三五分鐘過後，酥肉的情況好些了，我扶著他靠著牆坐下了，拿出水喝了一口，然後遞給他：「你慢慢喝，喝一口，歇一下，對身體恢復有好處，等下得拚命呢。」

酥肉喝了一口水，情況好多了，對我說道：「你留下來幹啥？你和老胡一起跑，也能回來救我的。」

「不，酥肉，我不是跟你肉麻，你記得你拉我上去的時候說的啥嗎？你說有人砍你你也不會放手，同樣，我也不會！要是我和你一起，我們遇見了，還能拚命，要你一個人，就是死，我不敢拿你的命去賭。現在情況調回來了，就算有人砍我，我也不會放手！」我認真的說道。

酥肉眼睛一下子紅了，一把就把手搭在我的肩上，說了一聲：「好兄弟。」

兩人沉默了一陣兒，畢竟這種肉麻的氣氛不適合兩個大男人，就算是大男孩也不行，接著我們又哈哈大笑了起來。

「剛才我起雞皮疙瘩了，哈哈哈……」我說道。

「剛才，我感動之餘，也很想吐，哈哈……」酥肉也說道。

可伴隨著我們笑聲的，卻是一聲咆哮聲和腳步聲！

我和酥肉停止了大笑，酥肉嚴肅地望著我說：「我敢打賭，那大傢伙離我們越來越近了。」

說著，酥肉把菜刀捏在了手裡！

「嗯，它好像能遠遠地感覺我們似的，陰魂不散，我總算知道師傅為啥要給人綁鎖陽結了，肯定就是避免這些麻煩。」我也把擀麵杖拿了出來。

「對了，我剛才看見凌如月那丫頭被胡雪漫捂著嘴，眼淚直流。」酥肉說話間，拿出一個饅頭遞給我，說道：「吃飽了，好打架。」

我咬了一口饅頭，其實凌如月的情景我也看見了，我估計這小丫頭也想留下來什麼的，可是胡雪漫不允許這樣，他總不能一個人都不帶回去吧？

我和酥肉好歹是少年人了，凌如月就一個小丫頭……

「那小丫頭還是有義氣的。」我一邊說話，一邊放下了饅頭，逮住酥肉的手，一下子摁在了菜刀鋒利的刀刃上，一下子酥肉右手中指的血又流了出來。

「你幹嘛？」酥肉還在吃饅頭，一下子怒了。

「對付這些邪物，還是沾血的菜刀比較好用，對它們的傷害力大，別浪費了，抹在刀刃上，對，我的擀麵杖也抹點兒。」我解釋道。

「三娃兒，你狗日的不是說下一次用你的嗎？」酥肉一下就掐住了我的脖子，估計這小子真的動怒了，又是不打招呼的情況，又是用他的。

「開啥玩笑，好東西要最後出場，先用你的，你看你兩個指頭的都用完了，下一次絕對是我的。」我認真的說道。

第二十七章　餓鬼王

我不知道身處在戰場，聽著隆隆的炮火聲，然後在戰場和身邊的兄弟談笑是一種怎樣的感覺，可我覺得我和酥肉現在的情況，和那種情況差不多。

「三娃兒，劉春燕給你寫那麼多信，你老實交代回過沒有？」酥肉一邊「散步」，一邊問我，周圍傳來的是越來越清晰的腳步聲。

「你娃兒是不是喜歡人家劉春燕？你老提她幹嘛？」我一邊觀察著地形，一邊說道。

「嗯，跟你說實話吧，有點兒。」酥肉很「害羞」地說道。

「啊？」我差點被嗆死，望著酥肉問：「你娃兒不是說真的吧？」

剛問完，酥肉就一把掐住我的脖子吼道：「可她狗日的，一學期就給老子寫一封信，給你寫一堆信，老子早就毛了。」

互相掐脖子是我和酥肉打鬧時經常有的動作，當然不會用勁兒，我一邊狂笑著，一邊推開酥肉，酥肉自己也覺得好笑，就在打鬧的過程中，我忽然間看見一間密室，一下子有了一個想法。

「酥肉，說實話，你緊張不？」問這句話的時候，那沉重的腳步聲已經快近在我們耳邊了。

「緊張，緊張得老子都快尿褲子了，你呢？」酥肉也問道。

「咋可能不緊張，但是我們只要拖一點兒時間，師傅就能來救我們了，我們要加油。」這算是戰前鼓勵吧。

酥肉抬手看了一眼他的寶貝手錶，說：「已經過了十二分鐘了，我們饅頭都吃了幾個，肚子飽了，有力氣了，和它打五分鐘，姜爺就該來了。」

我對酥肉說：「你的尿先憋著，我們到那裡去。」

我指著那間我剛才看中那間密室，對酥肉說：「我們去那裡！」

捏著隱隱作痛的中指，我和酥肉待在那間密室門口的兩邊，彼此都能聽見彼此沉重的呼吸聲，和咚咚的心跳聲，那腳步聲就如同戰場上在身邊爆開的炮火，讓人的心情跟著起伏。

餓鬼王會是什麼樣子？在這種時候，我大腦幾乎是一片空白，唯一能思考的就是這個問題了。

油燈，就擺在這間密室的中央，胡雪漫在和帶著我們一起跑的時候，為了避免我和酥肉看不見，塞給了我們一人一個軍用電筒，現在放在我和酥肉的褲兜裡，這個油燈還有它最後的作用，那就是讓我們在密室的門口藏著，還能通過陰影來觀察門外。

「三娃兒，餓……」酥肉的話還沒有說完，就發現我們所在的密室一下子暗了下來。

一片陰影擋住了溫暖的燈光，牆上出現了一個影子，一個巨大無比，我們看不到頭的影子，影子勉強有人形，能看出手還有身子，可是腳的部分，我們卻不看出來。

酥肉一下子捂緊了嘴，我看見他的眼神中透露出來的驚恐，再也沒有剛才的勇氣，普通人在面對一隻要咬人的狗時都有本能的畏懼，何況是這種強大的，未知的東西？

我也是，估計比酥肉好一點，但是冷汗還是瞬間把背上的衣服打濕了，至少我還有拚命的勇氣。

現在逃是逃不過了，餓鬼王也知道我們在這裡，我乾脆對酥肉大喊道：「酥肉，雄起哦！不雄起就是死，聽到沒有？」

酥肉大喊了一聲：「好！」

結果這個好字剛落音，就聽見一聲真正震耳欲聾的「咆哮」聲在我們的耳邊陡然炸響，我一下子全身的汗毛都立起來了，可還不容我喘口氣，一個碩大的腦袋就已經伸進了門裡。

「我日！」酥肉幾乎是本能地就跳開了。

我的雙眼也一下子睜到了最大，這TM的是啥玩意兒啊？和我們看見的餓鬼根本不一樣，一個腦袋跟蛇臉似的，臉又長又尖，臉上竟然還佈滿了密密麻麻的黑色細鱗，頭上有兩根牛角似的玩意兒，偏偏還有人類的五官。

它在咆哮，可是我看見的分明是它嘴裡是蛇的那種細長而分岔的舌頭。

「你叫槌子！（你叫個屁）」這一瞬間，我因為恐懼而憤怒了，這是一種人的本能，我也抗拒不了，在恐懼到了一個點，人會憤怒。

我也不知道哪兒來的勇氣，拿著胡雪漫給我的槍就朝著這個所謂餓鬼王的大嘴裡開了一槍。

「砰」，清脆的槍響回蕩在墓室，那個大腦袋一下子就縮了回去，我憤怒地吼了一聲，準備衝上去又給它一槍，酥肉一把拉住我，把我拉回了密室。

「狗日的，老子轟了你……」我瞪著血紅的眼睛，猶自喋喋不休地罵著，掙扎著。

酥肉一拳就砸在我背上，吼道：「三娃兒，你冷靜點兒，你忘了你給我說的計畫？」

這一拳彷彿把我砸清醒了，我一下子就從那種憤怒的情形中醒了過來，是啊，我剛才脾氣為啥要那麼急躁？雖然平日裡我和酥肉對比起來，他顯得脾氣比較暴躁，常常打架，我淡淡的，不理周圍的事兒，可事實上，我們互相瞭解，從小到大，我才是那個惹毛了，要拚命的主兒。

「也好，剛才你那一槍把它打退了……」酥肉擦了一把冷汗，猶自說道。

槍對這玩意兒有用？我有點疑惑地看著手中的槍，這裡面裝的是什麼子彈？

可是，我一抬頭，就立刻吼了一聲：「我日，有用個屁！」

這一次，是一隻手，小半邊身子直接堵在了門口，那隻手毫不猶豫地就朝我和酥肉抓來，我一把拉著酥肉退到了牆角，可讓我匪夷所思的事情發生了！

那隻手好像有一定的伸縮性，原本只能到小半個墓室的距離，竟然慢慢的越伸越長，但於此同時，也越變越細。

我的臉色瞬間難看了起來，我想起了餓鬼蟲那討厭的特性，可以粗到成一個球兒，也可以細成一根髮絲兒，如果變成餓鬼都能這樣，我的計畫還計畫個屁，我和酥肉就等死吧！

我看著那手臂朝著我和酥肉越靠越近，同樣是佈滿了黑色的細鱗，給人一種怪異的，全身發麻的，卻也十分無力，那種無力是無力反抗的感覺。

可是還不到絕望的時候，我得試試，餓鬼蟲可是沒骨頭的，變成餓鬼它就有骨頭，再厲害也不能厲害到無視「天道」吧？所謂天道就是固定的法則。

我跟酥肉說道：「你站這兒，貼緊牆角，別動啊，打死都別動。」

說完，我貼著牆，快速地挪動到了另外一個牆角，同樣死死地貼著牆，那隻手臂開始在墓室裡胡亂的抓，它的「兄弟姐妹」們曾經的窩的碎片，隨著它手臂的舞動，被弄得四處飛濺，我和酥肉都挨了好幾下，可是我們不敢動。

油燈被打碎了，墓室裡一片黑暗，但是這種黑暗於我們不利，我摸出手電筒，打開了它，有一點光亮，人的心總是要安穩一些。

就這樣，我緊緊貼著牆，看著這手臂亂抓亂舞，幾次都貼著我的身體過去，帶出的風，讓我起了一串雞皮疙瘩，我按捺住自己想給它幾槍的衝動，靜靜的等待。

事實證明我們是幸運的，那手臂不像餓鬼蟲可以幾乎是無限制的伸縮，它離抓到我和酥肉始終有那麼一點兒距離，儘管那距離也許不到十釐米。

這樣的發現讓我和酥肉輕鬆了許多，酥肉甚至待在他那邊的牆角和我聊起天來：「三娃兒，我總算知道我們古代傳說裡，為什麼有魔鬼這種形象了，青面獠牙的，頭生雙角的，這TM外面就站著一個原型呢！我以前還說妖精啊，鬼怪啊，現在傳說裡還多，魔鬼就沒有人見過，咋會有這東西，原來是真的。」

我吼道：「本來就是真的，我聽師傅模糊地說起過，明朝的時候好像很多東西因為啥事兒給滅種了，從清朝開始幾乎就沒魔鬼的傳說了，而且從清軍入關以來，我們東西就失傳了，那會兒元朝的時候，就已經遭受了一次劫難。」

「具體咋回事兒？」酥肉問道。

「我咋知道？你問明朝人去！」我吼了一聲。

那手臂在密室裡亂抓了將近一分鐘，忽然就縮了回去。

酥肉喘口氣兒說道：「老子貼著牆壁，都快把自己弄成鍋貼餅子了。」

我說道：「待會機靈點兒，它估計要進來了。」

我剛說完話，就看見那恐怖的腦袋又鑽了進來，那跟蛇一般細長，冰冷的眼睛正死死地盯著我和酥肉，他媽的，這玩意兒不僅長了一張蛇臉，還他媽長了一雙蛇眼，幹嘛鼻子不長個蛇鼻呢？就兩個洞，多方便，我在心裡罵道。

餓鬼王的腦袋只在密室門口停留了一秒不到，接下來我和酥肉就聽見「咔嚓」「咔嚓」的碎裂聲，是密室門口青磚破碎的聲音，接下來它的半邊肩膀就擠了進來，這是打算給我們來一個甕中捉鱉吧？

我和酥肉使了一個眼色，原本我們就不打算依靠這間密室躲過餓鬼王，連那麼大塊石門都能打碎的傢伙，一間密室有用嗎？

我和酥肉抓緊時間朝著密室的兩邊靠去，盡可能的接近門口，可是我沒走兩步，就看見餓鬼王陰冷地盯著我，眼中竟然有些人性化「戲謔」的眼神。

接下來，毫無預兆的，它張口一股綠色的液體就噴向了我。

「你媽媽的！」我大吼了一聲，根本來不及正常閃避，只能就地一滾，堪堪才避過那股液體，不用想，這餓鬼王長得那麼像條蛇，它噴出來能有什麼好玩意兒？

地上盡是陶土罐的碎片兒，這一滾，讓我幾乎全身都疼痛，我還來不及爬起來，就聽見連續的「澎澎澎」的聲音，那是門口的青磚已經被擠爛，碎裂在地的聲音。

餓鬼王的肩膀手臂已經擠了進來，我看見它毫不猶豫地就朝著酥肉抓去。

「酥肉，小心！」我來不及去救酥肉，只得著急得大喊道。

酥肉反應也不算慢，看見餓鬼王伸手的一瞬，已經快速地朝著裡面退去，但他終究不是習武之人，身體的反應速度還是慢了一點，餓鬼王的爪子貼著他的身體擦過，酥肉的手臂竟然被生生地抓起了幾條血痕，鮮血瞬間就染紅了酥肉的衣袖。

我簡直是目眥欲裂地看著這一幕，因為我親眼看見餓鬼王收回的手爪上，帶著幾絲碎肉，那是酥肉的！

我爬起來，衝到酥肉的身邊，酥肉望著我，呆呆地說了句：「三娃兒，我不疼。」

我低頭看了一眼酥肉的傷口，已經迅速腫了起來，呈一種怪異的青黑色，回頭再看了一眼餓鬼王，它竟然伸出它那細長的蛇舌，舔著爪子上的血肉，眼神中竟然閃動著一種異樣的滿足和暴戾。

酥肉這是中毒了，我幾乎是想也不想的，就扯下了酥肉的袖子，緊緊地綁在他的手臂傷口前端，然後說聲：「酥肉你忍著點兒。」，就抽過酥肉手裡的菜刀，「刷」的一聲劃開了酥肉傷口的腫脹處，瞬間那已經變成青黑色的血液幾乎是噴出來的，我咬著牙，狠心地捏著酥肉的手臂傷處，使勁地朝外擠著毒血。

酥肉疼得仰天大叫：「三娃兒，不要弄，疼啊，三娃兒……」

「不弄你命……」我話還沒說完，就聽見一陣更大的破碎聲和青磚紛紛落地的聲音，餓鬼王已經舔完手上的「血食」，整個身體都擠了進來！

我終於看見了餓鬼王完整的身軀，我也知道為啥它的腳步聲聽起來會那麼的怪異，因為它根本沒有進化完全！它的上半身算是「完美進化」了，渾身糾結的肌肉線條顯得非常有力量，而且全部佈滿了黑色的細鱗，讓人有一種刀槍不入的錯覺。

而它的下半身卻很怪異，從腳到膝蓋是完整的腿，可膝蓋以上竟然就如蛇身一般，沒有完全分開，遠遠看去跟圍了一條裙子似的。

所以它根本不能站立行走，而是如野獸般地趴著，必須手腳並用這個樣子。

所以，它的腳步聲聽起來會那麼怪異！

此時，餓鬼王的身體已經完全擠進了這間密室，距離我和酥肉不到三米，密室原本就不大，我目測餓鬼王的身高起碼在兩米五以上，前提是它站起來的話，而趴著就如同一隻最最雄壯的獅子，不，是一個半那麼大的獅子，或許還要大一些。

它看我們的眼神，就像看籠中的老鼠一般，它並不著急行動，反而感覺像是在心理上虐待著自己的「食物」，想讓自己的「食物」在恐懼中崩潰，彷彿只有這樣才比較美味。

我的手還在緊緊地捏著酥肉的傷口，眼角的餘光卻在觀察著酥肉流出來的血是否已經恢復正常，可是更多的眼神卻是在和餓鬼王對視，我也惡狠狠地盯著它。

其實我很怕，怕得只有強行鎮定，腿才不會顫抖，那兇狠的眼光幾乎是我全部的勇氣了，因為師傅曾經說過：「面對邪物，你在氣勢上不能輸，你要比它更凶，它們來自陰暗，最擅長的，就是找到你的心理弱點，狠狠地戲弄你，讓你未曾爭取，就先崩潰。」

「鬼是這樣嗎？」

「不，任何的邪物，都是這樣，當你避之不及的時候，就算只能罵它，你也要罵得兇狠，它反而還會退卻。」

我不指望我用眼神就能讓餓鬼王退卻，可是我知道，只要這股氣勢一散了，我就會輸，我就會連拚命的勇氣都沒有。

餓鬼王似乎不會做人類的任何表情，它唯一的情緒變化就在眼睛裡，通過眼神表達得非常清晰，估計是做餓鬼蟲時的「天賦」吧，那種蟲子對人類大腦影響非常大，師傅說過，那是靈魂強大的表現。

所以，幾個表達情緒的眼神算不了什麼。

密室的空氣彷彿都凝固了，變成了我和餓鬼王的對峙，酥肉已經疼得有些神志不清了，還好傷口已經慢慢消腫，流出的血液也變成了鮮紅色。

此時，餓鬼王的眼中忽然變幻出一種探究卻不在乎的眼神，下一刻，我感到一種本能的危險，幾乎是下意識的，我一腳踢開了酥肉，而我自己感覺到一陣勁風撲面，再抬頭，我自己都幾乎尿褲子。

因為餓鬼王的臉就離我不到十釐米，手臂已經成一個半圓形把我圍住，一雙陰冷的眼眸正正地對著我，我一陣頭暈目眩，幾乎處於空白的意識中，餓鬼蟲的天賦它並沒有丟掉，我是一個靈覺如此強的人，竟然都被影響到這種地步。

我彷彿看見了餓鬼王在對我嘲笑，不屑，就如看待螻蟻一般，下一刻，我幾乎是呆呆地看著它的手臂舉起，落下，狠狠地朝我抓來，而它的大嘴已經張開，張到一個不可思議的極限，我看見了它那猙獰的獠牙，以及眼神中的貪婪。

估計吃了下我，它的兩條腿就能完全化形了吧，我的意識終於在這一刻恢復，可是已經來不及做什麼，竟然只能想到這種無聊的問題。

可是，餓鬼王的手終究是沒有落下來，我聽見了「咚」的一聲悶響，原來酥肉竟然撿起了我剛才拿他手裡菜刀時，隨手扔在一旁的擀麵杖，狠狠地朝著餓鬼王那隻手臂砸去。

他砸得是如此的用力，以至於擀麵杖在和餓鬼王手臂碰撞的瞬間，就斷成了兩半，飛了出去，終於阻擋了餓鬼王那隻要抓我的手臂！

一切發生得是那麼快，一切又像是慢動作。

餓鬼王竟然被打痛了，忽然就憤怒地長嚎了一聲！它也許可以不在意酥肉那點兒對於它來說可笑的力量，可是它不能不在意擀麵杖上的中指血。

陽氣最充裕的血液，打任何的陰邪之物，絕對是能狠狠打疼。

「三娃兒，跑！」酥肉手裡還握著半截擀麵杖，幾乎是聲嘶力竭地吼道，連聲音都有些顫抖，估計剛才那一擊幾乎是用盡了他全部的力量。

他在剛吼完這一句之後，我就看見酥肉的身子飛了起來，原來暴怒的餓鬼王竟然用手臂一個橫掃，就把酥肉掃飛了起來。

「噗通」一聲悶響，酥肉重重地跌在了地上，這一掃竟然把他掃出了密室之外，因為這密室的門已經完全被餓鬼王破壞了，然後酥肉沒有再站起來，他摔在了青磚堆裡，鮮血從他的頭上緩緩地流出。

這時，我的憤怒已經達到了頂點，在餓鬼王回頭的一瞬間，我大吼了一聲，提起菜刀，狠狠地朝著餓鬼王的腦袋砍去，「噌」一聲，那菜刀就如砍在了鐵板上，可是我已經顧不得那麼多了，發狠一般地把菜刀狠狠一拉，菜刀從餓鬼王那碩大的腦門一直拉到了它尖銳的下巴，而它的眼睛也被菜刀無情地劃過。

「嗷」餓鬼王發出了它最大的一聲吼叫，整個密室都在顫抖，刀刃上塗滿了中指血的菜刀無，劃過它的眼睛，無疑給了它遇見我們以來最大的創傷。

而我的憤怒情緒依舊在燃燒，我完全是拚命般的，用手肘狠狠地朝著餓鬼王撞去，常年習武的我，力量可比酥肉大多，餓鬼王正捂著眼睛嚎叫，被我這一撞，竟然微微退開了一些。

就是這點縫隙，我立刻鑽了出去，朝著密室門外飛快地跑去！

而在下一刻，我就聽見餓鬼王沉重的轉身聲音，我已經徹底地激怒了它，它不可能讓我跑掉！

我知道我跑不掉，可是我的目的也不是跑掉，我需要的只是跑到墓室的門口。

十米不到的距離，對於我來說，就像一道無盡的橋樑，跨過去就是生，跨不過去就是死！

我跑得很狼狽，我幾乎連滾帶爬，我聽見自己心臟在劇烈地跳動，我感覺我緊張到口乾舌燥，我甚至能聽見風聲，我不用回頭，都能知道，是餓鬼王伸出它那手臂要抓我所帶起的風聲。

五米，三米，一米……我幾乎是用盡全身的力氣，撲了過去，於此同時，我的手伸進褲兜，把那塊怪異的古玉拿了出來，飛快地放在了地上的一個位置。

接下來的時間，我就只來得及打一個滾，然後就仰面喘氣了，酥肉就在我身邊，離我很近很近，他的鮮血浸濕了我的衣服，我望了他一眼，然後我看見餓鬼王的手爪停頓了一下，又縮了回去。

這是我和酥肉的幸運，它的第一反應，是伸出爪子來抓我，而不是撲過來，手臂的伸展性畢竟有限，它縮了回去，否則我不會那麼順利地跑掉。

我冷冷地看了一眼餓鬼王，和它比起來，我和酥肉很弱小，但是我們卻有智慧可以依賴，這一次，是我嘲諷地望著它笑了一下。

然後我毫不在意地起身，開始拖動酥肉，也許是它讀懂了我的嘲諷，只是停頓了不到三秒，它猛地就撲了出來，意料之內的，門擋了它一下，畢竟它是擠進來的，不可能會那麼順利地撲出來。

這就給了我時間，我可以把酥肉弄到相對安全的地方，這間密室是我刻意選擇的，現在總算發揮了作用。

但我也承認，我的智慧畢竟不完美，我沒有料到餓鬼王的手臂可以伸縮。

拖著酥肉離開了那門口大概五米的位置，我停了下來，試了試，酥肉的呼吸還算平穩，那血是他胸口擦傷了一大片，腦袋也擦傷了一大片造成的，他的一身肥肉是最好的緩衝墊，救了他一命！

餓鬼王望向我的眼神充滿了仇恨和不耐，它正在拚命地擠出那間密室，這間密室在走廊的盡頭，除了門，還有門兩側有限的位置是空心的，其他的地方可都是實心的，這就是我選擇這間密室的原因，只要我和酥肉能逃出來，就能一定程度在地形上制約餓鬼王。

我站起身來，看著餓鬼王，緩緩地把槍掏了出來，菜刀也握在手上，我沒有把握殺死它，可是逃不掉的情況下，我會想盡辦法給它製造麻煩。

餓鬼王非常地憤怒，也許以它現在有限的智慧，還不能理解為什麼這兩隻螻蟻抓住了機會不趕緊逃，而是等著它的行為。它不明白，我們在墓道裡奔跑是逃不掉的，那種破釜沉舟的心情！

餓鬼王出來了！

它再次趴下了，眼睛微微瞇起，看樣子，是想立刻衝過來，給我致命的一擊。

它動了，可是它在下一刻，卻狠狠地摔落在了地上。

我再次捏了捏有些還在發疼的中指，看來我那簡易的聚陽陣有效果！那是一個非常簡單的陣法，就是把陽氣集中起來而已，有些基礎的人都會畫，只是用處確實不大，何況在墳墓這種原本就陰盛陽衰的地方。

可是我畫了，為了避免陽氣不足的弊端，我是用我的中指血畫的，就畫在密室的門口，我原本沒有發動陣法的法器，可是我在三岔口卻得到一塊古玉，法力已經不強，但還是有法力的古玉。

這就是命運冥冥的安排！

其實，我是不懂餓鬼王的弱點在哪裡，該怎麼打的，可是我至少還明白一個道理，那就是陰陽既能調和，也能相剋，餓鬼的培育需要十足的陰氣，以至於要建聚陰陣，那麼聚陽陣對它的傷害就很大。

我在賭！賭注就是我和酥肉的命！

為了不讓餓鬼王懷疑，我刻意在之前沒有把關鍵的陣眼法器放進去，為的就是打它個出其不意，畢竟這個聚陽陣在它有防備的情況下，能不能傷了它，我根本就沒把握！

這樣佈置的結果，我和酥肉贏了，我看見餓鬼王正好踩在陣法上的兩隻手臂竟然冒出了青煙。

它太過憤怒，所以情緒導致了它的受創！

幾乎是毫不猶豫的，我舉起了手中的槍，我和餓鬼王的距離不過六、七米的樣子，它那麼大的目標，我還不至於打不中，幾乎是發洩似的，我把槍中的子彈一發一發的全部打了出去。

餓鬼王彷彿極度的虛弱，任由子彈打在它的身上，也不閃避，可是我分明看見，子彈幾乎是嵌在它的身體裡，根本沒進去多少。

相比起來，我用菜刀砍出的那條淺淺的傷口，反倒留在它的臉上，滲出了青色的血液。

怎麼辦？子彈效果不大？我回頭看了一眼，那幽深的，彷彿是無盡的墓道，一片沉沉的黑，我握緊了手中的菜刀，一步一步走了過去。

酥肉現在還昏迷不醒，根本跑不掉，我們的計畫是用聚陽陣傷了它就跑的……

「三……三娃兒……不要過去……」酥肉的聲音從背後傳來，他終於醒了，他看出了我的意圖。

我埋頭一笑，這娃兒還不算太嚴重，醒得還算快，可是我的腳步沒有停下，反而奔跑了起來，我咬破了舌尖，我舉起了菜刀。

在靠近的一瞬間，我已經完成了以舌畫符，一口舌尖血噴在餓鬼王的腦門上，而下一刻，那把菜刀又狠狠地落在了它的腦門上。

依然是跟砍在鐵塊上似的，可是我幾乎是瘋狂地一刀刀地朝它砍去。

原本沒有任何反應的餓鬼王忽然睜開了眼睛，下一刻它的爪子就穿過了小小的聚陽陣，一下子就抓住了我的小腿，用力一扯，我一下子就跌倒在地上。

我看見它的眼中全是火一般的憤怒，我忽然明白了，聚陽陣對它來說，有傷害，卻並不是那麼可怕，它在詐我！

它也許是不想整個身體穿過聚陽陣，受到再大的傷害，它也許是出於報復心理，你要我一次，我也要耍你一次，它也許是想等我和酥肉逃跑，再決定追上來，讓我們心理崩潰……

總之，我是被它抓到了！

它的憤怒彷彿已經化為了實質，不管螻蟻最後是不是被踩死，總之螻蟻傷害到了它，我望了一眼那依然無盡的墓道，我感覺到身子在快速地升高，我眼角的餘光看見餓鬼王就這樣抓著我的小腿站了起來，我感覺到它的鋒利的爪子扎進了我的肉裡……

我看見酥肉哭了，還在喊著什麼，我也不知道下一刻餓鬼王是要把我狠狠地摔出去，還是直接扔到嘴裡，總之，我現在能做的只有一件事兒，我摸出了褲兜裡的兩張符，狠狠地貼在了餓鬼王腦門上的傷口上。

「三娃兒，三娃兒……啊，啊……」終於，當符紙貼下去的時候，我聽見了酥肉的喊聲。

我望了他一眼，也不知道這是不是我最後一次聽見，我這個好哥們，從小穿著開檔褲就在一起的好哥們的聲音。

我看見他掙扎著要站起來，我想說不要，可是沒有這個機會。

因為在下一刻，一聲彷彿是聲嘶力竭的咆哮從餓鬼王的口中發出，我感覺自己飄了起來，然後重重地摔落，我就快要失去意識了，最後一刻，我看見餓鬼王狠狠地朝我撲來，又好像有什麼怪異的傢伙飛了過來。

我會被吃掉了嗎？我很累，終於閉上了眼睛！

迷糊中，我覺得我趴在一個很溫暖的地方，雖然眼前依然是一片黑暗，可我覺得很安心，我感覺自己被慢慢地放下來，靠在了一個地方，然後小腿那裡被什麼東西劃過，接著就是劇烈的疼痛。

那疼痛是如此的清晰，讓我的汗水瞬間就湧了出來，接著，有什麼冰冰亮亮的東西抹在了我的腿上，我剛舒緩地歎了一口氣，接下來卻又是一陣更加劇烈的疼痛。

「嘶……」我不禁呻吟出聲兒，接著我聽見一個熟悉的聲音在我耳邊響起：「他快醒了。」師傅，是師傅的聲音，我內心一陣狂喜，努力地想睜開眼睛，卻覺得眼皮沉重，小腿劇疼，這時，有人掰開了我的嘴，一股冰涼的液體灌進了我的嘴裡，我瞬間清醒了不少，終於吃力地睜開了眼睛。

眼前還是一片模糊，只見幾個人影兒圍著我，過了好一會兒我才看清楚，我靠在酥肉的身上，凌如月蹲在我旁邊哭，而眼前站著的兩人，是師傅還有凌青奶奶。

見我醒來，師傅「哼」了一聲，就轉過身去不再理我，我有千言萬語都哽在喉嚨，不知道該咋對師傅說，我知道我闖禍了，闖了不小的禍事。

不敢和師傅說話，我同樣不敢和顯得很嚴肅的凌青奶奶說話，只得轉頭想問酥肉一點兒問題，卻不料扯到腿上的傷口，一陣劇痛，讓我倒吸了一口涼氣兒。

「你輕點兒，三娃兒，你不知道你這腿剛才腫得有多恐怖。」酥肉搖晃著腦袋說道，身上，胸口上都已經簡單地包紮好了，估計這小子還有點暈，所以忍不住搖頭晃腦的。

「你中的是黑曼的毒，我給你上了另外一種毒，算是以毒攻毒吧，現在已經沒有大礙了。」凌青奶奶說了一句，然後狠狠地瞪了凌如月一眼。

凌如月低下頭，不敢說話，我看了看四周，我們還在墓道裡，就是我和酥肉和餓鬼王大戰那條墓道的轉角，我很想和師傅說話，可是不敢，只得問酥肉：「餓鬼王呢？」

「死了，被姜爺和凌奶奶弄死了。」酥肉很輕鬆地說道。

「咋回事兒啊？」在我眼裡強大得不可思議的餓鬼王竟然就被我師傅和凌青奶奶弄死了？

「你當時被餓鬼王提起來，我真的覺得完了，可是你往它腦袋上貼了兩張符，那餓鬼王好像很疼一樣的，一下子就隨手把你扔了出去，接著它就抱著腦袋在那兒嚎了一聲，就衝你奔過去了……」酥肉很緊張地說道，可見當時的情況對他影響也很大，否則不至於到現在還緊張。

我也能想像，餓鬼王是多麼地暴怒，只要它衝過來，下一刻我就會被撕成碎片，然後再進它的肚子吧？

但是，我得救了，我很想知道我咋得救的，就跟酥肉說：「你說關鍵啊！」

「關鍵就是飛來了一個好大的蟲子，我都不知道是啥，一下子就飛到餓鬼王臉上了，使勁咬它的眼睛，餓鬼王一巴掌去拍牠，牠還躲開了，又飛到餓鬼王的腦門上，嘖嘖……太厲害啊，直接給餓鬼王的腦袋上咬開一個血洞。」酥肉眉飛色舞地說道。

我卻很疑惑？蟲子？就是我倒地之前，迷迷糊糊看見的，那奇怪的身影？

我被蟲子救了？還是又有什麼怪東西出來，趕巧就碰上了我們？然後再趕巧牠恨餓鬼王，兩個就鬥上了？

這世界上有那麼趕巧的事情嗎？

「哼，蟲子？你們做的好事兒，讓凌青提前就用了本命蠱！要不是她驅使著本命蠱提前到了，你死得不能再死！」師傅終於轉過了背來，非常憤怒地對我說道。

我掙扎著，要站起來，卻發現全身都沒力氣，酥肉原本想阻止我，我卻極力地要站，酥肉只得扶著我，好容易站穩了，我非常認真的給師傅鞠了一躬，只說了幾個字：「師傅，我錯了！」

然後站起來就一陣兒頭暈目眩，我這時才發現，我的腦袋也被包得嚴嚴實實的，腿也包紮過。

「算了。」師傅忍不住扶了我一把，然後讓我坐下，才說道：「原本你一滿十五，就得面對著過十六這個坎兒，童子逢三、六、九原本就不好過，而你就應在了六九之數，以前你順利過六，劫數就報在你二姐身上，過九的時候，抵了我給你的一場功德，可你也總不能讓人攙扶著走，也算是自己應劫吧。」

「狗日的，說起來，我也算童子了，我說呢。」酥肉在旁邊感歎道。

我師傅眼睛一瞪，說道：「你算屁的童子！他應劫，你跟著他，這不連累你，連累誰？那麼胖的童子，怕是道觀都被你吃窮了。」

酥肉低下頭去，小聲地嘀咕道：「姜爺歧視胖子……」

而凌青奶奶這時卻開口說道：「算了，我們還是快去慧覺那裡吧，還有很多事情要處理，這三個孩子都到這裡了，肯定也丟不下了，帶著他們吧。」

我師傅哼了一聲，算是答應了，走過來，就要把我背在背上，我心裡一陣溫暖，原來師傅氣是氣我，還是會背我，我說剛才趴得那麼安心呢，原來是師傅背我。

「師傅，餓鬼王死了吧？我去看看吧？」我還是掛著餓鬼王，酥肉說它死了，可我再咋也想去看看。

「你還念著那個餓鬼王！你也不知道你闖了多大的禍，把我們的計畫都打亂了，它哪兒那麼容易死？被鎮住了，你要看，就去看吧。」說話間，師傅就把我往那條墓道背。

而我狠狠地瞪了酥肉一眼，意思很明顯，你小子敢騙我？

酥肉忍不住出聲說道：「都那樣了，餓鬼王還沒死？這TM沒天理啊！」

我師傅和凌青奶奶忍不住同時翻了一個白眼，凌青奶奶牽著凌如月說道：「你以為餓鬼王是大白菜？那是那麼多蟲卵才培養出來的獨一份兒，那麼容易對付，我們也不至於小心翼翼的了。」

說話間，師傅已經把我背到了墓道，我一眼就看見餓鬼王橫在墓道裡的巨大身軀，身上非常多的傷口，湧出的全是青色的血液。

那樣子可真夠慘的，怪不得酥肉說餓鬼王都那樣了，還不死！

可是我再仔細看去，就不淡定了，我看見餓鬼王的腦門上插著我的虎爪，我忍不住喊道：「師傅，我的虎爪咋在那裡？」

「你如果想餓鬼王馬上生龍活虎的話，你就把這虎爪拔了吧。」師傅冷冷地說了一句，我撇了撇嘴。

其實一下墓的時候，這虎爪我就扯下來捏在了手裡，可是後來想到上次殺餓鬼蟲時，師傅說糟蹋了虎爪，而且至少浪費了六、七年的功夫，我又給珍惜地戴上了。

這虎爪從小我就戴在身上，小時候還救過我一命，我對它其實非常有感情，而且也很珍惜，所以我捨不得用，哪怕鬥餓鬼王的時候，我都沒用，我怕虎爪就這樣廢了，結果，我師傅卻⋯⋯

彷彿看出了我所想，我師傅說道：「這虎爪是最好的陣眼法器，因為裡面鎖住了一隻凶虎魂，那是……反正，我以虎爪為陣眼，暫時鎮住了這隻餓鬼王，麻煩事情在後面，現在我來不及收拾它。」

我仔細一看，果然餓鬼王的四肢都貼著一張藍色的符，而在心口的位置則放了一塊兒桃木牌，身上還有很多的符紋。

果然師傅以這餓鬼王的身體為地，布了一個陣，鎮住了餓鬼王。

此時，它雙眼緊閉，橫在這兒，就跟死了一般，哪兒還有剛才的威風？

「師傅，你是咋打贏它的？」我好奇的問道，餓鬼王又不是傻子，還能任我師傅在它身上擺弄這些？

師傅哼了一聲沒說話，凌青奶奶卻說：「路上說吧，慧覺帶著隊伍還等著我們，這墓裡厲害的東西還多著呢，除了鬼母，可能還有那個……」

第二十八章　秘聞、科學

還有那個？那個是哪個？我分明看見師傅和凌青奶奶相互交換了一下眼神，可無論我們三個小的，怎麼發問，他們都不說話了，倒是酥肉問了一次沒結果後，開始繪聲繪色地跟我講起經過來。

什麼凌青奶奶放出了三條蟲子和餓鬼王纏鬥，還有我師傅直接和餓鬼王貼身鬥，分別貼上四張符的過程，酥肉講得那是一個口沫橫飛，繪聲繪色。

凌如月就在旁邊抿著嘴笑，時不時地補充兩句。

至於我，聽得那叫一個熱血沸騰，說起來道家法術變化萬千，但是要論起那種打鬥的場面，是萬萬比不得武家那種貼身肉搏好看的。

所幸的是，一個真正的道士，總是會習武強身，手上也會那麼兩下子，厲害的，不比武家的傳人差，我師傅就是那種拳腳功夫厲害的，至於我師祖老李肯定更厲害！

我那是悠然神往，心說回去以後，一定得叫師傅好好教教我。

卻沒想到酥肉和我一個想法，說完過程後，他就央求我師傅：「姜爺，我都叫了你那麼多年爺了，你的道術不可以傳給我，你武功總可以教我兩下吧？」

「可以啊，我可以教你半個月，以後你自己練。」姜老頭兒幾乎是毫不猶豫地就答應了。

酥肉卻苦著臉問道：「為啥只有半個月？」

「因為我和三娃兒要離開了。」

酥肉沉默了，他估計一興奮把這一茬忘記了，凌如月忽然開口說道：「三哥哥，胖哥哥，這次餓鬼墓的事情一完，我和奶奶就要回寨子了，你們會記得我嗎？」

話說，一起患難過，是最能培養堅定不移的友情，這小丫頭是真的對我和酥肉捨不得。

「咋會不記得？有空哥哥會來寨子裡看妳。」酥肉毫不猶豫地答道，這小子滿嘴跑火車。

果然，凌如月聽見就笑了，這小子能知道別人寨子在哪兒嗎？

「我會記得妳的，還有花飛飛。」我趴在師傅背上，認真的說道。

凌如月使勁兒點頭，說道：「我也不會忘了三哥哥和胖哥哥的。」

姜老頭兒聽得無語，說了句：「三個小娃兒，肉麻兮兮的，你們以後有機會再見的。」

這說話間，時間已不知不覺過了二十幾分鐘，終於師傅他們在一個拐角之後，來到了一個類似於大廳的地方，在這裡我看見了十幾個人，胡雪漫也在，剩下的我也幾乎全部認識，都是那個小院裡的人。

只有一個戴著眼鏡，看起來很斯文的年輕人我不認識，非常的陌生。

見到我們幾個回來了，大家都紛紛圍過來，關心地詢問著情況，這時我已經好點兒了，能下地站著了，面對著這些帶著責備，善意的詢問，我心裡其實挺感動的。

這時，那個戴眼鏡的斯文年輕人走了過來，扶了扶眼鏡，很認真地說道：「道家手段真的是很神奇，很多東西不能用科學原理來解釋，很多所見也超出了我對這個世界的認知，我回去會好好和老師彙報一下情況。」

說完後，他忽然伸出手來，和我還有酥肉使勁握了一下手，說道：「道家的弟子也很厲害，小小年紀就能和未知的生物搏鬥，我表示欽佩，對了，我叫楊晟。」

酥肉抓抓腦袋，得意地笑了，不過隨後又說道：「我算哪門子道家弟子啊？三娃兒才是，他救了我。」

楊晟再次扶了扶眼鏡，仔細地看了我一陣兒，這才認真地說道：「請問小兄弟大名？」

「哦哦，你好，我叫陳承一。」我在村子裡長大，接觸的也是直爽的村民，那麼正式，那麼文謅謅的，我有些不習慣了。

「陳承一？這名字……我有一個好朋友，叫周承……」楊晟話還沒說完，就被姜老頭兒打斷了，他說道：「三娃兒，你要向楊晟哥哥學習，他可是我們國家的天才，現在跟著國家最厲害的生物學中科院士在學習，人家只有二十三歲，已經是博士後了，這次跟著我們來這裡，也是為了國家做事兒。」

二十三？博士後？這是什麼概念？普通人二十二、二十三歲，大學都才畢業，這個楊晟好厲害，竟然已經是博士後，那不是十幾歲就上大學了？

楊晟有些不好意思地笑了，原本墓室的燈光就灰暗，就是靠著大家隨身攜帶的蓄電池，所以我也沒有看清楚這小子是不是還有些臉紅，不過心想，那麼厲害的人，還挺靦腆的。

「好了，現在不是說這些的時候，楊晟，記住我交給你的東西很危險，在拿回去研究之前，千萬不可以撕開外面的符，否則造成的後果，非常嚴重，聽見沒？」姜老頭兒嚴肅地對楊晟說道。

楊晟認真地說道：「我一定會小心對待的。」

姜老頭兒點了點頭，這才問到胡雪漫：「慧覺呢？」

「慧大師還在處理那些蟲卵，我們現在要怎麼做啊？姜爺？」胡雪漫問道。

胡雪漫開口叫了姜爺，而不是姜師，我覺得挺新鮮的，隨口就問道：「胡叔叔，幹嘛忽然叫我師傅姜爺？」

「姜爺吩咐的唄，他說姜師聽著彆扭，特別是下這墓裡來以後，姜師聽著更彆扭。」胡雪漫說道。

姜師彆扭？我沒聽出來啊，姜師？殭屍？我一愣，忽然就知道彆扭在哪兒了。

慧覺老頭兒就在這類似於大廳的墓室背後，那裡有一間小密室，原本那裡，我師傅他們以為是餓鬼王所在的地方，卻沒想到餓鬼王被我們三個無意中放了出來。

慧覺老頭兒就在那空無一物的小密室渡起了那些蟲卵，這些蟲卵是見不得光的，更不能接觸人氣兒，必須就在這墓室裡處理了，按我師傅的話，這些蟲卵經過超渡，就會變成死物，再也孵化不出來。

當然，我師傅也留了四枚活蟲卵，二枚給了凌青奶奶，二枚給了楊晟，楊晟是帶著國家的任務來的，系統的研究一些神秘的東西，是國家一直都在進行的項目。

那個專案，楊晟簡單地透露了兩句，大概意思是，聚集的，基本上都是國家頂尖的人才，只是不為人知罷了，都是高度機密！

他還無意中說起一句，包括我師傅他們所在的部門，也是國家的機密。

「情況就是這樣，我們被這個建墓的人擺了一道，這邊的密道是培養蟲卵的地方不錯，可是也就僅僅如此了，而另外一邊的岔道，我們原本以為的鬼母所在也是判斷錯了，餓鬼王既然是在真正的古墓裡，那鬼母也在真正的古墓裡。」師傅在安排接下來的行動，當然在事前少不了一番分析。

「可是，那墓道裡的笑聲是怎麼回事兒？那不是鬼母？」有一個人提出了疑問。

可以肯定的是，那笑聲他們也聽過，基本上都判斷那條墓道的盡頭是鬼母。

師傅站起來，背著手走了兩步，說道：「鬼母這種東西說實話，我們都沒見過，只能從一些典籍上得知一點兒情況，這也是機緣巧合，三娃兒他們放出了餓鬼王，我才知道判斷有誤，那條墓道裡的，不是鬼母，是一隻魅靈！」

「魅靈？」所有人一聽這個名字，臉色都變得怪異了起來。

顯然，他們都知道魅靈這種東西，這是鬼物的一種，之所以叫魅靈，是因為這種鬼物，沒有別的本事，只會迷惑人心而已，正面相對，一個陽氣旺盛的男子都可以沖散了它。

魅靈這個名字之所以那麼好聽，是因為鬼物幾乎都有魅惑人心的本事兒，但魅靈絕對是最強的，最喜歡趁人不備時，趁虛而入，所以給了它一個靈字，其意思就是其魅的本事兒，已經稱得上靈物了。

竟然是隻魅靈在那裡，這修墓的人到底是誰？竟然算計得如此深沉！

「魅靈是啥玩意兒？」酥肉在旁邊問道，我簡單地給他解釋了兩句之後，酥肉一臉憤怒的罵到：「我×，就那麼一個玩意兒，把我們嚇得那麼慘？我說呢，每次到關鍵的時候就聽它笑，原來是趁虛而入啊？」

這確實是魅靈厲害的地方，有些東西你看似很弱，其實在合理的環境，就往往是致命的。

「阿彌陀佛。」這時，慧覺終於從大廳後的密室出來了，聽聲音很虛弱，在這麼昏黃的燈光下，我都能看見他的臉呈現一種病態的紅色。

破天荒地的，姜老頭兒親自去扶了慧覺一把，慧覺老頭兒嘿嘿一笑：「拿個雞蛋給額吃，額就恢復咧。」

姜老頭兒也笑了，大聲吼了一句：「你們誰帶的乾糧裡有煮雞蛋的，拿出來。」

兩個老頭兒這樣一鬧，整個墓室的氣氛一下子輕鬆了許多，還真有幾個人帶著煮雞蛋，爭先恐後地拿給慧覺，慧覺選了兩個，剝開來吃了，然後把我們三個小娃兒叫了過去，開始詳細地詢問起情況。

教訓是免不了的，可是教訓完以後，慧覺對姜老頭兒說道：「渡這些蟲卵，幾乎已經耗盡了我的心力，餓鬼王難渡，必須你出手處理了，至於鬼母，讓凌青處理吧。我們三個也算老戰友，這次一起下墓，卻沒想到這個山芋那麼燙手。」

姜老頭兒歎息了一聲，說道：「現在已經可以肯定是有人刻意而為之了，這墓裡很多謎團。說起我們是老戰友，這一晃都多少年過去了，看看三娃兒，看看如月，慧覺，你也該收個徒弟了。」

「我是想收啊，可是和尚收弟子，可比你們難多了，戒律太多，但我隱約有感，我會有傳人的，先把餓鬼墓的事情解決了吧。」慧覺老頭兒難得認真地說道。

這時，凌青奶奶忽然說了一句：「我們都老了，也累了，想要追求的一些事情，我們該放手去做了……」

「妳啥時候過來的，走路還和以前一樣，不帶聲音啊？」姜老頭兒扭頭嘿嘿一笑，對凌青奶奶說道。

凌青奶奶的神色忽然有些惆悵，然後說道：「好了，大家也休息得差不多了，餓鬼卵的事情已經解決了，你快去安排接下來的行動吧。」

接下來，姜老頭兒把人分成了三隊，其中他、慧覺和凌青奶奶帶著三個人要下去古墓，我，凌如月、酥肉、楊晟則安排胡雪漫還有一個人把我們送出去。

剩下的一隊，去對付魅靈，然後再和師傅他們匯合。

這意思很明顯，我們幾個要被送出餓鬼墓了，這一次我們誰都沒敢表示反對，臨走前師傅叮囑我：「你把楊晟帶到竹林小築去等我，回去我再罰你。」

我不敢多說什麼，只是臨走前想起一件事兒，就跟師傅說道：「師傅，我在牆上挖了一塊玉，是法器，然後對付餓鬼王的時候，我……」

「那塊玉，我已經收揀了起來，一切回去再說。」師傅的表情有些古怪，不欲多說的樣子。

「可是師傅，你們怎麼沒遇到攔路鬼，然後你怎麼會沒發現那塊玉？」這是我一直想追問的事情。

「等我回去再說！」師傅已經不欲回答我多的問題了，我也只好灰溜溜地閉嘴了。

再上到地面的時候，清冷的月光已經灑滿了大地，周圍非常地安靜，除了偶爾有幾聲蟲鳴。

把我們四人送到門口，胡雪漫說道：「不要再下來搗蛋了，有些事情不是說你有好奇心，就必須要瞭解的，你們都還小，有些世界不是屬於你們的。」

我們也不懂胡雪漫話裡的意思，胡雪漫也不打算解釋，他只是對酥肉說道：「小胖子，你回去之後，知道該咋做吧？」

酥肉是個機靈人兒，他說：「我知道，我這不出來玩，摔了一個大筋斗，才搞成這樣嗎？」

「好小子，怪不得姜爺說你有福氣。」胡雪漫哈哈大笑，使勁拍了幾下酥肉的肩膀。

其實酥肉知道這事兒說出去，只怕連同他的家人都會被牽扯，他是不小心進入了一個神奇的世界，但是有些東西確實不太適合普通人知道。

出大門的時候，幾個拉肚子戰士看見胡雪漫，立刻行了個軍禮，當看見我們的時候，他們幾個傻了眼，咋混進去三個孩子？

胡雪漫咳了一聲，說道：「你們從現在起安心地守好這兒，無論什麼情況下，都必須保證有兩個人不能離開，知道了嗎？」

看見胡雪漫沒追究責任，那幾個戰士鬆了一口氣，然後大聲地回應了胡雪漫的命令。

胡雪漫把我們送到門口，就轉身回去了，剩下我們四個站在這安靜的夜裡，面面相覷，沉默了一陣子，終於還是離開了這裡。

回去之後，沒人有心思吃飯，四個人洗了個澡，就沉默地坐在竹林小築的大廳裡，我也發現一個比較有趣的問題，就是那個天才楊晟竟然是個生活白癡，連水都不會燒那種。

可憐我和酥肉一身帶傷，還得「伺候」他。

好在都是皮肉傷，就是放毒的傷口深了點兒，所以我和酥肉都不敢像以前那樣，跳到木桶裡去泡著，只得草草擦洗一下，至於凌如月和楊晟倒是美美地泡了個澡。

此時的沉默不是因為我們無聊，而是墓裡發生的事情太過神奇，我們都需要一些時間來消化。

酥肉是神經最大條的一個，他問楊晟：「你說你咋也被送出來了？你不是國家派來的嗎？」

楊晟扶了一下眼鏡，秉著一貫認真的態度說道：「出發之前就說好了，一旦姜爺遇見認為危險的事情，我必須聽從他的吩咐，迅速離開。」

「啥？還有危險？」我一下子就站了起來，我以為餓鬼王是最危險的。

「是的。」楊晟取下眼鏡，擦了擦，一本正經的說道：「因為那個墓裡很有可能形成殭屍，那種東西非常的危險。」

「殭屍？」我忽然想起了凌青奶奶說的，墓裡可能有那個。

「嗯。」楊晟點頭回答到，然後又取下了眼鏡，這傢伙連頭髮都擦不好，滴下的水，一次次地把眼鏡片兒打濕。

酥肉看不下去了，站了起來，大步走去房間，取了一條乾毛巾，使勁地幫楊晟擦了幾把，然後說道：「看吧，我一隻手都比你擦得乾淨，現在你可以繼續說了。」

楊晟再次靦腆地笑了笑，然後一本正經地解釋道：「我的時間不太夠用，因為學術上的問題需要鑽研，有些小事兒，我沒時間去學習。」

「行了，我看你能把自己給餓死。」酥肉無奈地翻了個白眼。

楊晟臉一紅，有些小聲地說道：「說起來，我是餓了，沒好意思說。」

「算了，算了，酥肉來幫我，我去做飯，做完飯你好好跟我說說殭屍的事兒吧。我簡直不敢相信，一個博士後還能研究這些。」我無奈地說道。

楊晟卻一下子很嚴肅地說道：「這些要和迷信的事情區別對待，這些事情的研究價值非常的大！知道細菌，病菌嗎？在合適的條件下，它們是人類屍變的最有可能，也最有根據的原因，還有某種電流，在特殊的情況下，能啟動中樞神經，那樣產生的後果，是什麼？就是行屍走肉，還有一些特殊的化學物質……」

楊晟開始滔滔不絕地講起來，可是我們三個聽得頭疼，我呢，一個小神棍，凌如月，一個小巫婆，至於酥肉，一個小混混，誰還能跟書呆子楊扯科學？

我們打斷了他，表示興趣缺缺的樣子，楊晟卻猶自不甘心地吼道：「我們國家是發生了很多匪夷所思的事情的，這裡面都有我們科學工作者的身影，就像那片沙漠發生的事情，但是我們也需要你們的幫忙，儘管你們不懂這其中的科學原理，可是你的方法卻是那麼的有效果。」

我跟酥肉說道：「看他這樣兒，是想我們和他組成一支隊伍似的，這算啥？神棍和科學家聯合？」

酥肉根本不理我，直接說了句：「三娃兒，我們煮個白肉吧？我想吃剁椒的蘸水。」

楊晟吃東西的時候，我們才深刻的體會到了什麼叫所謂的小事兒不用在意。

飯粒兒橫飛，眼鏡上、衣服上、褲子上，地上全部都是。

我非常後悔，為啥要弄個白肉，楊晟吃的時候幾乎是看也不看，把肉隨便放蘸水裡攪和一下，就塞嘴裡了，那蘸水無疑滴得他身上到處都是。

「晟哥，我估計你又得洗澡了。」酥肉無奈地歎息一聲。

楊晟大口地扒著飯，含糊不清地問著：「為啥？」

「為啥？吃成這副模樣了，還不洗澡？」酥肉覺得自己已經夠邋遢了，這下遇見高手了。

楊晟不好意思地笑了笑，可是動作依然不改，我在心裡抓狂了一下，明明如此清秀斯文的人啊，明明高材生啊，咋吃個飯比那些在地裡勞作的漢子們還粗獷？

凌如月抿著嘴笑，實在是沒辦法，去拿了一張帕子遞給楊晟，說道：「晟哥哥，你擦嘴。」

楊晟接過帕子，又低著頭開始靦腆。

我無奈地問道：「晟哥，我弄的飯好吃？你平時都吃些啥啊？」

楊晟拍掉身上的飯粒兒，擦了嘴之後，又一次非常認真地說道：「我其實不知道好不好吃，因為平時時間總是很趕，不夠用，我吃東西都很快，能填飽肚子是關鍵，營養是其次，味道不重要。」

「噗」的一聲，酥肉忍不住噴飯了，而且很多飯粒兒正好就噴在坐他對面的楊晟身上，可是楊晟毫不在意，又隨手拍去了。

估計對於酥肉這種吃貨來說，絕對不能理解楊晟的話。

看見酥肉這副模樣，楊晟愣了半天才認真地問道：「我說的有什麼不對嗎？請指正。」

「不不不，晟哥說的都對，這當科學家啊，是應該這樣。」酥肉發覺他和楊晟沒辦法溝通。

而且，這晟哥的反應也太過遲鈍了吧？酥肉噴飯都半天了，他自己都把飯粒兒彈掉了，還愣了半天，才想起問酥肉。

但是，我們卻不得不佩服楊晟，他絕對是個聰明人，否則不可能二十三歲就是博士後，他只是把心思全部用在了科學研究上，才會有如此「極品」的生活表現。

這種認真的精神，是我們所沒有的。

吃完飯，收拾完畢，我們幾個卻無任何的睡意，包括楊晟在內，他拿著一個筆記本，不停地在上面寫寫畫畫，皺著眉頭，不知道在想些什麼。

凌如月對墓裡有殭屍比較感興趣，忍不住問楊晟：「晟哥，你怎麼判斷墓裡有殭屍的，根據在哪裡？」

楊晟抬起頭來，還是愣了很久，才清醒過來，這才扶了扶眼鏡，慢條斯理地回答道：「我們國家其實發生了很多殭屍的事件，有一些了無痕跡了，可有一些不得不費盡心力地去掩飾，在殭屍事件的多發區，我曾經利用身分的便利，和幾位老師去調查過，得出了一點兒規律，可是又沒有完全的掌握到。唯一，能稍微肯定一點兒的，就是養屍地，這算是最大的規律。」

楊晟一口科學道理說出來，我們三個又暈乎乎的了。

「養屍地兒？那是啥東西？」我問道。

「養屍地，多出殭屍，因為土壤土質酸鹼度極不平衡，不適合有機物生長，因此不會滋生蟻蟲細菌，屍體埋入即使過百年，肌肉毛髮也不會腐壞，這就為殭屍的形成提供了必要的外在條件，至於內在的條件……」楊晟的眼神也開始變得迷離起來，彷彿這是他一直追求的謎題：「我剛才跟你們說過的，就是一些沒有規律的內在條件，我們抓不住規律，曾經其實是有機會的。」

「曾經有機會？」我疑惑了，其實關於殭屍，師傅不願意和我多講，但是他那一屋子藏書我卻是經常翻看的，我記得有一小段內容，是說茅山養屍術，就是人為的製造殭屍。

難道科學也能做到這一步？

不過提到這個曾經，楊晟卻擺擺手，顯然他是不能說，這個人太直接，不能說的臉上的表情，就直接告訴你不能說。

可是我們三個卻來了興趣，凌如月拉著楊晟，撒嬌一定要他說。

楊晟被一個十一歲的小丫頭鬧了一個面紅耳赤，這才說道：「那時，我還在少年班，只是聽導師說起過一些模糊的事情，總之那個時候的確是有機會，可感覺那是禁忌的，上天把這把鑰匙收回了。我進了特殊部門以後，我才知道我的眼界狹窄，很多事情比今天在餓鬼墓見到的還匪夷所思，秘密標本室，有骨頭是……」

楊晟自覺失言，乾脆又不說了，可是我知道，他知道的這些，我師傅一定知道得更多。

我和凌如月或多或少對一些事情都隱約有感覺，誰叫我們的師傅是戰友呢？所以，我們不問了，至於酥肉比我們更油滑，他知道身為一個普通人，他所知的這些秘密已經稱得上逆天了，說出去也沒人相信。

所以，他也和我們形成了一樣的默契，當然他更會處理一些，乾脆當沒聽見，直接轉移話題：「那晟哥，你為啥說餓鬼墓有殭屍。」

「我剛才回答了啊，因為養屍地，我進墓之前，採集了那裡的土壤樣本做研究，發現是一塊養屍地。殭屍這種東西是危險的，所以姜師傅叫我離開，我必須離開。」楊晟再次扶了扶眼鏡。

「那你對餓鬼王這種東西咋看？」其實我發現和楊晟聊天是一件非常有樂趣的事情，師傅曾經說過，有些東西，他是知其然，不知其所以然，只是按照一些特定的方法做。

而楊晟就是那種特意去追尋背後原因的人，他的見解很獨到。

「對於餓鬼王的看法，這要從歷史說起，其實人們最早對鬼怪的形象，不是源自於鬼，而是源自於魔，很多兇狠的圖騰，很多形容來自地獄的圖畫，所有的形象，哪怕是遠古時期，你們沒發現，都比較一致嗎？」楊晟問到我們。

我們一愣，確實比較一致，幾乎都是那種眼若銅鈴、大鼻子、鷹鉤的、獠牙、雙角……

「這就對了，歷史上很多事件除了正史，還有歷代術士的歷史，上面記載過一些東西，這不是憑空杜撰的，憑空杜撰的東西在民間沒有流傳的基礎，流傳這種東西，最起碼的是要引起人們的共鳴。簡單的說，鬼這種東西，一說起來，人們就很有共鳴，因為很多人或多或少都有比較靈異的經歷，就算有些人神經大條，忽略過去了，但是一提起，他總會想起些什麼東西。可是到了當代，你說鬼，可能有人會贊成，有人半信半疑，絕對不信的反而是少數，你說魔鬼呢？人們就會說你扯淡。」楊晟用一種講學術的語調，開始給我們認真講解起來。

「那又如何？」酥肉沒把握住其中的關鍵，可是我和凌如月卻懂他的意思了。

「那如何？很簡單啊，在古代，魔鬼這一形象是如何在民間有那麼大的流傳基礎的？只能說明它存在過！到了現在，因為消失了，所以它的存在就被遺忘，再也流傳不起來。而我對餓鬼墓的餓鬼就是這樣一種態度，就算我沒見過，我也會抱著流傳必有其道理的態度去探究，而不輕易下結論。然後，我見到了，我也不吃驚，那只是一種生物學對生命個體的表現形式，就如同外星人和我們一定相同嗎？他們又是怎麼樣的形象？」楊晟在說起學術的時候，是如此的能言善辯，和剛才木訥，遲鈍的樣子，半點兒不沾邊。

「你會研究餓鬼嗎？」我問楊晟。

「會，所以我帶回了二枚餓鬼卵，但不是所有的成果都能得到應用，有些成果是假成果，就是說在特定的條件下才有一定的作用，那就只是一個科學結論，而且是秘密的科學結論。」楊晟認真地說道。

「可你這樣研究的目的是為什麼？」我問道。

「我們一代代的人去探究，總有一天，有些秘密會在人們的眼前解禁，為人類所利用，儘管在現在，它能引發的後果極有可能是恐慌，這就是我畢生的追求，科學總是需要犧牲去鋪就道路的。」楊晟說道。

我們三個肅然起敬。

楊晟沒感覺到我們的情緒，只是繼續說了一句：「科學不是否定，排斥，科學應該包容。」

第二十九章　導引之法

師傅他們整夜都沒有回來。

當天微微亮的時候，我吐出一口濁氣，心裡有些不安，整整一夜啊，師傅他們在幹什麼？怎麼還沒有回來？

「吱呀」一聲，我身後的竹門開了，我轉頭一看，是楊晟頂著一個雞窩頭起床了，他也真行，睡個覺能把頭髮睡成這樣。

「三娃，你幹啥呢？我睡覺不踏實，多早就聽見你起床的聲音了。」楊晟隨便抹了一把臉，就問我。

「早課，你也可以理解為晨練。」其實我沒多大心思說話，我擔心著師傅他們為什麼一夜沒回來。

「是怎麼練的，對身體有好處嗎？教教我唄，我生活老是沒什麼規律，學學這個也好。」楊晟一下子就積極了起來，我看得出來對於道家的神奇他還是很嚮往的。

可是我教他什麼？早課的內容顯然不適合他，不過這楊晟的生活習慣真的夠亂的，我想了半天，跟他說道：「氣功我不能教你，不過教你一點兒簡單的按摩法吧，至少能強身健體。」

楊晟也乾脆，說道：「好吧，你現在就教我吧。」

我望了他一眼，說道：「你急啥？至少先去洗漱一下吧。」

楊晟嘿嘿一笑，轉身去洗漱去了，這個人估計比酥肉神經大條，師傅他們一晚上沒回來，他竟然沒什麼感覺。

這一天，竟然出人預料的有陽光，當楊晟洗漱完畢後，剛好一絲清晨的陽光就穿破了雲層，灑在這剛剛被細雨洗禮過，青翠欲滴的竹林。

楊晟洗漱的動靜太大，吵醒了酥肉和凌如月，一時之間大家都早早起來了，洗漱一陣兒，都聚集在了門前我練功的小壩子裡。

「三哥哥，我擔心奶奶……」說這話的是凌如月。

「三娃兒，姜爺他們沒回來過？」酥肉也挺擔心。

我這個時候不能表現出什麼來，不然凌如月鬧著要出墓裡找奶奶，可不是好玩的，我說：「他們肯定有很多事情要處理，不是說就在墓裡待了一晚上，你們別瞎想。」

楊晟扶了扶眼鏡說道：「是的，他們就算處理完墓裡的事情，也還有很多事情要處理，就比如寫報告，上報什麼的，得要三、五天吧，才能回來，你們別擔心。」

原來楊晟知道啊，怪不得他不著急，我是不清楚我師傅他們的工作流程具體是怎麼樣的，不過楊晟這麼一說，我倒是放心不少，畢竟楊晟經過一天短短的接觸，我知道他是一個不太會撒謊的人。

看著清晨的陽光，我的心情也明朗了一些，直接說道：「楊晟，來吧，我教你這套導引法。」

我這樣一說，酥肉和凌如月也來了興趣，紛紛都表示要學，我也無所謂，其實只要不是涉及到一些口口相傳的秘法和口訣，有些東西的確是值得發揚光大的。

當然，比如氣功，存思什麼的，我也是不會教他們的，因為那是很危險的東西，也有諸多的限制。

一套導引法，我在他們面前細細地做了一次，然後讓他們照著做，我開始一個動作一個動作的糾正。

「不，楊晟，你的第一個動作不對，兩手更相扭捩，如洗手狀，是說兩個手掌搓熱那種感覺，不是草草的洗手，你想像在冬天很冷的地方，你手很冷，然後你使勁搓熱它，不……不是那樣，動作稍微慢一些，把冬天暖手那個動作放慢來進行，對，就是這樣的感覺。」

「酥肉，這第二個動作，被你做成什麼了？這兩手淺叉，翻覆向胸，是一個推手的動作，十指交叉相扣，然後推出去，再然後翻手，是翻動手腕，然後朝著胸口縮回來。」

我無語地看著楊晟，酥肉，還有凌如月練著這套導引法，非常亂七八糟，凌如月被我說煩了，乾脆一甩手，不練了，酥肉心不在焉的，樂呵呵的，當玩兒一樣。

只有楊晟非常認真地練著，雖然練習得四不像。

練著，練著楊晟就跟我說：「三娃，你教學方式是不對的，你能不能逐字逐句地分解動作來教我們，你剛才那樣練了一遍，我也記不住啊。」

我想想也是，於是點頭說道：「好吧，剛才第一二個動作，我已經詳細地解析過了，從第三個動作開始吧。」

「兩手相捉，共按膝上，左右同，這句口訣不能只看表面的意思，簡單地說，步子要紮成馬步，兩隻手交疊，然後一起按於膝蓋上方，最關鍵的地方是，在手的壓力到了膝蓋之後，膝蓋要自然地上頂，不是說膝蓋要動，而是面對壓力，膝蓋要努力伸直，而手卻用力把膝蓋壓下去的感覺，這樣方能舒筋活血。」

任何的動作，如果沒用上合適的力道，是起不了作用的。

「兩手相叉，叉重按左右胜，徐徐拔身，左右同，在這裡，這個胜字，通髀字，是指的髀骨，對，就是肋下髀骨的位置，就是兩手十指緊扣的樣子，按住髀骨的位置，然後蹲下去，再慢慢地站起來，左邊髀骨一次，右邊一次，按住的力量要重，站起來的時候，你可以想像背上背負著一袋米，就這樣費力地，慢慢地站起來。」

「如挽一石弓餘力，左右同，這個你們很好理解吧？一石為一百二十斤的大弓，拉弓的動作，想想吧，一百二十斤的大弓，你用力把它拉開，那是需要多麼大的力量，對，左手，右手都要拉開，之所以很多人做按摩導引法的效果不到位，就是因為力量不到位，這樣的動作，對於肩周炎之類的是非常好的。」

「作拳向前築，左右同，在這裡，拳頭要求必須握緊，楊晟，你在憤怒的時候，拳頭不會緊握嗎？對，就是那樣，腳步用弓步就好，然後用力地揮出你的拳頭，就像在打擊你最恨的人，不要那麼軟綿綿的，要用力地揮出！」

「如拓千斤之石，左右同，舉起你的手，現在你的手上不是空無一物，是舉著一塊很重的石頭，這塊石頭，你必須用全身的力氣才能舉起來，懂嗎？用全身的力氣，上舉你的手，對，左右都要。」

「以拳卻頓，此名開胸，左右同，握緊你的拳頭，然後使勁地向後伸展，對，這就是擴胸運動那樣，就像廣播體操裡的擴胸運動，不同的是，不是一起進行，是左右分開進行，左邊兩下，右邊兩下，然後一起再向後擴。」

「大坐斜身，偏倚如排山，左右同。對，坐下來，雙腿伸直坐下來，然後扭腰側身，就是把身體側過來，然後雙手推出，要徐徐地推出，想像一下吧，你面前有一扇很厚重的大門，你需要把它這樣推開，身體不能動，必須這樣斜著，然後只能雙手把大門推開。」

「兩手抱頭，宛轉腦上，此名開脅，左右同。在這裡，立定站好，然後用雙手托住你的頭，先從左邊使勁地把頭往上，往後扳動，然後是右邊，這個動作是牽引你的肋骨，最大程度上地把身體活動開來，讓氣息流動，為了達到最好的效果，兩邊動作最好做到位。」

解析了十個動作，我覺得有點累了，所謂導引法，也必須配合想像，就如後來興起的瑜珈，但效果更為直接，如果力度到位，一次導引法做下來，人該是大汗淋漓。

此時，楊晟已經汗流浹背了，可後面還有九個動作。

不過，如果楊晟能堅持練習，或多或少能對他這種生活無規律，吃飯也是狼吞虎嚥的人的身體有所改善吧。

花費了一個上午的時間，總算教會了楊晟這套導引法，楊晟累得有些氣喘吁吁，但看得出來，他挺興奮，他問我：「三娃兒，這套導引法那麼好，為什麼沒流傳開去？如果流傳開去，有很大的好處啊。」

我的面色有些古怪，望著楊晟說道：「晟哥，誰說沒有流傳開去？知道中小學的廣播體操嗎？就是參考了這套導引術，那是簡化版，可惜現在的學生娃娃誰會認真去做啊？動作其實不是難點，難點是在於用力的程度，這裡就摻雜了一點點小小的存思，就是要想像配合動作，力道才能恰到好處。」

「我……」楊晟愣住了，他沒有想到中小學生的廣播體操實際上是來自於這個。

「這套導引之法普通人練習沒有任何的危險，因為不是氣功，我給你講解也不是講解動作，而是分解每個動作，該用什麼樣的力量去配合，才能起到效果，就如我扔給你一套圖片，你去照著做，也只是只具其形，而不具其力！當然在氣息上，只有一個簡單的法門，那就是在發力時，一口氣息含而不散，在散力時，儘量悠長地吐出這口氣息就行了。」我簡單地說道。

「原來國家是重視這些的，竟然讓學生娃娃從小練起了，我說這些動作有些眼熟呢，可是為什麼不說明？」楊晟抓了抓腦袋。

「很簡單，以前就破過四舊，這些東西要如何說明？」我的言下之意，估計楊晟能理解。

楊晟點點頭，他只是個生活白癡，但是智商卻是極高的。

看著已經日上三竿，我對楊晟說道：「晟哥，最好的練習時間是早上，剛剛睡了一覺之後，身體需要舒展，不過在練習之前，先做些小小的熱身運動，效果會更好，堅持做吧，這是最簡單的導引之法了，可是簡單卻不敷衍，一兩年後你會發現身體靈活，而且體質也會增加。」

一轉眼，三天就過去了。

酥肉在前天就已經回家，山上只剩下了我和凌如月，還有楊晟。

這三天，我們三個過得倒也簡單，楊晟常常問凌如月一些關於昆蟲的問題，問一些關於道家學說的問題，而我和凌如月呢，則非常喜歡聽他講科學上的秘聞。

這種交流非常的有意義，我們三個的感情就在這種交流中慢慢地昇華。

我發現楊晟這個人，除了生活習慣上近乎於小孩，品德上卻非常地讓人折服，誠懇，正直，認真，誠實。

而凌如月那個小丫頭，我則對她有了新的認識，這丫頭雖然有些小女孩的任性，有些古靈精怪，但本質上一點兒都不壞，而且非常的重情重義，我和她也算是在古墓裡歷經過生死，我在心裡把她當成了妹妹。

「三哥哥，晟哥哥，奶奶回來了，我就要回寨子了，姜爺爺說以後我們會再見面的，你覺得是什麼時候啊？」此時的凌如月坐在竹林小築的欄杆上，兩隻小腳丫一晃一晃的，甚是可愛，可一張小臉蛋兒上卻是憂慮的。

楊晟扶了扶眼鏡認真地說：「我的研究專案，註定了我要前往很多傳說中危險的地方，三娃，如月，你們快些長大吧，我也很希望像老師那樣，有一兩個神秘的高手在身邊幫助。」

我扔了一顆花生米在嘴裡，說實話我的未來該是咋樣的，我自己並沒有什麼計畫，都是按照師傅的安排，楊晟的意思我能理解，他是指我長大能夠加入某些部門，和他成為最好的搭檔，可是師傅並沒有給我提起過這方面的打算。

「過不了多久，我就要去北京了，緣分這種東西，不可強求，但如果我們有緣，天南地北的距離又算什麼？我們總會相聚的。」我有些懶洋洋地說道，花生的焦香瀰漫在口中，就如此時的氣氛，有些靜謐的安寧，卻讓人無比的幸福、心安。

這是志同道合的朋友帶來的舒服。

「到北京？可惜這邊的事情完成後，我會去新疆，和我的一位老師進行一個項目，不然在北京，我就能再見到你了。」楊晟也剝了一顆花生，可惜花生殼被他咬得亂七八糟。

「我回雲南，胖子哥哥還會留在四川吧，三哥哥，我忽然覺得我們幾個隔得好遠啊。」凌如月托著自己的小下巴，幽幽地歎息了一聲。

「哈哈，我說過，有種東西叫緣分，天南地北的距離可不算什麼，我們會再見的。」也許即將到來的分離會讓人傷感，可是我並不會不捨得，前方的道路心裡有感情的支撐，就不會孤獨，比如我的父母，我的兄弟姐妹，我的朋友。

「三哥哥，晟哥哥，我給你們唱歌小曲兒吧。」凌如月晃蕩著小腳丫子，幽幽地說道。

「好！」楊晟帶頭鼓掌起來，我也樂呵呵地跟著鼓掌。

凌如月望著遠方的竹林，開始慢慢地唱起來：「日出嵩山坳，晨鐘驚飛鳥……」

正是我喜歡的《少林寺》的那首插曲，凌如月唱得極好，沒想到這小丫頭唱歌那麼厲害，我和楊晟都聽得沉醉了，一曲唱完，我和楊晟都還呆呆地回不過神來。

「真是絕了，比原唱都差不遠了多少！」楊晟吃驚地說道。

「是啊，小丫頭，妳可以去當個歌星了。」我也很吃驚。

凌如月難得地臉一紅，說道：「才沒有了，我姐姐唱歌比我好聽多了，我姐姐最好了，也最厲害了。」

「妳姐姐是……？」我是不止一次聽這個小丫頭提起她的姐姐了，剛準備問，忽然楊晟「刷」地一下就站了起來，我嚇一大跳，隨著他的目光看去，我才發現，從竹林裡走出四個人。

是我師傅他們回來了，師傅、慧覺、凌青奶奶，胡雪漫也跟著，真的是他們。

「如月，妳看，他們回來了，妳奶奶也回來。」我有些控制不住情緒激動地大喊道。

凌如月一激動，從欄杆上跳了下來，驚喜地一看，不正是他們回來了嗎？

飯桌上擺著我為師傅他們熱好的飯菜，是我們中午吃剩下的，我當然不會忘記給慧覺大爺煮上兩個雞蛋，飯菜雖然簡單，可也是些山村野味，新鮮無比，可是我發現他們四個人沒什麼胃口，都沒有吃兩口。

氣氛有些不對，從回來到現在，他們只是給我們三個簡單打了一聲招呼，就沒怎麼說話，他們顯得很疲憊，也很沉重。

我一肚子的問題，不敢問，看著沒人再動筷子，就開始默默地收拾。

凌如月老老實實地給凌青奶奶搥著背，看那個樣子，也是一副有話不敢說的樣子，十分的壓抑。

只有楊晟，他估計情商不是很高，也不懂得察言觀色，見他們吃完了飯，就問道：「姜師傅，這次古墓的報告，我能看看嗎？是不是有殭屍？而鬼母又是一個什麼樣的存在？」

我一頭冷汗，見過直接的人，但從來沒見過那麼直接的人，簡直一點兒婉轉都沒有，在這種情況下，楊晟不碰釘子才怪。

可是出乎意料的是，我師傅說話了，他說道：「我們是從墓裡直接回這裡的，行動報告還沒有寫，至於鬼母是個什麼樣的存在，凌青，妳給他看看吧。」

「噹啷」我手裡的碗一下子掉到了地上，我師傅他們在搞什麼，直接把鬼母帶出來了？

而凌如月也愣住了，雙手竟然搥到了空氣上，也不自知，顯然她也沒想到，我那個平時喜歡藏著掖著的師傅那麼的直接。

「我就知道，以你楊晟這個一根筋的性格，一定會給這幾個娃兒說墓裡有殭屍，我真的服了你了，竟然還能進秘密研究組，嘴巴可真夠嚴實，也不怕一不小心就是特務了。」我師傅忽然感慨了一句。

可是我已經無心聽了，我非常想知道，鬼母是個什麼樣子。

第三十章　線索

「這是鬼母？」我嚥了一大口唾沫，有些難以置信地盯著凌青奶奶手上的東西。

凌如月卻是非常地感興趣，看那樣子，手已經忍不住要去摸摸這個鬼母了，以我對這個小丫頭的瞭解，她的愛好非常特殊，她不愛小姑娘們都愛的東西，反而愛些蟲啊，稀奇古怪的花草啊，蛇啊之類的東西。

果然興趣愛好這種東西是要靠從小培養，凌如月這丫頭真的不走尋常路。

而楊晟的反應最為激烈，他扶著眼鏡，反覆地在凌青奶奶身邊走過來走過去，大呼小叫的說著：「太神奇，真的太神奇，這種東西讓我想到了螞蟻一族的蟻后，生物學果然是神奇的，打開大門之後，無盡的寶藏等我去探索。」

我起了一身雞皮疙瘩，相對來說，鬼母在我心目中就長得比花飛飛好一些，因為花飛飛是蜘蛛，我對蜘蛛有種本能的害怕，但也就僅限於比花飛飛好一些了。

只因為鬼母是個啥玩意兒？鬼母是隻飛蛾！

一隻相當於人半個腦袋那麼大，黑色的飛蛾！但是不要以為這樣，鬼母就不恐怖，牠的恐怖之處在於牠的花紋，組合起來看，就是一張似笑非笑的臉，看著視覺衝擊非常大，非常的詭異，跟餓鬼墓大門上的浮雕一模一樣，這就是傳說中的鬼母！

我想過千百次牠的形象，甚至為此翻過師傅收藏的一些有限的佛門典籍，可我就是想不到牠是一隻飛蛾的形象。

「師傅，怎麼是隻飛蛾？牠厲害嗎？牠咬人嗎？」但無論是長得怎麼恐怖的飛蛾，終究只是一隻飛蛾，我想不出牠的厲害在哪裡。

「三娃兒，牠咬人又有啥用？還不是一巴掌拍死的貨，牠的厲害在於，只要牠願意，牠可以召喚一堆牠的孩子出來，包括餓鬼王。控制了鬼母，就等於控制了一堆餓鬼，你覺得呢？所以，我們去找鬼母之前，必須先清除那些餓鬼卵和已經孵化出來的餓鬼蟲，在極度危險的情況下，這鬼母可以讓那些蟄伏的餓鬼卵在極短的時間內全部孵化，這就是牠比蟻后厲害的地方。」胡雪漫沒好氣地說道。

我盯了一眼楊晟，怪不得這小子嚷著鬼母蟻后什麼的，原來他早就知道了，就是想知道鬼母是以什麼樣子存在的，就如餓鬼，很多想像不到牠是類似於蛔蟲的東西。

有一些真相暴露出來，往往讓人目瞪口呆，怎麼都不肯相信，可這就是真實，就像你很難讓古代人去想像現代的飛機，讓現代人去想像古代的那種忠義精神。

「這裡是人間，人的地盤兒，牠化不了形，不然鬼母可是有法力的傢伙，就算沒了鬼子，也很難對付。」姜老頭兒淡淡地說了一句。

「師傅，你們咋進去了三天？你們在哪兒發現鬼母的？牠真的在那個古墓裡？」反正有了楊晟當擋箭牌問問題，我就心無顧忌了，乾脆也問了起來，關於師傅他們這幾天的經歷，我實在太好奇了。

師傅的臉色沉重了起來，慧覺直接念了一句佛號，凌青奶奶沒有說話，而是直接把凌如月抱進了懷裡。

只有胡雪漫，眼眶一下子就紅了，他摘下他的帽子，放在了桌子上，聲音非常低沉地說道：

「我們犧牲了二個戰友，還有一個在搶救……」

死人了？我一下子呆立在那裡，我在餓鬼墓裡待過，我無法想像那天和我一起在大廳休息，遞雞蛋給慧覺吃的那些戰士會死在餓鬼墓裡。

不是餓鬼王都解決了嗎？殭屍很可怕？還是鬼母很……？

師傅臉色嚴肅，只是從懷裡摸出一個小布包，打開之後，有兩件東西，一件兒是我從牆上撬下來的古玉，一件兒是一塊小銅牌，上面的符號和玉上的符號一模一樣。

沉默了一陣子，師傅吩咐到：「三娃兒，把紙筆拿來。」

我不知道師傅要做什麼，但還是到房間裡幫師傅把紙筆拿了出來，幫師傅把紙鋪好，然後專心地在師傅旁邊幫他磨墨，師傅拿起筆沉思了一陣兒，然後下筆如飛地在紙上寫了起來。

我原以為師傅是要寫報告的，卻不想師傅寫的是一種很古老的字體，我勉強能認識幾個字，但離讀懂卻是不行的，那段話不長，很快就寫完了，師傅待得晾乾了之後，就把紙折了起來，然後遞給了楊晟。

「你去新疆之前，要回一次北京，是不是？」師傅問楊晟。

「是的，要回去交報告，姜師傅，你不是要回北京？」楊晟有些吃驚。

「回是要回，但是見不見一些人，回不回部門報到就不一定了，但這封信非常重要，你幫我交給我們行動部的部長，幫我轉告一句話，就說是這個餓鬼墓裡的最大線索。」師傅吩咐道。

我聽得迷迷糊糊的，什麼最大的線索？為什麼師傅不親自去交這個東西？

「李部長？沒問題！」楊晟點點頭。

然後師傅又把古玉和銅牌重新包好，也遞給了楊晟，說道：「這個交給秘密調查部門，要他們查一下，有沒有發現類似的符號，然後背後代表的是什麼，是一個人，還是一個組織，這點非常重要，因為他們手裡掌握的資料非常多，查起來比我有效率。」

楊晟點點頭，這人對一些糾纏不清的事情沒有什麼好奇心，除了他的科學研究。

吩咐完這一切，師傅站起來說道：「你們幾個小輩就散了吧，自己去玩。雪漫你進房間來，我們給你交代一些事情，你把報告寫了吧，然後你回去，看看那個傷重的孩子，不惜代價的搶救他吧。」

師傅的言語間頗有些歎息的味道，而且我覺得師傅從墓裡回來之後，有了很重的心事。

我和凌如月心不在焉地在外面待著，楊晟則又開始寫寫畫畫，大概這樣過了一個小時之後，胡雪漫從房間裡出來了，可是我師傅他們卻不見人影兒。

胡雪漫走到我面前，忽然就使勁兒地摸了摸我腦袋，說道：「三娃兒，你去北京之後，會不會把胡叔叔忘了？」

他這一說，我忽然有些傷感，其實這大鬍子叔叔挺好的，可沒想到他也這麼感性。

我大聲說道：「我當然不會忘記胡叔叔，但是我師傅走了，你們也還要留在這兒嗎？」

「原本，你師傅走了，我們這個分部就要撤出，撤到這裡所屬的城市去，畢竟這樣的分部因為各種原因，是不可能全國各處都存在的，但是因為這裡出了一個餓鬼墓，我們基本上要留守這裡，害怕還有忽然的狀況，北京那邊會派人來帶著我們的，就是沒有你師傅那好本事了。」胡雪漫有些感慨地說道。

做為國家的人，有些事情可不是能遵從自己的意願的，必須服從國家的安排，聽胡雪漫的意思，挺想跟著我師傅的。

「我師傅很厲害？那個部門裡的人不是都很厲害嗎？」我有些茫然，其實我知道師傅厲害，可是沒有一個對比的概念，完全不知道放在同一類人中，師傅算什麼水準。

「很厲害，全國能都排上號，你們師祖教出來的幾個弟子都是人物。」胡雪漫真誠地感慨道，但貌似又覺得自己說得太多，他拍拍我的肩膀說道：「三娃兒，快點長大吧。」

說完之後，胡雪漫轉身就匆匆地離去了。

我莫名其妙，卻又傷感，這次去了北京，我還能再回家鄉嗎？還能再見到大鬍子胡叔叔嗎？師傅他們一直沒有出來，但偶爾會有幾聲爭論的聲音傳出來，彷彿他們也很激動，可是他們在說什麼，我卻不知道。

楊晟這個人很機械，除非是有特別的事情，否則晚上十一點之前必然睡覺，他和我睡客廳地鋪，此時他已經打起了呼嚕，我和凌如月對著油燈默默無語。

轉眼，夜已深……

「三哥哥，姜爺爺在寫字的時候，奶奶跟我說了，我們明天就回去。」凌如月打破了沉默。

「嗯。」我有些悶悶的，忽然覺得人生好像一齣戲，我一開始非常討厭凌如月，可是想著明天她要離去，又開始傷感，誰能預料，這短短的幾日，我們建立了深厚的友情呢？

滿眼的熱鬧，忽然間就變得冷清，有時候也會覺得不舒服。

「三哥哥，晟哥哥也說他明天就要走。」

「嗯。」

「你一直嗯什麼啊？你不會捨不得？」

「有些事情不是說捨不得，就不會發生，我們要相信在未來一定會相逢。」

「嗯，」凌如月重重地點頭。

此時，門開了，凌青奶奶走了出來。

這是一個很安靜的夜，凌青奶奶領著凌如月到我的房間去睡了，楊晟的呼嚕聲還在連綿不斷，我在師傅的房間，再一次對著師傅和慧覺相顧無言。

沉默彷彿是一種會傳染的病，當一個人刻意沉默時，其他的人也會有這種疲累而無言的感覺。

油燈的光，昏黃而溫暖，曾經我和師傅，偶爾還有慧覺爺爺，就是這樣守著一盞油燈走過一個又一個的夜晚，有時爭吵，有時扯淡，有時大笑，總之那是屬於竹林小築的回憶，一段安寧的歲月。

「我明天要離開了，三娃兒，下次再見面你就長成個大小夥子了吧，說不定我那時也有徒弟了，你可得對他好一些，別像我和你師傅似的，一見面就吵架。」首先打破沉默的是慧覺爺爺，他的眼神很清淡，也許佛門中人，對離別看得更灑脫一些。

師傅歎息了一聲，摸著我的腦袋，說了一句：「三娃兒，快些長大吧。」

我覺得這句話咋就那麼耳熟呢？仔細一想，才知道胡雪漫對我說過。

怎麼一時間所有的人都盼望我長大呢？

「師傅，是要我長大了也和你一樣，加入什麼部門，然後為國家服務嗎？」我只能理解為這個意思了。

「不，未來是你的自由，師傅不會束縛你，小鳥兒總要一個人飛翔的。」師傅凝視著遠方的窗外，有些沉重地說道。

我心裡覺得不安，可是師傅的話卻沒有什麼毛病，我隨著他的目光望去。

窗外，一彎冷月。

第二天，小雨下得綿綿密密，打在竹葉上沙沙作響。

凌如月趴在我的背上，臉上還有未乾的淚痕，只因為她早上吵著凌青奶奶，說要再留一天，被凌青奶奶毫不猶豫地拒絕了。

小女孩總是要嬌氣一些，面對這種拒絕，忍不住就哭了，直到我哄她，說背她下山，她才勉強算平靜了下來。

楊晟就走在我和凌如月身後，山路濕滑，他總是忍不住就打趔趄，惹得慧覺老頭兒毫無形象地在後面大笑。還佛門中人呢，取笑別人，他總是搶在第一。

不過楊晟真的不錯，自從學習了導引法，每日總是按時練習，我想比起我這個被師傅逼迫著，還想辦法偷懶的人是好太多了。

慧覺、凌青奶奶、師傅走在楊晟的身後，這一路儘管他們不停地取笑楊晟，可我能感覺出來有一些沉重的意思，難道也是為了離別傷感嗎？

可是他們卻不是常常在一起的。

下山之後，我要放凌如月下來，凌如月不肯，就要賴在我背上，她說道：「三哥哥，你多背我一會兒，寨子裡都沒小孩兒跟我玩，也沒哥哥背我。」

我心裡一軟，終究還是沒把凌如月放下來，嘴上卻問道：「為啥？是不是因為妳太討厭了？」

「我才不討厭呢，他們都尊敬我，但是怕我，我覺得不是真心親近。」凌如月這丫頭難得不和我計較，認認真真地回答我。

「為啥怕妳？」我問凌如月。

可是這小丫頭竟然沉默了。也罷，她不愛說，我也就不問。遠遠的，我看見村口站著一個人，不是酥肉又是誰？

酥肉一見我們，快速地就跑了過來，那小子傷還沒好，一隻手吊著，一跑起來全身肥肉都在顫抖。

「胖哥哥。」凌如月甜甜地叫道。

酥肉應了一聲，就忙著和我師傅他們打招呼，我覺得奇怪，就問：「酥肉，你咋會在這兒？」

「我昨天看見姜爺他們上山的，我還跟他們打了招呼，可姜爺不要我跟上山，後來我吃晚飯，不是無聊嗎？和小武他們在村裡溜達，遇見雪漫阿姨下山，他說一大票人今天一大早就得走，我這不等你們嗎？」酥肉說道。

我翻了個白眼，啥叫一大票人要走啊？我敢打賭雪漫阿姨原話不是那麼說的，這酥肉懶到連話都懶得說清楚。

我還沒來得及說啥？酥肉已經忙忙慌慌地要幫慧覺提行李了，這小子就是會來事兒。

有了酥肉的存在，氣氛總算活躍了一些，一行人走在熟悉的路上，看著這山村中特有的雨景，也開始說說笑笑，一條路慢慢地走，從天剛光亮，走到天色大亮，到了鄉場車站的時候，已經是上午快十點了。

「好了，不送了，到鎮上我去找胡雪漫，讓他安排車送我們回去吧。」凌青奶奶說話間，就把凌如月從我背上抱了下來，凌如月這丫頭眼裡全是不捨，一瞬間，眼眶就紅了。

這也怪不得她，寨子裡的生活對一個小孩子來說，也許太過無聊，好不容易有了幾個好夥伴，還一起冒過險，誰捨得？

我們還沒來得及說什麼，我師傅忽然說了一句：「凌青，我們都老了啊。」

凌青奶奶再一次露出了在墓裡那次惆悵的表情，嘴角動了動，終究沒說什麼。

慧覺卻接口說道：「是老了，這都八二年了，還記得五一年嗎？我們第一次合作，那一次的任務完成後，我們三個人在車站分別的場景。凌青，妳還打了姜立淳來著，威脅他再見到他，絕對給他下蠱。」

凌青奶奶臉一紅，說道：「都是過去了事兒了，老提幹什麼？」

「是啊，我不過是笑話有個人怕坐火車，受不了那味兒，是她大小姐，結果就被威脅，要被下蠱了。」我師傅調侃著說道，三人一陣兒大笑。

我們幾個小輩也跟著笑，此時離別的氣氛總算沖淡了一些。

「現在呢，不一樣了，我們還是站在這裡，下一代都那麼大了，慧覺，你可要跟上腳步啊，我們老了，我們要去做我們想做的事情了。」笑完之後，師傅忽然這樣說道。

「放心吧，我的徒弟肯定後來居上，不比三娃兒和如月差勁兒。」慧覺老頭兒在我師傅面前可是不服輸的。

「你們兩個啊，還是跟從前一樣，以前為了道家佛家誰厲害打架，現在要為了誰徒弟厲害打架不？」凌青奶奶斜了兩個老頭一眼，雖然歲月最是無情，這一眼嗔怪的表情，由凌青奶奶做來，還是風情萬種。

我師傅竟然有些發呆。

「三娃、酥肉、如月，我去新疆會給你們帶土特產的。」楊晟忽然說話打斷了這一瞬間的風情，這小子，總是幹這種事情。

我師傅尷尬地咳了一聲，罵楊晟：「你小子又一根兒筋了，是不是？啥土特產，你要帶到哪裡？就算知道地址，凌青那裡你可游不去，我和三娃兒北京在哪兒你知道嗎？酥肉收到你的土特產不壞了嗎？」

「葡萄乾兒不會壞。」楊晟難得地狡黠一次，不過那樣子分明是在研究學術似的，還是扶了扶眼鏡，一本正經地說。

我師傅吃癟，一肚子氣，乾脆不理楊晟了。

楊晟望著我們，倒是真的很認真地說：「土特產也許帶不了，但是我會給你們三個人留著紀念品的，等我們再相聚。」

我們忽然就開懷大笑了起來，是啊，再相聚。

此時，到鎮上的公車已經開了過來，聽著那「滴滴」的喇叭聲，一直很鎮定的我，忽然生出了一股強烈的不捨，我壓抑著。

直到凌如月含著眼淚，給我揮手再見的時候，我才大聲喊道：「慧大爺，記得再和我下棋。凌青奶奶，如月，我長大了，一定會去看妳們的。」

慧覺回頭慈愛地看了我一眼，而凌青奶奶牽著如月，望著我微笑了一下，如月則嗚嗚地哭了出來。

我目送著車子走遠，回頭就看見師傅正微笑地望著我，酥肉把手搭在了我的肩膀上：「開玩笑，闖江湖的人，離別只是等閒事兒。」

我忍著眼中的淚意，強笑著說道：「你娃兒啥時候那麼有文化了？」

「看武俠小說看的唄。」

「狗日的！」

我和酥肉同時笑了，我師傅則望著我們，一人拍了一下腦袋，說道：「走吧，咱們回去了。」

「姜爺，回去講個餓鬼墓的事兒唄？」

細雨依然綿綿密密，我搭著酥肉的肩膀，靠著師傅，忽然覺得一下子就開懷了。未來，總是充滿著溫暖、希望，和無限可能的。

第三十一章　餓鬼墓迷霧

竹林小築有一樣東西是酥肉一直都念念不忘的——我師傅打造的泡澡用的大木桶。用酥肉的話來說，半個小池塘了。

頂著一身綿綿細雨回到山上，我們三個人身上竟然都濕透了，潤潤的，貼在身上很不舒服。師傅要泡澡，我也賴著師傅要一起泡。

其實，小時候，我常常和師傅一起泡澡，這兩年，這樣的事兒倒是少了很多，但今天，我很想和師傅一起泡澡。

見我要和師傅一起泡澡，酥肉也不依了，非要一起泡。

師傅望著我們兩個，一人踢了一腳，但還是挽起袖子，熬煮起香湯來，並沒有反對什麼。泡澡的木桶的確很大，我們三人各據一方，都不顯得擁擠。

煙霧升騰，香湯特有的香氣裊裊散發在空氣中，讓人不自覺就放鬆下來，我舒服地歎了一口氣，剛才傷感的心情也沉澱下來。

我望了一眼酥肉，這小子也不知道從哪兒弄的一把瓜子兒，正在舒舒服服的嗑著瓜子，一副很瀟灑的樣子，而我師傅顯得有些疲憊，閉著眼睛靠著，也不知道在想些什麼。

「酥肉，要是我發現水裡有半片兒瓜子皮兒的話，我就把你踢出去。」終於師傅說話了。

酥肉趕緊地把手上的瓜子扔了出去，討好地望著我師傅笑。

我師傅輕哼了一聲，說道：「待會兒你打掃這裡。」

酥肉忙不迭地點頭，說道：「姜爺，絕對沒問題，但是你給我們講講餓鬼墓咋回事兒吧？」

我拿帕子擦了一下臉，也跟著酥肉說道：「師傅，你講講吧，咋會死人呢？」

我師傅沉默了一陣，說道：「死人是因為我們開棺取鬼母。」

「鬼母在棺材裡？」我吃了一驚。

「原本在棺材後面的牆上，飛進了棺材而已，那棺材有人故意在上面砸了一個口。」師傅的聲音冷了下來。

酥肉一愣，忍不住問到：「姜爺，砸個口幹啥？那什麼人啊？」

「砸個口，就是為了我們開棺，驚醒裡面一直睡著的殭屍，殭屍一沾生人氣兒，必醒。」

「師傅，你別有一句沒一句的，你能不能完整地說完啊？」我也急了，什麼殭屍那麼厲害，在我師傅、慧覺、凌青奶奶都在的情況下，都還死了兩個人。

「泡完澡再說。」師傅只這樣說了一句，又閉上了眼睛，看得出來他是真心的有些心累。

相比於前段日子的熱鬧，此時的竹林小築又變得有些冷清起來，我想此刻要不是因為酥肉在，還會冷清幾分的吧？

長廊上，一壺清茶，三張靠椅，我們就這樣懶洋洋地坐著，看外面細雨紛紛，等著師傅開口給我們說餓鬼墓的一切。

慢慢地咽下一口茶湯之後，師傅終於開口說道：「餓鬼墓的一切，都是一個陰謀，這個人很厲害，精通道法、巫術、蠱術，我比之不及。中了算計，也是活該。」

「師傅，你總說天外有天，人外有人，不求立於巔峰，但求在我之歲月，求我所求，竭盡全能就好，咋你也起了比較的心思啊？」我忍不住開口說道。

「不是比較，是不甘，我沒有斬妖除魔那種熱血，畢竟這世間因果紛繁纏繞。可是，我卻知道一生所學，不能坑害世人，建餓鬼墓的那個人，為一己私利，根本不管後果如何，他的一生所學就是為了自己，他人如何，是不會去管的，哪怕這人間生靈塗炭也無所謂。我們這個部門存在，有時不止是為了防鬼怪，更要防人啊。」說話間，師傅的神色顯得非常疲憊，可能餓鬼墓給他的刺激太大了一些。

「姜爺，道術還能害人？」酥肉忍不住問了一句。

「若心術不正，道術比給小孩兒一把手槍還危險，若說起害人，如果心術不正的人，偏偏道法高明，他可以弄得生靈塗炭，這樣的事，不是沒發生過，古往今來，一直存在，不過也一直有像我們這樣的人存在，阻止罷了。」師傅歎息了一聲。

「那餓鬼墓那人的目的是什麼？師傅，你就詳細地講講吧？」我的心也在顫抖，酥肉不瞭解，可是我瞭解。就說簡單的陣法，我要是有心在別人門前擺個聚煞氣的陣法，就可以害得別人一家雞犬不寧，如果我喪心病狂，只求今生形而上掙脫因果，不管來世，確實還可以做更瘋狂的事。

學道之人，最怕心術不正，他的所學確實可以殺人於無形。

「目的？呵呵，目的？不談目的，只能說，他失敗了，這個墓被他扔下了，餓鬼蟲如果傾巢而出，他也是不會管這個後果的，就算那不成形的餓鬼王出現在世人面前，估計他也只是樂得看戲。餓鬼王沒用，鬼母自然也沒用，一切都被他扔下了。只不過為防被有心之人查到，他設了一個局，殺人滅口不留線索而已，這次進餓鬼墓，如果不是我預感不好，事先帶著一張你師祖留下的符，我們會全軍覆沒的。」我師傅沉重地說道。

我倒吸一口涼氣，那人竟然強悍到如此地步，連我師傅都被這樣算計，還得靠師祖的符逃出餓鬼墓？

師傅好像看出了我所想，說道：「不是他厲害，是那古屍厲害，接近千年的古屍，幾乎不存在多大的弱點，至少以我的手段對付起來會極其吃力，三娃兒，你永遠要記得，殭屍一旦沒有處理好，個個都很難對付。」

「為啥？」

「因為殭屍特殊，除了怕火，幾乎不怕其他的肉身傷害。它不存在魂，唯有兩魄而已，所以玄術的攻擊效果也有限，而且力大無窮，特別是年深日久的殭屍，行動上也很敏捷。你想，你面對一個刀槍不入，力大無窮，動作還快的傢伙，不危險嗎？」

師傅對殭屍的描述，讓我和酥肉都覺得有些害怕。

我忍不住問到：「師傅，殭屍就沒有怕的東西嗎？就沒弱點？」

「殭屍當然有怕的東西，只不過民間傳說那些，大多沒用，而且對付才成形的殭屍有一定克制作用，對付厲害的，可沒用。它的弱點？如果你能打破它的後腦勺，或者打斷它的脊椎，就可以打死它，不過脊椎你幾乎不想要，因為它的身體本身就很強悍。另外，道家的手段倒是有很多，不過需要時間準備，最直接的就是封它一口陽氣。」師傅簡單地跟我說道。

畢竟玄術說起來可就長了，對付殭屍啥的，說起來也是長篇大論，至少我明白，對付殭屍，手訣幾乎是沒有用的，因為它沒有魂，深藏了兩魄而已，肉身太強，要毀它的魄，不知道要多強悍的法力，才能支撐手訣。

「姜爺，那意思就是你們把殭屍放出來了？然後大戰了三天三夜？」酥肉想想就覺得可怕，畢竟師傅他們是三天後才回來。

確切地說，是三個晚上，兩個白天。

「不是那麼簡單，我們是從那條裂縫下去的，原本的古墓不知道是誰建的，墓藏於陣法之下，開出那個縫隙的估計就是在墓之上修建餓鬼墓的人，他的確是個高人，尋找的位置，恰好是個陣點，如果不開那條縫隙，去破陣法的話，幾乎就要花費幾天的時間，才能進到古墓。」我師傅淡淡地說道。

「師傅，你這麼說，我想起了一件事兒，這個古墓曾經有個盜墓賊下去過，後來被困死在一間石室，就是那個縫隙的下面。」我趕緊說道。

「這就是天意，其實那間縫隙下的密室是唯一安全的地方，那個盜墓賊真的有些本事，找到生門入墓，逃跑的時候，還能找到唯一安全的地方。但是還是得感謝天意，他先遇見了在墓裡遊蕩的燭龍，而不是先開棺，否則這一帶，會變成新的無人區。」師傅沉重地說道。

「那個殭屍到底是什麼？這麼厲害？師傅，你真是和它大戰了三天三夜？」我也驚呼出聲了。

「大戰三天三夜？開什麼玩笑？你去和一個不死不傷，力大無窮的傢伙大戰三天三夜試試？」師傅斜了我一眼，有些好笑地說道。

「那到底是咋回事兒，你說吧，師傅！」我也急了。

「那個墓裡有殭屍，是我早有預料的，因為那裡是養屍地，還記得那片竹林嗎？你們知道野生的竹林如果沒人去動它，它是慢慢越來越大的，週邊常常有鄉里的人去砍竹子，我們就不說了，可是你們發現沒，夾中間那片兒墳地，竹子咋也長不過去，地上連草都沒兩根兒，除了荒墳，幾乎是一片荒土。」師傅悠悠地說道。

「嗯，我記得。」那片荒墳我怎麼可能忘記，師傅一說，我的確想起來了，那片兒墳地沒啥植物存在。

「這只是判斷養屍地的最簡單的方法，聚陰陣，養屍地，我當時就知道這裡面一定有問題，後來就挖出了餓鬼墓，一般面對這種問題，能夠低調解決當然是最好，所以我祭出了師傅的符，那是一張銀色的天羅地網符，絕對能夠封死餓鬼墓，只可惜，人算不如天算……」說到這裡，師傅停頓一下子。

是啊，如果能夠這樣封死餓鬼墓，就算是最好的解決辦法，破壞聚陰陣，斷其陰氣，配上天羅地網符，徹底地把外界也封死，那些餓鬼卵是會慢慢死掉的，至於殭屍，師傅說過，不沾生人氣兒，也不會醒來。

「封墓十年，只要封墓十年，裡面的餓鬼就會全部死掉，我囑咐過胡雪漫，十年之後，開墓，燒掉墓裡棺材就行，哎……」師傅還是為這件事情歎息，畢竟是活生生的兩條人命啊。

「姜爺，那是餓鬼王厲害，還是殭屍厲害？」酥肉問道。

「當然是墓裡的跳屍厲害，它已經脫離了黑白殭煞的範疇，成為了跳屍，原本我以為最多是一具白煞，沒想到啊……至於餓鬼王，打散它的餓鬼魂，或者封住它的餓鬼魂，還是比較容易對付的。」師傅簡單地跟酥肉解釋道。

但什麼跳屍，什麼白煞的，我們完全不理解，師傅也沒有要說的意思。

「這就是一個局，你們一開始碰到攔路鬼，是因為你們三個小鬼頭，那攔路鬼欺負你們，就出現了，面對我們下去的時候，那攔路鬼自然是遠遠地避開了，如果它出現倒也好，至少可以引起我的警惕。畢竟時間很緊，那麼多生人一進餓鬼墓，如果不早早處理餓鬼卵，那些餓鬼卵可是會加速孵化的，到時候我也處理不了。」

接著，師傅給我們細細地講明了餓鬼墓裡的一切。

在我腦子裡，也終於理清楚了事實，這確實是一個很厲害的局，就是為了滅殺後來人，不懂行的還好，懂行的一定會踩入這個局。

因為懂行的，最後一定會去尋找鬼母，不管是出於什麼目的，都會去找，師傅詳細地說了，鬼母非常奇特，在感覺到自己的後代死亡到一定界限的時候，就會再次產卵，如果不找到鬼母，滅掉再多的餓鬼卵，也沒用。

所以，這就是這個局的開始，用魅靈布疑陣，為的就是爭取時間，師傅他們在消滅餓鬼卵的時候，鬼母一定是有感覺的，產卵不現實，但是可以喚醒餓鬼王。

我、酥肉、凌如月就是倒楣的三個人，餓鬼王正好在被喚醒的階段，我們三個闖了進去，就加速了這個過程，所以，我們活該遇到它。

但也不得不說，這是給了師傅他們一個契機，如果不是我們誤闖到古墓裡去，到時候，餓鬼王和那啥跳屍一起醒來的話，後果就不是死三個人了。

而且這個局最重要的地方在於，餓鬼王的培育室在古墓內，鬼母也在那裡，餓鬼王要成長，就需要血食，越厲害的血食，餓鬼王也就成長得越好，那條燭龍雖然厲害，偏偏牠鬥不過陰險的餓鬼蟲，鑽肚子裡怎麼鬥？

況且蛇是冷血動物，我不瞭解燭龍，但我知道，蛇是會長眠的，這更給了餓鬼蟲機會。

於是，那條燭龍就成了食物，養大了餓鬼王！

我不知道那人培育餓鬼王的目的是什麼，但是師傅說了，在發現目的不能達成之後，餓鬼王就被一種秘法給封住了，除非鬼母呼喚。

至於那棺材裡的跳屍，師傅在處理完一切之後，探查過，把棺材砸開一點兒縫隙，不僅是為了方便鬼母飛進去，更是為了提升供養殭屍，那個需要陰命之人的鮮血倒入棺材，然後墓頂在避開陽光的地方，砸出一絲兒縫隙，月華，聚陰陣的陰氣……

所以，那殭屍就被生生提升為了跳屍。

在開棺的時候，師傅沒注意這些，只是用繩結鎖住了開棺兩個戰士的陽氣，不讓殭屍沾染陽氣，也就沒問題。為了防備，師傅在通過那棺材上的縫隙，還灑了大量的糯米進去壓屍。

可師傅沒料到的是，棺材裡的殭屍早就被人養成了跳屍，而且是活屍，不是說開棺之人鎖住陽氣就行了，糯米也壓不住它，只要墓室內有一點兒生人氣，這殭屍都會瞬間起屍。

跳屍有多厲害，我不知道，可是我師傅說了，在殭屍起屍之後，就暴起傷人，那兩個開棺的無辜戰士，瞬間就被那跳屍抓破了胸口，抓出了心臟。

殭屍吃血食，是很正常的，在一般的情況下，殭屍比鬼物厲害，恐怖很多倍。

當師傅反應過來以後，跳屍已經再傷了一個離得最近的戰士，好在那戰士反應快，避開了跳屍鋒利的爪子抓向心口的那一擊，但是肚子也被生生地抓下了一塊肉，而且跳屍身上有屍毒，確切的說是一種病毒，陰性的病毒。

那戰士當時就不行了。

在慌忙間，師傅只能衝上去，用一張封陰符，封住了殭屍的口鼻，但是由於事先沒料到是跳屍，所以那張符紙只能封住那跳屍最多一分鐘。

在這一分鐘裡，鬼母也開始呼喚餓鬼王，慧覺忙著用糯米幫那戰士拔屍毒，而凌青奶奶根本就沒有預料到這種情況，她的蟲蟲對於殭屍幾乎是無用，她沒有帶克制殭屍的蟲蟲！

那種蟲蟲，是要陽性極烈的蟲子。

這一分鐘，師傅用紅繩拴住了跳屍的四肢，然後繫在了自己的心口處。

這樣，殭屍就只能感覺他一個人的生氣，就只會跟著他。

餓鬼王是凌青奶奶用蟲蟲滅掉的，幸好在之前，餓鬼王已經受傷，我師傅的鎮魂陣，已經傷了它的魂魄，原本是留待慧覺去超渡的，在那種情況下，只能生生的殺死它，打散它全部的魂魄。

花飛飛就專門傷人魂魄，凌青奶奶那裡，有比花飛飛更厲害的。

講到這裡的時候，我師傅說了一句：「知道我為什麼用了三天嗎？是因為我要把跳屍帶出墓去，才能滅殺它，沒有任何針對殭屍的法器，物品，但憑功力，我殺不了它。」

我無法想像這其中的驚險，我只知道在滅殺餓鬼王以後，那些戰士就回去了，害怕生氣太多，最終被那跳屍查覺，那墓裡最後就只剩下我師傅、凌青奶奶、胡雪漫，還有慧覺。

師傅帶著跳屍，是一步步的從墓裡走出來的，跳屍在行走的過程中，要不停的用各種辦法去鎮，每醒來一次，師傅就是面臨生死考驗，還不能斷了那紅繩，否則後果不堪設想……

在鎮的過程中，慧覺出力最多，當走出墓室的時候，他是幾乎虛脫了。

最嚴重的地方在於，我師傅他們根本沒辦法走近路，既然是跳屍，它的關節是僵硬的，跳比跑快，可是太高的地方它跳不上去，師傅他們不能選擇從縫隙那裡上去，只能去破陣……

而且上面的餓鬼墓，他們也不能從原路返回，只能走正門。

這就是為什麼耽誤了三天的原因。

我和酥肉都一頭冷汗，我師傅帶著一頭跳屍，在墓裡幾乎是不眠不休的，慢慢走了三天！

「師傅，正門不是一塊大石門嗎？你們咋出來的，出來之後呢？而且你用的什麼紅繩，可以綁住殭屍跟你走啊？」我是心疼師傅的，也才知道他們為什麼會那麼疲憊，沉默了半天，才想起去問這些問題。

「先出去的人，已經上報了上面，那石門是用炸藥炸開的，早就已經清理好了，至於綁住殭屍的紅繩，和我平日用的紅繩並無不同，在於的是那個結法。殭屍沒有視覺，觸覺幾乎也沒有，聽覺也不存在，關了這幾覺，它的嗅覺卻分外強悍，一點點生氣都逃不過它的鼻子，但無論它的嗅覺怎麼強悍，所有的感覺最終是靠靈魂來分辨判斷。殭屍沒有魂，只有魄，我鎖住了它的魄，留一絲縫隙，全部繫在了我的心口，心口是生機最旺盛的地方，它就只能感覺我的存在。」師傅解釋道。

不過，他還是頓了一下，再次解釋到：「我曾經說過，陰陽相依，殭屍肉身強悍，它留下的兩魄自然也有強悍，殭屍也可修，修完整七魄，最後修出魂，我沒有完全的把握，時間也緊迫，所以才讓人全部都上去了，一來是為了炸開大門，二就是怕生氣太多。」

殭屍那麼厲害？我簡直無法想像。

「是怪我粗心啊，當時一心想抓住鬼母，我沒有注意到在棺材頭擺放的特殊供香，還有一碗已經乾枯的白飯，還有一碗雞血，這是上供殭屍的東西，我竟然沒有發現啊！如果我再細心點兒，我還能發現墓頂被砸開了一絲，這樣也能……」師傅的話裡全是悔意，他很在乎那兩個戰士的生命。

「師傅，你說過，命定的東西改不了，這是命，你也無能為力的啊。」我在旁邊勸解道。

「只怪我不是那相字脈，看不出血光，不管是不是命，我是他們身亡的因，我已經跟胡雪漫說過了，以後我的津貼全部分給兩個戰士的家人，三娃兒，我們以後要過苦日子了。」師傅苦笑著對我說道。

我倒是不在乎，說道：「怕啥，師傅你曾說過，有因必有果，你以後的津貼給他們是應該的，這是果，你得擔著，要是苦點兒，我們就去當神棍去。」

「哈哈，臭小子……」師傅笑了，使勁兒地揉了揉我腦袋，這是他回來以後，第一次開懷大笑。

酥肉在旁邊跟著傻笑，笑了半天才想起來問：「姜爺，你倒是說說啊，那跳屍咋滅的？」

「殭屍怕陽光，雖然跳屍超越了這個範疇，不過陽光對它卻總是有克制作用的，忘記門口那個大陣了嗎？誅殺一切陰邪之物，它只要出了墓也就沒問題了。出墓的時候是最危險的時候，因為跳屍對陽光本能的畏懼，會讓它發狂，我也細說不來，只能說，最後要感謝你慧爺那一腳，把跳屍生生地踢了出去。」師傅簡單地說道。

話說簡單，可是我能想像其中的驚險，一不小心就有生命之危，師傅只是不願細說罷了。

酥肉倒是沒想那麼多，反正我師傅人站在他面前呢，他就覺得萬事兒大吉，他還是忍不住問了一句：「慧爺還有這一手？他是武林高手？」

這小子武俠小說看得入迷，有這一問也是正常。

師傅笑眯眯地望著酥肉，說道：「天下武功皆出少林，你覺得呢？」

「我×，我咋就讓慧爺走了啊？他不是要收徒弟嗎？我該拜他為師的啊，這樣我不成高手了？哎呀，哎呀……」酥肉惋惜不已，連連歎息。

我卻在第一時間想通了慧覺老頭兒為什麼老愛吃雞蛋的原因。練武之人，消耗很大，肉類含有豐富的蛋白質，他不能吃肉，就只能吃蛋補充了，不然身體也扛不住。其實，發展到現在，有很多武僧也是吃肉的，當然限於「淨肉」，窮不習武，確實是有道理的。

只是，我還是忍不住一頭冷汗，我師傅的身手我是知道的，不管是為了健身還是什麼，總是習得一些武藝的，現在我也知道了慧老頭兒會少林功夫，那他們……

我想起了他們打架的場景，慧老頭死死地扯住我師傅的頭髮，我師傅則扯住他的鬍子！

算了，我忍了，我不想想下去了，不知道的，還以為兩個潑婦在打架。

就在我入神的時候，我師傅已經打破了酥肉的美夢，說道：「就算慧覺在這個地方，他也不可能收你為徒弟的。」

「為啥？我沒緣分嗎？」酥肉急吼吼地問道。

「緣分，有啊，你不是也認識慧覺嗎？但是，你想，你捨得那大塊大塊的肉嗎？你捨得以後一輩子都不找女人嗎？慧覺就是個瓜娃子，女人多好啊，乾乾淨淨的，漂漂亮亮的，他不懂這風情。」我師傅一本正經地說道。

我差點去撞牆，我很想跟酥肉說，這不是我的師傅，可是一想也對啊，女人多好啊，幹嘛不找女人？就像我大姐二姐，漂漂亮亮的，身上永遠比我香……

但我忽然又一頭冷汗，我咋會這樣想？莫非我已經成了師傅那種人？我不敢想像有一天，我蹲在大街上看女人的樣子，我忽然覺得未來很灰暗。

但是我這樣想，不代表酥肉也這樣想，他已經笑得眼睛都瞇了起來，貌似憨厚地跟我師傅說道：「姜爺的話有道理，其實女孩子還好……我還小嘛，我就是捨不得不吃肉。」

我恨恨地望向酥肉，指著他說道：「你娃兒少耍賴，你明明跟我說了，你喜歡劉春燕的。」

「三娃兒，你那麼激動幹嘛？」酥肉嚇一跳，然後他馬上用一種近乎於猥褻的眼光望著我，說道：「三娃兒，你是不是想女人了？然後那麼激動啊？」

我臉一紅，嘖，咋就被酥肉猜中了心事？可不容我反駁，酥肉一下子站起來，蹭到我耳邊，悄悄地說：「沒事兒，我們大男人，不害羞，我有好東西，《少女的心》啊。」

「啥心？」我沒反應過來。

可此時我師傅已經在旁邊偷聽到了，一腳踢在酥肉屁股上，吼道：「不許帶壞我徒弟，你個臭小子，也不許學壞，把那《少女的心》上繳給我，真是的，現在的孩子咋這樣！」

酥肉捂著屁股吼到：「姜爺，三娃兒都沒聽清楚，你咋知道少女的心的？你咋知道我們要學壞？難道你知道它是那啥小說？我不給，我辛辛苦苦抄的。」

我瞬間就明白了酥肉的意思，這就是男人無師自通對某些東西敏感的本能吧。

其實，我很想看那啥心。

第二天，是一個天晴的好日子，我和師傅的心情都很不錯，當然是在面對午飯以前。

那伙食的水準比起以前，瞬間就下降了。

「三娃兒，咋想起做肉沫兒青椒的？」師傅這樣問道。

「師傅，那是青椒肉絲，你沒去買肉，我就將就剩下的做了，你不說沒津貼了嗎？我想後院的魚也得節省著吃，師傅，以後你打獵沒打來東西，我們就不吃肉了，要節省。」我愁眉苦臉地說道。

我師傅愣住了，半天才吼道：「三娃兒，所謂開源節流，你不能只節流，不開源啊，節流的作用在開源的後面，不是說你節省，我們就有錢了！」

「師傅，你要我去工地做苦力嗎？」我有不好的預感，也在計算做苦力一天有多少錢。

「做個屁的苦力，你……你……你先找你爸媽要些吧，到了北京，我們再想辦法。」姜老頭兒臉一紅，他沒啥存款，就我們師徒兩個這個吃法，比起普通人來說，也真的算是奢侈，而且姜老頭兒還愛收藏，可想而知……

「那好。」我一聽一陣兒輕鬆，總比做苦力好一千倍。

「順便也給你爸媽道個別吧，我們要離開了。」姜老頭兒忽然低聲地說道。

第三十二章　此去經年

我不知道咋去面對我媽哭腫的雙眼，也不知道該不該去看我爸紅通通的眼眶，兩個姐姐沉默著，淚水也在眼眶裡打轉，只因為我師傅說了一句：「有空會讓三娃兒去找你們，但是不能告知你們我們在北京哪裡。三娃兒註定了不能和家人多團聚，至少等他三十九歲以後再說吧。」

這不是我師傅無情，而是我命中註定的，如果貪戀親情，只會害我家人背上更多的因果，會害了他們。

我家人都知道這個道理，也都敬重我師傅，不會有半句怨言。

只是這捨不得，是無論如何也壓抑不了的感情。

家裡的氣氛有些沉默，也有些壓抑，這是我和師傅下山之前就預料到的了，在昨天商量了回家的事以後，我一直忐忑不安，可終歸還是要面對。

「三娃兒，等會兒你到家之後，一切由我來說明吧，這樣會好些，到時候，你記得別哭，儘量淡然一些，積極一些，免得你爸媽心裡更難受。」這是師傅在下山的時候對我吩咐的話。

儘管此刻，我已經難過得不敢面對我爸媽了，但是我依然強忍著，做出一副很淡定的樣子，我想開口安慰，說點兒什麼，可是我不敢開口，怕一開口，眼淚就掉下來了。

我爸重重地咳嗽了一聲，我媽忙不迭地起身，去了裡屋，過了一會兒，我看見我媽已經洗了把臉出來了，手裡是厚厚的一疊錢。

那個時候沒有一百元的紙幣，大團結（十元）就是最大的面額，所以這一疊錢真的很厚。

我媽把那一疊錢塞到了姜老頭兒手裡，說道：「姜師傅，這些年來我們除了給三娃兒交學費，偶爾添置一點兒衣服，三娃兒的吃穿用度都是你在操心，這間鋪子是你幫忙開的，那錢你一直不要我們還，所以這次該是我們回報了。現在我和他爸寬裕了，兩個女兒又讀了大學，國家幫襯著，這一萬塊錢，你拿著吧。」

一萬塊，這在當時是一個很了不起的數字了，人們形容富裕人家的形容詞兒，都是萬元戶，可想，這錢是有多麼的多。

我師傅不說話，只是不停地在數錢，數好一部分之後，他遞還給了我媽：「秀雲，老陳，我只要五千，這五千我已經很不好意思了，多的我就不解釋了，畢竟吃穿用度是有一些花費，還有三娃兒在外地讀書……」

其實，我知道，師傅為我每晚熬的藥湯，都是挺昂貴，他是擔心我斷了藥，否則他連五千都不會要。

我媽一定要把剩下的五千都塞回師傅手裡，可是我師傅卻動了真怒地拒絕了：「錢，難道沒辦法賺？他跟著我，就像我兒子一樣，你們就放心好了。我知道這些年，你們賺了一些，但是新開的店子需要周轉，留下，再一定給我，我就生氣了。」

我爸媽是很怕姜老頭兒生氣的，只好訕訕地不說話，收回了錢。

後來我才知道，那一萬元幾乎是我爸媽的全部積蓄了，連進貨的錢都貼了進去，準備困難找鄰居借點兒的。

師傅吃了午飯就回山上了，他讓我在家裡住三天，三天以後再回山上找他。

我明白師傅的苦心，他是想我再陪陪我爸媽。

那三天，我強忍著悲傷，儘量裝得很開心，跟我爸媽講一些趣事兒，也斷斷續續地講一些餓鬼墓的事兒，他們很愛聽。

看見他們專心聽的樣子，我覺得心裡更痛，天知道，兒子是多麼想陪在你們身邊，哪怕只是每天放學回來，跟你們說說學校裡的瑣事兒都好，儘管比不起餓鬼墓啊，鬼啊之類的精彩，但我覺得幸福。

那三天，我儘量把我媽做的每一盤菜都吃得乾乾淨淨，我媽愛看我狼吞虎嚥的樣子，我就做給她看，只要她開心，就算我有時難過得吃不下去，我也吃。

那三天，我陪我爸釣魚，一坐就是一下午，儘管在以前，我對釣魚這件兒事情，是如此的不耐煩。我還陪我爸下棋，儘管我在山上，已經練就了一手好棋藝，我爸爸棋下得很爛，我都還是陪著，很開心地陪著。

那三天，我陪我兩個姐姐逛街，哪怕她們只是看看不買，我都耐心的陪著，我喜歡她們挽著我走在街上，我也喜歡她們甜甜地笑著問我：「三娃兒，這件好看嗎？」

每晚，我都親自為我爸媽打洗腳水。每晚，我都會去和我大姐，二姐聊天……

我無法用語言表達出我有多愛他們，我就只有多做一些，再多做一些，我忽然間就明白了子欲養而親不待的哀傷，我也忽然間就明白了，血濃於水。

偶爾睡不著的時候，心裡也會苦澀，有一種說不出來的淒涼，我要什麼時候才能再吃到媽媽做的菜，我要什麼時候再能讓爸攬著我，說聲又長高了……

三天以後，我離開了，這一別，不知要多久，才可以一家團圓，由於師傅不透露位址，我和家人連寫信交流都不可以，這有多麼無奈，我不知道，只是一想到為人父母，連兒子在外面是什麼情況都不知道，就覺得揪心。

我媽什麼也沒多說，只是一包大大的行李交到了我手上，我知道裡面有她緊急為我添置的一年四季的衣服，她說兒子去北京了，不能穿得太丟臉。

當我接過行李後，我媽就進屋了，我知道她哭了。

我的兩個姐姐都分別緊緊地擁抱了我，眼淚都糊在了我臉上，在後來我才發現，我的衣兜裡被她們不約而同地塞了錢，加起來都三百多塊，我知道那是她們省下來的零用錢。

這錢對於沒工作的人來說，絕對不少了，我那兩個漂亮的姐姐自己都不愛打扮，原來早就存了為我離開而省錢的心思。

我細心的二姐，還特別寫了一張小紙條，上面寫著：「去北京，別虧待自己，怕你沒錢買零食，傻傻的望著，就丟臉了。」

當我看見的時候，我想笑的，我那麼大了，哪裡會傻傻的看著零食發呆？只是不知道怎麼的，一滴冷水，就把那張紙條打濕了。

是我爸送我去車站的，他早早的就推出了自行車在等我，當我給媽媽她們告別完畢的時候，我爸習慣性地拍拍自行車的後座，說了聲：「來吧，兒子，上車，以後爸爸老了，就不知道還能不能騎得動了。」

我不哭，我不能哭，我把牙齒都咬痛了，才強裝出一個笑臉，假裝開心地蹦上了我爸的自行車後座，曾經有多少個週末，他就這樣載著我回家，只是下一次，他還能不能載得動？

想起這個，我的心都因為忍眼淚在顫抖，我的爸爸媽媽，我再見他們的時候，他們就老了嗎？

冬天的風，吹起了爸爸的頭髮，我分明看見了好些白髮，我的眼淚終於大顆大顆地往下掉。

「三娃兒。」爸爸蹬著車，在說話。

「嗯。」我一把擦乾了眼淚，想儘量正常地說話，可是聲音還是忍不住顫抖。

「曉得男人為啥比女人老得快，比女人辛苦嗎？」

「為啥？」

「因為男兒有淚不輕彈，就是流血，也別輕易哭。有那哭的心情，不如混出個人樣兒來，更好！這是爸爸的希望，曉得不？」

「曉得了。」我點頭，我知道我爸爸知道我哭了，他在變著法子安慰我，也在提出對我的希望，希望我在北京不給陳家丟臉。

「其實……」我爸爸的聲音停頓了一下。

「其實啥？」

「其實老漢也很想哭。」爸爸忽然加快了蹬車的速度，我看見他快速地抹了一下眼睛。

回到山上的時候，我猶自沉浸在悲傷的心情中不能自拔，卻發現師傅早已在竹林小築所在的山谷口等我，默默無言的，師傅接過我手中的行李，使勁地拍了拍我肩膀。

「離別苦，苦在以後的日子思而不能得，念而不能為，但若彼此感情真摰，這因果總是不能斷的，就算今生無果，來世也總是要糾纏的，三娃兒，有些事不要只看眼前，一條路總是有人陪伴，有人離開，但也許在下一個路口，離開的人就在那裡等你。」師傅沒有回頭，只是默默地走在我前面低聲地說道。

思而不能得，是想念著卻不能相守，擁有。念而不能為，是牽掛著卻什麼也做不了。是的，離別苦，離別能把任何的感情都變成一件無奈的事情，如何不苦？

但師傅也提醒我，需要告訴未來的是，因果的糾纏並不要只看眼前，長長的路，也許是今生今世，也許是生生世世，有著因果的人，總有一天是還能在一起走一段路的。

望著師傅的背影，我那忍了許久的悲淚，終是徐徐落下，滑過臉龐，但在那一瞬間，陰霾的心情總算有了一絲陽光，未來，是可以期待的，何苦執著於眼前。

走到熟悉的竹林小築，我卻發現陌生了一些，仔細一看，原本種在院子周圍的一些草藥不見了。

「師傅，那些……」我忍不住開口問道。

「哦，既然是要離開了，那些草藥我已經叫人分給村裡的村民，不是什麼值錢的東西，平日裡有個三病兩痛的，泡個水喝也總是好的。」師傅頭也沒回地走回了竹林小築。

望著滿地的坑窪，一絲落寞又爬上了我的心頭，人總是渴望展翅高飛，當時當真的要離開熟悉的環境，那種無依的落寞還是會出現。

跟隨著師傅走進竹林小築，卻發現裡面除了幾件簡單的傢俱，竟然已是空空蕩蕩。

「師傅，這……？」早有心理準備，卻還是忍不住發問，好像到了今日一切都是捨不得。

「東西我已經叫人搬下山去，已經有助理先行一步，把一些東西帶到北京那邊，今天我們就再在竹林小築住一夜吧。」師傅淡淡地說道，眼神分外平靜。

或許這種流離不羈的生活，師傅已經習慣，我曾經聽他感慨過，在這個偏僻的小山村，卻是他一生待得最久的地方，也和我過了最平靜的一段歲月。

也許在於師傅來說，平靜的歲月是一種很奢侈的東西，但是曾經擁有過，也就夠了，何必去執著地苦苦追尋，想著念著我要過平靜日子？

道法自然，一顆自然之心就在於，無論歲月給你的是什麼，你都坦然去接受，去經歷，去體會，而不是去逃避，強行地想著，自己必須過怎樣的日子。

放下我的行李，師傅走過來，和我一起坐在了竹林小築的長廊前，曾經有很多個日子，我們就是這樣坐在長廊前，聽著這風吹竹葉的聲音，看著山下的山村裊裊的炊煙，直到夜色漫天。

「為啥還要住一晚？」我輕聲問到師傅。

「為了你的告別，你小子的心性我最是瞭解，在離別，感情的事情上總是做不到乾脆，我又何必不成全你。」師傅說道，習慣性地想要去端茶，卻發現哪裡還有什麼茶杯。

我沉默，師傅是瞭解我的，我的確在很多事情上真的做不到乾脆俐落。

輕歎一聲，我的眼光落在這小小山谷的每一個地方，小瀑布下的水潭，潺潺的小溪，到春初已是嫩綠的草地，還有那清幽的竹林，每一個地方都是我的回憶，我在這裡笑過、鬧過、傷心過，疲憊過，它們陪伴著我走過了這段歲月……

「三娃兒，今天怕是沒辦法開伙了，餓著？還是我們厚臉皮去蹭飯吃？」師傅忽然開口問道。

「廢話，當然是去蹭飯吃。」我大聲地說道，其實我是想再去看看這生我養我的地方。

「哈哈，我也是這麼想的，三娃兒，你還記得那次我們去蹭飯，吃的豇豆湯飯？我好想再吃一次。」師傅笑著說道。

我咋可能會忘記？就是那一次，我聽到了一個淒美的愛情故事，並為之惆悵了很久，那時年紀小，不懂得什麼情情愛愛，現在已經十五歲了，雖說沒有體會過情愛，倒也能咂摸出一絲滋味兒來了。

師傅是個乾脆之人，既然做了決定，便和我大踏步地向山下走去，我們聊起了那個老奶奶，就在前些日子領藥打蟲時還見過，倒也算是鄉場裡一個長壽的老人了。

到了山下，再次回到我熟悉的小山村，我跟師傅說想要回家去看看，已經過了很多年了，為免觸景生情，我總是不去我家的老房子，明天就要離開，無論如何我是想要去看看的。

很快，我和師傅就走到了自家的院前，一把大鎖鎖住了大門，鎖上已經鏽跡斑斑。

我掏出一把摩挲得有些發亮的黃銅鑰匙，手忍不住有些顫抖地打開了那把大鎖。鑰匙發亮，是因為常常把玩，鎖生鏽，是因為終究沒有勇氣去打開那扇門。

足足搗鼓了一分鐘，我才打開了大門，只因太久沒有動過那把鎖，鏽得厲害，才如此吃力。

一開門，一股子生黴的灰塵味兒便撲鼻而來，我忍不住打了一個噴嚏，可是再一次看見這個熟悉的小院的時候，我還是忍不住心在顫抖。

此刻，它是我熟悉的小院，可它卻已經陌生，因為在這裡，已經沒有了我媽媽忙碌的身影，我爸爸開朗的笑聲，我和姐姐們瘋玩的模樣，它雜草萋萋，那麼淒涼。

我走過這小院的每一個角落，每一個角落都充斥著回憶，這裡銘刻著我和家人唯一能相守的童年歲月，它在我的心中不可磨滅。

廚房，曾經升騰的每一股炊煙都是家的溫暖，我彷彿看見媽媽在喊：「三娃兒，莫在院子裡瘋了，來洗手，準備吃飯了。」

廳堂，全家圍坐在一起吃飯的地方，也是冬夜守著火爐一起談笑的地方，我彷彿聽見爸爸在說：「三娃兒，你這個期末再給老子弄個倒數的成績，老子打不死你。」爸爸終究沒捨得打死我，但是我卻真的要離開了。

爸爸媽媽的房間，姐姐們的房間，我的小房間……我彷彿再次看見，大姐又捏我的臉蛋兒，二姐在旁邊笑眯眯地剝好一顆顆葡萄，塞進我的嘴裡。

這一路佈滿了灰塵和蜘蛛網，撲面而來的是老舊而腐朽的氣息，可我看見的全是一幕幕的回憶。

我發瘋般地跑到院子裡，一路驚起了許多的不知名的蟲子，甚至還有一條草蛇，我都無心顧及，只是站在院子裡的井口發呆，井水沒有乾涸，向下望去，水質依舊清澈，這裡，這裡是唯一沒有變的地方。

「三娃兒，走罷。」師傅在大門口站著，始終不曾開口，到了此刻，看見我呆呆地望著井水發呆，卻終於提醒我該走了。

我沒有哭，甚至我的悲傷也已經淡去，這些回憶是我的，我擁有過，它是我生命不可剔除的部分，我有什麼好悲傷的，長長的路，我們曾經相伴一起走過。

「師傅，等一下。」我大聲地喊道，然後撿起了一塊兒小石頭，在院子的牆上使勁全身力氣，反覆地刻畫出了一行字。

爸媽，姐姐，我愛你們，在心裡，我們永遠在一起，不分開。

——陳承一

「師傅，這酥肉家有好大的櫻桃樹，小時候每年結果的時候我們都要去糟蹋一番。」走過村裡的每一處，我總是忍不住跟師傅說起一段往事，這時，正好經過酥肉家。

「哦？明天走，不和酥肉說說？」師傅笑眯眯地問道。

我沉默了一下，說道：「你說我和酥肉以後總會再見，就不說了。」

「好。」

「師傅，這劉春燕不在呢，這個寒假也沒看見她，聽說縣中補課補得早。」

「以後劉春燕再給你寫信，你收不到了哦。」

「你咋曉得劉春燕給我寫信的？」

「酥肉說的。」

「狗日的！」

「師傅，小時候我掰包穀，就愛來這片兒田，這家種的包穀最好吃。」

「師傅，這個水溝，我小時候最愛在這裡泡水……」

「師傅，我在這片兒小竹林裡打過架，是放學後約好單挑的……」

在一幕幕的回憶面前，我和師傅不知不覺已經走到了鄉場，師傅問我：「要不要到學校去看看？」

「學校就不去了，現在也沒什麼人，像學校這種地方，總是要有人，才屬於一個回憶的地方。」

「那好，咱們去蹭飯吧。」

還是那個老太太家，這一次，正巧趕上中午的時候，她們一家四代同堂地吃著飯，很平常，但是氣氛格外地溫馨，我和師傅兩個不速之客也受到了熱情的招待，因為上次打蟲藥的事兒，鄉場的人記得師傅。

特別是老太太還念叨著：「你來我家吃過飯，我還不曉得你是個郎中喂。」

飯是簡單的四季豆燜飯，裡面加上些土豆，細小的臘肉，非常香，幾個小菜，簡單卻勝在新鮮，吃的人連舌頭都想吞下去。

我大口大口地吃著飯，那老太太忍不住說道：「娃兒喂，你慢點兒，你爺爺上次不是說你有啥子噴飯病啊？」

「咳……」我一口飯就噴出來了，這老太太記性咋這好，連我師傅胡扯的事兒都能記得，幸好我及時轉頭，不然得噴別人一桌子了。

那老太太擔心了，喊自己媳婦趕緊地給我倒水，還一邊念叨著：「看嘛，看嘛，犯病了，幸好你爺爺是個郎中哦。」

我「怨恨」地望了姜老頭兒一眼，他大口大口吃飯，一副不關我事兒的樣子。

那時的詞彙不豐富，要換現在，我一定會「拍案而起」，指著師傅大罵一句，你妹的噴飯病！

這頓飯吃得非常開心，連我心中的離愁別緒都沖淡了不少，老太太還給我們講起一件兒新鮮事兒，說是鄉里前天來了兩個人，很富貴的樣子，還是鄉領導陪著的，說是要找人。

「找哪個？」我師傅問道。

「我也不曉得，不過看樣子好像沒找到，鄉裡頭那些領導曉得啥子嘛？要問我們這些老人家才曉得，不過我想肯定會來問我們的。」那老太太得意洋洋地說道，那樣子就等著別人上門來問似的。

離開老太太家，我和師傅就在鄉場裡轉悠，我說：「師傅，去餓鬼墓那裡看看吧，那邊的事兒解決了，我還是想去看看，九死一生的地方啊。」

「也行，過幾天，考古隊就來了，我還等著一些資料到時候給我，墓裡的一件兒東西被帶走了，那個很重要，我們去轉轉吧。」

說著，我們師徒二人就朝著餓鬼墓的方向走去，趕巧不巧的，就遇見了鄉裡面的領導。一行幾個人，陪著一對好像是夫妻的人，正在往餓鬼墓那個地方走，一邊走，一邊還在說著什麼。

那鄉長知道我師傅身分不凡，自然是要熱情地打招呼的，見到我們兩個，那鄉長就過來了，一邊熱情地握住了我師傅的手，一邊說道：「姜師傅，真巧，還正好有事兒想找你，就不知道哪裡找啊。」

「啥事兒？」我師傅打量著那兩個陌生人，有些不明就裡。

那兩個人的穿著什麼的，都很時髦，男的斯文儒雅，女的頗有氣質，一看就是大門大戶的人家，而且是大城市的，那男的緊緊地抱著懷裡一個黑色的皮包。

「我來介紹一下再說……」那鄉長開始熱情地介紹。

在介紹完畢以後，我們才知道，這兩個人真的是一對夫妻，從臺灣來的，那個時候從臺灣過來一次是非常不容易的，他們是來找人的，找不到人，找後代也行。

只不過，他們前天來的，到現在也還沒找到人，或者什麼後代，有些焦急，讓我師傅幫忙，是因為鄉場上過世的人，以前大多葬在那個竹林，後來轉移了，是我師傅負責的。

他們是想打聽打聽，那片兒墳地裡，有沒有埋葬過他們要找的人。

聽完介紹後，師傅問道：「你們要找誰？」

那男的非常誠懇地和我師傅握了一下手，說道：「我是來完成我奶奶的願望的，我們想找一個叫李鳳仙的人，她以前是非常出名的戲角，但聽說後來回到了這個小村子。」

「李鳳仙？」我和師傅同時驚呼出聲道，那段悲涼的愛情故事，我們是沒有忘記的。

「怎麼？姜師傅認識李鳳仙？她在哪裡？可以帶我們去嗎？」那臺灣人激動了，一下子緊緊地抓住了我師傅的手。

還是他的妻子提醒了他的失態，他才不好意思地解釋道：「姜師傅，李鳳仙對我奶奶來說，是一個非常重要的人，不瞞您說，我奶奶到死都不快樂，她唯一的願望……」

那男人說不下去了，我師傅則望著他說道：「你奶奶是不是叫于小紅？她去世了？她在臺灣？」

師傅曾經得到過于小紅的照片，並依照著于小紅的樣子紮了紙人，燒給李鳳仙，可是他也得知，後來全國就找不到于小紅這個人了，原來去了臺灣。

「你怎麼知道的？」那臺灣男人吃驚了。

「算了，跟我來吧。」師傅長歎了一聲。

這晚了整整八年啊，可是這李鳳仙終究還是等到了于小紅……

淒淒孤墳，幾炷清香，告慰的，到底是活著的人，還是死去的人？

我望著在墳前悲戚的男人，心裡也不免生出一種世事無常的感慨。

原來那男人緊緊抱著的黑色皮包裡，裝的竟然是于小紅的骨灰罐子，在傷心了過後，那男人望著我和師傅說道：「你們知道我奶奶和李鳳仙的故事嗎？」

我師傅點點頭，說道：「我知道。」

「我也是奶奶在十二年前要過世的時候才聽說了這段故事，我奶奶是個很好的人，也是一個很優秀的人，我很尊敬她，我也尊敬她的感情。她死後唯一的願望，就是我們能帶著她來找李鳳仙，活著，就見見，如果去了，她希望能和李鳳仙葬在一起。但是，我們不知道……只是我奶奶很堅定，她說一定能葬在一起的。」那男人有些顧忌地說道。

我明白他的顧忌，他不知道李鳳仙最後的結局，他在顧忌萬一李鳳仙有了家人，和奶奶葬在一起，不是很壞規矩嗎？這個是很忌諱的，他也不明白奶奶為什麼如此倔強，也如此堅信。

我師傅回頭讓鄉領導們先回去，有些事情在那個年代還是不能說得太多，然後在鄉領導他們回去以後，我師傅開口告訴了他們，李鳳仙的結局。

那兩夫妻同時聽得淚流滿面，也同時深深地朝著李鳳仙的墳前，鞠了幾躬。

「我說奶奶為什麼一直不快樂，她說給她平靜的生活，換個方式護著她，她們……」那男人說不下去了，那女人也在旁邊抹著眼淚。

「老公，奶奶和鳳仙奶奶下一世，一定會在一起的。」女人安慰道。

「嗯，一定可以的。」那男人也堅信的說道。

有個念想也好，我師傅根本沒告訴他們，其實李鳳仙化身厲鬼，早已因果纏身，一旦了願，就已魂飛魄散了，哪裡還有下一世，這個世界，哪怕上窮碧落下黃泉，也根本找不到李鳳仙的蹤跡了。

八年，只是晚了八年，李鳳仙沒等到八年以後，于小紅回來長伴於她，這世間的因果為什麼會如此苦澀？

她們可以同葬一穴了，可惜，再也沒有那個會在墳上唱戲的靈魂，對著凄凄夜色，唱著：「良辰美景奈何天……」

多年以後，我偶然聽見一首叫《葬心》的曲子，當那纏綿悱惻，淒清冷淡的歌詞唱起：「蝴蝶兒飛去，心亦不在，淒清長夜，誰來拭淚滿腮。是貪戀點兒依賴，貪一點兒愛……」我就會想起李鳳仙和于小紅的故事。

那一句，人言匯成愁海，辛酸難捱，是如此的深刻，可也道不盡也世間的因果糾纏。

終於，我和師傅離開了，那一個早晨，同樣是下著綿密的春雨。

沒有人相送，也沒有人知道，我和師傅就這樣離開了，這片兒村子日子還得繼續過下去，也許他們會記得我和師傅的存在，也許過了段日子也就淡忘了。

可是，我卻不能忘記，因為這裡是我的根。

在很多年以後，我聽酥肉說起，他曾很沒出息的在鄉場的車站蹲著大哭，只因為他在我和師傅離開的那天跑上山去，就發現已經人去樓空了，他跑到車站，已經是晚上，他抱了一點點希望能看見我們，可是晚上空無一人的車站，哪裡還有我們的影子？

「三娃兒，你個狗日的，當時走也不和我說聲，我以為我不在乎分開的，可ＴＭ還是沒出息的哭了，我到車站的時候，你在幹啥？」這是酥肉給我說起的一段話。

可我已經不太記得那個時候我具體在幹嘛了，我就記得，在火車上的一個下午，師傅忽然跟我說：「三娃兒，火車開出四川了。」

我一下子滿心的淒涼，終於，我還是離開了。

第三十三章　憤怒的搖滾青年

這是一間煙霧繚繞的房間，雜亂地堆著架子鼓、吉他，還有一些亂七八糟的衣服……牆上貼著各種明星的畫像，有的我認識，有的外國人我不認識，總之貼上就是了。地上幾乎不能站人，空酒瓶兒、菸頭、各種包裝袋，把這裡成功地變成了垃圾場。

我叼著菸，懶洋洋地靠在那堆架子鼓上，望著窗外的陽光斜斜地照進這間昏暗的房間，眼神迷離。我不適應北京，六年了，我還是不適應這個城市！

我不適應這個城市的早飯，我這一輩子都喝不了那鹹豆汁兒，我不想再看見焦圈兒，麻醬餅兒這樣的東西，儘管它們也是好吃的。

我想念四川紅通通的牛肉麵，我做夢都想在早上醒來時，能吃上一碗。

我也不適應這個城市的氣候，第一個冬天，出門的時候，我差點冷瘋了，把自己包得像個粽子，我還是冷。

我想念四川那陰雨綿綿的冬天，儘管我不知道那有什麼值得想念的。

很大的城市，很多的人，冬天藏白菜，帶著京腔兒的普通話，一切都那麼的陌生，六年了，我還是那麼的格格不入。

我像一個異類，在這裡還是常常說著四川話，不是我有多麼懷念家鄉，而是因為我的普通話成為我來這個城市最初的阻礙，我對說它有心理陰影，我不愛說，一說就嗓子發緊。

在竹林小築的日子，我師傅就有意地教我說著帶京腔兒的普通話，可是那濃重的四川口音，是骨子裡的東西，哪有那麼容易改變？

所以，到新學校的第一天，我就被狠狠地嘲笑，那個時候的我是那麼的無助、忍耐、退讓……

我讀的學校是一個幾乎不對外招生的學校，也可以說是子弟校，裡面的學生幾乎都是些有背景的人，我最初也不知道師傅為啥會把我弄去那個學校，到後來我才知道，他的選擇也是無奈，因為到了北京，他就開始為某些事情忙碌，只能給我找一個最方便的學校。

再後來……

煙霧瀰漫了我的眼睛，我終於回憶起了再後來，師傅的長期不在，學校裡同學的壓力，終於讓我爆發了，我開始變得憤怒，開始打架，開始和學校的所謂的「刺頭兒」、「頑主兒」混在一起……

因為從小練武，我的身手不錯，我幾乎打遍了學校，打遍了周圍的胡同，我也不知道我是不是開始墮落。

師傅一開始不知道我的這些變化，他只知道我的成績一落千丈，費盡力氣我才考入一所三流的大學，然後被迫複讀，師傅也被迫守了我一年，終於進了一個還像樣子的北京的大學。

可就在那一年，我十九歲，正該有大劫的時候，在收到錄取通知書的那一晚，我和幾個哥們兒喝酒，然後鬧事，惹了大事兒，被幾十個人追打，我差點被打死在街頭！

在醫院裡，師傅和我有了如下的對話。

「你咋會變成這個樣子？」

「師傅，你說過，那是命，命該如此。」

「好，既然是命，你就走下去，我看你到底能讓我多失望。」

「讓人失望的是你，你帶我來北京，然後你三天兩頭看不見人影，我多少年沒見著我爸媽了，我一年就只能見兩次我姐，現在我住院，他們知道？師傅，是你變了！」

師傅沉默了，他最終對我說了一句：「三娃兒，路是你自己走的，不管命運該是怎樣，你難道忘記了本心？我不介意你在特殊的時期有特殊的心態，我只是介意，你終究不能理解，是環境改變本心，還是本心看透環境。我護不了你一輩子，還是你準備依賴我一輩子？我唯一能感到欣慰就是，玄學你還沒丟下，你還是學得很認真，每日該做的『功課』還是做。」

那番話說完以後，我流淚了，那是我來到北京以後，第一次流淚，我軟弱地對師傅說道：「師傅，我們回去吧，我們回竹林小築去，我不想待在這裡了。」

可是師傅只對我說了一句話：「三娃兒，你永遠不能逃避。」

就在我陷入回憶的時候，我嘴上的菸被一下子拿掉了，然後一個狼嚎似的聲音在我耳邊響起：「我曾經問個不休，你何時跟我走，可你總是笑我，一無所有……」

「楊景童，你丫閉嘴吧，你要再唱，你信不信我抽你？」我實在受不了這狼嚎似的聲音，忍不住揉了揉發痛的額角，出聲警告道。

楊景童是我在北京最好的哥們兒，我們一起打架，一起逗女孩兒，一起抽菸，一起喝酒，這間房子，就是我和他租來的，現在組織了幾個人，一起搗鼓所謂的「搖滾」。

這小子是當官的兒子，初三（我重讀了一年）高中和我在一起胡混還不夠，大學還硬找關係，和我混進了一個大學。

「得了，陳承一，還是你丫閉嘴吧，你一說北京話，我就恨不得掐死你啊，那個調調兒，母豬都被你嚇醒了。」這小子一直就這樣，特愛和我貧嘴，我也不說話，抓起地上一件兒也不知道是啥的玩意兒，跳起來就朝著他追去。

他乾嚎了一聲兒，頭也不回地轉身就跑，要論打架，他可打不贏我，就是和我瘋鬧，這小子都不敢。

追到胡同裡，我們兩個「異類青年」照樣被胡同裡的大媽用鄙視的眼光打量了一陣兒，沒辦法，長到頸窩子裡的長髮，一件破軍裝披在身上，長短腳的褲腳，不被鄙視才怪。

我們不鬧了，畢竟在這一片兒還是得注意影響，雖然是四合院兒，我們那鬼哭狼嚎似的練歌聲兒，早就被周圍厭煩加嫌棄了，再鬧，估計得被趕走了。

楊景童一把攬住我，說道：「陳承一，咱們不和這些沒見識的婦女認真昂，她們知道個屁，這叫崔健範兒。」

是的，八六年的工體表演，我們想辦法去看了，並深深地折服於崔健，這身兒打扮就是模仿他在工體唱一無所有時的範兒。

回到屋裡，楊景童把他帶過來的髒兮兮的包往我面前一放，神秘地跟我說道：「好東西，倒出來看看。」

我嘩啦一下就給倒出來了，裡面滿滿的全是磁帶，我驚喜地一盒盒看，楊景童在旁邊得意地說道：「香港弄回來的好東西，最新的，這個，Beyond的，就這盒兒《秘密員警》，這裡面有首歌兒叫《大地》，你聽聽看。」

我拿起磁帶，迫不及待地就打開，塞進了屋子裡的答錄機裡面，直接地快進，放到了《大地》這首歌，就聽見一種完全不同的音樂從答錄機裡放出來。

「在那些蒼翠的路上，歷遍了多少創傷，在那張蒼老的面上……」我看著磁帶盒兒上附帶的歌單兒，不知不覺地聽得入神，楊景童在旁邊跟我說道：「哥們兒，不錯吧？」

「好聽，可這唱的是啥話啊？」

「土了吧？這是粵語，知道不？粵語！」

「你會這啥粵語？」

「那不廢話嗎？哥兒我是什麼人物？粵語算個屁！得，再聽聽這個，《再見理想》，也不錯的。」楊景童又開始吹牛，而就在我們兩個說話的時候，房間的門被撞開了，一個人匆匆忙忙地衝了進來。

楊景童抬頭一看，衝進來的也是我們的哥們兒，一起搞樂隊的，他張口就說道：「你被母豬追啊？瞧你丫跑得那勁兒，跟個孫子似的。」

楊景童這嘴巴一直就是那麼討厭，那哥們兒也不理楊景童，隨手抓起一個杯子，也不看裡面有沒有煙灰，咕咚咕咚就灌下去一大口，然後說道：「陳承一，你快點兒回去，我看見你師傅回來了，指不定等會兒就要去學校逮你。」

我一下就站了起來，我今天是曠課，被逮著了，我得挨揍。

我匆忙地跑出房間，卻被楊景童一把給拉了回來：「別，你小子可別這麼回去，不然我們都得挨揍。」

我所有的哥們兒都怕我師傅，哪個沒被他抽過？我這個樣子是不能回去，還崔健範兒呢，讓我師傅看見，他得把我打成豬頭範兒，連帶著楊景童他們也得倒楣。

「×，我還真忘記這一茬了，快，趕緊的，給我找衣服出來啊。」不得不說，北京對我的影響還是深遠的，不知不覺我還是會蹦出一兩句北京話，儘管我比較抗拒。

楊景童和另外一個哥們，趕緊手忙腳亂地在這垃圾堆裡翻出幾件兒合適的衣服給我，讓我去換上。

白色的襯衣，黑色的西褲，外頭套一件藍色的毛衣，我換好衣服就趕緊出來了，楊景童忙著幫我整理衣領，他是真心急，他可不想被我師傅找個藉口一起揍，我師傅要揍他，他爺爺都沒辦法保他，只得挨著，這些「乖乖」衣服，就是為了應急情況準備的。

另外一個哥們好笑地抱著肩膀，叼根兒菸，看著我和楊景童在那裡手忙腳亂的，忍不住說道：「我×，我不看不下去了，楊景童，我不騙你，你丫就跟陳承一的小媳婦兒似的。」

楊景童回頭指著他說道：「你丫閉嘴啊，哥兒我現在沒空和你扯，你是不是皮子也癢了，想挨姜爺揍？」

「得……」那哥們兒臉色一下就白了，趕緊和楊景童一起來幫我打理，誰不怕我師傅啊？

總算衣服弄得周正了，楊景童吹了聲兒口哨，說道：「挺像那麼回事兒的。」說完，又把他的眼鏡取下來，給我架眼睛上了，然後嚎道：「陳承一，去吧，你這樣可以去勾引學校裡的學生妹子了，不，女老師都可以，去吧，哈哈……」

我懶得和他扯，直接問他：「頭髮呢？頭髮咋辦？」

楊景童把我扯到院子裡，直接冷水給我澆頭上，然後又扯回房間，直接給我梳了個偏分，然後說道：「長是長了點兒，將就！去吧，哥們兒，應付完你師傅，記得帶兩個學生妹妹回來。」

「你給老子滾！」我笑罵了一句，然後衝出了院子！

我瘋了似地蹬著自行車，終於在二十分鐘以內趕到了熟悉的胡同，我和師傅就住這胡同裡的一個四合院裡，單獨住著，也算師傅的特殊待遇吧。

也就是因為這樣，屋裡沒人，特別明顯，我得趕在師傅出來找我之前回去。

到了胡同口兒，我沒忙著進去，而是深吸了一口氣，讓自己的呼吸平穩下來，然後擦了擦一頭的熱汗，再推著自行車走進了胡同。

胡同裡的七大姑八大姨跟見鬼似的看著我，但是又有一種深深瞭然的眼神，她們早就熟悉這一套了，每當我裝得斯斯文文的時候，準是我爺爺（她們以為師傅是我爺爺）回來的時候。

我目不斜視，一本正經，在心裡卻罵著，這些大媽，應該不會給我師傅告狀吧？

到了門前，我深吸了一口氣，推開了院子門，推著自行車進去了，一進去就看見我師傅坐在院子裡，旁邊一個小几，上面是杯蓋碗兒茶，閉著眼睛正在養神。

我在心裡預演了一遍，然後開始大聲地，「驚喜」地喊道：「師傅，您回來了？」

我師傅睜開眼睛，似笑非笑地望著我，說道：「喲，近視了啊？我記得我教過你保護眼睛的法子啊，咋就近視了呢？」

我一把把眼鏡摘下，心裡罵了楊景童一百遍，我說我蹬車的時候，老要摔筋斗呢，原來忘了眼睛上架了副眼鏡兒，好在楊景童就是淺度近視，不然還不得摔死我？

「師傅，最近學習任務重，看書多了些，這眼睛就有點兒近視了。」我訕訕地笑著，解釋道。

「真的？」師傅揚了揚眉毛。

「真的。」我鄭重其事地說道。

「那好，你就一直戴著吧。」師傅淡淡地說了一句。

我一聽，就想去撞牆，剛才心裡有事兒，還沒查覺到啥，可這下讓我不近視的人戴著個近視眼鏡兒，不得愁死我啊？

「師傅，我這假性近視，一直戴著不好，我……」一陣風吹過，我頭皮被凍得一陣兒涼，忍不住縮了縮脖子，換誰受得了啊，冷水潑上去，又騎車出一頭熱汗，這風一吹……

師傅望了我一眼，直接就打斷了我的話，說了句：「搬張椅子過來，坐我身邊來。」

我唯唯諾諾地照做了，師傅又閉上了眼睛，說道：「把我教你的十五個手訣的配合口訣給我背出來，還有手訣的結法，給我結一次。」

我就知道，師傅回來第一件事情，絕對是考校我的功課，好在我再混，這些東西總是不會落下的，立刻一本正經地照師傅的吩咐去做了。

就這樣一問一答，兩個多小時過去了。

師傅抿了口茶，最後評論了一句：「差強人意，還不算太熟悉。這段日子，也不知道你荒廢了練功沒有，理論上的東西總是理論上的，去吧，畫張最簡單的辟邪符，我看看。」

我自然不敢怠慢，搬出桌子來，拿起符紙，平心靜氣兒地開始一板一眼的畫符，這樣的符確實是最簡單的，連接子煞都不用，只要能傳達功力於符上就行了，我現在的水準也就只有畫這樣的符。

符成之後，我的腦袋一陣暈，存思結功力於符紙上，實在是有些費力，我小時候也畫過辟邪符，只不過那時還不能稱之為完整的辟邪符，效果也只有使用的一瞬間，真正的辟邪符是可以在身上存放三年的。

待符紙乾透，我恭敬地遞給了師傅，師傅接過符仔細地看了一遍，然後閉上眼，細細地感覺了一遍，說道：「功力還不到，不過這段時間你也算沒有偷懶。」

我終於放輕鬆了下來，看來今天的考驗是完成了，就在我慶幸過關的時候，我師傅忽然開口說道：「這次，我出去了三個月，對不對？」

我點頭說道：「是三個月零八天。」

師傅望著我，眼底閃過一絲心疼，不過很快又隨意了起來，說道：「聽說你弄出個了啥唱戲的班子，一天到晚鬼哭狼嚎的，吵得四鄰難安，是不是？」

終於還是被發現了，也不過才弄了四、五個月而已，但是面對師傅，在大是大非上，我還是不敢放肆，只得說道：「師傅，不是唱戲的班子，是搖滾，搖滾音樂。」

「不管啥滾吧，給我關了它，豎立你的心性兒，是在你小時候，我才做的事兒，可是是非的觀念，還是要你自己去體會，你的快樂，不能建立在別人的痛苦上，你懂了？我希望我下次不要再提醒你任何事！」師傅嚴肅地說道。

「知道了。」我心裡捨不得，可是我必須得承認，師傅說得對，儘管這些年我很叛逆，可是是非觀念還是清楚，每次我打架也沒有主動鬧事兒，是別人挑釁才會這樣，這得感謝師傅在我小時候給我豎立的心性兒。

人在某個特殊的時期，也許會不服管束，師傅在這種時期給了我最大的自由，紅塵練心，總是要去練的，誰都不能呵護誰一輩子。

「我也問過了，這段日子你沒打架，偶爾曠課，不過學科考試也算應付過去，還算老實，多的我就不說了，總之你自己的路，你自己把握好。這個週末，跟我一起出去一趟吧。」師傅說道。

和師傅一起出去？這幾年來，這樣的事很少，師傅很忙，我也不知道他在忙什麼，我只知道有限的幾次出去，都是他為我添置衣物什麼的，更多的情況是他給我一些錢，我自己買去。

「出去買東西？」我忍不住問了一句。

「記得，那天收拾好一些，不是去買東西，而是去見一些人，你身為山字脈的傳人，到那一天，你絕對不能給我丟臉。」師傅嚴肅地說道。

第三十四章　二十年的聚會

這個週末，已是四月的陽光很是有些燦爛，可我的心情卻不燦爛，從理髮店出來，我那心愛的長髮就沒了，變成了瀏海長度不超過眉毛的短髮。

師傅蹲在理髮店的牆根兒，曬著太陽，在外面等我，路過的人一不小心，就會把他看成是一個進城的老農民，有個老太太還熱情地跟他打招呼，打聽他在鄉下的家裡有沒有正宗的土蜂蜜。

我走出理髮店，正巧看見這一齣，師傅跟得救了似地過來拉著我，跟那老太太說：「妳看，我是來看我大孫子的，不賣菜，不賣蜂蜜。」

應付走了老太太，師傅拉著我打量了一番，點點頭說道：「嗯，順眼多了。」

然後我們往回走，剛走兩步，我師傅又拉著我說：「得，今天挺重要的，再去收拾收拾。」

莫名其妙的，我又被師傅拉回理髮店，把我摁椅子上，師傅給別人說道：「給他上點兒髮蠟，梳個穩重點兒的分頭。」

不等我反對，他自己又往椅子上一躺，說：「先給我修面，然後把頭髮好好打理一下，嗯，給我弄個大背頭。」

我無語，甚至開始有些懷疑，今天晚上的聚會是相親晚會了。

楊景童那小子，就常常找個藉口，就在家裡弄個啥晚會，這些生活和平常老百姓的日子離得挺遠，是屬於另外一個階層的，特有的生活。

在那個圈子裡現時流行的，老百姓永遠要在五年以後，才可能在生活中接觸得到。

和師傅在理髮店兒好好地打理了一番之後，我們就回去了，回去後，師傅鄭重其事地穿上了一套中山裝，儘管那個時候，已經有更洋氣的西服開始流行了，師傅卻拒絕接受。

只不過，師傅是難得正經穿幾次，所以他僅有的兩套中山裝，都是特別訂製的，給他做中山裝的人，也給很多領導人做。

他穿衣服的時候，我正在頭疼地挑衣服，沒和師傅出去買過幾次衣服，我的衣服都是自己買的，所以……所以不好挑，因為在師傅眼裡，可都是些不正經的衣服。

今天要出席的場合，既然如此正式，我雖然在這幾年有些叛逆，可我骨子裡卻不願意丟了師傅的臉。

就在我還在找衣服的時候，師傅已經到我房間來了，放下一個袋子，說：「穿這身兒吧，今天你小子可得給我穩住了。」

我打開袋子一看，裡面是一套淺灰色的中山裝，還搭有一件領口筆挺的白襯衣。

我說師傅前幾天給我量尺寸呢，這套中山裝看著沒啥出奇的地方，一穿上身，才發現非常的妥貼，看著鏡子，四六分的分頭，配著這套中山裝，我顯得非常穩重，整個人也起碼成熟了五歲的樣子。

「把這個戴上。」我師傅翻出了一件兒東西，遞給了我。

我看著差點暈過去，這不是楊景童拿給我的眼鏡嗎？咋師傅還要我戴上。

「師傅，我不近視啊？」我覺得還是說實話吧。

「我知道，讓你戴上你就戴上，你是山字脈的人，形象上就得給我爭光。」師傅嚷嚷道。

到底啥事兒啊？我有些不情願地把眼鏡戴上了，一邊非常好奇師傅到底為什麼，如此鄭重其事。

「嗯嗯，我的徒弟還不錯，能撐住門臉兒了。」看著我戴上眼鏡，師傅終於滿意了，帶著我出發了。

坐在紅旗車上，我有些不適應，倒不是說不適應這車，因為我那幫哥們兒，誰還沒個車坐啊？我也常常坐，我不適應的是，師傅竟然坐這車。

師傅是有權力調動一輛紅旗車做為專車的，只是我們來北京，這多少年了，他根本就沒有用過一次，今天到底是怎麼了？連車都那麼鄭重其事的。

師傅坐在我旁邊，靠著椅背閉目養神，我終於忍不住開口說道：「師傅，你要再不跟我說清楚，我絕對下車，不去了。」

師傅睜開眼睛望了我一眼，沉默了好一陣兒，終於才說道：「今天是去見你的幾個師伯，還有你的師弟們，來北京那麼多年了，我一直沒讓你見過，因為我自己也不見，可今天卻必須見。」

我一愣，我只在小時候，師傅講起師祖的時候，聽說過幾個師伯的事兒，那麼多年沒見過了，我都當他們是傳說了，沒想到，今天竟然要見，而且聽我師傅那話的意思，他們就在北京？

「師傅，他們在北京？你咋不說？我還有師弟？」我說不上什麼心情，同樣都屬於師祖一脈，我對他們有天生的親切感，可是從來沒見過，又感覺非常的陌生。我很期待，卻又有一種非常害怕的感覺，怕自己上不了檯面，丟了師傅的臉。

我現在才明白，師傅為什麼要我那麼鄭重其事了。

「你幾個師伯的弟子入門都比你早，按說該是你師兄，但是師祖有言，山字脈為長，所以說起來，你是師兄，大師兄！所以，你懂了？」師傅淡淡地說了那麼一句，我陡然就覺得壓力倍增。

我不由得開口說道：「師傅，那麼多年沒見了，為啥今天偏偏要見？」

「因為，二十年一聚，是你師祖定下來的規矩，這規矩，你師祖曾說過，雷打不動！」師傅嚴肅地說道，只是眼中閃過了一絲落寞。

「師傅，那平常的時間，師祖說過不能見面嗎？」我好奇地問道。

「那倒不是，你不用多問，我不會說的。」師傅靠著椅背，眼睛又閉上了，他最近常常就這樣，很疲憊的樣子。

我閉嘴了，我知道，這老頭兒要是不願意說，我問再多也是枉然。

車子朝著北京的郊區開去，一路上，師傅都比較沉默，當車子開到一個地方的時候，師傅終於開口了，說道：「三娃兒，快到了。」

我也不知道為啥，一下就緊張了起來，在車裡坐得端端正正。

師傅一笑，說道：「你也不用那麼緊張，我只是想告訴你，我們這一輩是我們這一輩的事兒，你們這一輩，卻也已經長大，畢竟同出一脈，好好處著，你是大師兄，我希望看見你們師兄弟和睦相處，那一份感情是很珍貴的，知道嗎？」

「嗯，嗯……」我嗓子有點發緊，但一直點頭，其實我能不緊張嗎？

車子終於停了下來，這是一個清幽的所在，周圍稀稀拉拉的全是二層的小樓。

司機下車，幫我和師傅拉開了車門，我先下車，師傅跟著下車，望了望周圍，師傅忽然歎息了一聲，然後跟我說道：「走吧。」

我沉默的，緊張的跟在師傅後面，終於，到了一棟也不怎麼起眼的二層小樓面前，我師傅停下了腳步，我一下子更加緊張了，就是這裡嗎？

師傅轉頭看了我一眼，忽然一隻大手輕輕地就拍了拍我一直僵直的腰，眼神中全是溫和的鼓勵。

我感激地望了師傅一眼，他那意思我懂，是表示對我有信心。

「你是大師兄，是長兄，不用緊張。」師傅說話間，就已經摁了門鈴。

我卻疑惑著，如此說來，師傅也是大師兄，為什麼他從來不提這事兒，那一次說起往事兒的時候，還是說師兄呢？或者，他沒說，我只是這樣的理解的。

難道，這是他們之間不見面的原因？

我正在思考間，那二層小樓外，小院子的大鐵門已經開了，是一位中年婦女開的，她有些疑惑地望了我一眼，但是看見師傅之後，她就沒說什麼了，只是說：「李伯伯已經等了你們好久了，我帶你們進去。」

這棟小樓的院子打掃得很乾淨，可也很空曠，就在院子的一邊，有一棵大樹，然後就空無一物，看得出來，這裡的主人是一個很簡單的人。

李伯伯？是李立厚師伯嗎？我在心裡想著，人卻已經跟隨師傅和那個中年婦女進到了屋子。

「你們坐，我去倒茶。」那中年婦女可能是保姆之類的，簡單地說了一句，人就走了。

這時，師傅已經大踏步地走了進去，剩我一人站在那裡，感覺到很多目光落在了我身上，我下意識地想低頭，可是想到我們本來就是同一脈，幹嘛要不好意思？而且不能給師傅丟臉，師傅說過我是大師兄。

我抬頭，儘量平靜地面對每一個人的目光，然後禮貌地點點頭，笑了笑，剛想把所有人都看清楚，卻聽見師傅說：「承一，還愣著幹什麼？到我身後來。」

我這時才注意到，這個客廳很大，卻只放了四張雙人沙發，很奇怪的擺設，其中兩張正對著大門，其中兩張在旁邊，現在加上師傅，其中三張都坐了人，還有一張正對大門的沙發沒有坐人。而沙發的背後都站著一個人，很年輕，我一下子對情況瞭然於胸了。站在後面的，應該就是我這一輩的徒孫了吧？

我應了師傅一聲，儘量平靜地走到師傅背後站著了，但這時我不敢放肆地去打量我的這些師伯，那很沒禮貌，也不敢去打量師弟們，因為我看見他們都目不斜視的樣子。

很沉默，所有人都很沉默，氣氛有些僵硬。

這時，那個中年婦女端著一個大木盤，放下了一壺茶，和四個杯子就下去了。

在僵硬的氣氛下，整個房間飄蕩著一種奇異的茶香，更讓人覺得不自在。

不過，這茶的香氣真的很獨特，在茶香中，有一股子桂花的香氣隱含在其中，讓人心曠神怡，可是如此極品好茶，卻沒人去動，這不奇怪嗎？

就在我奇怪的時候，師傅卻忽然舒服地哼了一聲，然後自顧自地從茶壺裡倒了一杯茶出來，擺了一個舒服的姿勢，他先深深的吸了一口氣，才抿了一口茶。

「極品大紅袍，滋味兒極正，竟然隱含了岩韻，莫非是那母樹上產的？二師弟，你學醫多年，嘗過的藥草也不少，不試試這茶？看看是哪棵母樹產的？」沉默是我師傅打破的，他望著側邊沙發上的一個人說道。

我隨著師傅的目光望去，學醫？莫非是立仁師叔？從我師傅的故事裡，我知道師傅和立仁師叔的感情是極好的，而現在在我看來，立仁師叔卻顯得比我師傅年輕，就跟一個剛過不惑之年的中年人似的。

是的，他極其年輕，濃眉大眼，一張臉長得非常剛正，可是皮膚卻很白皙，還透著些紅潤，看來是極其注重養生的，如果不是那份白皙，讓立仁師叔有了一絲書卷氣兒，他應該是屬於長得很有男人味那種。

他聽見我師傅這樣說，無奈地笑了一下，依言去倒了一杯茶，然後細品了一口，才歎道：「果然隱含岩韻，具體是哪棵母樹的，我卻品不出來，畢竟都是大紅袍，雖然分為三個品種，可惜我哪有這福分，一一品嘗？」

「是啊，一年產量不過一斤左右的母樹大紅袍，怕是只有立厚師兄才有辦法弄到。」忽然間，另外一個聲音插了進來。

我忍不住扭頭一看，是坐在另外一邊沙發上的一位師叔，師傅的故事裡面他不在，但師傅簡單地提起過，這位師叔應該是立樸師叔。

因為他說了一句，只有立厚師兄怎麼怎麼……

和立仁師叔比起來，立樸師叔的樣子顯得很滄桑，那滄桑不是老，而是那眼神中透露出來的滄桑之意，彷彿有一種看破世人的感覺，他的樣子其實長得很憨厚，甚至有一種淡淡的喜感在裡面，可是眉眼間卻又很憂鬱，他像是把這兩種氣質完美揉合了一樣。

說話間，立樸師叔已經為自己倒了一小杯茶，發現我在看他，他竟然抬起頭來，衝我眨了一下眼睛，我一下愣住了，不知道怎麼回應，只得笑了笑，趕緊站端正，不敢再看。

這時，一個腳步聲從頭頂傳來，所有人都不自覺的朝著樓梯的方向望去，人未至，聲音已經先道：「小師弟，你要說沒品過母樹大紅袍，我卻是不信的，這圈子裡，誰不知道王立樸是最有錢的？哈哈哈……」

這聲音很渾厚，有一股自然的大氣在裡面，我想如果是陌生人聽到這個聲音，可能會自然的就產生一股崇敬之情，笑聲的餘音尚在，人已至，我不禁好奇地望去，這就是李立厚師伯嗎？

他很魁梧，卻一點兒也不胖，甚至也不壯，只是個子高大，就是有一種魁梧的感覺在裡面，而從樣子上來說，他確實是師傅他們四個裡，長得最好看的一個。

飛揚的眉毛，濃而不散亂，眼睛是狹長的鳳眼，鼻樑挺直，只是嘴角有些下垂，顯得非常嚴肅，不好接近，很威嚴的樣子。

「師兄。」立仁師叔叫了一聲。

「呵呵，師兄言重了，要說有錢，我承認，可是有些東西可不是有錢就能買到，還得有幾分面子啊。我這相術是個苦活，從面相看透人心，可得把人逼瘋！找個辛苦錢而已。」立樸師叔也說話了。

「哈哈……那相風水，做陽宅，定陰宅也得把人逼瘋？」說話，立厚師伯已經走向了眾人，言語間盡是對立樸師叔的調侃之意。

「得了吧，哪裡又不辛苦？拿不準還得開眼，開眼不是件兒苦差事兒嗎？」立樸師叔說苦的時候，一張臉就真的「苦哈哈」的樣子，整個人都縮起來了的感覺。

我一頭冷汗，那猥褻勁兒和我師傅有得拚。

立厚師伯大笑了起來，卻也不和立樸師叔計較，他不坐，而是徑直走到了我面前，細細地打量起我來。

這時，立樸師叔又插話了，說道：「別看了，這小子長一雙桃花眼，惹姑娘呢，可惜眼角不是上揚的，說明這小子情路不順，但也算不上花心，嘴唇不厚，可也不是那種上下均勻的嘴，所以不是薄情，而是遇感情，常常都會求而不得，得而不順那種。」

我×，我在心裡罵了一句，雖說是師叔，可哪有這樣的，一上來啥也不看，就看我感情了？而且沒好話，還求而不得，得而不順呢，那意思就是我想求的，我得不到，而往往我不想求的，挨個來喜歡我，不讓我順心。

「他童子命，感情能順到哪裡去？」我師傅眉毛一揚，淡淡地說道，然後招呼我：「還不叫李師伯？」

「李師伯？立淳，你這人不講規矩，隨意灑脫，可是怎麼連徒弟也不好好教？跟師傅一輩的，他才能叫我師伯，他該叫我師叔的。」說話間，立厚師叔很嚴肅地望了我師傅一眼。

我這時才想起這一茬，我師傅確實……亂教！

「哈哈，師叔，是師叔，立厚，你還是沒變啊，那麼死板嚴肅的。」我師傅很是隨意的說道，又喝了一口茶。

立厚師叔卻不理我師傅，而是不滿的「哼」了一聲，我趕緊恭敬地叫了一聲師叔，他的臉色才稍微緩和了一些。

然後隨手拋給了我一枚銅錢，說道：「你師傅那身家估計也沒讓你過什麼好日子，拿著，師叔給的。」

給枚銅錢是啥意思？可我卻不敢打量，禮貌地收了起來，李師叔才坐在了沙發上。

我師傅大笑，然後說道：「承一，快點給每位師叔都打個招呼，你是山字脈的人，他們可不敢太小氣，哈哈……」

其實我個人是個面皮較薄的人，而且師傅從小教育我，萬事皆有因果，不要白拿人東西，有得必須就有付出，所以師傅這樣一說，我倒有些臉紅。

但是，師傅的話我一般還是很聽從的，不管有沒有好處，師叔總是該叫的，於是我就恭敬地先朝立仁師叔鞠了一躬，誠懇地喊了一聲：「陳師叔。」

立仁師叔非常開心地大笑了幾聲，然後從懷裡掏出一個瓷瓶兒，說道：「早備好了，拿著吧，也不是什麼神奇之物，補補氣血的丸子而已。」

我哪敢讓立仁師叔親自遞過我，趕緊走過去，雙手接了，剛準備揣兜裡，我師傅卻一把搶了過去，打開瓶子，倒出了裡面的藥丸，藥丸呈一種喜人的明黃色，很溫暖的感覺，師傅拿在鼻子面前嗅了嗅，說了一聲兒：「還不算小氣，這人參味兒正，怕是有百年了，還加了藥，中和了人參的霸道，嘿嘿……」

說完，師傅把藥丸放回瓶子裡，然後隨手遞給我，又說了一句：「我也就不多評了，反正你是行家。不過，這藥丸你沒用靈藥術加持過，我可是不認帳的啊。」

立仁師叔苦笑道：「我送給師侄的東西，哪敢不盡心，記得人參總歸是霸道的，服用的時候，最好半丸，加水調劑喝下，湯水也可，清淡為主，不可再加補物，千萬別拿去煨雞，補過了也就不好了。」

「知道了。」師傅微微一笑，似乎是在嫌棄立仁師叔囉嗦。

給立仁師叔打完招呼，我又同樣恭敬地給立樸師叔打招呼，也是誠懇地叫了一聲：「王師叔。」

誰知話剛落音，王師傅就連連擺手，說道：「得，我可沒啥禮物給你。」

「果然是越有錢的人，越小氣啊。」師傅不滿地從鼻子裡哼了一聲兒。

王師叔又做出了苦哈哈的表情，說道：「我哪兒敢小氣啊，禮物就一定得是件兒東西嗎？我的風水術太過複雜，不過我會教我這個師侄做風水局，精深的不敢說，但是簡單有效的總是會教會他的，以後他行走江湖，不愁沒飯吃。授人以魚，不如授人以漁，我這師叔夠大方了啊。」

「好吧，算你過關，你們又不是不知道，山字脈的人苦——啊。」師傅拖長了尾音說道，幾個師叔均是一陣兒咳嗽。

「那不如，你來承這命卜兩脈，我來承這山字脈？你苦，你看看我這頭髮，你來？」師傅剛說完，李師叔就突兀地接了一句，又惹得另外兩位師叔一陣兒咳嗽。

我其實也想咳嗽，我早就注意到了，雖然李師叔和師傅他們幾個一樣，面相並不顯老，可是一頭頭髮早已是全白，根本沒有一根兒黑髮。

我師傅就當沒聽見，自顧自的對我說道：「承一，師叔們叫了，師弟們也總是要互相認識認識的。」

剛說完，他又把頭扭向李師叔：「咱們這一輩兒亂了，小輩們可不能壞了師傅的規矩。」

李師叔「哼」了一聲，神情不是很滿意，但終歸沒有反對，只是說道：「也好，互相認識一下，承清，就從你開始吧。」

這時，一直站在李師叔背後的年輕人總算站了出來，先是恭恭敬敬地給幾位師叔問了好，然後才開口說道：「穆承清，清字取自於，清心，清目，看透因果之意。從四歲開始跟隨師傅，現已二十年。」

說完，穆承清就退了回去，言語簡單之極，可是我卻不得不說一句，李師叔給人的感覺是霸氣，而穆承清給人的感覺卻是書生氣十足，眉清目秀，唇紅齒白，估計披上件兒長袍，就可以當做古時候那翩翩公子小書生了。

只是，有一點兒卻是美中不足，穆承清的頭髮有些長，快及肩膀，隨意地披著，可是卻華髮早生，才二十四歲啊，一頭黑髮裡，竟然夾雜著小股小股的白髮，看起來卻是有些老相了。

怎麼命卜兩脈的人都是這樣兒？跟頭髮過不去？

「承一，你去介紹吧。」師傅悶聲開口，彷彿是有些生氣，我也不知道他的氣從哪兒來，但我總是覺得有些怪異，在這裡，表面是一團和氣的樣子，可是怪就怪在稱呼。

我師傅和李師叔，都叫另外兩人師弟，而互相之間卻稱呼名字，弄得我們這些小輩兒，也不能叫幾師叔，幾師叔的，只能帶著名字叫。

而我師傅和李師叔之間，總感覺有些暗流洶湧，而另外兩位師叔，我卻感覺有些回避和無奈的樣子。

想是想，可這些事兒，在這種場合，卻不是我們這些小輩能問的，我站了出來，也說道：「陳承一，一字取自一心承道，一意求道之意，從六歲開始跟隨師傅，現已十五年。」

「承一，名字不錯，山字脈就是該取這樣的名字，承大道不是終究是你們嗎？」李師叔評論了一句。

我師傅不說話，自顧自地再給自己倒了杯茶，嘴裡念著：「極品大紅袍，聽說可沖泡九次，仍有餘香。不能浪費，不能浪費，我要喝九次。」

「噗哧」一聲，有人忍不住笑了，是站在王師叔身後的年輕人，這時，我才冷汗地注意到，這可不是什麼師弟，這是個師妹啊。

這師妹一笑，王師叔也立刻喝道：「乖徒弟，妳笑啥？姜師兄說得對，就是要喝九次，這好東西不能浪費了。」

所有人無言！

估計陳師叔有些尷尬，這兩個傢伙真的有些為老不尊，所有小輩都在面前，這臉都丟大了，他說道：「承心，還不去介紹一下自己？」

接著，一個顯得非常清俊的男子走了出來，我在心裡暗歎一聲，什麼叫溫潤如玉，這師弟就是啊。承清是書卷氣，眉目清秀，但氣質上更偏向於一個比較清冷的書生，而這承心，五官分開看，說不上清秀，組合起來就是有一種溫潤柔和在流動的感覺，就是那種美玉立於跟前的感覺，氣質，面相都是，估計挺討女孩子歡心吧，我有些酸溜溜地想到。

這樣一想，心裡忍不住又罵了王師叔一句，憑什麼我就該求而不得，得而不順啊？

「蘇承心，心字取自於醫者仁心，師傅名仁，我名心，暗含一脈相承之意。從七歲開始跟隨師傅，從最初的辨藥開始，現已十四年。」說完蘇承心又是一笑，笑得就跟春風拂過人心似的。

我一陣兒牙酸，心想，賣弄風騷。

「好了，好了，你們也不知道讓著唯一的女孩子，乖徒弟，咱們就忍了這口氣兒，反正現在女人能頂半邊天。」王師叔開口就沒好話，估計只有和我師傅才能棋逢敵手，拚上一拚，嗯，還忘了個人兒，慧覺老頭兒。

他們三個打在一塊兒，是啥效果？我忽然就想笑。

然後，還在我強忍笑意的時候，王師叔又朝著已經站在大廳中央的師妹說話了。

「乖徒弟，大聲介紹啊，妳那麼漂亮，便宜他們了，得了便宜，不能讓他們賣乖，所以聲音上要壓過他們。」說完，他兀自搖頭：「這看相苦啊，醜得跟豬糞似的人，你都得仔細盯著，還不能吐，找個漂亮徒弟，養養眼。」

大廳裡頓時響起一片此起彼伏的咳嗽聲兒，只有我師傅，非常淡定，接了一句：「就是，我都後悔為啥我要找承一這臭小子，害得我只能蹲街上看美女。」

「噗。」陳師叔一口茶直接噴了出來，李師叔黑著個臉，冷哼了一聲，不像話！

「師傅……」嬌滴滴的師妹站在中央，一張臉早就羞紅了，哪有這樣王婆賣瓜，自賣自誇的師傅啊？

「叫師傅幹啥？沒錢給，介紹吧。」王師傅縮了縮脖子，一副我苦，我猥褻的樣子。

「季承真，真字取自於去偽存真，看透真實之意，從九歲開始跟隨師傅，嗯，走江湖當神棍兒，現已十二年了。」承真師妹脆生生地說道。

「誰是神棍，妳這丫頭咋自砸招牌？我們是大師，大師！」王師叔不滿意了，這次連我師傅都憋著笑意。

承真師妹調皮地吐了吐舌頭，站了回去，這丫頭是真的漂亮，但不是那種很柔弱的漂亮，頗有些英姿颯爽的氣質，很是招人喜歡。

我不禁想到了凌如月那丫頭，那丫頭是古靈精怪的樣兒，也不知道，現在長大了，會不會更漂亮一些，跟承真師妹比起來呢？

介紹完畢，我師傅忽然說道：「也好，以後承一就是大師兄了，你得照看著這些師弟啊，師妹們的。」

李師叔望了我師傅一眼，說道：「師傅的規矩，是不能壞，但如果發生同樣的事情，這大師兄可得換人。」

氣氛一下子僵住了。

這種僵硬的氣氛，這樣敏感的話題，再次成為我們小輩們不能插手的禁區，我們每個人忽然間都站得和標槍一樣挺直，目不斜視，生怕引火上身，大家都是老李的徒孫，也都知道其實老李的徒弟性格很怪異的。

雖然目不斜視，我還是發現坐在我前方的師傅，雙肩有些抖動，哭，是不可能的，但我知道，我師傅的情緒激動了，但是他很沉默。

至於李師叔那邊，我不知道他什麼表情，只是聽聞他輕聲說了一句：「我們本來該有師妹的，師妹該是我們替師傅……」

接著又是一聲悠長的歎息。

「當這大師兄的好處在哪裡？大師兄這名聲是能換飯吃？還是能換衣穿？搞不懂你們兩個。」王師叔不屑地轉了一下頭，又非常不屑地開口。

「胡說，長兄如父，要當年我是大師兄，我……」李師叔立刻訓斥般地開口，他還是頗有威嚴的，他一開口，王師叔不敢說話了。

我看見師傅很乾脆地往沙發上一靠，說道：「當年的事情，我從來沒想過要推卸責任，那是我執意要去做的，包括現在也是，可是你們想想，在那個時候，你們也……」

終於，陳師叔苦笑了一下，乾脆端起茶壺，斟了杯茶，親自送到我師傅手裡，打斷了我師傅的話：「當年事已經過去了，小師妹也是去了，這事兒中間的諸多原因，就跟一本爛帳一樣，你和李師兄莫非還想清算清楚？我們為什麼會是現在這個樣子？天各一方，少有見面？這代價還不大嗎？這中間的傷心，怨氣如今想要化開，我想還是很難，可是不要在小輩面前丟了這臉，他們已經長大了，難道你們想他們看笑話嗎？」

我看不見我師傅的表情，但是我聽見他沉重地歎息了一聲，接過那杯茶，一口喝了，放在了桌子上。

王師叔立刻搖頭，說道：「浪費啊，這全世界都只有六株母樹啊，還全部長在懸崖峭壁上，你別跟喝白開水似的啊。」

然後，我就看見師傅扭頭，估計是狠狠瞪了王師叔一眼，我發現王師叔竟然有些害怕，不說話了。

「好了，立淳、立仁、立樸，你們都和我一起去書房吧，不管是不是清算爛帳，我們中間有些事情也該仔細說說了，長此以往，還談什麼師兄弟？讓他們小輩留在這裡吧，和我們不一樣，他們這是第一次見面，讓他們交流一下感情。」說完，李師叔就率先上樓了。

我師傅吊兒郎當地站起來，不滿地「哼」了一聲，說道：「還是那麼愛指揮人。」可人還是跟上去了。

至於陳師叔，依然是無奈地苦笑，王師叔則把雙手攏在袖子裡，一副畏畏縮縮小老頭兒的樣子，對我們幾個小輩說道：「沙發是可以坐的，茶是可以喝的，別傻站了，隨意，隨意啊。」然後和陳師叔一起也跟了上去。

師叔們一走，我那因為緊張站到發硬的腰，一下子就鬆了，我滿足地哼哼了一聲，卻發現師弟，師妹們一樣，立刻東倒西歪的樣子，這一刻的默契一下子讓我們少了很多陌生感，忽然就相識大笑了起來。

在道門，同一脈的意義，就好比手足血親，他們的存在，可以讓你不感覺到你是孤單的，無助的，這種感情或許不是血濃於水，但更勝似血濃於水。

「坐吧，老站著，還緊張，我都累死啦。」開口的是承清。

他一說話，我們笑得更加開心，剛才是少了陌生感，此時卻瞬間在心中升騰起了一股子親切感。

我歡呼了一聲，撲向了沙發，承心要保持風度，可看見我這形象，他也耐不住了，乾脆直接跳到了沙發上，反倒是小師妹的動作優雅一些。

「咋都跟小孩子似的，二十幾歲的人了。」承清搖頭說道，一副他很穩重的樣子。

我一把扯下眼鏡，不近視戴眼鏡的後果就是頭暈目眩的，這下終於可以輕鬆一下了，我對承清說道：「我們肯定是小孩啊，就衝你那頭髮，你也該穩重啊。」

這話惹得承心和承真一陣兒笑，承清假裝惡狠狠地盯了我一眼：「命卜兩脈的事兒，你別說你一點兒都不清楚，傷、殘、老都是小事兒，弄不好還因果纏身，這點兒白髮算啥？我穩重，不然我來當大師兄。」

我一拍額頭，對他豎了個大拇指，說道：「果然是李師叔的徒弟，想法都一脈相承，可我不讓，哈哈……」

承清忽然伸出手來，握住了我的手，說道：「我現在心裡承認你是大師兄，可你在明面上，你必須叫我師兄，我比你年長，不准反對，就這樣。」

我還沒反應過來，承心又飛快地跑過來，也握住了我的手，說道：「我也在心裡承認你是大師兄，可你在明面上，也必須叫我師兄，不准反對，謝謝。」

我算咂摸出滋味兒來了，轉頭望向承真，她笑瞇瞇地給自己倒了一杯茶，望著我說道：「謝謝，我心裡會承認你是大師兄，嘴裡也會叫你師兄，我就當小師妹好了，你們得照顧我。」

我鬆了一口氣，立刻站起來，望著承清和承心說道：「不行，得給我一個理由，不然咱們就單挑。」話其實是開玩笑的，我們這一脈，重德性，卻非常不重規矩，我師傅更是不重規矩的人，這樣的情況下教育出來的我，其實要說多看重這大師兄是不可能的。

再則，這兩小子也不算亂了規矩，他們都說了，在心裡是絕對要承認我是大師兄的，這就意味著老李這一脈的傳承規矩不亂的，山字脈為首。

可我還是必須得問問，為啥要「占我便宜」。

「我二十四歲，比你大三歲，出去叫你師兄，我傷面子，別人會以為我學藝不精的。」承清的話非常簡短，我一下子就聽出來了，這小子比我還好面子。

我沒開口，算是默認，「目光不善」地望向承心，他露出一個跟他師傅一樣招牌似的苦笑，說道：「師弟，莫非你以為我比你小？再則，咱們這一脈，是個什麼情況？每一輩都是講究本心自然的，所以也可以有自己的規矩啊，這師兄就是一個比你大的意思。」

得了，我沒轍了，說實話，我其實是個心軟的主兒，也是一個不太計較的人，特別是對親切的人，我無奈地歎息一聲，軟在沙發上，師兄就師兄吧，反正他們在心裡承認我是大師兄就得了，我知道這個以山字脈為主的規矩，他們不會亂。

「我說幾位師兄，那麼好的大紅袍，你們不喝？」小師妹笑吟吟地開口了，說起來，她是最不在乎這個的人，所以剛才也就一直沒開口。

說起這茶，我當然不能放過，從小品茶，不說精通，可是茶好茶壞，我總是能分辨的，我二話不說的，端起茶杯，就喝了一口，多的形容詞，我再也找不出來，只能說出四個字：「果然好茶！」

說完這話的時候，口中都還隱隱有桂花的餘香縈繞，還有一種說不出的韻味兒在裡面，似乎是一種石頭的氣息，莫非這就是所謂的岩韻？

「穆師兄，啥是岩韻？」我開口問道。

「其實我不懂，平日裡師傅更捨不得喝這茶，今日是特殊情況。但我聽師傅說過大紅袍，他說只有這母樹大紅袍才是真正的大紅袍，一兩都可以換千兩黃金。所謂岩韻，是這母樹大紅袍的特殊味道，其他的普通大紅袍樹是萬萬沒有的，至於原因，是因為母樹大紅袍生於懸崖峭壁之上，紮根於岩石裡，至今三百多年，它的茶葉自然就含有一股岩韻。」承清非常認真地解釋道。

「哦……」我捧著這杯茶，這時才知道有多珍貴，確實如王師叔所說，這可不是光有錢就能弄到的東西。

茶只是小事兒，可以這個為契機，讓我們幾個小輩徹底地打開了話匣子，開始天南地北的說起來，同是玄學傳人，自然見識和普通人不一樣，這一下子聊開了，話題自然是分外的投機。

而在生活上，我們為同一脈，也發現經歷是那麼的相似，都是機緣之下，遇見的師傅，都是小小年紀就離開父母，承清是因為命卜二脈，原本就要承受「孤」之一字，強留親人身邊，親人也會因果沾身。

命卜二脈隨便哪一脈都有這種後果，何況是兩脈傳人？

承心是因為要和師傅從小大江南北地去辨藥，採藥，還要真正行醫於世，根本就不可能長留父母身邊。

至於承真，就更不用說，相之一脈，原本就是為入江湖而備，不入江湖，不看盡人世百態，相之一字，絕對談不上精準，至於相風水，也必須大江南北地跑，那不是為了賺錢，而是為了讓她更好的見識到各種風水地形。

至於我，是最無奈的，童子命！少父母緣，不讓我回歸道途，我連累我自己，也連累我父母。

第三十五章　改命損壽

在我們剛剛說到以後要多聯絡的時候，師傅們已經下來了，我們一看時間，他們，我們，都不知不覺地聊了兩個小時。

見師傅們下來，我們趕緊起來讓座，我特別地注意了一下，下來後，他們的臉色都多了幾分凝重與悲傷，但是少了那種生分與怨氣的感覺。

我們幾個小輩都是玄學後人，也是敏感之人，這點兒變化當然是看出來了，沉默了一下，李師叔開口了：「大……立淳，你說吧。」

我師傅咳嗽了一聲，說道：「剛才也聽你們說要多聯絡，那就真的多多聯絡吧，電話寫信什麼的，都可以，你們自己去決定，你們也大了，我們也該說一下我們的事兒了，不是往事，只是我們在做什麼，因為你們以後也要參與其中了。」

「其實，承清一直在參與，我掛職一個秘書，身兼命卜兩脈，為國家服務是免不了的，這些承清已經知道，也參與其中，苦了你了，小小年紀，竟然滿頭白髮。」李師叔有些感慨地說道。

這時承清也有些動情的說道：「師傅，我這算什麼？大不了是出手損自身而已，也損不了什麼，至於您，要在必要的時候，為大勢穩定，聯合幾位別的師傅施展那逆天改命之術，您不說，我也知道，你自身壽元……」

說到這裡，承清已經說不下去了，竟然是雙目含淚。

師傅一驚，一下子站起來指著李師叔說道：「你瘋了？改命術？你是改什麼？你忘記師傅的規矩了？」

李師叔苦笑道：「續命而已，其實那位先生不在乎多一年或者少一年，但是局勢在乎。說起逆天改命，還是山字脈的秘術最為厲害，以後要不要傳給承一，你要考慮清楚啊，立淳。」

「你損了多少壽元？」我師傅的聲音有些顫抖，連帶著陳師叔和王師叔的神色也變了，在兩位師兄面前，他們不好多言，可是那著急、焦慮、擔心、難過的表情，是做不得假的。

「你忘記規矩了？我不算自身，不然讓小師弟用相術幫我相一下壽元？」李師叔的語氣竟然有些輕鬆，不過他頓了一下，又轉頭嚴肅地盯著承清，說道：「小輩多嘴，自己晚上自罰，多的我不想說了。」

王師叔一下子就火了，蹭地一下站起來，罵道：「你有規矩，我沒規矩？你知道不算自身，我也明白不相至親之人，你還念著規矩，規矩，師傅說的逆天改命之術絕對不能輕易施展，你怎麼不聽這個規矩？」

李師叔只是搖頭苦笑不語，陳師叔一把扯過李師叔的手，在眾人沒反應過來之前，就已經搭在了李師叔的脈搏，臉色陰晴不定，最後歎息一聲，把李師叔的手放下了。

「是硬生生的從命裡損了壽元，也不是沒有補的方子，不然我輩修士也難說是逆天而行了，可是古往今來，長壽之人無不是遍尋天材地寶補自身，才能突破桎梏，師兄，你要我從何給你補起啊？現在，已是資源匱乏的年代了。」說完，陳師叔竟然是長歎了一聲。

「哼，終歸還是要我這個大師兄來照顧，既然如此，我也為你施展一次逆天改命之術吧。」師傅斬釘截鐵地說道，看樣子是已經決定了。

「我不受術，你也沒辦法，我只希望有生之年，還是去完成心中的遺憾，當年之事，也確實不能只怪你，好了，立淳，該你給承一交代了。」李師叔輕描淡寫地結束了這個話題。

卻彷彿說中了眾人的心事，大家皆是沉默，那種感覺好像他們因為某事兒而逃避彼此，卻又再次因為某事兒而重新聚合在一起，彷彿也摻雜著我們這些小輩長大，他們放下心中一塊大石的原因，我們看不透，聽不懂，更是猜不著，這感覺很難受。

師傅緩緩地坐下，忽然間就有些疲累，他說道：「承一啊，你們這些小輩都來身邊坐吧。」

我們依言坐到了師傅們的身邊，我師傅這才開口說道：「我在的部門，是一個環境監測部門，你就這麼理解吧，監測不屬於這個世界明面兒上的環境。當年某竹林有怪，是我們部門出手，把那裡變成風景旅遊區；當年某湖冤魂聚集，怨氣滔天，民心動盪，是我們部門出手。我們是為了穩定，你也懂，有些事情不能暴露在人前。我在部門的地位不算很高，但也不低了，終究山字脈的人不止我們一脈，也有真正的正統大脈，他們的底蘊非我等能比。」

說話間，師傅端起茶杯，卻發現茶杯已空，不由得皺眉說道：「大紅袍給你們這些小輩喝光了，真是奢侈。」

李師叔則淡定地吩咐：「劉嬸，麻煩妳，大紅袍再上一壺。」

茶葉再珍貴，比不上師兄弟間珍貴的感情。

當熱氣騰騰，香氣四溢的極品大紅袍再次端上來時，師傅給自己倒了一杯茶，潤了潤嗓子，這才說道：「這些事，是扯遠了，承一，你以後跟著我要去處理一些事兒，雖然你功力尚淺，也要學著處理了。當然，當我不在那個部門做了，國家也沒要求你繼續做下去的時候，你是自由的，你可以選擇自己的生活，不過，到了國家通知你必須加入的時候，你得加入。」

我不由得問道：「什麼情況下，他們會通知我？」

「老一輩的總會去世，就算這個世界上有仙，他也會離開，不會做一輩子這個工作，在這種時候，你們這些小輩也就成熟了，就應該頂上了。」師傅耐心地說道。

我點點頭，師傅是這樣的，我又有什麼好推脫的？

「承清和承一雖屬於不同的部門，但你們肩負的責任最重。至於承心，醫字脈的，相對要輕鬆一點兒，不過還是要為某些先生出手的，也不能太過隨心所欲。承一，則是建立江湖基業的一脈，以前國家情況特殊，現在好了，開放了，咱們修者，耗費最是驚人，這責任都落在承真這丫頭身上了，這個不說，承真，有時妳也得明白形式，尋龍點穴的事現在不用為某些先生服務了，畢竟有了統一的地點，不過風水佈局，相人之術，偶爾還是要去提點一下，因為某些地方，用人啊，提拔啊，是個大問題。」言罷，師傅就不說了。

說起來，這番話說得十分的隱諱，不明白的可能一下子反應不過來，但我們四個確是能聽懂的，畢竟從小耳濡目染，我們都知道一些事情，其實我們的身分就像是在地下世界一般的，見不得光。

面對這些交代，我們點點頭，同時也感受到了沉重，一直都在師傅的呵護下，忽然就有了一種要自己面對壓力的感覺了。

而且，我們四個小輩也同時交換了一個擔憂的眼神，怎麼聽怎麼覺得師傅們像是在交代遺言似的。

但這不可能，我們同時也在對方眼裡看見抗拒，是在抗拒這個想法。

「四隻小狐狸，你們不要多想了，我們現在都在你們身邊，緣分未盡，哪裡會走，別一天到晚疑神疑鬼的，師兄弟間多走動走動就好了。」王師叔開口了。

我們四個心中同時放下一塊大石，我忽然間就羨慕起師妹來，真好，這個師傅真直接，不像我師傅，什麼事情都吞吞吐吐，連餓鬼墓的事情都不曾給我交代清楚過。

不過吧，我以後會跟著他做事兒了，他也瞞不了我了。

接下來，就是快樂的一天，我們相聚了整整一天，普通的家常便飯，和樂融融的氣氛，師傅們的見識非比尋常，他們聊天的內容簡直是天馬行空，聽得我們幾個小輩是心生嚮往，又激蕩不已。

當然，他們提的最多的是，我們師祖的趣事兒，可見師祖的地位在他們心中之重，感情之深，只不過當我問出了師祖是不是有三百多歲這回事兒的時候，氣氛一下都沉默了。

三位師叔幾乎是不約而同地狠狠瞪向我師傅，我師傅則是臉紅無奈地耍賴，把事情揭了過去。

這個問題，當然也讓我那些聰慧的師兄弟們咂摸出了滋味兒，估計私下裡一定是會去問的。

畢竟，我們剛才二個小時的談話，都有一個極有默契的想法，那就是視師祖為偶像的。

愉快的一天，很快結束了，出門前，李師叔叫住了我。

第三十六章　鬼市？陰市？

既然李師叔叫住了我，我做小輩的哪有不禮貌的道理？我恭敬地站在李師叔面前，說實話，我有點兒怕他那個嚴肅的樣子。

李師叔盯著我看了半天，最後才說道：「你師傅就是一個吊兒郎當的貨色，可你身為山字脈的傳人，你可不能吊兒郎當的。」

我額頭上立刻布滿了一層熱汗，啥意思啊？我不懂。

師傅在旁邊不滿地哼了一聲，但終究什麼也沒說，任李師叔說了下去。

在我緊張了半天之後，李師叔這才說道：「這學期開學以來，你一共曠課三十八節，對不對？」

我一下子就愣了，李師叔咋知道的？連老師也只知道四、五次，連我自己也不知道我到底曠課了幾節？不過我想到了一個可能，我立刻說道：「李師叔，你難道是算出來的？」

李師叔一下子哭笑不得，說道：「這點事兒，不值得我開卦，只是我師侄在北京，我不得不關注一下而已，你的很多事我都知道，我只是提醒你，年少輕狂可也得有個度，到了年紀了，收斂一點兒了。」

我連忙點頭，可是還是忍不住想問，剛剛張口，李師叔就說道：「我知道你想問什麼，是不是我怎麼知道你的存在？也沒見過你什麼的。我可以告訴你，你很小的時候，我就知道你了，記得你父親給我打過電話，懂了嗎？至於我有心，別的不說，在北京找到你，也是可以的。」

我一下子恍然了，當年那個找師傅的電話，原來是李師叔接的，李師叔的地位不低啊。

「好了，記得我的話，年少輕狂總要有個度，人不能輕狂一輩子。」說完，李師叔就帶著承清轉身回去了。

剩下的我們一起走了一段路，也各自分開了，但是從此以後，聯繫是不會斷掉的。

時間一晃，又是兩年，這一年我二十三歲，時間來到了一九九〇年，而這年夏天我要從大學畢業了。

從李師叔訓話以後，我乖了很多，不再做什麼輕狂的事情了，只因為李師叔那一句，年少輕狂總有個度，在那幾年，我確實讓師傅失望了。

在和承清聯繫的過程中，我也知道一些事兒，在每次我打架或者惹事以後，默默替我擦屁股的都是我師傅。

其實，幾個師傅曾經在一起商量過我的事兒，因為山字脈傳人的這個身分不能輕視，雖然不知道師祖為什麼要這樣去定規矩，可師傅他們是不敢違抗的，我們脈散亂，沒啥講究，只有這樣一條，鐵一般的規矩！

所以，他們著急，可是我師傅只是說了一句：「強扭的瓜不甜，道法自然，如果不是他自然地悟到了，恐怕我們強壓也是枉然，最壞的結果，可能是適得其反。」

聽見這些事情之後，我很感動，如果這樣都還在年少輕狂，我不知道能讓師傅多失望。

此時，我走在回學校的路上，實習就要結束，學校裡有一堆事情要處理，其實畢業以後，大學是包分配的，可我知道我肯定不在這個分配之例，但是我想好好的畢業。

回到宿舍，意外的看見楊景童那小子在，他一見我就撲上來，逮著我的領子就說：「走，今天你可別溜了，這他媽都多久沒見了，今兒晚上喝酒去。」

我推開他的手，說道：「楊景童，你聽我說……」

「得，你叫我啥？」楊景童，不，應該是楊沁淮不樂意了，他這名字是他求承清給取的，他們一家人都很信服承清的樣子，所以把名字堅決地改成了楊沁淮。

誰不叫他楊沁淮，他還不樂意。

「知道了，沁淮，沁淮對吧？」我無奈的苦笑，推開了他，然後說道：「今兒真的不行，畢業之前，咱們認真的喝一台昂。」

「得了，你這兩年也不知抽啥瘋了，跟變了個人似的，你都沒把我當哥們兒了，這不是又推？」楊沁淮不樂意了。

是啊，這兩年從放縱青年，變成了上進青年，別說楊沁淮不適應，就連我自己，也適應了好長一段兒時間，我從來沒跟他談過為啥，其實挺內疚的，楊沁淮對我真的很實在。

「沁淮，我認真說的，我一直都把你當哥們兒，我不是說故意變個人啥的，我有原因的，畢業之前，我一定好好和你喝一台，然後跟你坦白。今兒去不了，是因為師傅老早就和我說了，實習完了，回學校報到一下，就回去，他有重要的事情要和我說。」我認真的給沁淮解釋道。

我的誠懇，楊沁淮自然能感覺得到，他走過來拍了拍我的肩膀，說道：「這才算你小子過關，原諒你吧，下次不准放我鴿子啊。」

我微笑著答應了。

在學校辦完一些雜事兒後，我就蹬上自行車，回家去了，這事兒我還真沒騙沁淮，師傅確實是早就吩咐過我了，我也很好奇，師傅鄭重其事兒的，到底是什麼事情。

家離學校不算近，雖然都是北京，我騎自行車也只是為了鍛煉身體，初夏的陽光其實挺毒的，當我推開門，回到我和師傅的小院兒的時候，發現師傅早就在葡萄架子下等著我了。

「回來了？」師傅淡淡地說了一句。

「嗯。」我非常地熱，和師傅也不用顧忌啥，一把把汗衫脫了，擦著臉上的汗。

「過來這兒，這兒涼快。」師傅說著，拉了張兒凳子，讓我在他面前坐下，然後遞給我一個碗，說道：「冰箱裡拿出來的，慢慢喝，急了傷身。」

「嗯。」我答應了一聲，然後結果一看，是碗酸梅湯，高興地喝了起來，雖然知道急了傷身，可還是忍不住大口大口地喝。

師傅在旁邊悠然自得地笑著，也不知道他笑個啥。

待到我喝完了，才發現有點兒不對勁兒，這酸梅湯咋這淡啊？

我指著空碗問師傅：「師傅，這是酸梅湯？還是白開水？」

「酸梅湯啊。」師傅一本正經地說道。

「咋這麼淡？咱們窮得酸梅湯都喝不起了？不至於吧？這幾年，你賺錢的啊。」我有些不滿。

「哦，就是太好喝了，我多喝了幾碗，然後想著給你留點兒吧，然後就多兌了幾次水，你知道重新凍著，不知道又要凍多久。」師傅一臉無辜。

「師傅，你咋能這樣？」我心裡鬱悶了，這酸梅湯和白開水基本沒多大區別了。

「咋了？留給你喝，你還嫌棄？給老子抄《道德經》去。」師傅怒了。

我一臉無奈，說道：「好好好，體會到師傅的慈祥了，我錯了。」

師傅哼了一聲，那意思是表示這還差不多。

休息了半宿，我總算涼快過來了，師傅不喜歡電扇這玩意兒，不在逼不得已的情況下是不會用的，連帶著我也是沒辦法的，這好歹涼快了，我就問師傅：「師傅，到底啥事兒，你該跟我說了吧？」

「也沒多大個事兒，這今年畢業後，就和我走一趟四川吧。」師傅淡淡地說道。

「四川？」我一下子驚喜了，我魂牽夢繞的故鄉啊。

「別高興，不是回你家鄉，是有事兒要處理，是任務，不一定有空回你家鄉。這次的任務，就算你第一次做事兒吧，多學著點兒。」師傅囑咐道。

儘管不一定能回家，可這事兒也夠我高興了，我做夢都想回四川一趟，說不定也有空回去故鄉一次呢？

「不行，我現在要出去，找我姐去，我不一定能回家，但我爸媽總能來看我吧？」我非常的興奮。

「這個在執行任務前，是可以的，問題是，現在你不能出去，我已經安排了車，我們要去趟天津，等一會兒就出發。」師傅一盆冷水就給潑下來了。

「我一年才能見我姐二、三次，師傅，你不是吧？再說現在都幾點了，等一會兒去天津幹嘛？到了都大晚上了。」為了我，我兩個姐姐都留在北京工作，是爸媽的意思，我以為師傅是故意阻止的。

「不開玩笑，就是要大晚上去，因為我要帶你去趟鬼市。」師傅平靜地說道。

天津，夜裡十二點半多一些。

我拍著肚子，滿足地和師傅走在街上。

「還拍，這都吃過了兩個多小時了，你有那麼饞嗎？」師傅瞟了我一眼，有些像看鄉下的土包子。

「真的，師傅，你的哥們太夠意思了，怕我們吃不到，特地去買正宗的留給我們，我沒想到狗不理包子那麼好吃，肚子太脹，得拍拍。」我現在覺得我說話都一股包子味兒。

「那你繼續拍吧，傻子似的，吃了十個大包子，還吃了晚飯的，沒脹死你算你本事兒大，跟個餓鬼似的。」

「師傅，能不能不要在我那麼滿足的時候，提餓鬼啊！」我非常不滿，這是啥師傅啊，餓鬼那形象……

「哦，不提餓鬼，咱們說說餓鬼蟲吧，你說餓鬼蟲，白白胖胖的樣子，好不好吃啊？要不，三娃兒，你吃一隻試試看？幫師傅先試下味道。」師傅淡淡地說道。

「嘔……」我忍不住打了個乾嘔，想說聲師傅你別說了，都說不出來，害怕一說我就吐出來了。

「可是話說這餓鬼蟲堅韌無比，這牙齒咬啊咬的，應該咬不斷吧？嗯，滋味兒應該跟泡泡糖一樣吧。」師傅根本不看我一眼，自言自語地說道。

我非常幽怨地看了師傅一眼，然後直接地跑到一個角落，蹲下，吐了……

笑瞇瞇地看著我蹲在角落裡吐完了，面對我怨恨的眼神，師傅裝作很震驚的樣子問我：「三娃兒，你是不是去喝酒了？喝醉了？咋吐那麼厲害？」

「……」

「來，師傅給你把把脈，是不是懷孕了？」師傅一本正經。

沉默了一分鐘，我有氣無力的說道：「師傅，走吧，你不是說要去鬼市嗎？這都十二點多了，走吧……」

「……」

「那好，走吧。」師傅嘿嘿一笑，背著個雙手徑直走前面去了。

我連在心裡罵的力氣都沒有了，只得隨著他走了。

天津，長江道的某一段兒，我震驚地看著眼前的熙熙攘攘，這就是鬼市？

其實，我是壓根不相信什麼鬼能開市場的，但是，在我想像中，鬼市應該是冷清的，卻沒想到那麼熱鬧。

「愣著幹啥？走啊。」師傅淡淡地說了一句。

我有些傻乎乎地跟著師傅走，這才發現這市場上賣的東西真的是五花八門，剛走兩步，就有人攔住我們：「二位，一套工具要不要？就出廠價，您在外面絕對買不到。」

我一看，真的是一套嶄新的工具，榔頭啊，起子啊，什麼都有。

我剛想答話，師傅就扯著我走了，他跟我說：「在這裡，你不買，就別亂答話。」

我也不知道這是不是這裡的規矩，反正依言跟著師傅走了，在快走到頭兒的時候，我才發現這裡賣的東西，大概都是些「違禁」物品，市面上不能明著賣的物品。

我甚至發現有人賣從墳地裡刨出來的東西，其實我很想買，這不是缺零花錢嗎，我直覺這裡有很多真貨的。

可師傅根本就不理會，拉著我一直走，一直走，轉瞬已經走出了鬼市。

「師傅，不是逛鬼市嗎？咋啥都沒買就出來了？」我有些不瞭解師傅的舉動。

師傅望著我：「這是人的鬼市，我們要去的是鬼的鬼市。」

「啥？」我一下子有點反應不過來。

可師傅卻不理我了，只是一直往前走，我也只能跟上。

「其實對於鬼市的理解有很多，在古時候，人們常常看見所謂的鬼市，在明面上給出的解釋是『海市蜃樓』，我想海市蜃樓是有的，但事實上是否如此，還有待商酌。」行走在黑暗的夜色中，師傅一邊走，一邊跟我解釋著。

「師傅，為什麼有待商酌啊？你的看法是啥？」其實我很好奇，什麼叫做鬼的鬼市。

「我的看法？呵呵，也許是空間交錯吧。」師傅沉吟了一陣兒，才給出了一個答案。

空間交錯？我鎖緊了眉頭，好歹我已經是個大學快畢業的人，雖說專業是漢語言，可好歹在圖書館裡泡著的時候，也看了不少雜書，空間一說我是聽過的，但這只是一個科學假設，難道玄學裡也支持這一說法？

「師傅，當真有不同的空間？」我非常地好奇。

「唔……或許吧，佛家六道，道家三十三天，或許吧。」師傅回答得語焉不詳。

我有些疑惑地望著他，總覺得這老頭兒有什麼事兒瞞著我，可我看見他一副坦然的樣子，又覺得自己多想了，但是忽然間我想到了一件事兒，忍不住激動地拉著師傅問道：「師傅，你帶我去鬼的鬼市，該不會是要帶我穿越空間吧？」

話說出來之後，我自己都覺得是無稽之談，可事實上，如果師傅說可以，那我絕對相信是可以的，畢竟我也經歷了不少普通人以為的「無稽之談」。

師傅像看神經病似地看著我，半晌才拍拍我的肩膀說道：「三娃兒，你病得不輕，該治。」

我×，我滿頭黑線，忍了，反正走下去也能知道鬼市到底是個啥地方。

也不知道走了多久，建築物漸漸地稀少起來，周圍也越發的黑暗，我懷疑都快走到城郊了，一直到了一條非常偏僻的小巷弄兒，師傅才停下了腳步，說道：「進去也就到了。」

我有些不滿，轉頭對師傅說道：「到這地方就到這地方啊，幹嘛去那所謂的鬼市走一趟？」

「你懂個屁，現在我們要進去的，叫鬼市，也叫陰市，普通人只知道鬼市其實是人，賣的只是見不得光的東西，哪裡會知道陰市的存在？我帶你去那裡，是想讓身上沾染更多的人氣兒，畢竟是個人類聚集的市場，人氣兒最是旺盛，來這陰市的人兒，都是有各種準備的，我只是懶得麻煩，所以帶你去沾染一身人氣兒罷了。」師傅瞪著我說道，那樣子彷彿就是在說，你很無知。

「那白天去逛個市場不就得了？」我撇了撇嘴。

「給老子一邊去，對著牆壁反省，跟我學了那麼久，莫非你還不知道，氣息是流動的？白天沾染的人氣兒早就散了，難不成你還可以收集起來，揣你褲兜裡，瓜P！」罵到最後，師傅竟然罵出了慧覺老頭兒的口頭禪。

我默默地聽師傅罵完，小心地陪著笑臉，師傅總算哼了一聲，帶我走進了巷子。

巷子陰沉沉的，連路燈都沒有一盞，看周圍也不像有很多人居住的樣子，我懷疑兩旁的房子都是空屋，可是身為山字脈的傳人，這樣的場景是嚇不倒我的，我很淡定。

「以前也是很多人的，不過要拆了罷。」師傅淡淡地說道。

「什麼人啊，住這裡，不是陰市嗎？」我無言。

「這陰市可是非常隱秘的，不懂的人怎麼也看不透玄機，再說以前住這裡的人，幾乎都是懂的人，聚集久了，這裡才成了陰市。」

說話間，我和師傅已經走出了巷子，沒想到巷子的盡頭，就是一片荒野般的空地兒，總之偏僻得要命，平常人晚上是絕對不會走到這裡來的。

我也一下子瞪大了眼睛，這裡竟然還是有三三兩兩的人存在，不多，但好歹也有二十幾個，他們各自為政，或蹲在角落，或守著一堆燃燒的紙錢，他們在幹什麼？

和我的驚奇比起來，師傅的神情卻鎮定自若，顯然這裡他可不是第一次來，他望著我說道：「想知道是在幹什麼，對吧？」

我茫然地點頭。

師傅嘿嘿一笑，說道：「那開眼吧。」

開眼？我眼角一跳，我已經很多年沒開過眼了，其實有天眼的人，往往對天眼看見的世界沒什麼好奇心，有些東西看多了，不見得是什麼好事兒，反而給心理帶來負擔。

不過，這陰市的詭異帶給我的震撼，還是讓我有了開眼的衝動，在下一刻，我就毫不猶豫的開了天眼。

閉上雙眼後，眼前的世界變了，感覺那陰氣的流動就跟霧氣似的，而剛才那些人的身影也開始變得模糊不清起來，當然我不會因此就認為那些人是鬼，這是開天眼必然的結果，就是所看到的都變得模糊不清起來。

在模糊中，我也看見了，那些人的面前都站著一團霧氣似的東西，再仔細一看，是一個個蒼白的人。

彷彿發現我在窺視，那些面色蒼白的人同時轉頭向我望來，我一個機靈，一下子就睜開了雙眼，鬼不可怕，一群鬼望著你，那就有些可怕了。

「呵呵，被嚇到了？」姜老頭兒在旁邊樂呵呵的。

我就不知道有什麼好笑的，剛才那一下換誰不害怕啊，深吸了一口氣兒，勉強平息了一下情緒，我問師傅：「師傅，他們到底在幹啥啊？」

「幹啥？這裡是陰市，你說能幹啥？市場就是用來交易的。」師傅沒好氣兒地說道。

「啥？鬼還能和人交易？這不可能！」我因為太過於震驚，聲音都有點變了。

「呵呵，怎麼不能？滯留在人間的孤魂野鬼，大多有未完成的心願，人幫它們完成，它們給人說明，就是這樣交易的。」師傅給我解釋道。

「可是鬼能幫人做什麼？」我真的不明白，鬼還能為人做些什麼。

「做些什麼？在鬼眼之下，人間會有秘密嗎？還有，有些鬼魂滯留人間已經多年，它們所知，隨便洩露一點就是財富，還有更多的作用，你只是不知道罷了。」師傅淡然地說道。

我仔細一想師傅的話，一下子震驚了，望著師傅，眼神都激動了。

「別想去做交易，這交易一旦沒成，後果嚴重之極！做了交易，就等於沾染了因果，你懂？而且，來這裡的人，都很冒險，這些鬼物可不是易與之輩，所以，我讓你和我一起沾染一身兒人氣再來這兒，也是有原因的，一不小心，怕就會成鬼物的傀儡。」

「師傅，既然如此，你為什麼不管呢？」不管我再怎麼叛逆，心裡總存著大俠夢，總是想著匡扶正義。

「管？這世間原本就沒絕對的對與錯，這件事情，是他們自身願意去沾染，當然就要自身承擔因果，道法自然，怎麼可以去插手一個願打，一個願挨的事？正義是指無辜的人，而不是刻意為之的人。」師傅平靜地說道。

我似乎有所悟，也不再多言，平靜地跟在師傅身後前行，也不再看那些交易的人一眼。穿過這片空曠的地方，在另一頭，有一棟兩層的小樓，就那麼突兀地立在那裡。

師傅望著這小樓，輕聲說了一句：「如果人不在，少不得就要交易一番了。」

這話什麼意思？我有些搞不懂，而師傅好像不打算給我解釋，而是直接走上前去，在門上敲了起來。

那敲門的聲音有特殊的節奏，而看師傅的面相好像很緊張。

這樣敲了大概一分鐘，終於有了動靜，從房間裡傳來細碎的腳步聲，然後門「吱呀」一聲開了，我抬頭一看，是一個貌似年輕的姑娘給開的門。

可是不知道為啥，我的心沒徵兆地就狂跳了幾下，我說不上來什麼感覺，這姑娘除了臉色蒼白點兒，並沒有什麼其他不對的地方啊，我為啥會有這樣的反應？

那是一種從內心深處散發出來的，不舒服的感覺，我說不上來原因。

師傅好像看出來了我所想，只是小聲地吩咐了一句：「什麼也別多說，什麼也別多問，跟我進去。」

我點了點頭，沉默地站在師傅背後，而那姑娘開了門，衝我師傅點了點頭，就進去了。

房間的燈光很灰暗，在這個電燈已經普及的年代，我很難想像有人還堅持用油燈的，讓房間那麼的昏暗。

師傅不說話，好像很熟門熟路似的，直接上了二樓，這房間的氣息讓我有些壓抑，我也沒多說話，跟著師傅上了二樓。

在二樓最角落的那個房間，師傅推門進去了，我趕緊地跟在師傅的背後也進了那個房間。

房間一如既往的昏暗，擺設卻顯得很擁擠，一張大桌子，是很古舊的那種大書桌，牆的四周卻擺滿了架子，架子上放著很多雜物的樣子，在這麼昏暗的燈光下我也看不太清楚。

房間裡，沒有那個姑娘，我只是憑藉著昏暗的燈光，看見了一個很瘦很瘦的老頭兒，由於燈光太灰暗，那老頭兒什麼樣子，我卻看不清楚。

見我們進來，那老頭兒先是拉風箱一般的咳嗽了好幾聲兒，才說道：「老姜，怕是有好幾年沒見你了，怎麼這會兒想起來了，呵呵呵……」

這聲音幾乎是我聽過的最難聽的聲音，每一個字兒都像是聲嘶力竭才能說出來的似的，而且非常的嘶啞，就像是從喉嚨裡擠出來的。

「來，坐下說。」那老頭兒又說了一句。

這一句讓我身上起了雞皮疙瘩，但我不敢造次，因為書桌前只有一張椅子，師傅坐下了，我就站在他背後。

「不是好幾年，是十四年半了吧，我沒來找你了，你還活著，不容易啊。」師傅坐下之後，終於開口說話了。

我悄悄地打量了一眼那個老頭兒，非常理解師傅為什麼會說他還活著這句話，這老頭兒真的很老，一張臉跟曬乾的橘子皮似的，頭髮也沒幾根，瘦得像皮包骨頭，老到有些嚇人了。

「咳咳咳……我不活著能怎麼辦？我那可憐的女兒，誰照顧啊？」那老頭兒又是一陣兒咳嗽。

師傅沉默了很久，這才說道：「這次是來找你買符紙的，我要好貨色。」

「那規矩你也知道？」老頭兒的精神似乎一下子好了起來，忽然就坐直了，也不咳嗽了。

「知道，成符後，要給你四分之一，另外還要給錢。不過，這次，我要一張銀色的符紙。」師傅低聲地說道。

那老頭非常吃驚地望了我師傅一眼，然後才有些不相信地說道：「老姜，多年不見？你能畫上符了？」

「我不知道，可是因為某些原因，我總得試試，但是先說好，其餘的好說，銀色符我也力有不逮，成符了，也不可能分給你。」師傅很認真地說道。

「可是銀色符紙很珍貴，錢已經不能衡量了，你要用什麼來補償我呢？」那老頭兒開始要價了。

師傅不動聲色地拋出了件兒東西，我一看，這不是師傅溫養多年的一塊靈玉吧？這塊玉師傅曾經對我說過，是他溫養最久的一塊玉，而且玉石是來自於靈地，自然成形，非常的珍貴。今天，師傅竟然用它來交換一張銀色的符紙，這銀符到底是有多珍貴？

「以你的眼力，怕是能認出這塊玉吧？」師傅在拋出玉以後，淡淡地說道。

那老頭兒閉上雙眼，仔細地感覺著手中的玉石，半晌才睜開眼睛，眼中流露出一絲兒喜色，點頭說道：「嗯，好東西，給我家姑娘用正合適。」

頓了頓，他又說道：「好吧，這交易成了，好在銀色的符紙我還收藏有幾張，我的能力怕是做不出來囉，如果你要金色的，那就真的沒辦法了。」

師傅不接他的話，只是說道：「這塊玉的價值可不只一張銀色的符紙，你怕是還有給我準備一盒特殊的畫符料才對啊。」

那老頭兒沉默了半天，才說道：「紅寶石就那麼兌換給你了？老姜，你做生意，可真不吃虧啊？」

交易順利地完成了，當我和師傅滿身疲憊地回到招待所的時候，已經是凌晨四點。

我翻出一些原本準備路上吃的東西，然後在招待所的通宵小店兒裡買兩瓶二鍋頭，一袋花生米，就去敲師傅的門了。

師傅果然沒有睡，見我手上擰著的東西，眼睛就亮了，趕緊讓我進去了。

我打開油紙包，裡面是些滷牛肉，是我準備在路上夾在饅頭裡吃的，但路上不太餓就沒吃，然後我把花生米倒桌子上了，再打開二鍋頭，我和師傅一人一瓶。

師傅撚了一片牛肉扔嘴裡，嚼了幾下，又哧溜喝了一口酒，滿足地歎息了一聲，才說道：「不睡覺，來找我幹嘛？」

「路上都吐光了，這不餓了嗎？再說了，這都四點了，明天七點還得回北京，還不如不睡了。」

「得，你又是一肚子問題想問吧？」師傅早就已經看穿了我的心思。

我點頭說道：「嗯，師傅給我聊聊那老頭兒吧，我不知道為啥，進他的房子，就不舒服，見他不舒服，見到那個姑娘也不舒服。還有，他好黑啊，普通的黃色符紙，要一百塊錢。藍色的，要五百。紫色的，竟然要二千，還要符成之後，給他四分之一，銀符還要靈玉去換，我簡直覺得太黑了。」

師傅剝了一顆花生米，瞇著眼睛說道：「黑？不黑了，這世間上能做出上好的，能承載保住功力的符紙的人已經不多了。再說，江湖騙子何其多？人們根本不知道符紙有特殊要求這一說，那些騙子隨便弄張黃紙就給畫符了，你以為真正去買符紙的能有多少？有些符紙的製作要花大功夫的，甚至要供養多年，不知道就別亂說。」

「但是師傅啊，那人不像啥好人啊，我就是不舒服。」我喝了一口酒，有些激動的對師傅說道，畢竟心性兒年輕了，總是會自覺以自己的感情傾向去判斷一個人。

「好人？他確實算不上，可在某些地方，他又算得上極大的好人。以後，你也是要和他接觸的，如果他不在這世上了，你會覺得很麻煩的，現在製符大師可不多了，天津有那麼一個，就跟寶貝兒似的。」師傅手腳不停地吃啊喝啊的，這才說幾句話，那麼大一包牛肉，就去了小半包，酒也喝了小半瓶兒了。

「既然以後要接觸，師傅你給我講講他吧，啊？還有，師傅你買那麼多符做啥？還要畫銀色的符？」我嘿嘿一笑，原本我就是打算來問這些的。

「他？你別看不起他，如果他不是有特殊原因的話，他自己畫的符可不比我差，他也是山字脈的人！」師傅淡淡說道。

我一聽，驚到了，那老頭竟然是山字脈的人？

「很吃驚是不是？知道他為啥那個樣子嗎？知道為啥你見了他女兒你不舒服嗎？因為他用借命之術，強行留住他女兒，他女兒其實生機已斷，你看見他女兒，就如看見一個死人還強活一樣，你心裡能舒服嗎？」師傅說這些的時候真的很淡定，可能他早就知道了，所以也不覺得有什麼了。

借命之術！我的腦袋「嗡」了一聲，這也太逆天了，只比逆天改命之術稍微簡單了一點兒。

逆天改命之術是從無到有，硬生生地造出一些東西來給人，而借命之術，卻是借他人性命。

從表面上看，借命之術是比逆天改命之術還要厲害，畢竟逆天改命之術延壽有限，但事實上，改命之術卻是要更厲害的，至少在現世，不會有任何的副作用，它可以改你的命，就是說除了壽元之外，還有福命，各種命。

借命之術，只是借他人的壽元，可難掩本身的死氣，而且活動範圍也會被限制，一旦離開某個範圍，人會急速地衰老，而且如果你是個有病之人，就算借了命，病還是會折磨你，甚至誇張一些，如果借命到了一個臨界點，身上的肉還會腐爛。

借命不能超過四十年！

可改命不同，一旦改來壽元，你可以馬上無病無痛，和常人無異的活著。

但無論哪種，對於我來說，都是根本無法觸及的術法，我是絕對做不到，我只淺顯的知道其中一種借命法，血是本身的精華，只要能提出精血，就可以實施借命。

這還是我翻閱典籍得來的，詳細的，我不太能讀懂，這個是必須師傅教的，可惜以我現在這個層次，師傅不可能教我。

見我的樣子，師傅淡然的一笑，說道：「他很愛他的女兒，你覺得他很老嗎？他才五十歲，他女兒原本在她七歲那年就該去了的，可是現在已經活到二十四歲了，他把自己的命借給了女兒，他如此做買賣，也是為了換取一些修己身的資源，好讓自己的身體儘量強壯，可以多借一些命給他女兒。」

這就是父愛嗎？我自己仔細一想，如果是我，我七歲就要死，我爸爸又恰好會那借命之術……我一下子不敢想下去了。

也許這個人對他人是苛刻的，錙銖必較的樣子，可是他對他女兒，確實是個大好人，真正的好爸爸。

彷彿嫌我不夠震驚似的，師傅繼續說道：「他原本也是有機會和我在同一個部門的，他會有更好的生活，也是為了他女兒拒絕的，在這陰市做起了生意，因為來陰市之人，都是懂行的人，每兩月陰市一開，他的生意自然不會差，陰市本就是非常冒險的行為，厲鬼反噬，或許到了某種程度我也躲不過，在他那裡求得一兩件兒保命物是必須的。他所學和我有偏差，我更重術法，他更重各種養器、練器，就算同一脈，其實也如隔了天遠地遠一般的差別啊。」

「師傅，可是你常說道法自然，如果他女兒要去，又何必強留呢？」我覺得這代價是不是太大了？而且他女兒是不是真的願意這樣活著？

「一句道法自然，說出來何其簡單？一句勘破紅塵萬種，唯留一顆剔透本心，意思也很淺顯，難道你還不懂？修心難，難在拋棄，本心難，難在純粹嗎？有人不可拋棄金錢，權力，有人不可拋棄世間萬種感情紛擾，而一顆本心，經歷了紅塵，勘不破，又怎麼純粹？」師傅如此說道。

我有些愣愣地看著師傅，師傅揚眉看著我，說道：「你別覺得太容易，我也做不到，很簡單的，你就是我不可拋棄的難，這世間，總有羈絆，原本我想清高，可是不融入芸芸眾生，當個俗人，又怎麼能紅塵練心？可一旦融入紅塵，才發現已經是因果纏身，自己卻始終閉著雙眼，拋棄不了，道途的艱難，偏偏就在於你認為很平常，甚至是甜蜜的事情。」

我喝了一口酒，發現自己可能不用紅塵練心，都完不成所謂的道心圓滿了吧，就如我絕對拋不下我的家人，我的朋友，我的師傅！

可是我想輕鬆一點兒，就隨口說道：「甜蜜的事兒？比如愛情？」

「愛情？承一，你別看不起它，這才是讓你真正難過的一關啊。」師傅歎息了一聲，又喝了一口酒。

難過的一關？我不那麼認為，我沒覺得我會對誰有太大的留戀，長到現在，我其實不是沒交過女朋友，可是真的說不上是多麼讓我不能割捨的事情，我覺得師傅言重了。

我換了一個話題，問師傅：「師傅啊，那你還沒說你買這些符紙是幹什麼呢？」

是啊，師傅除了黃色的符紙沒買以外，買了五張藍色符紙，三張紫色符紙，還有一張銀色的符紙。

我覺得這是在搞批發呢？

我和師傅在一起那麼多年，藍色和紫色的符紙就沒見他用幾次，至於銀色的，就餓鬼墓封印的時候用了一次，還被郭二他們給無意破了。

其實，我真心不太信服銀色符的功效，當然，這是我那時候傻！

「藍色和紫色的符是為了這次去四川用的，這件事兒不是那麼簡單的。」師傅淡淡地說道。

「那銀色的呢？」

「哦，我想給你李師叔畫一張平安符。」

「噗」我一口酒就噴出來了，平安符那麼低級的符，竟然要用銀色符紙畫，要知道，那畫符用的朱砂裡，還研磨有紅寶石的粉末啊！

高寶書版集團
gobooks.com.tw

DN 241
我當道士那些年（貳）上

作　　者　仐三
責任編輯　吳珮旻
企劃選書　蘇芳毓
封面設計　林政嘉
內頁排版　賴姵均
企　　劃　鍾惠鈞

發 行 人　朱凱蕾
出　　版　英屬維京群島商高寶國際有限公司台灣分公司
　　　　　Global Group Holdings, Ltd.
地　　址　台北市內湖區洲子街88號3樓
網　　址　gobooks.com.tw
電　　話　(02) 27992788
電　　郵　readers@gobooks.com.tw（讀者服務部）
　　　　　pr@gobooks.com.tw（公關諮詢部）
傳　　真　出版部　(02) 27990909　行銷部 (02) 27993088
郵政劃撥　19394552
戶　　名　英屬維京群島商高寶國際有限公司台灣分公司
發　　行　英屬維京群島商高寶國際有限公司台灣分公司
初版日期　2020年 12 月

國家圖書館出版品預行編目(CIP)資料

我當道士那些年（貳）／仐三作 -- 初版. -- 臺北市 :高寶國際出版 : 高寶國際發行, 2020.12
面；　公分. --（戲非戲 ; DN241）

ISBN 978-986-361-955-0(上集 : 平裝). --
ISBN 978-986-361-956-7(下集 : 平裝)

857.7　　109018621

GOBOOKS
& SITAK
GROUP©

GOBOOKS
& SITAK
GROUP©

GOBOOKS
& SITAK
GROUP©